DER HEIMWEG

返家

驚悚小說天王

SEBASTIAN 費策克

FITZEK

一旦知道自己的死期，
死亡的序幕就此揭開。

瑟巴斯提昂．費策克———著
黃淑欣———譯

每四個女人之中，
便有一個至少遭受過一次來自伴侶的肢體暴力或性暴力。
受害女性遍佈各社會階層。

統計資料來源：德國聯邦家庭事務、老年、婦女及青年部
（Bundesministerium für Familie, Senioren, Frauen und Jugend）
最後查詢日期：二〇二〇年二月二日

聯邦家庭事務部的研究報告顯示，
童年時期成長於家暴環境中之女性，
成年後依然成為家暴受害者的比例，
比在正常家庭環境中成長之女性高出兩倍。
而童年時期遭到父母暴力虐待之女性，
成年後，再成為家暴受害者的比例，則為三倍之多。

雅絲翠—瑪莉雅．伯格（Astrid-Maria Bock），
二〇一七年六月二十七日《德國畫報》（*BILD-Zeitung*）

有看到那高掛的皎潔明月嗎？
它只以一半示人，
卻是那樣圓潤美好。
有些事物就是這樣，
因為看不見它的另一半，
我們才得以安然地笑著。

馬提雅斯．克勞迪斯（Mathias Claudius）
（一七四〇—一八一五）

作者序

本書情節當然都是我憑空杜撰的（還好書中發生的一切都不是真的）。但書中提及的「安心返家專線」（Begleitservice）卻是真實存在的，這個服務設置的用意為，陪伴那些夜間獨自返家，但在路上感到不安的人。這項服務源自瑞典的斯德哥爾摩，當地的「安心返家專線」由警察直接負責。在德國，可能是財政無法負擔的緣故，這項社會服務由民間公益團體自發性承接。即便營運費用來自固定捐款，但此項公益服務仍時常捉襟見肘，時不時就面臨解散危機。若你想了解更多關於「安心返家專線」的資訊，請見下列官網：www.heimwegtelefon.net

致所有內心持續被恐懼籠罩的人

序幕

她從未料想過，在她的身體受過那麼多創傷之後、在那令她全身上下，包括身體最敏感的地方都佈滿了大大小小的瘀青及創傷之後，她還能有這般美好的感受；她臉上、背上都是被毆打後留下的痕跡，腎臟及下腹疼痛，連尿液的顏色都因此呈現紅紫色好幾天；她從未料想過，在受盡痛楚之後，在橡膠水管、熨斗在她身上一一留下鞭打的印記後，還有一天能如此細膩地感受到肌膚之親。

剛才的性愛簡直棒透了，半昏暗的臥室裡，她躺在床上獨自想著，想著這個她愛到深處的男人，而他剛坐起身、離開這張床，走進浴室。

她不是沒有其他性愛經驗可以參考才這麼說。結婚之前，她有過兩任男友，不過現在回想起來，這一切好像是許久以前的事了。她這段日子經歷的醜惡經驗，早把過去的種種美好全然壓制到腦海深處，再也記不清了。

這麼多年來，所有在臥室發生的事都只讓她感受到無限的痛處及恥辱。

但是我現在躺在這裡。呼吸著、嗅著這股清新的、淡淡的男人香味，這個出現在我生命中的新男人，我多想再一次從頭細細品嚐這一晚甜蜜的愛夜。

連她自己都覺得驚訝，她怎能這麼快就對他產生強烈的信任感，並將她婚姻裡經歷過的所有創傷，向他一一傾訴。從見到他的第一眼起，一聽到他低沉又有磁性的嗓音，一看到他那雙深邃、溫暖的眼睛，她就深受這男人的吸引，他望向她的眼神，是她丈夫從未有過的目光。他的眼神是那麼地坦然、真誠、充滿愛意。

她是如此信任這個男人，幾乎就要卸下心防向他傾吐關於那支不堪入目的影片的事情。想向他哭訴那一晚，她如何被自己的丈夫強迫拍下和那些男人一起的影片。

眾多男人輪番侵犯、羞辱她。**不敢相信，此生我還會願意對這個「強勢性別」中的一人傾心，**她自顧自地想著，一邊仔細聆聽淋浴間傳來的流水聲，她夢中的完美男人正在裡頭洗澡。

在被她的「丈夫」「使用」完之後，通常都是她，會在淋浴間裡待上整整一小時，試圖洗刷自己身體上所有噁心的氣味和體液，而現在的她卻滿心享受地嗅著肌膚上這股豔遇情韻的味道，要是能永遠保存這味道該有多好。

嘩啦啦的水聲驟停。

「妳想在我這裡待晚一點嗎？」她聽到男人愉快的聲音從浴室傳來，他大概已經洗完澡了。

「樂意之至。」她輕聲回答。即便她腦子裡根本不知道回家後該如何向丈夫解釋，自己究竟為什麼在外面逗留得這麼晚。

現在幾點了……

她看一看手錶，可惜臥室裡太過昏暗，看不清指針指向幾點。房間裡除了從浴室門縫中微微透出的光線之外，還有角落的一座藝術品輕透著柔和的微光。遠處臥室牆上懸掛著一把武士刀，用珍珠材質磨製成的握柄，在被兩側用來營造夜間氣氛的ＬＥＤ燈照射下，反射出淡淡的綠光。

她隨手探向自己的手機，目光落到床邊桌上的整排開關，做工極佳又俐落地鑲嵌在木桌裡。

「要來杯調酒嗎？」

她好奇地按下最外側的一顆按鈕，忍不住噗嗤笑出聲來，因為這些按鈕的功能顯然不是她想像的那樣。由於床單已經滑落到床沿，她可以直接看到此時籠罩在藍色鹵素燈光下的床墊，燈光在床上投映出的水波紋，令她有種正躺在碧藍泳池裡的錯覺。

她起身換個姿勢，雙腿交叉，慵懶地躺在床上，一旁的水波碧藍清澈，淡藍的螢光透亮著。每隔一會，燈光就自動轉變成不同的色調。從天藍色到螢光黃，再變到亮白色，然後**變成**……

「這是什麼？」她驚訝地問。

正確地說，是小小聲地對自己說，因為她第一時間著實吃了一驚。她坐起身來，看著床上那塊燈光投映到雙腿之下的畫面，是多麼地令人不敢置信。

喔，我的天……

恐懼之際，她下意識地用力捂著自己的嘴，不可置信地瞪著這張床墊，令她深深癡迷的男人幾秒鐘前還躺在這張床上。

這一定是我的幻覺。不，不可能是真的，怎麼可能……

「看來妳倒是發現了。」一個陌生的聲音從她左邊傳來。一個陌生男人一派輕鬆地站在浴室門邊，手裡握著遙控器，遙控床上令人怵目驚心的畫面，整張床頓時陷入紅色血光之中。

映入她眼簾的畫面血腥到令她下意識地立刻閉上眼，但映入腦中的畫面卻已無法抹滅。她看見了不該看的，但這一切毫無邏輯。她的理智拒絕接受烙在腦海中的殘酷畫面，那景象如此駭人，超出常人可想像的範圍。

「他在哪裡？你對他做了什麼？」她淒厲地對浴室中的陌生男子哭喊，她從沒想過自己能吼得這麼大聲，然而這個衣冠禽獸一個箭步從浴室躍上床墊，高傲自滿地看著她，獰笑道：「現在請忘記妳那親愛的床伴。我認為，是時候讓妳好好地認識**我**了。」

01

尤樂斯．唐貝格

尤樂斯坐在書桌旁，腦中默默想著，耳機裡的重金屬音樂旋律跟今天牆上的血跡可真搭。

他自己也無法解釋他腦中這個病態的想法是從哪裡來的。大概是因為這個旋律令他聯想到兩道在峽谷低窪處旋扭的水流吧。

那情景又令人聯想到**血液從垂死之人的脈搏洶湧噴出**的景象。

這些噴濺到臥室牆上的血液，就像垂死之人想用盡全力向世界留下什麼訊息一樣。

尤樂斯的目光看向一旁的電視螢幕，螢幕上顯示著大片的紅色血跡，血紅的大箭頭跨過被害人陳屍的床上，直直指向臥室中那道佈滿鮮血的牆壁。那是連續殺人魔留下的親筆字跡。帶著挑釁的宣示意味，彷彿在昭告警方：「你該慶幸你沒碰上我，祝你好運。連續殺人魔。」**否則你也會橫躺在這張床上，帶著驚恐的表情和一副被切兩半的脖子死去。**

尤樂斯看了看電視上的影像，默不作聲地把辦公椅轉到書桌右側，才不必對著螢幕上的屍體畫面，現在他可以好好專注在通話上了。

「喂，有人在嗎？」雖然這已經是他第三次試著拿起話筒，看看是否有人應答，不過電話另一端依舊只傳來沙沙作響的電訊音，而沒有人回話。

雖然電話那頭沒有人回應，但尤樂斯身後的電視卻傳來一個沉穩的男性嗓音，雖然他不認識這個聲音，但那沉穩的語調聽起來令人感到格外心安。

「**至今已有三位女性被害人被發現陳屍在自己的公寓裡。**」這個陌生的聲音一邊陳述，一邊小心翼翼地和這處慘遭全國最令人聞風喪膽的殺人犯血洗的案發現場保持距離。

神祕檔案編號〇〇懸疑未結。全德國最長青的探案節目在現場為你追蹤報導。

尤樂斯翻了翻白眼，怒氣沖沖地到處摸找電視遙控器，想關掉電視，卻怎麼找也找不到，電視裡報的大概還是連續殺人魔的上一個犯案現場。

這些追蹤節目自從連續殺人的案件發生之後，就不停地以焦點新聞的方式，重播晚間八點十五分的片段，再不時加上目擊民眾提供的最新線索。

位在夏洛騰堡一棟舊公寓的這間書房，就跟其他典型老建築一樣，有著兩扇門，其中一扇敞開的雙扇門通向客廳，另一扇門後則是偌大的餐桌，整個書房、客廳、餐廳和其他空間都有著從牆腳延伸到天花板的雕刻花紋，幾百年前的第一任屋主要是在屋內用蠟燭當照明，大概會每天被這些雕花裝飾的折射光眩到眼花吧。尤樂斯喜歡直射光，對他而言，就連電視螢幕的折射光都嫌太過刺眼。

好在他頭上戴著的，是後繞頸式的無線耳機，前面連著無線麥克風，空出來的兩隻手剛好能讓他從堆滿雜誌和報紙的雜亂書桌上，翻找那該死的電視遙控器。

他明明就記得剛剛還拿在手上的，遙控器一定是埋在這堆該死的文件下面了。

「**每一個犯罪現場的牆上，都有著連續殺人魔用死者的鮮血，在牆上大剌剌地寫下受害者死亡日期的殘忍畫面。**」

十一．三十

三．八

七．一

「這就是這位連續殺人魔的特有犯案手法。」距離連續殺人魔第一次犯案還有幾個小時才滿一週年，但電視媒體的各個版面已經全是他的追蹤報導了。

尤樂斯最終還是放棄了電視遙控器，轉頭從那扇抵擋著大雪的偌大拱形窗往街上看去。他對於自己腦海中毫無半點冬日記憶再次感到詫異，他一直都有很奇特的記憶力，就算是只聽過一次的奇聞軼事，他也能記得特別清楚，例如，傳聞驚恐大師希區考克沒有肚臍；以及一八三〇年代，番茄醬被當作藥品來販售這種事。但他卻想不起去年的冬日。

去年十二月的第一週，是不是也和德國現在大多區域一樣，已經開始下雪了呢？

去年那創下四十度歷史高溫的漫長夏天，彷彿毫無過渡期一般，被下著雪的極端氣候驟然取代。或許這個冬天沒有真的冷到令人受不了，至少德國的冬天跟格陵蘭或莫斯科相比簡直是小菜一碟，但是雪雨交織的氣候、冷冽的極地東風，都令人下班後只想抄最短的捷徑趕回溫暖的家裡。否則就得去耳鼻喉科報到了。窗外這幅景象所呈現的平和感，和電視上殺人魔在牆上留下的恐怖畫面形成了強烈對比。

從高聳的窗戶看出去，這幅景象彷彿電影特效人員刻意在夏洛騰堡街上的路燈前，撒滿了五彩紙屑，景色繽紛得像是要替這些住在麗真湖畔復古風公寓裡的住戶們，提前準備一場精心的聖誕晚會表演一樣。無數的雪花飄浮在空中，好似一群在暖暖微光中飛舞的螢火蟲，風吹拂著雪，輕輕掠過結冰的湖面，雪花順著風一遥飄高，最後飛向遠方的柏林電視塔。

「是妳身邊的人不讓妳和我通話嗎？」尤樂斯向電話那端說道，或許再試一次也無妨吧。「如果是的話，請妳咳一聲。」

尤樂斯不敢相信自己的耳朵，但他確實聽到了一聲相當輕微的咳聲，就像是人在慢跑時，被自己的呼吸嗆到時的那種聲音。

我剛剛是聽到了咳嗽聲嗎？

他伸手把筆電的音量調高，正在運作著的軟體，實況記錄他說的話。電視機裡的主持人音量實在太大，令人沒辦法專心在錄音音軌上，要是再找不到電視機遙控器，尤樂斯就只能把插頭拔掉了。

「在製作過程中，我們的小組成員討論了很久，究竟是否該將命案現場的原始畫面，清楚呈現給電視機前的各位觀眾。經過周詳的考慮，製作小組決定播放，畢竟這個錄影畫面是調查人員所提供唯一有關連續殺人魔的線索。以下是新聞畫面……」

尤樂斯的眼角餘光看得見電視機的鏡頭正切換到命案現場，攝影機對準牆上留下的筆跡，畫面被放得很大，大到牆面的粉刷顆粒看起來就像月球表面一樣。可惜，現在這個月球表面被殺人犯拿來當成畫布。

「……大家可以從畫面上看到，這是連續殺人魔第一次犯案時留在牆上的字跡，這個數字1，頂端帶有特殊花體字型的樣子，遠看有點像是一個海馬的形狀。請問，電視機前的各位觀眾：你認識這個筆跡的主人嗎？你可曾在某個地方見過相同的字跡？任何能幫助破案的線索……」

尤樂斯冷不防地顫抖了一下。他確實聽見了，錄音檔相當清楚地錄下了一個輕咳聲。

一個輕咳聲。以及呼吸聲。劃破了電話那頭的沙沙聲。

電話中的氣氛也突然間改變了，好似話筒另一端的人突然從風暴中被救出來，帶到一個安全的避難所一樣。

「我沒有聽懂妳所要傳達的訊息，但我現在假設妳受到威脅，無法說話。」尤樂斯一邊說，一邊繼續在桌上的紙堆中摸索，終於，他在一堆報紙中摸到了遙控器，以及壓在下面的一張診療中心簡介。

伯格莊園——在大自然和鳴中恢復健康

「不管發生什麼事，請妳務必保持通話，千萬不要掛斷。請務必保持連線！」

他轉身將電視關掉，漆黑的電視螢幕變成了一面霧色的鏡子，他怔怔地望著自己投映在上面的身影。尤樂斯搖了搖頭，不甚滿意自己的形象，即便他看起來已經比自己感覺到的好上許多。他看起來已經像是個相當健康的人，而不再病懨懨的了。

他看起來總是這副精神抖擻的模樣。即便是先前因為腸胃型流感病倒的那幾天，或是他經歷分別時，尤樂斯的外表看來仍舊一派青春健朗。唯一能看透他異樣的，只有黛安娜，在他們一起度過的那段時光裡，她漸漸學會了如何「讀」懂他的情緒。黛安娜曾擔任好長一段時間的採訪記者，由於她出色的感受能力，總能讓受訪者向她吐露心中隱藏許久的祕密。多虧了她身邊這位親密伴侶的訓練，黛安娜才得以在工作上展現出如此出色的情緒覺察力。她從尤樂斯身上學會覺察一個人處在極度疲勞又瀕臨崩潰時的徵狀，通常在尤樂斯連續輪值兩班消防應變中心之後，他的棕色雙瞳會變得更黯淡，或者他那充滿個人特色的雙唇會比平常更為乾燥，就好似罩上一層薄霧般灰暗，這時黛安娜就會知道，他值班時，沒能順利協助電話另一頭的母親幫助自己的小孩回復意識。這種時候，黛安娜會不發一言地將尤樂斯摟進懷裡，輕輕按摩他緊繃的肩膀，讓他慢慢放鬆下來。當他們一起躺在沙發上時，黛安娜會把臉埋進他的一頭亂髮裡，她總是能夠準確地覺察到他的異樣——腹絞痛、情緒疲勞，還有那常常復發的憂鬱症。或許就在他熟睡時，黛安娜也不曾停止「研究」他，研究他的緊張抽搐、他熟睡時發出的喃喃自語。**或許**，他在睡夢中驚叫時，黛安娜也守護著他，輕輕地握住他的手臂來安撫他。**或許吧**。他從來沒有向她確認過這些事，而現在，他再也沒有機會問了。

聽！

這次是千真萬確的證據。尤樂斯非常確定他聽到了話筒裡傳來的一聲細微呻吟。雖然還不足以分辨出對方是男是女，但唯一可以確定的是，這個人目前正身陷痛苦之中，並且試圖壓抑自己的痛苦。

「你……你是誰？」

電話那端終於傳來一句完整的句子。是一個女人的聲音，至少目前聽起來，她不像是被人用槍指著頭的樣子，不過誰也不能確定她目前的真實處境為何。

「你好，我的名字是尤樂斯．唐貝格。」他回答道，他此生從未如此全神貫注、字字斟酌地在腦裡仔細盤算該如何進行這場對話。「你現在正與『安心返家專線』通話，請問有什麼能為你效勞的嗎？」

話筒傳來的回答令他差點耳聾。

那是一聲夾雜極端驚恐、困惑與恐懼的嘶吼。

02

「喂？請問妳是哪位？麻煩請告訴我，我該如何協助妳！」

嘶吼聲戛然停止。

尤樂斯立刻下意識地抓起紙筆寫下通話時間。

晚間二十二點〇九分。

「妳還在電話線上嗎？」

「什麼，呃……不，我……」

夾雜著沉重又急促的呼吸聲。聲音中充滿了困惑。

「對不起，我……」

這絕對是女性的聲音。

男性通話者向來是極少數的案例。「安心返家專線」的用戶多數都是女性，當她們得在大半夜穿越空曠的停車場、無人的街道，或是大片森林才能到家時，就會撥打這個服務專線。可能是她們因為工作得晚歸，或是赴了約卻遇到噁心的男生，只好半路逃走；再者就是參加了一場乏味的派對，但朋友還不想離開，最後只得自己回家的女生們。

突然自己一個人在這麼晚的時間點落單，又不想要打電話叫醒睡得正酣甜的親友們來接自己，孑然一身在一片黑暗中返家的路上，處處都是令人毛骨悚然的恐懼：獨自穿過偌大的停車場、燈光昏暗不明的地下道，或是臨時起意走了一條完全陌生的捷徑。這時她們就會需要一個一起同行的陪伴者，一個能在黑夜中指引她們安全回到家的人。

一個通話陪伴者，一個可以在她們萬一出事時，立刻準確定位所在位置，並迅速替她們調派協助的人。幸好這樣危急的情況，實際上鮮少發生。

「我……我必須……掛電話。」電話那頭的女性聲音說道，而這正是尤樂斯所擔心的，他低沉的男性嗓音已驚嚇到她，他必須迅速反應，絕對不可以失去她的消息。

「妳是否比較願意跟女性的女專線服務人員通話呢？」他一邊說，一邊發覺自己連續說出兩次**女性的**以及**女專線服務人員**這樣毫無意義的贅詞，不過他也隨即注意到對方似乎在過度驚恐的狀況下，難以專注（他在筆記上寫下：**年約三十出頭**），因此他盡可能以簡單、明確的句子來溝通。

「我完全可以理解，依照妳的處境，妳或許不想跟男性專線服務員通話。」

一般來說，致電服務專線的求助者都有著不知緣由的恐懼，就像大多數人心中的恐懼一樣，時常也說不出原因。出於可理解的理由也好（好比在地鐵月台上發酒瘋的醉漢）、純粹出自自己的想像也罷，這些恐懼大部分都和男性有關。因此，尤樂斯完全能夠理解女性為何無法對男性產生信任感，這有可能會徹底觸發她們內心的恐懼，讓她們完全失去理智。

「妳是否希望我將通話轉接給女性專線服務人員？」他又問了一次，終於他獲得了回覆，就算這個回覆的聲音聽起來仍舊相當困惑、猶疑。

「不，不用，這不是原因。我只是……我只是完全沒有發覺。」

她的聲音顫抖著，但沒有驚恐的感覺。聽起來就像她已經經歷過許多比這個更深沉、更巨大的恐懼了。

「請問，妳說妳沒有發覺什麼呢？」

「我沒有發覺我撥打了專線電話。應該是剛剛攀爬的時候誤觸到的。」

攀爬？

這時電話那頭由強勁的風聲所造成的沙沙聲響又出現了，所幸這次並不像剛開始通話時那樣嚴重。來電的女士一定人在戶外。

尤樂斯謄寫的筆記已經條列了許多疑點：

有哪個受到驚嚇的女人會大半夜地在戶外攀爬？特別是在這種降大雪的天氣裡？

「請問妳的大名？」他問。

「克拉拉。」她回答道。

她的聲音聽起來極度驚恐，回答時的語調，好似完全不願意開口說出自己的名字。

「好的，克拉拉。請問妳剛剛是說，妳是不小心誤觸通話鍵而撥到我們服務專線的嗎？」

他特別強調**我們**，讓來電者感覺她是與一整個團隊通話，通常這樣更能取得來電者的信賴，畢竟，服務專線也確實是由一群社會服務人員共同運作的。實際上，現在正是服務專線的尖峰時段，星期六晚間，大家都在家休息的時段，柏林市內就至少有四個熱心助人的社工坐在電腦前，從晚間十點到凌晨四點，等待全國有需要「安心返家專線」的婦女來電。但他們的辦公環境並不理想，絕對無法和消防緊急專線那種大型辦公室的規格相比，尤樂斯以前就在那樣的環境裡辦公。

拜先進的軟體科技所賜，「安心返家專線」的系統有自動分配流量的設定，讓每個進線的電話能夠自動分配到待機的服務人員手中，讓服務人員能夠舒服地坐在家中執勤，為每一位心中被恐懼、孤單、困惑籠罩著的女性，指引正確的返家之路。

自從這個新的公益服務專線像病毒般在網路上傳開後，進線的服務電話量突然大增，但不代表服務專線人員的電話會一直響個不停。

社工中途可以小憩一番，做點私人的事情，比如看看電視、追一下 Netflix 影集、聽聽音樂，或是好好看本書放鬆一下。拜現代科技所賜，無線耳機麥克風大幅擴大了服務人員在家自由移動的範圍。許多人躺在床上，有些人甚至邊躺在浴缸，大概只有極少服務人員會像尤樂斯一樣，正經八百地坐在書桌旁。這是尤樂斯在上一份工作養成的習慣。實際通話過程中，他也很愛在室內來回走動，不過一開始要接電話時，他還是會遵循一套固定的流程。

他傾向將進線婦女的相關資訊輸進電腦，不過這個行為對通話沒有太大幫助。這和之前在一一二消防專線接聽電話不同，他現在不需要依照來電者提供的現場情況，準備派出車輛的裝備。而他的螢幕上也不會自動跳出數位地圖，當然也不會自動定位來電者的位置。即便如此，尤樂斯還是認為坐在桌前辦公會令他感到更有系統。這個儀式感有助他在與進線的夜歸婦女通話時，維持內心的平穩。

「對。我想我大概不小心把手機螢幕解鎖了，」克拉拉回覆道。「我的手機這陣子常常這樣。真抱歉打擾你，我不是故意撥出這通電話的。」

一個把服務專線設定成快速鍵的人，尤樂斯繼續寫下筆記。這意味著，這並非克拉拉第一次、第二次，或第三次感到恐懼而已。她必定時常處在擔心害怕的狀態，才會把服務專線設成自己的快速撥號。

「實在非常抱歉，我撥錯了電話號碼，我現在就……」

克拉拉明顯試圖結束通話。尤樂斯可不能讓她掛了電話。

他從辦公桌起身。陳舊的木製地板呈現黃褐色，顯然歷經了多年的踩踏，和許多家具移位時的摩擦，在運動鞋的沉重踩踏下，地板發出咿呀的疲憊聲響。

「無意冒犯，但妳聽起來亟需幫助。」

「不，」克拉拉的回覆相當快速。「一切都已經太遲了。」

「請問這是什麼意思呢？」

他聽到電話那頭傳來一聲啜泣，聲音如此清晰，他差點以為是從房間裡傳來的。

「請問什麼事情已經太遲了？」

「我已經有一個陪伴的人了，我不需要第二個。」

「妳的意思是說，妳並不是一個人在路上嗎？」

電話那頭傳來明顯的風聲，但被克拉拉的聲音蓋了過去。

「在過去幾週，我一直都不是獨自一人。」

「請問妳和誰在一起呢？」

克拉拉的鼻息略重，深深地吸了一口氣。「你不可能認識他。頂多只會感受到他散發出的那股感覺。」克拉拉的聲音中斷。

「那股死亡的恐懼感。」

她正在哭嗎？

「天哪，我真的覺得很抱歉。」她自言自語地說道，聽起來像是準備結束通話，尤樂斯還來不及追問，她便開始喃喃自語：「我們必須把電話掛掉。他不會相信這是手機自己誤打出去的。他不會相信我沒有刻意撥電話。該死的，如果他發現這通電話，如果他發現我們通過話，他也會去找你的。」

「找我做什麼呢？」

「他也會殺了你的。」克拉拉顫抖著說出這個毛骨悚然的預言，而這個預言，讓尤樂斯感覺似曾相識。

03

四個小時前

「如果你搞砸就死定了。」凱西開玩笑地說。但當他看見尤樂斯臉上狼狽尷尬的模樣時，他便立刻停止嬉笑，現在他意識到自己玩笑開過頭了。

「對不起，抱歉，這一點也不好笑。」

馬格努．凱撒，親近的朋友們通常稱呼他為凱西，一臉愧疚地看著自己多年的好哥兒們。他身旁的尤樂斯，倚靠在書桌邊，對他揮揮手、搖搖頭，表示他並不在意。

「我告訴過你很多次了，不要把我當成一顆生雞蛋一樣，捧手裡怕我受傷。就算你一直小心翼翼地斟酌跟我說話的用字遣詞，我的情況也不會變好。」

「是這樣沒錯，但是考慮到你的處境，我還真不應該一直把『死』啊、『去死』啊之類的話掛在嘴邊。」凱西嘆口氣，伸手指了一下筆電上、他帶來給尤樂斯的服務專線軟體。「聽著，或許這主意爛透了，但我覺得你這個週末還是不要再整天聽這些心理不正常的人鬼扯比較好。」

「你只是有點良心不安而已，畢竟你沒跟其他社工說你要找人幫你代班。但是我罩你，這週末我幫你上線服務，反正不會有人發現的，你不要想太多。」

凱西看來並沒有被說服。實際上也有點說不過去，讓尤樂斯幫他代一次週末輪班的確有點冒險，畢竟電腦和服務專線軟體都是協會資產，照理來說，只能夠給特定的協會人士使用。換句話說，如果凱西未經允許讓朋友代班，確實也違反協會的規定。

「我再想想辦法找人頂替我的班……」凱西繼續說道，不過尤樂斯立刻打斷了他，他用手輕輕撫過朋友那一頭金色、有如衝浪者般的放浪長髮，立刻就讓凱西打消了反抗的念頭。

實際上凱西已經好久沒衝浪了，上一次看見海，已經是好久以前的事情了。他這輩子再也無法站上心愛的衝浪板乘風破浪了。

「我們倆還要再吵多久？你多久沒有好好約會了？」

凱西對他比了個中指，手指上清晰可見一個法律條文的刺青，那是他念法律系一年級時，一時興起的念頭。如今他倒是有點後悔年輕時做了這件傻事，因為這個刺青讓他錯過好幾個在大型律師事務所工作的機會，最後他落腳在一個鳥不生蛋的地方——森林科學研究中心，專門為非企業客戶提供諮詢服務。

「啊！沒錯，這是你過了好久之後的第一個約會，」尤樂斯擺明挑釁著。「用一到十的評分來看，你說你這次約會的母夜叉有多正？」

「人家有名有姓，叫珊尼雅。還有她非常正，百分之兩百正。我不是整個協會裡唯一對她有意思的人。」

凱西邊說邊瞄了手錶上的時間，他戴的是一支勞力士潛水錶，卻還沒有機會戴著這支錶去潛水，未來的日子裡，也不可能戴著它去潛水了。凱西已經離那個對運動瘋狂的日子很遠了，以前的他到處參加各種運動比賽，在每場競賽上永遠表現非凡，那時期的他有著許多神級封號，不過，那也是好久以前的事了。如今的他就連拿起刮鬍刀都相當費勁。凱西臉上的鬍碴就是最好的證明，看鬍碴的長度就知道大概又有好幾週沒有刮鬍子了，這讓凱西的外表看起來比他的實際年齡三十六歲還要蒼老許多。

「好了，你還在東摸西摸些什麼啊？」尤樂斯催促著他。「快滾出我的公寓，去搞定你的夢中情人啊。」

尤樂斯站起身來，伸手拉開凱西輪椅上的手動煞車桿，但是凱西按下了手上的緊急煞車按鈕，不讓他的好兄弟輕易地把他推向門口。

「我真的有個不祥的感覺。」他輕輕地說出口，然後抬頭看著尤樂斯。凱西淡藍色的雙眼望著尤樂斯的方向，卻沒有聚焦在他身上，就好似尤樂斯不在這個房間裡一樣。若是不認識凱西，一般人或許會對這樣失去焦距的眼神感到不安，凱西一天裡會不時地投射出這樣渙散、不知道在看哪裡的眼神，有時甚至毫無原因。好像他的軀體完全不存在這個空間似的，但是尤樂斯清楚，在這個情況下，他的好友思緒比任何人都還要清晰。誰也無法預料下一秒會發生什麼事，一輛醉漢駕駛的小客車，向麥當勞得來速的取餐車道衝去，直接攔腰撞上凱西，自此之後，凱西失去了站立和行走的能力，連走幾步路都困難重重，而那個莽撞的醉漢再怎麼道歉，也無法坐進時光機，回到事發當下挽回這個對凱西而言殘酷無比的結局。

「你放心吧，兄弟。畢竟我也在一一二緊急消防專線工作過好幾年，接過許多奇奇怪怪的電話，就幾個膽小鬼我還搞得定。」

「我不是擔心這個。」

「不然呢？」

「特別是你，尤樂斯，你經歷過這麼多事之後，我更應該讓你遠離那些不是處在正常情況下的人。」

「你的意思是，遠離像你這樣的人嗎？」尤樂斯面對著凱西的輪椅，順勢蹲了下來，才能直視他好友的眼睛。

「什麼意思？」

「你今天真的有約嗎？」

對話急轉直下，讓凱西的雙眼頓時充滿淚光。「你是我最好的朋友嗎？」他反問尤樂斯，並且緊握住尤樂斯的手。

「從小學開始就是了。」

除了高二那段，他們刻意疏遠彼此，避不見面的時期。中學的最後兩年，他們同時喜歡上學校裡的一個女孩。即便如此，最後這個危機也被他們的友情化解了。校花黛安娜最後選擇和尤樂斯在一起，凱西對於黛安娜的感情，則轉化成另一種更為深刻的友情。

「我說我要是同性戀的話，就把你娶回家了。」尤樂斯開玩笑道。

「你要真的這麼愛，就不要再問了，好嗎？」

尤樂斯起身舉起雙手做出投降的姿勢。「答應我，你不會做傻事，好嗎？」他抬頭大聲詢問已經操控輪椅往門廊駛去的凱西。

「他終有一天會鬆開煞車按鈕，放任輪椅一直向前滑去，」黛安娜曾經預言凱西可能會做出傻事。**「凱西連還是職業籃球員的時候，都沒有足夠堅定的意志戒掉菸癮了，你覺得他怎麼會有接受自己下半生都得半身不遂的意志力？」**

「你還打算告訴我，你今天晚上究竟要去哪裡嗎？」尤樂斯在凱西的背後大聲喊著。

他的好哥兒們回他一句湯姆克魯斯的經典台詞：「我當然可以告訴你，尤樂斯。但如果我告訴你，就必須殺你滅口了。」從中學時代起，他們倆就時常把電影《捍衛戰士》中湯姆克魯斯的台詞背得滾瓜爛熟，以此應對，樂此不疲。

04

滅我口？尤樂斯一邊回想四個小時前的對話，腦袋裡想著克拉拉在服務專線上留下的最後一段話：**「我們必須把電話掛掉。他不會相信這是手機自己誤打出去的。他不會相信我不是故意撥出電話。該死，要是他發現這通電話、要是他發現我們通過電話，他也會去找你的。」**

然後殺了我？

就算尤樂斯不覺得自己真的陷入了危險處境，但還是感到一陣不舒服的威脅感和一絲慌張。這個慌張無頭緒的感覺，就像他一直重複的夢魘——大考場景一樣。夢裡的他，站在一群國家考試委員面前進行口試辯答，他不停試圖回答問題，但由於他準備得不夠，所以一直支支吾吾地答不上來，而考試委員們不停命令他重頭來過。

「請問這是什麼意思？」他繼續追問克拉拉，並稍微撥正自己的頭戴式麥克風。「為什麼會有人來找我並且殺了我呢？」

重點是，我們在談的這個人是誰？究竟是誰讓她這麼害怕？

「我真的很抱歉，我剛剛跟你說了這些話，但這就是事實。要是他發現我們曾經聯繫過，他一定會找到你，並且一併銷毀證據。」

他？所以是個男人。

尤樂斯不自覺地起身走動。他穿過工作室及客廳，往門廊走道的方向去，這是他思考時的慣性動作。

「克拉拉，妳現在做的是正確的事，妳撥打服務專線是一個正確的決定。」他用言語鼓勵她，以取得更多信任、穩住她的情緒。麗真湖畔的老建築就像大多數的復古建築一樣，有著經典的室內長廊，連結廚房、偌大的客廳，以及其他的房間。尤樂斯沿著長廊一路經過各個房間門，兒童房、主臥室、客房、餐廳和一旁的雜物間，走廊長得讓人不禁幻想手邊要是有輛腳踏車還是滑板車就好了。

尤樂斯相當清楚，如果他想繼續和來電者保持通話，就必須字字小心斟酌，避免使用負面字眼。他腦海快速閃過幾個念頭，或許繼續保持通話並不是個好主意，畢竟克拉拉已經在電話中預示過他，他已把自己的生命置入危險的處境裡。最奇怪的點是——也是讓他最擔心的地方——他居然不覺得這個假設太過瘋狂。

稍微資淺一點的服務人員可能會覺得，好吧，看來克拉拉的腦子不太正常，大概是個患有精神病或是幻想症，被關在哪個機構裡太久，好不容易偷偷摸摸地找到一個可以撥打外線電話的病人。畢竟這種情況也不是沒有發生過。

但是克拉拉的聲音不同，她的聲音聽起來完全不像是服用了精神藥物之後的樣子，而她的語句以及說話的語調更不像是精神病人，他們總會參雜許多醫院療程常用的句子和詞彙。

尤樂斯認為，克拉拉的恐懼來自一個真正存在的事物。而這就是他必須追問出來的東西。

「請問妳可以描述現在所在的位置嗎？」他稍微猶豫了一下之後問道。

以前在施潘道消防應變中心時，這是他每天不論接了幾百通電話，開頭一定會問的第一個問題，而這通常也是面對緊急狀況時，最重要的問題。

二十四個辦公崗位，每個座位上架著五台電腦螢幕，每天接聽四千通來電，其中半數動用了消防資源。有時可能是馬爾燦區的火災事故、市中心的一起急性心臟病發案件，或是希拉區的孕婦突然陣痛早產。要是沒先問出事發地點、消防車該開往哪裡支援的話，就無法救到任何人。就算用手機來電，也無法鎖定確切位置，因為一個訊號的涵蓋範圍可能會有好幾公里的誤差。

「你為什麼需要知道我人在哪裡？」

「因為只有這樣，我才能幫助到妳。」

「你沒有注意聽我剛剛說的嗎？我迷路了。請你立刻掛電話，至少你還能救救你自己。」

尤樂斯皺起眉頭、用力地閉上雙眼，這是他下意識的習慣動作，每當他需要全神貫注時，就會慣性地閉上眼。「我猜，這意思就是，妳的生命正受到威脅。脅迫者是一個男性。他在妳身邊嗎？」

克拉拉苦笑了一聲。「他一直都在我身邊。就算我看不見他，他也一樣在我身邊。」

尤樂斯所在的公寓裡一片寂靜。唯一能聽見的噪音是冰箱運作的嗡嗡聲，透過狹長的走道及層層隔間，那聲音變得無比細微。在一片寂靜之中，尤樂斯專心致志地在腦海中描繪克拉拉的處境。從電話中的走路聲響可以聽出，她的鞋子踩在鋪有石礫的地面上，他聽到話筒裡傳來身體掠過樹葉時發出的娑娑聲，她身處的這條路，位在樹林之中。一輛汽車從電話那頭的遠處呼嘯而過。她的周圍雖然沒有人聲，但並不算是偏僻。

「我必須掛斷電話。」

「聽著。請告訴我，我能如何幫助妳。」

「你沒有聽懂我的意思。現在沒有什麼能幫得上我。你應該想辦法救救你自己。」

克拉拉的聲音瞬間變得截然不同，精力充沛，幾乎是以一種教訓的口吻在回答尤樂斯。

「這是在開玩笑嗎？」尤樂斯反問。「妳是故意這樣說好把我嚇跑嗎？」

「哦，我的天，不。你完全沒有搞懂我的意思。」

「那就請妳告訴我，究竟發生了什麼事。」

話筒的另一端，寂靜無聲。

兩人的對話是那麼地費神，尤樂斯的右耳感到一陣輕微的耳鳴。這是尤樂斯長年的毛病，他一直患有輕微的耳鳴，有時消失，有時復發，有時病況長達好幾週，長到他自己都忽略了這股嗡嗡聲的存在，直到某天他惱怒時或是受到刺激時，症狀突然變本加厲，他才會注意到這個毛病的存在。就好似這股存在耳朵裡的尖叫聲只會被負面情緒觸發，之後更隨著情緒高漲而越來越嚴重。

「你懂這種恐懼嗎？你懂這種好像全身每一寸細胞都充滿痛苦的恐懼嗎？」她問他。

正當尤樂斯試著思考該如何回答時，耳裡尖銳的鳴叫聲慢慢地退去。

他閉上雙眼，讓自己不受走廊間昏暗夜燈的干擾，沉浸在黑暗裡，一幅和現在的情景不太相稱的畫面在一片黑暗中快速閃過——一幅色彩鮮明、愉快幸福的回憶畫面。

那是某一年的夏天，二十三度溫暖怡人的氣候。城裡蔓延著一股暴風雨前的寧靜氣息。尤樂斯清了清喉嚨，他不想再回想那個畫面了，距離他上次想起這個畫面大概過了一個小時，這對他而言不太尋常。平常他一有空，腦海就不自禁重複上演那一天的場景，那個他失去一切時的場景。

「妳是要問我，有沒有真正經歷過打從心底發毛，怕到想把全身的皮肉都撕開，才不會讓身體由內而外燃燒起來的那種恐懼嗎？」

「對。」克拉拉回道。

就在這當下，尤樂斯確信，她不會掛掉這通電話了。只要他對她說出自己親身經歷的恐怖事件，她就會繼續聽下去。那是一個意外事件，直到今日，他仍舊在心默默期望，要是生命中從沒發生過這件事該有多好。

05

三個半月前

有人說，只要在柏林待上一小時，就再也無法不帶任何偏見地悠遊行走在這座城市裡。你會永遠對這座城市改觀，覺得它病態、醜陋且令人憐憫。從城裡的消防應變中心往外看，或許能令人稍微感到平靜；這是一個有如大型倉庫的空間，令人不禁聯想到發射太空梭的中央控制室，裡面擺著二十四張電腦桌，各個電腦螢幕前都坐著一位著裝整齊的消防隊員，他們全都和尤樂斯做著一樣的動作——盯著螢幕上的柏林市區衛星地圖，一邊快速地填寫緊急事故表單。

尤樂斯絲毫不浪費時間，也不冀望來電者能靜下心和他核對檢查清單上的每一個項目。他必須以最快速的反應與直覺，把所有項目在規定時間內填寫完畢，就如同當時受訓時要求的那樣。

在應變中心遇上的各種棘手案件裡，最令人痛心疾首的，莫過於這個案例。

病患：男性

年齡：四到七歲

狀況：危急

「你還繼續與男童保持對話嗎？」

「不，他沒再發出任何聲音了。還要再等多久？」來電者表明身分，他叫米歇爾．道麥羅，聲音聽起來好似剛急步爬上好幾層樓梯一樣，非常地喘。根據他在電話中的描述，他正站在布蘭登堡街上一棟新大樓的走廊上，盯著一扇關上的公寓門。

「十七號大樓四樓左側公寓，這裡燒起來了。拜託請你們快來幫忙！」

「消防人員已經在路上了。」尤樂斯冷靜地告知電話彼端那位聲音充滿恐懼與慌張的男子。

他的目光移到巨幅銀幕上，這幅銀幕幾乎佔據了大廳的整面牆。衛星地圖標示著整個柏林市內的交通熱點區域。除了顯示一如往常的週五下班尖峰狀態，市區目前沒有什麼重大災害事件發生。除了柏林市郊外圍的這起火警意外。

尤樂斯看著桌上左手邊的螢幕。衛星定位訊號閃爍著，消防車離事故地點只剩下三分鐘的距離了。

「太好了，我現在就離開現場。」

「等等，先生，請你等一下。」尤樂斯要求著。其實這倒楣的快遞員今天只是要遞送一個包裹而已（布蘭登堡街十七號四樓，郝巴哈家），他先是在爬到四樓時被明顯的火災濃煙味嚇到，接著往開得很不尋常的公寓大門看去，又被走廊上那雙女人的赤腳，還有地上那一大灘的血跡震懾。

「拜託你，老兄，我怕死了，我能先走嗎？這裡可能隨時會爆炸吧。」

「拜託請看一下門縫下是否還有濃煙竄出？」

「有啦！還在噴。」

尤樂斯的手指敲著鍵盤邊緣的尖角。按照教育訓練手冊的指示，他必須同意快遞員道麥羅的請求，甚至，其實他應該立刻命令道麥羅儘快離開意外現場。

任何非專業人員都沒有義務開啟那扇正冒著濃煙的兒童房門，並讓自己因此陷入危險之中。然而尤樂斯卻不允許自己拋下被反鎖在房內的小男孩。

「我的天，他在抓門！」驚嚇過度的快遞員倒吸一口氣。他的聲音夾雜過重的鼻音及含糊難辨的發音，快遞員用濕毛巾捂著口鼻和他通話。快遞員是聽從尤樂斯的指示，從浴室隨便拿了一條濕毛巾來保護自己的。把快遞員留在事故現場真是個錯誤。浴室磁磚地板的血跡奇慘無比，像是一頭被刺殺的野獸從浴缸裡爬了出來一樣。所有的跡象看來，這名女子嘗試要結束自己的生命，並在割開自己的動脈後，還拖著身子走到了走廊上。

「你剛剛說什麼？」尤樂斯追問。

「那個小男孩在抓門。在門的裡面，用指甲在門邊刮門。」

尤樂斯閉上雙眼，彷彿能看到垂死的小男孩做著無謂的抵抗，指甲用力在木門上抓，試著從反鎖的房門掙脫。

「你確定沒有任何辦法能打開這扇門嗎？」

「哦，對，你還真聰明，你當我是智障嗎？」道麥羅的聲音尖銳了起來。「你幹嘛不直接說門是不是大剌剌敞開的算了？你以為我剛剛從走廊跨過去的那具是什麼啊？不是屍體難道是充氣娃娃嗎？還是你以為這血跡都是……」

「是，是，我知道了，我很抱歉，請你務必保持鎮靜！」

快遞員一邊咳嗽一邊吼叫道：「你說的可簡單了！又不是你必須要站在這一堆血跡前面，然後還面對著這間反鎖著的兒童房。」

「請你查看一下其他的房門，看看上面是否插有任何鑰匙？」

「啊？什麼？」

「房門鑰匙。通常公寓裡的房間鑰匙都是相通的，一個鑰匙可以打開所有房間。」

「等等。沒有……咦，還真的。」

尤樂斯聽著腳步聲。橡膠皮鞋踩壓過地毯或是木製地板的聲音。「什麼東西真的？」

「我找到一把鑰匙了。」

「請你試試看能不能打開房門。」

「好的，等我。」

電話那頭，快遞員咳得更厲害了。

要是快遞員在外面的走廊都咳成這樣子，兒童房裡的狀況也不會比在煙囪裡好到哪裡去。

「咦，指甲刮門的聲音停止了。」道麥羅說道。

「別管那個了，請問鑰匙對嗎？」

「什麼？鑰匙合得上門鎖。但是我不敢開門。我如果現在把門打開，火不就會因為受到氧氣助燃而竄出來嗎？」

「不會。」尤樂斯說謊。

「我……我不知道。我不敢打開門。我還是離開比較好……」

尤樂斯的目光望向桌上左側的螢幕，上面顯示著出發救援的消防車輛的所在位置。「請你在線上稍等。」他命令快遞員留在原地，並且直接撥打電話給消防小組。

對方立刻接起電話：「喂？」

「你們到底卡在哪裡？」

「我們到現場了啊，」派出去的消防隊員聽起來非常生氣。「但是這裡什麼事也沒有，這裡沒有意外發生。」

那隻在尤樂斯耳朵裡嗡嗡作響的小蚊子越來越大聲。「什麼意思？那裡沒有火災？」

「完全沒發生任何緊急事故。除了被整隊消防隊敲門嚇到之外，郝巴哈一家人都好好的。」尤樂斯的眼角餘光看到他的團隊主管正在站巨幅銀幕下方，和他的職務代理人講話。他一定早就切入他的頻道同步聽著尤樂斯的整通救援電話。

「你說你和這家人說過話了？」尤樂斯問著在現場的消防組長。

「爸爸、媽媽、女兒。全都好好的沒事。」

女兒？

「請等一下。」

那個該死的快遞員是在耍我嗎？

怒氣沖沖的尤樂斯把電話切回那個睜眼說瞎話的快遞員。要是這膽小鬼在等待的空檔把電話掛了，溜之大吉，他也不覺得意外，但是道麥羅沒有這樣做，他還在線上。

「你人究竟在哪裡！」尤樂斯問道。

「我告訴過你了啊。我在布蘭登堡街這裡。」

「不對，你人不在那裡。」尤樂斯大聲說出在現場的消防同事們剛剛回報的實況訊息。

「這怎麼可能……啊，我的天……對不起。」道麥羅開始結結巴巴起來。

「什麼？」

「我太過驚嚇，我、我……我說……」

「冷靜下來。請你深呼吸一口氣。現場究竟發生了什麼事？」

尤樂斯翻著白眼。

一具女屍。一個正在燃燒的房間。一個急需救援的、刮著房門的小孩。然後再加上一個嚇破膽的目擊證人……

「……我剛剛跟你報錯地址了，那是我前一個投遞的地址。」

「所以那是你前一個投遞包裹的地址？」

「是的。我現在已經在下一個地方了。」

「你、現、在、在、哪、裡？」

尤樂斯花了很大的力氣才克制自己不要朝著電話大吼出來。

電話那頭的快遞員花了好幾秒鐘才終於吞吞吐吐地說出正確答案。

「柏林市王子雷根街二十四號三樓，郵遞區號一〇七一五。」

尤樂斯讓快遞員重複三次他說的事故地址。

快遞員重唸第一次地址時，他屏住了自己的呼吸；第二次覆述時，他的心臟幾乎快停止了；第三次覆述時，他彷彿心已死。

內心死寂，與殭屍無異，他萬念俱灰地移動身子、口中唸唸有詞，然後立刻從自己的座位上跳了起來，把耳麥從頭上甩開，臉部表情猙獰得像個瘋子，瞪著面面相覷的同事們。

他已心如死灰。

彷彿自己已不存在這個人世間。

「尤樂斯！」他的主管一邊叫住他，一邊快步向他走去，但尤樂斯絲毫沒有要停下腳步的意思。他甩開緊抓住他的同事，又一把將主管往牆邊推開，他一路衝出辦公室，衝下樓梯。驚慌失措、心如槁木。他奔向停車場，跳上車子，飛奔而去。

往柏林市王子雷根街二十四號
三樓
郵遞區號一〇七一五
往他自己的家，飛奔而去。

06

克拉拉
今天

「你懂這種恐懼嗎？你懂這種好像全身每一寸細胞都充滿痛苦的恐懼嗎？」

「妳是要問我，有沒有真正經歷過打從心底發毛，怕到想把全身的皮肉撕開，才不會讓身體由內而外燃燒起來的那種恐懼嗎？」

「對。」

在這番對話之後，話筒那端的專線服務人員沉寂了好一陣子，克拉拉甚至一度認為，尤樂斯是不是把電話掛掉了。終於，他打破沉默，「抱歉，妳讓我想起了一件我一直不願意回想的悲劇。現在回想起來，那其實是沒多久前發生的事。」

克拉拉一邊走，一邊用力繃緊全身，她佝著身子，一隻手用力壓住左側腰部，試圖減輕從脾臟隱隱傳來的刺痛感，其實她走得並不快，但依舊能感受到身體的疼痛感。

即便她最近確實變胖了一點（馬丁總是不厭其煩地數落她的身材，**至少妳全身上下唯一還稱得上能看的那兩隻鹿眼還沒有變胖**。）但這也不是她快步走了好幾公里後，感覺喘不過氣的主因，不是，身體的疲憊不是讓她上氣不接下氣的原因，而是她剛剛經歷的瀕死經驗，她口袋裡的手機自動撥出服務專線號碼之前所發生的事，才是令她如此驚恐的原因。

和這個聲音聽來富有同理心、脾氣溫順的陌生人通話，其實已經耗掉她僅存不多的力氣，況且，她還得保持清醒，她還有更重要的事情要做。

連她自己都不知道到底為什麼還要繼續跟這個人說話。

「妳說的那種恐懼，我再清楚不過了。」電話那頭的尤樂斯靜默好長一段時間後回答道，她彷彿可以感受到這句話在他靈魂裡的重量。沉甸甸地壓在他身上，而他再也無法將它從生命中抹去。尤樂斯所說的字字句句都勾動著她，不停地喚起她靈魂深處的共鳴，她曾經以為，她的靈魂早已死去，早已像被撕成碎片般散落各地，不再完整了。尤樂斯，如果他的名字是這樣寫的話（他剛剛說的樣子聽起來比較像是裘爾斯），這名字聽起來是這麼地**正直**、**坦率**。她腦袋裡想不到其他字眼描述這個名字了，她不清楚自己的第六感會不會因為眼下這個危急的情況，或是大半夜待在外頭漆黑一片的路上而有些失靈。或許他只是個演員，換上令人心安又放鬆的聲音，對他而言就像戴上面具一樣簡單，他只是利用這個平穩的聲音讓她卸下心防，讓她以為有人會相信剛剛在她身上發生的那件怪事。

「不可能有人能夠真正理解我的。」克拉拉重新打起精神，並將那條把她濃密的棕色長捲髮紮得好似一條秀麗馬尾的髮圈鬆開，她撥撥頭髮，好確定這頭痛欲裂的壓力並不是因為頭髮綁得太緊。

克拉拉深吸一口濕潤又清新的森林氣息。冷杉濃密的枝椏垂成一道道天然的遮雪棚。好在夜晚的強風已經靜止下來，克拉拉感到稍微溫暖了幾度，然而樹林裡的氣溫依舊讓她冷得直發抖。她身上僅穿著一件挪威冬季圖騰毛衣，外頭罩著逃跑時慌亂披上的風衣，還有頃刻間已經被露水濕透的貼身牛仔褲，根本無法抵擋樹林裡的冷冽低溫。她這身衣著，就算在秋天出門散步都還嫌太過單薄。

散步，她心裡掠過一絲憂傷，克拉拉默默地想。**真好，我人生短短的三十四年裡，哪有真正散過幾次步。以前總覺得散步不過就是浪費時間的事，就這樣出門走一走，不需要出門的理由、沒有真正要到達的目的地，也沒有必須完成的事項。如今我卻獨自一人處在這荒野裡，全身上下受傷流著血，能活多久也不知道，才開始懷念過去所有能散步卻沒有去的時光，坐在電椅上等死的死刑犯大概就是這種感受吧。**

「我的恐懼沒人經歷過。請你別自作多情，假情假意地說你能夠理解，你根本不認識我，你無法體會我的感受。」

她輕輕擦拭自己的額頭，心裡鬆了一口氣，血已經乾了，然而她仍舊頭疼欲裂，腦袋裡一陣陣的鼓鳴聲就像教堂裡的鐘錘在敲鐘一樣。這就是半夜試圖爬上一座山岩的後果吧，許多柏林居民甚至不知道城裡居然有一座山岩的存在。這是熟悉柏林的人才會知道的私房地點，沒有地標，約八或十公尺高、以水泥人工灌造，傾斜的角度、兩峰間距、高低落差及深度，都不是一般人可以輕易攀爬上去的，若非國家級阿爾卑斯山十字攻頂隊隊員，大概很難登頂成功。

不過，在這暴風雪的深夜裡，誰會管你有沒有國家級登山證？

「我當然不能說我理解妳的感覺，但我想，我相當清楚妳的行為，一點都不像一個成年女性該有的舉止，反而比較像是一個頑固孩童才會做的行為。」尤樂斯再次說中她心中的想法。**該死的。**她要不是好死不死抽中了服務中心最資深的員工，就是最近所有專線人員都被抓去嚴格特訓過。她記得上次她使用服務專線時，接電話的是一個年紀稍輕的小女生，她在通話中幾乎每個句子的開頭，都夾雜著令人煩躁的贅語，例如「就像我先前才告訴你的」，即便她先前什麼也沒提過。

一定是最近所有的專線服務人員都被抓去加強訓練了，大概是上了什麼進階教育講座之類的，有著斗大的講座標題「危機處理——獨自夜歸女子，由你引導返家」，搞不好還在講座上一一擷取實際通話案例加以分析，她現在的這通電話，搞不好就成了課堂上課的樣本。

克拉拉離開了冷杉樹枝的天然遮雪棚，繼續往前面的小徑蹣跚走去，小徑彎彎曲曲地穿過魔鬼山的樹林區，直通到魔鬼湖看湖街。大城市的光害在她身處的城市邊緣地帶，和飛舞繾綣的大雪交織輝映成一幅繽紛歡慶的色彩，就像灑落在空中的大把五彩雲一樣。

她正拖著腿走路，暗自希望腳踝沒有扭傷，不過就算扭傷了也無所謂。隱隱傳來的疼痛越來越明顯。每一步都痛得要流下淚來，椎骨的疼痛讓她在寒風大雪中繼續保持清醒、蹣跚地前進著。

「請問是什麼原因讓妳的人生脫離了常軌？」尤樂斯問道。

克拉拉微微閉上雙眼。黑暗瞬間包圍著她，和身旁冷冽的氣溫很是相襯。

該死的，我怎麼就不能直接把電話掛了呢？

若他只是隨便地問一句「發生什麼事」，還是「請告訴我事發經過」之類的話，她早就把這通電話掛了。但是他問的每一個問題都讓她相信，他真的懂她的處境。她曾經是個有目標的女人。她曾經在人生裡沉沉浮浮好一段時間，就希望能找到滿意的人以及真正的愛情，而那段漫長的旅途卻處處佈滿地雷和陷阱，大該只有幸運的人才能毫髮無傷地通過這條路。而幸運，哦，如果有這個東西的話，大概從一開始就與她無緣，幸運之神在她踏上旅程前就先跟她辭別了，也順手把車票撕了——而這是好久以前了，她的愛情之路從來沒有被幸運之神眷顧過。

「你知道陶恩齊恩這裡的法國餐廳『禪』嗎？」

「那間精品旅館嗎？」

「沒錯。」

「我的薪水連在那裡喝一杯咖啡都付不起，不過，是，我知道那旅館。」

「還有它的小聲說話酒吧『電梯』？」

「小聲什麼？」

「算了，你不知道。」克拉拉將地上的樹枝推開，才能再繼續前進。

「從酒吧大廳看出去剛好是一個觀賞電梯的好視角。坐在紫色蘭花盆栽旁的長型床墊沙發上，就是最佳的觀賞位置。如果不仔細看的話，大概就只會看到三扇不鏽鋼的電梯門，上面裝飾著精緻的亞洲藝術字體，像是法國或日本雜貨的倉庫一樣。」

「可是？」

「可是如果你準時在每個月最後一個星期六的二十三點二十三分，坐在床墊沙發上，並仔細順著紫蘭花盆栽排成的狹長通道看過去，就會看到那些電梯門的旁邊還有一扇門，不像營業場所會出現的那種門，而是一扇用日式宣紙做成的木門。」

「它不像營業用的門，但是後面卻同樣是一座電梯。」

克拉拉臉上泛出溫暖的微笑。如果在正常的情況下，她大概會非常樂意和尤樂斯閒話家常。聊聊政治、藝術、旅遊還是教養方法之類的，如果他剛好有小孩的話。他聽起來已為人父，那麼地慈祥和藹，可同時又堅定果決。一個人有多少機會能夠遇到這樣的男人，一路傾聽、跟緊你的思緒，而且還能正確地接上你想講的句子，難道是他們兩人都意識到，按這個敘述邏輯，結尾應該是如此？

「一點也沒錯。那就是第四座電梯。」

「為什麼叫小聲說話酒吧？」他問道。

「以前美國有禁酒令的時候，小酒館後面的暗室才膽敢違法供應酒精飲料。這些暗藏在小酒館隱密空間裡的大門都需要打暗號，你需要輕聲跟酒保說暗號，他們才會幫你開門，所以就叫作小聲說話，就是悄悄話的意思。」

「打開電梯需要什麼密碼？」

很聰明。他問對了問題，還有接下來最重要的問題：**電梯通往哪裡？**

他心裡清楚，如果他急躁地直接問到核心問題，她或許會因過於恐懼而不願全盤托出。因為這會讓女生覺得自己似乎太過容易上鉤，有被利用的感覺，就像是初次約會的女生在散步時太早允許男伴親吻自己的手一樣。

「關於暗室這種東西幾乎都已經合法化，小聲說話不過是很多酒吧的通俗名稱。」

「我們現在在說的是哪一間暗室呢？」

她聽到身旁草叢的一陣窸窣聲，可能是野生的狐狸，也可能是野生山豬在雪地裡找食物。

「那個讓我全身佈滿傷痛的暗室。」

「妳搭了那部電梯嗎？」

尤樂斯不厭其煩地一步步推進，小心測試她的底線，電話那頭的克拉拉繼續忍著脾臟傳來的隱隱刺痛，以及腳踝上的刺骨疼痛，步履蹣跚地拖著自己的腿往前，只要再幾公尺的路，她就快到魔鬼湖看湖街了，這一路上所幸沒有任何車子經過她身邊。

不然大概只有完全冷漠的反社會混蛋才不會停下來問她是否需要幫忙。若真發生了，她該怎麼回答才好？「**沒事，我很好。我就特別喜歡在大風雪的日子裡拖著骨折的腳踝，流血散步。**」

「是，我搭了那台電梯，」她回答尤樂斯剛剛的問題。

我是踏進了電梯。

「就像馬丁叫我做的一樣，二十三點二十三分，電梯門無聲無息地自動打開，我踏進了電梯。」

「馬丁？誰是馬丁？」

「你馬上就會知道。我會告訴你他是誰。」克拉拉開始敘述發生在她身上的事件，不是所有的事件都有頭有尾，有些事件甚至完全不曾停止過，它們永無止境，每到一個轉折點，克拉拉就知道她再也無法回到過去。那個還沒有被邪惡的甜美誘惑沖昏頭的她，那個還沒踏進漆黑電梯的她，那台讓她的世界分崩離析並且不停出現在她惡夢裡的電梯。

07

克拉拉
幾個月以前

「去穿上妳的套裝。」馬丁對克拉拉命令道：「穿妳那套配窄裙的深藍色套裝，外套下配白襯衫。穿上妳的 Parada 跟鞋，不要露腳趾。要看起來像是妳剛從事務所開完會出來一樣。」

她一直都知道她讓他丟臉，因為她「只不過是」一個心理諮商室的醫事檢驗師，沒有什麼像是企業顧問或是女律師之類的高級頭銜。

「戴低調一點的首飾，我在土耳其買給妳的那支蕭邦錶、珍珠項鍊，再去配合適的耳環。」

她服從地聽話照做，就像往常一樣。她和馬丁在一起七年了，最後三年才結了婚，這漫長的日子裡，她學會了不要牴觸馬丁、不要問太多問題。只是穿上「套裝」而已，遠比馬丁其他的要求正常許多，甚至是舒適許多，她樂意照辦。上次她被要求穿上亮面漆皮過膝長裙，去到艾德諾廣場邊的情色電影院和他會面，相較起來，能穿著套裝去法國精品酒店『禪』根本像是上天堂一樣。克拉拉一邊想一邊換裝。但是她並不知道，穿著華美制服的法國服務生面帶充滿魅力的微笑替她扶門把，親切地請她踏上鋪著中國式大理石磚的地板，一路穿越酒店大廳直達電梯門口，這段路，也可以是通往地獄大門的開始。在那裡，她進了其中一部電梯。第四部電梯，也就是小聲說話酒吧的「電梯」，這部電梯裡的燈光是如此地幽暗，過了一陣子之後，克拉拉的眼睛才適應過來。

好老，克拉拉看著電梯鏡子上的自己，不禁心裡想著。

一堆皺紋，而且整個臉型都垮了。

馬丁倒是不忘每天數落她。自從艾美莉亞出生之後，他就不停地提醒她注意全身上下因生產而變形的體態和肥胖的痕跡，不停地貶低她的個性和弱點，就因為她生產過後沒有迅速恢復身材。

電梯抵達十九樓，門打開了。

樓層之高，克拉拉感到有點腿軟，但仍舊跟著踏出電梯，踏上有廣藿香薄荷味，卻又一點都不像飯店走廊的走廊。她印象中，反而比較像踏進了豪華公寓的樓梯間。克拉拉正自顧自想著時，走到了一座彎成半月形的寬敞紅木階梯前，階梯一路延伸到一個掛著巨幅油畫的走廊，油畫上是一個白髮蒼蒼、幾乎無牙的中國女人。階梯左右兩邊的平台則擺著幾乎和人一樣高的巨大圓形花瓶，裡頭插著幾株克拉拉這輩子看過最大的向日葵。

兩個巨大花瓶中間站著一個笑容可掬、彷彿剛下時尚伸展台的美麗仙女。至少看在心如死灰、形如枯木又穿得一身素黑的克拉拉眼裡，她確實就是個仙女。

「嗨，歡迎光臨V. P.，我是露絲安娜。」仙女微笑著說。

她用英文發音唸著，V. P.，聽起來就像是省略了一個字的貴賓私人包廂。

「我相當高興你如約前來。請問你曾經使用過我們的包廂嗎？」

克拉拉搖搖頭，被接待女士的氣度以及美麗震懾。露絲安娜看起來青春俏麗，水汪汪的深棕色大眼、纖長優雅的睫毛好像迪士尼公主，每個男人見到這副楚楚可憐的模樣，心裡都會不自禁升起呵護她的欲望，每個女人見到露絲安娜都會理解，若是自己的老公被她誘拐了，也是理所當然。

克拉拉頓時有股心痛的感覺，她回想自己的人生，高中剛畢業時，技職專科學校沒課的下午，在庫當街律師公會當櫃檯打工兼差的那段日子。當時的她做著和仙女類似的工作，給每個顧客親切善意的微笑，帶領客戶到會客室等待，若律師、公證人還在和其他客戶面談，她便會為在會客室等待的客戶沖泡咖啡。她就是這樣認識馬丁的。那時的她充滿自信心，泰然自若的心就像露絲安娜一樣，挺立的體態表現出驕傲與自信，臉蛋與眼神卻能同時散發出溫馴可人的氣息，讓每個在櫃檯被接待的男性都感到一陣輕飄飄的舒適感，請他們在會客室等待，不過只是短暫地降低他們的身分而已，他們實際上有著更崇高的地位和使命。

爬得越高，摔得更重，克拉拉心裡正想著，便聽到露絲安娜說：「如果這是你第一次光臨，我必須請你在這裡填寫你的會員申請表單。」

露絲安娜轉過身背對著她，克拉拉驚訝地發現她連身長裙背後的深開襟直到腰際。「如果可以的話，請你跟我來。」

她看著克拉拉，示意她來到向日葵花瓶旁那座與胸齊高的大理石圓柱台。台上擺著一個精緻的皮製文件本，露絲安娜打開本子，取出一個燙金的信封和一枝陶瓷純白色筆身的萬寶龍鋼筆，一起遞給克拉拉簽字。

「請問你已經決定好想要開始的等級了嗎？」

等級？

「沒有關係，你可以隨時更改你想要的顏色。」

顏色？

當克拉拉手指微微發抖地試圖打開信封時，他一手抽走了她手上的信封，將之撕成兩半。

「不需要，親愛的。我已經幫妳把申請表填好了。」

驚恐包裹著她全身。馬丁不知何時突然出現，他就像是從哪個隱密房間突然蹦出來一樣，突如其來地站在她身邊。馬丁手裡握著撕毀的信封袋（為什麼我需要申請會員？什麼會員？這是什麼俱樂部嗎？），他臉上揚著親切有禮貌的微笑，看起來像是剛梳洗過一樣，鬍鬚剛刮過，身上也看似剛沖過澡，棕色的捲髮剛上好油亮的髮蠟，服貼地順著頭型一束束地梳得相當整齊，他身上散發一股令人安心舒服的味道，就像許久以前她和他在律師事務所剛相遇那時一樣。

「我能跟你私下談談嗎？」克拉拉試著擠出一抹微笑，不過顯然看來相當勉強，她指指可能是馬丁剛剛走出的那扇門，示意他到一旁說話。電梯旁看來有洗手間，或許他們到化妝室的走廊談話，比較不會受干擾。

馬丁搖搖頭。「要說話我們之後再說吧，直接開始，之後我們也有比較多的內容可以談。」他伸手牽住她。手上的力道扯著她不得不跟著往前走。

「這裡到底是做什麼的？」克拉拉有點不安地輕聲問道。

馬丁點點頭，好似滿意她終於問了一個聰明的問題一樣，然而卻仍刻意不回答她，馬丁一邊反過她的手，將她的手反向半強迫地壓在她背上肩胛骨的位子，一邊輕輕地從背後推著她往階梯上走去。

「我是認真的，馬丁。你在打什麼主意？」

「別掃興。」她聽到他在背後輕蔑地笑著說，他就站在離她背後一步的距離。

在紅木階梯的盡頭處，是一層鋪著深灰色地毯的畫廊展示間，展示間的另一端則是一個偌大的黑色雙扇門。門上寫著大大的Pi。

馬丁伸手刷過磁條卡，門應聲而開。

「拜託……」克拉拉遲疑著，腦中想起她六歲的女兒艾美莉亞，希望她現在正在保母無微不至的呵護下，安穩地在她的小床上熟睡。她顫抖地跟著馬丁進入旅館房間，雖然她全身上下盡是不祥的預感，警告她要快點離開現場。

她目光低垂地看著地板，因為她實在太害怕，房裡不知是什麼正等待著她。

「我要用一下洗手間，」她聲音嘶啞地說道。

「等一下再去。」馬丁命令著，並開始在房間裡走動，克拉拉無法再將眼光撇開。

她原先猜想可能會是個旅館套房的房間，或許有張床，窗戶前可能再多一組小型沙發，讓房裡的人可以眺望紀念教堂或是動物園裡的景觀建築，而房間也確實符合她的想像。然而不同的是，房間正中央的那張床是圓形的，床墊尺寸超乎尋常，大約是她以前租的公寓房間的三倍大，那時她還沒認識馬丁，獨自一人住在普勞爾山街的分租公寓。

「這到底是在做什麼？」她問，雖然不能理解她為什麼會有這樣的直覺反應，但驚恐的她，下意識用手遮住自己的嘴。

她盯著眼前的六個男人，他們全都戴著一樣的面具——眼角掛著眼淚的微笑表情。

她驚嚇到無法反應。

「你們在這裡做什麼？」她虛脫無力地問道。心裡驚恐的她只想逃跑，雙腳卻無法動彈，不聽使喚、無法移動。克拉拉不敢置信地看著床上的年輕女孩，身旁圍著這群戴著面具、穿著燕尾服的男人，她暗自希望這女孩只是一尊床上的裝飾品。

但是從女孩嘴裡流下的鮮血，卻是如此真實地滴到了她赤裸的雙乳上。

08

受盡凌辱的女孩趴在床上，像是狗一般地用跪姿撐在床墊上。女孩的右手撐在床墊上，左手則像是斷了臂的翅膀，懸掛在纖瘦的身體旁。

「拜託！」當克拉拉與女孩四目相對，她彷彿能聽到女孩無聲地向她求救。女孩美麗的臉上缺了兩個門牙。

「這是我們的桑妮卡，跟桑妮卡說嗨。」馬丁微笑著。「當然啦，這是她的藝名，不過我們的桑妮卡看起來就像是個印度美女一樣，對吧？」

看起來比較像是被綁在審訊柱上的將死之人，克拉拉心裡想著。眼前這個有著深棕髮色和深色皮膚的女孩，看起來還未成年，最多不超過十八歲，身材纖細窈窕。她的胸部與腹部佈滿鮮血與傷痕，肌膚上清晰可見肋骨隨著她規律的呼吸起伏著。

女孩頸上的狗項圈勒得過緊，她看來快不能呼吸了，旁邊孔武有力的男人穿著黑色燕尾服，西裝上帶著一點剛形成的皺褶，手上緊緊扯著狗牽繩。另一隻手握著的電焊槍，顯然就是女孩背部及臀部所有傷口的原因。

救我，好痛。

克拉拉看著女孩，想要跑出去求救，但是馬丁從她的背後緊緊抓著她，將她往前推去，他從腰後雙手環抱著她，彷彿兩人是一對恩愛的夫妻，站在精品旅館房間的陽台上欣賞著瑰麗的景色一般。

「親愛的，V. P.不過是個遊戲而已。」馬丁輕聲在她耳邊說道。就連馬丁也不知何時早已戴上了笑臉面具，面具的塑料在克拉拉的臉上摩擦著。馬丁在耳邊告訴她，所謂的V. P.，全名就是暴力遊戲（Violence Play）時，她幾乎反胃作嘔。這是兩個多麼反差的英文字，在世界上的任何一個角落，都不會有人把這兩個元素聯想在一塊，但暴力和遊戲卻在這裡被組合成一體。

暴力？遊戲？

我的天。

克拉拉一直以為，馬丁成為父親之後，他這個「角色扮演」以及「性點子」的癖好就會自然消去。然而事與願違，正因為小孩的出生，讓馬丁覺得手上握著克拉拉的軟肋，現在開始，克拉拉將會為了小孩做出完全的犧牲。

「妳要是不配合，那我就告訴所有人，媽媽究竟都做了些什麼下流的事。我會讓妳的照片、影片上傳到網路上任人瀏覽下載，到時候妳就自己一個人承受所有人對妳這個失格變態母親的指責，哦，沒錯，連同小孩學校的家長以及學校老師也會看到妳這些猥褻的照片。然後我會取得小孩的監護權，沒了小孩，妳一毛錢也別想從我這裡拿到，妳就滾回去妳馬燦爾區的組合屋宿舍，每天從妳那扇小不拉嘰的窗戶瞪著放置垃圾桶的後院，那就是妳下半生的風景。」「你們這些禽獸，快放開她！」克拉拉抓緊馬丁鬆開她的片刻，對著這些男人大喊。她勇敢地往女孩的方向踏出一步，女孩卻驚恐地往後退縮。一瞬間失去平衡的女孩，纖弱的右手因為一時間無法支撐身體的重量而往左邊傾斜，整個上半身倒向脫臼的左手臂上，發出慘痛的叫聲。

「閉上妳的狗嘴！」握著牽繩的男人對著女孩大吼，一邊拉扯項圈。克拉拉和這男人只有兩步的距離，她對著他大吼道：「你給我立刻鬆開她，你這隻變態的豬！」她轉頭望向桌上的電話，準備打電話求援。在進電梯之前，馬丁故意讓她把自己的手機留在車上。

「你們都聽到她的話了。」她老公看著室內的這群男人，宣布道：「你們都看見了，我老婆沒有戴面具也沒有戴手環。也就是說，她是今天的女王。」

在場所有戴面具的男人都點著頭。克拉拉有股不祥的感覺，她好似正在見證某個祕密集會的共同協議一樣，只是她並不了解集會的所有規則。

「女王？」

「哦，是的，親愛的，」馬丁說道。「妳有權利決定今天最後的一項措施。」

牽著狗繩的男人高舉另一隻握著電焊槍的手。電焊槍插在一條延長線上，發出哧哧的灼熱聲。

「什麼最後措施？」克拉拉問道。但她其實一點都不想聽到答案。她知道事情不可能照她的期望發展。她心中所有的期望，已從這間房間、從這間旅館、從她的生命中消散。

「我們從她的主人那裡買下了這個玩具（馬丁真真切切地說了玩具這兩個字），付的價錢好到前任主人同意她由我們任意處置。換句話說，我們可以對她做任何事情。」

克拉拉再清楚明白不過，馬丁面具底下的臉，正泛著魔鬼般的獰笑。

「所謂的『所有事情』真的是指『所有事情』。」他情不自禁地搓揉自己的雙手。「我們今天還想好好地戳瞎她或是割割她。」

「你們今天再也不許對她做任何的事，你們這些雜碎……」

「當然沒錯了，」馬丁打斷她。「我們不會做任何事。而是**妳**，由**妳**來做。妳可以選擇。妳想要用電焊槍燒她的眼睛，還是焊一焊她的陰唇？」

光是聽到這些字句，克拉拉就感到下半身一片痙攣。她能想像那股疼痛，幾乎快彎下腰蜷曲自己的身子了。雖然她早就知道，世界上有許多處境比她更糟糕的女人。那些從窮困國家被強迫買賣到外國的妓女，那些還是小女孩時就被家人賣到人肉集團去的女孩，得在國外供那些心理有毛病的沙文主義男性「任意處置」。她以前只是想，希望她一輩子都不需要親眼看到這些恐怖的真實事件，因為就連她自己，一個深受家庭暴力所害的女子，見到這副殘忍景象都覺得怵目驚心。

「你說我今天是女王？」她轉頭問馬丁，腦海裡閃過一個主意。

「沒錯！」

「你說我可以決定最後的措施？」

「完全正確。」

她深深吸了一口氣。「好。那我在這裡決定，你們立刻放她離開。」

克拉拉閉上眼睛等待那個從上降下來的清脆巴掌，就如同每次馬丁不滿意她時那樣。

「沒問題。」

她大為驚訝地發現自己的丈夫這次居然沒有破口大罵，反而是爽快地在空中拍掌三次。一扇絹紙做的拉門應聲而開。

「尊敬的醫生大人，請你好好善待這個女孩。我們的女王宣布，這個玩具的暴力遊戲時間已經結束。」

一個同樣戴著面具的男人出現在門後，身上穿著一件真正的醫師白袍，一言不發地從側房內推著一張擔架床進入房內。

兩個穿著燕尾服的男人拉起半昏厥的桑妮卡——克拉拉並不清楚女孩的真實姓名——動作粗魯得像是要拖走床上的一袋馬鈴薯一樣，把她踿向一旁被稱為醫生的男人。

克拉拉擔心地往前跟著醫生，然而馬丁卻在身後拉住了她的手臂。

「我的愛人，妳想去哪裡？」他用力一把拉回克拉拉，她身體轉了一圈倒在馬丁懷裡，腳尖旋轉得好似在跳舞一樣地滑稽。

「我要報警。」

馬丁用力搖著仍戴著面具的頭。「哦，我想我應該早點告訴妳才是，親愛的。但是我們和妳的暴力遊戲可還沒結束啊。」

她的丈夫目送醫生以及女孩離開，直到醫生推著擔架通過房門，他還是一點也沒有要鬆開克拉拉手臂的意思。

「放開我！」

「這我可沒辦法。我們的規定清楚地寫著：如果女王釋放了我們的玩具，那麼女王自己就得當我們的玩具。而妳現在在房間裡，手上沒有戴任何顏色的手環……」

房門在醫生以及女孩的背後沉重緩慢地關上，兩扇門一闔上便自動應聲上鎖。

馬丁一把抓住克拉拉的頭髮，並將她的頭扯向自己，她疼得眼淚幾乎要奪眶而出。

「……換句話說，我們可以對妳做所有事情。沒有任何禁忌。」

他對手上握著狗鍊的男人打了一個手勢，男人大踏步往前向克拉拉走來，用力地往她肚子上揍了一拳，而這不過只是這個長夜裡挨下的第一拳而已。

09

尤樂斯　今天

「他們可以擅自對我做任何事。把菸頭熄在我身上、在我身上便溺、踢、踹、咬、拳腳招呼。扯頭髮不過是最輕微的一項。頭皮拉扯相當疼痛，但比起其他的，還不算最糟糕。」

「我的老天。那他們也對妳……」

「戳瞎和電燒？不，我丈夫並沒有允許他們戳瞎我的眼睛，或是用那根炙熱的電焊槍性侵我。」

「那他們是用其他的方式對妳……」

「……強暴性侵？」克拉拉幫尤樂斯接上他沒辦法說完的句子。「字面上已經很清楚了，暴力是一定有的。但性侵？不，沒有。對沙文主義男性俱樂部而言，性不是重點。」

尤樂斯著實沉默了，他需要一段時間來消化剛剛克拉拉敘述的事情。他沉默得比一般還久，因為即便他消化了究竟發生什麼事之後，也找不到適合的字句來開啟對話。最終他說道：「大部分會打『安心返家專線』的女人，是因為在獨自返家的路上感到害怕。但是，克拉拉，妳的情況是否是剛好相反呢？妳害怕『返家』，因此，才選擇在黑暗中迷路？」

「是吧，我想……是的。」

「妳害怕你的丈夫嗎？」

「不。」

尤樂斯不解地皺起眉頭，下意識地搓揉自己的後頸，頭戴式耳機與麥克風的鋼圈正好卡在後頸的頭髮裡，使他感到疼痛。他的頭圍比凱西略小，所以這個頭戴式耳麥的大小與他的頭圍並不相符。

「但依照妳剛才向我敘述的，不就已經稱得上是很殘酷的婚姻暴力事件了嗎？」

「是沒錯，但如果只是這樣，我想我或許還能再多撐一段時間，」克拉拉說道。「我自己也從沒想過，在經過『禪』的那一夜之後，我居然還能說出這番話來。順帶一提，馬丁把那晚錄了下來，他把它當作開胃菜，上傳到一個網路交易平台。」

「開胃菜？」尤樂斯問道。

「那群交易平台上的變態習慣用的行話。他們喜歡在交易平台上看其他女人是如何被折磨的。他們可以把交易平台上的照片剪成圖輯，然後印刷出來。大部分都是那種女人充滿驚恐和痛苦而睜大雙眼和嘴巴扭曲的特寫照。這些人喜歡買這種照片，然後手淫射精在照片上，再把照片重新上傳回交易平台。馬丁通常對留言感到非常興奮，好比說『**看看我把你那個鼻青臉腫的蕩婦射得滿臉。他媽的蕩婦**』之類的話。」

克拉拉的聲音聽起來清楚多了，很可能不只是因為她背景的環境噪音消失了的關係。她明顯已經不在戶外，而是進到室內。尤樂斯能聽到一聲像是金屬敲上石頭的聲音，像是一扇門卡住了打不開。那是她租屋處的大門嗎？接下來電話裡的氣氛瞬間改變了，就連克拉拉的聲調也變得不同。她的聲音現在聽起來相當堅定且充滿信心，然而她接下來所說的話卻完全與之相反，尤樂斯心裡升起一股不太真實的感覺，就好像他現在是坐在一個搖晃不穩的地面上一樣，而這個支撐著他的地面隨時都會塌陷。「讓我撐不下去的，是這個，這個我從伯格莊園療養院回來之後所發生的事。」

尤樂斯震驚地試圖嚥下這股不舒服的感覺，但喉嚨裡的氣結讓他無法順利吞下這股令人窒息的感受。

伯格莊園。

這幾個字斗大地敲進他的腦海裡，他開始感到驚慌，遠比克拉拉在向他敘述婚姻裡的殘忍暴行時，更加地驚恐。

他閉上眼睛，那幅療養院簡介手冊的景象就呈現在眼前，那是他一開始慌忙地在桌上翻找電視遙控器時抓到的手冊，而這整個景象就像播放投影片一樣地在他腦海裡閃過。

尤樂斯沉靜了幾分鐘，直到他再度冷靜下來，並且思考出他現在可以提問的問題：「請問是什麼原因讓妳住進療養院的呢？」

尤樂斯喉嚨裡卡著的不舒服感越來越大，簡直從高爾夫球的大小變成了網球。尤樂斯不自禁地回憶起黛安娜。她是這樣完美的一個人，雖然他們倆並未正式宣誓結婚，但他總是向別人介紹並稱呼她是「我的妻子」。黛安娜也很配合地總是在表單上勾選「已婚」的選項，就如同她在伯格莊園私人療養院的入院手續表單一樣，那個位在黑森林區，巴登巴登附近的私人療養院。

「妳曾經在那裡接受精神治療嗎？」尤樂斯的聲音聽起來有些麻木無神，但他迫切地想知道答案。

跟黛安娜一樣？

「不，我去那裡出差。」克拉拉回答，還打了個哈欠，答案出乎尤樂斯的意料。

站在走廊中間的尤樂斯隨即聽到一個典型的簡訊聲。他相當清楚在服務專線進行的同時，系統會自動將這種即時訊息通知轉為靜音模式，而他自己的私人手機向來都是不開啟簡訊通知音的，那必定是電話那頭的克拉拉收到了一條簡訊。

「也就是說，妳是心理諮商師？或是精神科醫師？」

「你為什麼要刻意壓低音量說話？」克拉拉反問，而直到這時候，尤樂斯才驚覺自己竟然不自覺地壓低了音量。

「我是心理諮商診所的醫事檢驗師。我在伯格莊園參加了一個研究計畫。」

「在那裡發生了什麼事嗎？」尤樂斯繼續追問，這次聲音刻意加大。他刻意不直接問出這個問句中間夾雜的真實問題：**「經歷過和妳丈夫的那些恐怖事情之後，是什麼讓狀況更加雪上加霜了呢？」**

克拉拉稍微呵了一口氣，就好似想故意轉移注意力一樣，「不，什麼也沒發生。」

「抱歉，我不懂妳的意思，什麼叫作什麼也沒發生？」

「亞尼克。」她重複了一次。

尤樂斯重新走回書房，「那是誰？」

她長嘆一口氣，並用一個令她心碎欲絕的問題反問尤樂斯：「你有打過二氫去氧嗎啡嗎？」

「妳是說那個毒品鱷魚？」他否認。這是全世界最糟糕透頂、致死率最高的便宜毒品，鱷魚是一個由磷、碘和可待因混合的麻醉劑。他以往在消防專線時經常處理這些毒蟲，通常是哪個犯毒癮的白癡給自己打了這個噁心的混合藥劑，過量施打。接著消防員就得去火車站那個壞掉的廁所裡抬出這些白癡。藥效還沒退的毒蟲常常幻想著把自己吞掉。「這個毒品只要打一針就夠了。」克拉拉也不知道為何自己要向尤樂斯說這句多餘的話。「只要該死的打上一針，這個藥劑就足以摧毀整個人的身體功能，大腦將不再生產腦內啡。你知道這是什麼意思嗎？」

「這個人將永遠不會再感到快樂。」

「一點也沒錯。這就是亞尼克對我做的事。這是我唯一有的線索，他永遠剝奪了我製造快樂賀爾蒙的能力，永遠而且不可逆。不論以後我的人生發生了什麼事，我不再有歡笑、愛人的能力，我再也無法感到活生生地活著。」

尤樂斯聽著電話那一端傳來沉重的鐵門滑入軌道並上鎖的鏗鏘聲，這下他明白之前聽到的金屬聲是什麼了。

「妳現在在車庫裡。」他確信地說，另外也是因為他一時間想不到能說什麼，在她揭露了亞尼克這個額外衍生的話題後，就算他有再強烈的同理心，都不能牽強地說他能理解。而尤樂斯清楚，只要任何一個錯的問題、不經思考的粗心回話，都能將這通目前看來進展神速的對話直接帶向句點。

「再次感謝你，」她說道。「如果不是你的陪伴，我想我沒辦法辦到。」

尤樂斯現在站在書桌與電視機的中間，電視機依舊如先前一樣，無聲地閃著各種節目畫面。特別節目**神祕檔案編號〇〇**早就結束，現在電視正播放著一般的政論時事節目，來賓談論著尋常的可疑人物，談論著是否應該暫時禁止境內境外的短程航班，以及箱型休旅車這類逃犯可能使用的交通工具通行。「妳為什麼要感謝我？是因為我的聲音陪伴你妳一路安全地回到家嗎？」

「這是個很愚蠢的問題，而且你心裡也很清楚，尤樂斯。我們早就談過這點了不是嗎？『回家』大概是我現在最不可能會做的事情，也是我在這個世界上最不想做的事情。」

「是因為亞尼克在那裡等著你嗎？」

「不管我在何處，他都等著我。」

「等著妳做什麼呢？」

「我早就告訴過你了。他想殺了我。而我不得不說，我不認為他會放過你，如果他發現我們的這通電話、發現了你曾經試圖幫助我。」

尤樂斯搖搖頭，下意識地不認同這個角色分配。他接過這麼多專線電話，還沒有任何一個來電者會這樣警告他要小心自己的生命安全。

「為什麼他要謀殺妳呢？」**還有我？**「這個亞尼克到底是誰？麻煩妳告訴我。」

「我們沒有時間可以浪費了。」克拉拉一派輕鬆地回道，尤樂斯有股感覺，他覺得他就要失去她了。

她再一次表達對他這通陪伴電話的感謝之意，而他又重新表明他不懂這是什麼意思，她究竟感謝些什麼。「我到底幫助了妳什麼？」

「你真的不知道嗎？」

「不。請妳告訴我，拜託。」

她停頓了下來，電話裡一片寂靜。「你現在聽見了什麼聲音呢？」她輕聲細語地問道，就好似她正坐在電影院或是劇院裡，深怕會打擾到其他包廂裡的觀眾一樣。

「一個相當自信，但有些許疲憊的聲音。以及妳車子運轉的馬達聲。」

「那麼，你聽不見什麼？」

「我……」

他思考了一下。電話那頭傳來的聲音，除了沉悶運轉的馬達聲之外，什麼也沒有。沒有輪胎摩擦地板的聲音、沒有其他汽車的聲音、沒有車內收音機的聲音、沒有車子行駛造成的風聲，也沒有……

尤樂斯突然停止走動，立定在起居室的中間，就好像他眼前有堵無形的牆擋住他一樣。「妳沒有動。妳沒有在開車。」

克拉拉悲傷地發出笑聲。「完全正確。」

但是車子馬達在運轉著。她人在車庫裡。這是一個被水泥牆和鐵柵欄完全隔離的空間。加上一扇關閉的門。

尤樂斯清楚明白，面對恐懼時，大腦習慣逃避，答案很簡單，只是大腦不願意接受這個恐怖結果而已。大腦的理智會想透過其他複雜的方法，試著把恐怖事件平衡成比較不悲慘的結果。但是尤樂斯在這個時間點上，也找不出一加一不等於二的解題方法。一台空轉著的汽車、夜深人靜的半夜、停在一個密閉空間的車庫裡。那裡頭坐著一個女人，因為心中深沉的恐懼而將服務專線號碼儲存為快速鍵的人——這全都指向一件事實。

「克拉拉！妳打算在今天晚上自殺。」

好比亞尼克搶先一步下手！

用車子排放的廢氣。她大概是坐在車子裡，微微搖下車窗，開啟一點點空隙，好讓排放出來的廢氣能灌滿車內，而車內又無法獲得足夠的新鮮空氣。

這就是我幫妳達成的事情？這就是妳想要的「返家之路」？這就是妳想要我陪妳走的那段路？

「是的。」克拉拉聽著尤樂斯驚恐的回話，確認了他的猜測。「我想現在就結束我的生命。如果可以的話，我希望你不會太過於生氣，但我現在非常想把電話掛上，因為這對我而言會比較方便。」

10 克拉拉

寶馬迷你的儀表板總讓她覺得好像坐在飛機裡一樣。儀表板上的圓形鋁合金製功能顯示器在黑暗的車庫中亮著柔和的橘色光。這場景配上她此時的狀態再適合不過了，就讓她乘著人生中最後一趟飛行「航向」未知的世界吧。

克拉拉試著吞嚥口水讓喉嚨裡的乾癢好過一些，但喉頭那股乾癢的感覺依舊沒有改變。她摸了摸自己的脖子，將手伸進高領毛衣中，把項鍊掏出來，那是一個精巧別緻的銀製十字架，她小時候通過第一次堅信禮之後就一直佩戴著。

她的眼睛因為煙霧而開始泛出淚水，儀表板上的轉數錶和時速錶越來越模糊。她非常想咳嗽，也不停地流鼻水，汽車廢氣所引起的濃痰和呼吸道阻塞症狀來得比她想像的還要快，不過話說回來，寶馬迷你畢竟是一台空間相當小的轎車，這是她為她人生的最後一程準備的適當工具。車子裡的空氣全是一氧化碳，不知道是真實的，抑或是她自己的想像，克拉拉腦中不禁浮現，要是她在垂死掙扎之際，把皮製座椅抓花了留下許多痕跡，待她死後，馬丁不知道能不能順利把這台車轉賣脫手。搞不好她死後要過很多天才會被發現，到時屍體腐敗，屍水都滲到坐墊縫隙裡。要是真的這樣的話，這台車或許會比爸爸那台歐寶還臭上許多，爸爸相當寶貝他那台老歐寶，每個週末都會細心地洗車打蠟，直到有一天媽媽不小心在副駕駛座嘔吐。

某一天晚上，爸媽在從萬湖畔的蘿瑞塔餐廳回家的路上。爸爸會定期在蘿瑞塔餐廳和都柏林高中的教師同事們聚餐飲酒，他們每個月會固定一次能攜伴參加。克拉拉的母親並不擅長飲酒，酒量自然不好，然而每次她的丈夫還是會強迫她去，「別掃了大家的興」，然後總會說媽媽讓他**「看起來像個白癡一樣地跟一個一點也不懂得樂趣的女人站在一塊」**。

結果就是，她短暫地嘗試融入這個由一群酗酒成癮的教師所認定的「好玩」的灌酒行為後，一杯水果釀的金巴利，便混著所有胃酸以及尚未消化完畢的黃瓜沙拉，一塊吐到她丈夫寶貝至極的歐寶副駕駛座墊下。克拉拉還記得很清楚，她小時候都會在聚會那晚的十一點過後，被前廊大門門鎖旋轉開的聲音驚醒。這時候她會立刻跳下床，從位於閣樓的兒童房輕輕地打開房門，好聽清楚腳步聲。腳步聲非常的重要，因為這是她的判斷指標。這是她從小就被訓練的地震預警系統，從小時候訓練到當時的十四歲，讓她早就對這套預警系統非常熟練。

尤其是她父親用力踩踏在階梯上的腳步聲，通常媽媽已經衝上樓躲起來之後，她的父親隨後就會跟著上樓，這個踩踏腳步聲就是他的怒氣等級指標。以她父親的腳步聲來分類，階梯的咿呀作響就是火山爆發般的第三級程度，這是非常嚴重的情況。她父親的腳掌會完整地踏在階梯上，把全身重量都壓上一格階梯，發出響亮的踩踏聲。然而最明確的終極指標莫過於速度。如果他怒不可遏，就會慢慢地一步步，好似他一邊在腦海裡盤算什麼事情一樣地拾階而上，往他和媽媽的主臥室去。緩慢的、沉重的，就好像是暴雨即將來臨前的怒吼一樣，讓人絲毫不敢嘗試反抗，或是抵擋那場不可避免的暴風雨。每次克拉拉一聽到她父親這種重重跺在木頭階梯上的腳步聲，就知道：來不及了！也不用馬上衝去爸媽所在的那一層樓，在反鎖的房間門前等著媽媽在門後發出呻吟聲。或是反胃時喉嚨咕嚕的作嘔聲。被卡在自己喉嚨的嘔吐物弄到快窒息的那種聲音。其實，沒有什麼是克拉拉能夠挽回和阻止的。但她每次仍舊在爸爸的蘿瑞塔酒鬼聚會之夜，衝到媽媽的房門口，想試著阻止什麼。她赤腳快速踏過每一階階梯，飛快地跑過樓梯牆上她討厭至極的那幅仿製林布蘭的畫作〈戴金盔的男子〉，畫上那男人的嚴厲目光就跟她爸爸的眼神一樣。

基本上，家裡二樓一直都瀰漫著一股灰塵的味道，就算剛擦完地板也一樣，這間老房子看起來似乎會自己不停地生出新的灰塵，感覺就好像房子不停在脫皮一樣。灰塵在這個房子裡簡直無所不在，樓梯扶手上、地毯上，就連牆壁上都可以堆積一層又一層的灰塵，特別是牆上的畫，那幅懸掛在主臥室和浴室之間牆上的畫。

那是一張玻璃裱框的黑白相片。照片是爸爸自己拍攝的。賓茨棧橋的冬天景色。空無一人的碼頭，海浪拍打著防波堤，浪頭靜止在最高點，就像是被冰凍了一樣。賞畫的人每次都會讚賞她父親的好眼力，抓住綠根島最美的瞬間，他們從來就不知道，我父親天賦異稟的地方根本不在於捕捉綠根島的美麗景色。他最大的天賦，是他那個靈魂內建的X光眼。他不花半秒鐘就能看穿一個人的情緒弱點。這個他才不會拍下來。他會利用這個弱點，慢慢地剝開它，直到這個弱點變成血肉模糊的傷口，赤裸裸地坦露在他眼前，他會津津有味地給傷口撒上鹽巴、淋上醋酸或是任何能讓傷口再度惡化的東西。

「每個人都有自己的阿基里斯腱，」有一回克拉拉在公園的兒童遊樂場上玩耍時，他曾這麼告訴她，並將她抱入懷裡。她幾乎喜極而泣，她父親未曾與她那麼親近。**「妳的弱點就是妳的同理心，克拉拉。妳太容易對所有事情動感情。妳必須堅強起來，否則在妳的生命裡，遲早有一天會出現一個人給妳致命的一擊。」**

之後每次只要他在家裡罵什麼粗話，他就會給克拉拉兩歐元罰款，每次她都笑得合不攏嘴。長大之後的克拉拉心裡不禁想，每次他做出其他逾越常理的暴力舉動時，他也塞給媽媽罰款嗎？一個黑眼圈五十歐？一顆打落的牙齒一百歐？

當她那晚站在反鎖的房門前時，在她父親還沒開始毆打母親之前，她聽到了母親詭異的笑聲，這是個矛盾的行為，而那晚是克拉拉第一次發現爸爸的阿基里斯腱在哪裡。她的手握在媽媽房門的門把上，卻還未轉動門把，她心裡並不真的清楚該怎麼做，也還沒有計畫。但她頓時意識到，她一定得做些什麼。

克拉拉大踏步往那幅玻璃裱框的畫走去，雙手抓住整幅畫，那幅她爸爸如此引以為傲的畫，用力拉扯玻璃畫框的邊角，然後一股作氣把那幅海浪拍打堤防的風景照，連同畫框扯成兩半，摔到地板上。

然後她就不需要自己打開媽媽那扇反鎖的房門了。玻璃摔滿地面，震天的聲音嚇到父親，他倏地扭開房門。爸爸裸著上半身，只穿著西裝褲，那是媽媽每天早上替他燙好放在床邊，讓他到學校教課時穿的西裝褲，他手裡握著西裝褲的皮帶，好像在握狗繩一樣。

「妳他媽的在幹什麼？」他的眼睛瞪得圓滾滾的，不敢置信地看著克拉拉幹的好事。

「對不起，我……」

她根本沒想好要用什麼藉口來解釋自己的行為。因為根本不可能有藉口讓她說自己是不小心造成這個完全沒有意義的破壞。不過她父親也沒有要等她說出任何合理的解釋，皮帶就揮打下來了。這並不是克拉拉生平第一次挨父親揍，卻是頭一次被他用皮帶抽、頭一次被抽打臉，也是頭一次她心甘情願地偷偷希望能達到她想要的效果：讓他把她當出氣包打。希望這樣一來，那股他用力跺著階梯所宣告的暴風雨就會消散了。至少這次的怒氣不是發洩在母親身上，而是她身上。

當克拉拉隔天頂著半邊腫脹的臉去學校時，她告訴她的好朋友，說這是騎腳踏車摔的，所以臉才會腫成這樣。她開心地用簡單的笑容掩蓋傷痛，強忍著在眼眶裡打轉的淚水，不讓自己哭出來。**終於，**她一邊想著一邊笑得更燦爛。**我終於想出一個可以保護媽媽和我自己的方法了……**

手機的簡訊音響起，並劃破了大概是她此生最後一次的回憶，將她拉回車庫中充滿汽車廢氣的現實世界裡。

妳人死去哪裡了？？？？

哦。當然了，是馬丁。永遠責罵連連，永遠用四個問號質疑她。**我到死都不會猜錯。**

我打了好幾通電話找妳。

妳給我接電話。

她拭去眼角的淚水，並讀完剩下的訊息。

還是妳根本不在家？

妳居然把艾美莉亞單獨留在家？？？？

克拉拉感到反胃。馬丁就跟她父親一樣，有著相同的天賦。那個能夠一眼看穿別人心理弱點的X光眼。

他能毫無誤差地將手指戳進她的傷口，不過這並不需要太厲害的技巧，每個小孩很自然的都是母親的阿基里斯腱。

「沒有，你這垃圾，」她輕聲說道。「艾美莉亞並不是獨自在家。維果在她的身邊看護著她。那個你最厭惡的褓母，就因為維果是男同性戀，因為維果是環境氣候保護主義者，因為維果拒絕使用手機和汽車，因為維果就單純是個非常健康善良的男孩，恰好完全與你相反。」

「維涅太太，請妳別擔心，」這個十六歲的男孩在她離開時，站在大門裡向她這麼說道。**「艾美莉亞是一個非常好照顧的小孩，說實在的，我才應該要付妳錢才是，是妳讓我有機會待在一個這麼安靜的環境裡好好地念書。要是有什麼緊急的事情，我會下樓去，然後從那裡打給妳的。」**

他其實就住在她家後方那排房子而已，只要穿過後花園就是他家了，他和媽媽兩人一起住在那裡。

而維果又補充道，她可以盡情在外逗留晚一點，畢竟是週末，而他週日也沒有什麼事情做。如果晚了，他就到客臥躺著休息，客臥就在小孩房的旁邊而已。**「我待到妳回來再走。」**

他一直都是這樣。

克拉拉嚥了嚥卡在喉嚨中的口水，腦海裡突然浮現她老公那張噁心厭惡、怒氣勃勃的臉，她在腦海裡對著他的臉大吼：**「你知道為什麼我再也不回去嗎？你知道為什麼我把自己的女兒獨自留在家嗎？因為我要保護她！只有這樣，她才不會哪一天想出跟我一樣的主意。只有這樣，她才不會哪天把自己當作消氣針一樣地挺身而出，試圖引起你的怒氣，好讓你把怒氣發洩在她身上，而不是我身上。」**

因為有一件事她是非常清楚的：馬丁是世界無敵爛到透頂的丈夫，卻仍然是個好父親。他不會對女兒做出任何不好的事情，除非某一天他的女兒挑戰他，自願把自己當成出氣包送上門，就像克拉拉在她遺失的童年裡，對她父親所做的一樣。

但是她做得相當成功。自從那個「破壞畫之日」後（這是她自己在心裡取的名字），她父親就再也沒有對她母親動過手腳。他再也沒揍過她一拳、沒毆打她或是性侵她，這是許多年之後，甚至她那時已經不住在家裡了，才從她母親那裡得到的證明。何必呢？他有了新的出氣包了，就是他的女兒。**這絕不允許在我們的家庭裡再度發生**，克拉拉想著。

我將我的小孩單獨留給馬丁，只有這樣，才能保護她不受馬丁的威脅。

她刻意閉上眼，因為這個明顯相互矛盾的思路，不過只是事實全貌的一半而已，曾經身為天主教女子高中學生的她，只不過是用這個參半的事實試圖為自己所犯下的「自殺」罪過開脫而已。因為馬丁並不是最主要的問題。**而是亞尼克。**

在堅信禮的幾小時宗教課上，神父曾用刺眼的顏色描繪地獄之火。然而和地獄之火相比，她更害怕亞尼克。

可是，現在，在她已經越過沒有退路的界線之後，她果然開始有點遲疑了。並不是尋死的意志有所遲疑，她死意相當堅決。她是對她假設自己過世之後，女兒真的可以毫無風險地平安長大，有所遲疑。

沒有我，沒有亞尼克。

克拉拉感到頭痛欲裂，她猜想是因為廢氣，汽車內部空間所含的有毒氣體一定是越來越濃了。她曾經聽人家說過，即將失去意識的人會開始有幻覺與幻聽，而她還真的在這時候體驗到這個如假包換的混淆感。她開始聽到她老公在說話。她聽到他叫著她的名字。剛開始非常輕微，然後越來越大聲，直到最後，她幾乎能夠相當清楚地聽懂他在說的話，就好像她電話就掛在耳邊一樣。

「克拉拉？」她的老公呼喚著，但這根本不是她老公，而且這個聲音也跟馬丁的聲音相差十萬八千里遠，這個聲音聽起來是那麼地溫暖、那麼值得信賴。

尤樂斯？

放在她腳上的手機感覺好像有幾十公斤重一樣。**該死的**。她還以為她早就把電話掛了，但顯然這傢伙還在線上，沒離開。

她無法專注地亂滑著螢幕，想把電話掛掉，卻反而誤觸了免持通話功能。

「……已經說過，」她聽到他的聲音在另一頭說著。「請妳不要對我做出這種事。我無法再一次承受這種打擊。不要再發生一次！」

再發生一次？她深深嘆了一口氣。**該死的，為什麼偏偏那麼剛好**？為什麼尤樂斯偏偏要說出**再一次**這種話，為什麼他的口氣和語調又偏偏正中她情緒的死角。他在電話另一頭苦苦請求的聲音喚醒了她心中一種所剩不多的情感：她的好奇心。看來不論是馬丁還是亞尼克，都沒能將她生命中的這個情感毀滅殆盡。

我的天，我曾經是那麼地充滿好奇心。對生命充滿好奇、對旅遊充滿好奇，好奇所有會在我生命中出現的事情。我曾經是那麼地殷殷期盼，想看到自己孩子長大的模樣。

「你說的**再一次**是什麼意思？」她的聲音已經完全沙啞到連自己都認不得了。

她望向儀表板上的時間指針，然而她的視線已經變得相當模糊。她已經無法分辨指針到底指著幾點，是二十二點五十九分還是二十三點五十九分。她只知道，再沒多久，新的一天就會到來，而她一點也不想體驗任何新的一天。倒不是她不想體驗，而是她**無法**體驗，因為她已經失去最後的反悔機會了。

「只要把引擎關掉，我就告訴妳。」尤樂斯懇求她。她堅決地搖著頭。「我有個更好的建議。」克拉拉乾咳著，然後說道：「尤樂斯，我會讓廢氣繼續排放。然後你可以加快說話的速度。或許你就可以來得及讓我在完全失去意識之前聽完你的故事。」

她急促地喘著氣，就像氣喘病人一樣地大口呼吸著，她的呼吸聲甚至壓過了尤樂斯所說的前幾個字句，在電話那頭，他開始向克拉拉訴說他生命中最可怕的那一天是如何開始的。

11

尤樂斯
三個半月前

在下雨天的下班尖峰時段，從施潘道到斯多夫區大概要半個小時的車程。因為市區高速公路的一起交通事故，讓尤樂斯花了六十五分鐘才到達。

這一個小時的煎熬感覺起來就像無止盡的等待，從尤樂斯將頭戴式耳機麥克風從頭上扯下來、衝下階梯並經過大樓一樓那個紅色的火警警報器——裝在消防中心的大樓一樓入口處，沒什麼用的裝飾品——他一股勁地往前衝向自己的車子，發動引擎、油門踩到底，直奔市區的高速公路，抄最近的路從施潘道水壩接上哈倫湖，在威斯特街下交流道，到他站在自己的租屋大樓前，直到他站在那個他生命中所有的夢想都崩壞在裡頭的大樓前，就像過了一世紀一樣漫長。

座落在王子雷根街二十四號的大樓，大樓門廊間都是各種食物的味道。紅色的劍麻材質地毯在尤樂斯飛快地拾階而上時，顯得相當滑溜（大樓後期才擴建的小型電梯雖然僅能供兩人同時搭乘，但即便不急，其等待時間也已經是對人類耐心的一大考驗），地毯上長年累積著各種汙漬，烤肉醬汁、炸物炸油、韭菜和烤肉，經年累月之下，堆積在地毯隙縫中形成的油膩氣味。今天大樓門廊裡倒是增添了一股全新的味道，越往上層、越靠近尤樂斯的公寓，這個氣味就越強烈，那是煙硝味，是令人窒息的濃煙。

「停，站住！」

「你他媽……」

「很抱歉，你不能上來！」

尤樂斯快步經過他的同事，那幾位只能在他公寓門口擠出半句話的同事。在事故現場的兩位消防人員之一用力地阻止尤樂斯進入現場，並奮力把他往外推去，另一位身穿警察制服的人則指示他到走廊待著，整個走廊幾乎有一半都淹在消防用水裡。而那個發現這場火災的快遞員也早就不在現場了，就跟那具女性屍體一樣。

「先生，拜託，這是犯罪現場……」警察對他吼著，尤樂斯聽聞之際瞬間失去理智。

犯罪現場？我家怎麼會變成犯罪現場？

當他被反制在背後的手終於掙脫時，他用力往前抓，掙扎著往濃煙最嗆鼻的方向前進，這時他的目光無意間瞥見了敞開的浴室門，看到浴室裡的景象，那是他根本不該看的。

他見到那個他和黛安娜一致覺得醜斃了的浴缸，因為浴缸內裡許多地方的釉料都已經出現裂痕，而整圈排水孔附近的釉料也有清洗不掉的陳年汙垢。

然而浴缸裡的水色是如此鮮紅，讓他想起夏慕茲湖的夕陽。那是他和黛安娜僅有的最後幾天幸福快樂的日子，血紅色的太陽落在森林樹梢間，最後消失在施里茨小鎮的天際線，夕陽為湖面妝點上一抹古銅色的波光。

身後的一股拉力繼續用力把他往外拉。他奮力掙扎，在現場人員控制住他之前，他必須要看到走廊最後方的房間模樣。

僅剩房門最上方的門栓仍與門框相連，廉價的木門在約莫頭頂高的地方，被消防人員用力地用斧頭劈開。門開著，木門由內向外懸掛著，正好面向著尤樂斯目光看過去的地方，也因此尤樂斯得以直視門下約三分之一處的景象，那是他人生最悲痛的一幅景象，他永遠、永遠、永遠都不會忘記。

抓痕。深淺不一的、用指甲刮出來的、帶著血跡的抓痕。而那具身體，刮出這些指甲抓痕的身體，顯然已經被挪移去其他地方。尤樂斯無法克制地開始咳嗽。濃煙嗆得他眼淚奪眶而出。那是合成木板、塑膠、絨布玩偶已經被燒焦碳化的濃烈惡臭。

「范倫丁拿了蠟燭去玩。」他聽到背後有人這麼說道。那是一個男人，跟他一樣哭著。

「那一定是他從托兒所偷偷帶回家的。」尤樂斯應該是這樣回答了，但事到如今，他已經完全記不得是不是果真如此。也不記得小孩子當時是否正巧在托兒所學習如何安全用火。後來別人才告訴他，他當時是和現場的消防小組長說話。小組長同樣也是個五歲小孩的父親。他就是那個用斧頭劈開兒童房門，破門而入的人。然而此時此刻，尤樂斯眼中只有門上那深淺不一的抓痕。就像是個在野外受傷、試圖要從陷阱裡掙脫的野獸所留下的抓痕一樣。

「……犯罪現場？」克拉拉在電話這頭問道，她的聲音讓尤樂斯一瞬間從回憶中回到現實。突然之間，他不再是站在燒成廢墟的兒童房門前，而是站在公寓裡的書桌旁。頭上又戴著這個令他頭疼的頭戴式耳機麥克風。他的目光下意識地看著桌上的伯格莊園簡介。

「我太太故意把門鎖上。」他誠實地向她說道。

「你太太為什麼要這樣做呢？」

尤樂斯嚥了嚥口水。「黛安娜不想被看見。一個小孩子的靈魂是無法承受看到她的屍體的樣子的。」

這並非「攜子自殺」，媒體談話節目在事後做出如此解釋。黛安娜應該只是想自殺而已。尤樂斯非常清楚這一點，要是人死後真的還會以任何形體存在，若黛安娜在另一個世界與兒子相遇，她大概永遠都不會原諒自己。

就像我也永遠無法原諒自己一樣……

「消防隊的報告指出，黛安娜應該是因為聞到了煙味，於是在她已經用刮鬍刀片割開了動脈之後，又從浴缸裡爬了出來。應該是因為這樣，當她被發現時，我們家才會看起來像個屠宰場一樣，到處拖著水和血跡。血水的痕跡一路從浴室拖到了兒童房的門前。」

「你聽起來好像有點懷疑。」

「我更相信的是，她在最後幾秒鐘改變了想法。我想她猶豫了一會，但最終她的死意並沒有她的母愛強烈。後來那個火災是不幸中的不幸。」

「她沒辦法打開門嗎？」

「很可能她沒有找到鑰匙，也可能是想要找人幫忙，然而她在打開門之後，整個人就失血過多倒地不起，那也是快遞員發現她的地方。」

尤樂斯用手臂拭過乾燥的雙眼。這是他在那段悲傷時期養成的習慣，他還哭得出眼淚時，曾每天不停重複這個動作，而現在，這個動作成了他傷心時的直覺反射動作，即便他早已無淚可流。他身邊有少數朋友覺得這樣比較好，至少他就不會常常在公共場合潸然淚下，也不會因為一點小事就被挑起敏感的神經，想起他失去的妻兒而頻頻哭泣。但其實這樣反而更糟，尤樂斯無聲無息的悲痛開始轉往內心深處滋長，不停啃食他的心。

「她難道沒有留下任何遺書嗎？」克拉拉不解地問。

尤樂斯站起身，強忍著咽喉裡的一陣難受。他伸手摸一摸懷裡那張摺得好好的信紙，他一直都把它帶在身邊。每當憂傷感向他襲來，他便會把這張信紙拿出來重讀一遍，這個循環，一天會重複好幾次。

他將信紙藏在襯衫胸前的口袋裡，再套上高領套頭毛衣，信紙緊貼著他的心臟。

我親愛的尤樂斯……

「有的，黛安娜是有遺書，」他清清嗓子，掩飾哽咽。「就放在廚房的桌上。」

然而輕咳和吞嚥口水都無法壓抑喉嚨和鼻子那股受情緒影響而越來越緊的阻塞感，於是他走向廚房，打算喝杯水來化解自己的情緒。

「我可以問信裡寫什麼嗎？」

我真希望，自己能有繼續下去的勇氣……

尤樂斯搖搖頭。「克拉拉，我猜想信裡的內容對妳而言不會有什麼特別意義的。」

「對**我**而言？」

克拉拉的聲音聽起來相當疲倦，說話也已含糊不清，然而她的意識仍舊相當清醒。

「是，對妳而言。這封信會讓妳覺得值得注意的地方，並不是我太太寫了什麼。而是我太太用來寫遺書的信紙上的信頭。」

「什麼信頭？」

「伯格莊園。」

12

「你說什麼？」

她不可置信地吐出這幾個字。只差沒有諷刺地笑幾聲，她已經沒有力氣這麼做了。

尤樂斯緊張地顫抖著。準備走去廚房那時，他就覺得有必要加緊腳步了。他不能再浪費寶貴的時間了，必須快點把克拉拉的情緒控制下來。因為沒有任何方法能夠阻止克拉拉的堅決死意，他才出此下策，掀開自己的底牌，只期望能勾住克拉拉的好奇心，讓她最終能打消尋死的念頭。就算是暫時打消也好。因此他繼續說道：「我親愛的另一半，黛安娜，曾有著相當嚴重的精神疾病，至於是什麼原因導致她生病，我至今仍舊不清楚。因此她曾在伯格莊園療養院住過一陣子。在妳也曾經待過的同一間心理療養機構，克拉拉。」

他又摸了摸那封信，字字句句都烙印在他腦海裡，即便是夢中，他也能記得一清二楚。

我親愛的尤樂斯，再會了。我將割斷自己的腕動脈，結束自己的生命。或許在我失去所有力氣之前，還能來得及最後一次撥打你的消防專線，能最後一次聽聽你的聲音，那麼地堅定、溫暖、充滿希望，就像我以前深深著迷的那樣。或許我能把這個聲音記在腦海裡，讓你的聲音陪伴我的最後一趟旅程。

每當尤樂斯展讀這封信，那股自己居然會疏忽黛安娜的狀況，甚至沒有預料到她自殺意圖的怒氣便充滿全身。他用力地握緊拳頭。

「你最後一次去那裡是什麼時候呢?」他問克拉拉。

「七月底。」

同一個時間?

「跟我太太一樣。」

其實公家醫療保險公司並不給付這種高級私人養護診所的費用。然而,黛安娜曾為這家保險公司的董事長寫過一篇文情並茂、言詞懇切的專訪,董事長因此特別以職業過勞倦怠症的名義,親自為黛安娜的診療申請全額給付。

「名義是她的職業以及家庭讓她長時間處在情緒高壓的狀況下。因此她需要一段喘息時間,以及專業的支援和諮商輔助。就在療養結束後沒多久,黛安娜結束了自己的生命,並且帶走了我們五歲的兒子范倫丁。」

只有范倫丁,帶著對大人的疑惑不解,在兒童房門的背後留下了一道道的指甲刮痕。

不知道他當時是否非常害怕,是否一邊哭泣還是一邊尖叫著?或者只是被濃煙嗆到不停咳嗽?在濃煙刺鼻的最後那幾秒,在他最後快窒息的那幾秒,他腦中想著誰呢?

尤樂斯已經走到廚房,站在廚房中間的他只覺得,這空間未免大得太奢侈了,但和整間公寓的尺寸相比卻又不違和。屋主雖然在廚房中央安置一個不小的中島以及酒吧高腳椅,但在系統式廚房的正對面,又另外擺了一張六人座的餐桌及一套沙發。

尤樂斯打開不鏽鋼的雙門式冰箱,伸手從飲料架上抽出一瓶柳橙汁。

「還在線上嗎,克拉拉?」

他聽到電話那頭有一聲沉悶的撞擊聲，但是並不太確定。克拉拉沒有反應。他不知道克拉拉是正在思考著呢？還是嘗試著忽略他？又或者她其實已經失去意識？

只要電話線路依然沒有切斷，那就有希望，他將手上的果汁瓶放到廚房中島的流理台上，拉開吧台邊的一張高腳椅，然後將自己的私人手機放在一旁。

著實花了好一陣子，手機的人臉辨識系統才終於成功解鎖，尤樂斯飛快地在通訊軟體WhatsApp上輸入訊息：**我等一下馬上打給你。接電話。但是不要出聲！**

然後他轉頭對克拉拉說道：「拜託妳。不，我請求妳：請妳快把引擎關掉！跟我說話！請妳告訴我：妳到底在伯格莊園做什麼？那個把我的家庭破壞殆盡的地方究竟發生了什麼事？」

尤樂斯打開那罐僅剩三分之一的果汁，卻一口也沒喝。

「我太太因此結束了自己的生命，克拉拉。而你現在也打算做同樣的事。一樣是在待過伯格莊園之後。這不可能只是個巧合！」

他一邊做出這個有點直接的指控，一邊把剛剛打的訊息傳給他父親。接著，撥號給他，並將電話轉成擴音，好讓他也能一起聽到對話內容。

13

克拉拉

克拉拉頭痛欲裂，好像有人用電鑽直接對著她的眉心，拚命想鑽出一個洞來一樣。其實不必吸進過度的一氧化碳，她平常就對噪音很敏感了，光是現在這個密閉車庫內的引擎轟隆聲就足以讓她頭痛不已。再加上難纏的尤樂斯在一旁滔滔不絕，還對她做出這個荒謬至極的指控。

「那是你自己幻想出來的！」她說道。「你根本不認識這個療養機構，你的太太也從來沒有在那裡待過，更不要說你太太這個人到底是不是真的存在了。你不過是編了個故事好拖著我而已。」

克拉拉乾咳了幾聲。「你是不是利用這段時間把電話轉給警察？他們是不是早已出發了？」

「並沒有。我沒辦法從自己家裡定位妳究竟在哪裡。況且，打給警察可是下下策。」

「怎麼說？」

「因為警察沒有辦法幫助妳，克拉拉。我知道家暴受害者的真實處境。無論是『一一二消防專線』或『安心返家專線』，我時常接到家暴受害者的來電。她們真正需要的不是醫生、不是政府人員，也不是任何社工人員。」

「確實如此。但是一個和我素昧平生、自以為靠著一支電話和一張嘴就能把我請出車子的人，也完全不是我需要的。」

尤樂斯開始有點憤怒。「編故事的本領我倒沒有。妳反而才是那種只會動嘴皮抱怨，卻完全不動手處理問題的人。拜託，我在急救專線上遇過多少妳們這種人了？每個星期，我都必須送消防隊員去拯救妳們這些被自己的丈夫打得片體鱗傷、必須送醫急救的女人，然後我們派出去的救護人員都還沒有趕到現場，妳們就又打電話進線辯解，說一切並沒有那麼糟糕，妳們又哭又求的，拜託我們不要逮補施暴者。」尤樂斯怒氣沖沖地說著。

「總是那麼地猶豫不決。什麼求救電話、一定要想辦法擺脫他，就連妳的自殺企圖，克拉拉，都可笑至極。」

「可笑？」克拉拉繼續乾咳著。她非常清楚，他不過是想激怒她，繼續加深他們之間的情緒張力。這樣一來，他就有可能讓她打消已經決定要自殺的念頭。

「對，幼稚到不行。對我而言，妳大可在那台寬敞的車裡龜縮到隨便什麼時候都行。反正妳並沒有堅決的尋死意志。」

克拉拉試圖扶著自己快要裂開的頭殼。「不堅決？我可是正在讓廢氣透過窗戶注入我的車子裡！」

「但妳的車子想必不是一九九九年前特製的古董車，現在的車子都有加裝排氣淨化裝置，所以排放出來的廢氣裡早就沒有一氧化碳了。」尤樂斯一鼓作氣地反駁道。「克拉拉，我曾經在消防局工作。我的急救常識可不是週日看《犯罪現場》[1]學來的。現今已經不可能有人可以用這個方法成功自殺了。不過，妳的車子剛開始是冰冷的，而淨化裝置在冬天剛發動車子時還沒辦法完全運作，那就是我一開始相當緊張的原因。但我們的通話已經夠久了，最危險的階段也已經過去了。除此之

1 編注：《犯罪現場》（Tatort）是德國的長青電視劇，一九七〇年開播，每週日晚間播出，製作團隊橫跨德奥瑞三國。

外，我有聽見妳把車窗關上。這是一個非常普遍的錯誤概念。應該要讓車內充滿廢氣才對。而所有的基本常識，克拉拉，如果妳今天認真想自殺的話，應該會查得更清楚。我的天，妳還記得妳有一個小孩嗎？克拉拉！我知道，妳心裡還在猶豫。我了解妳覺得現在看不到任何希望，腦袋充斥著陰暗負面的想法。但是在妳內心的深處，妳很清楚，妳是絕對不會放心自己的女兒獨自被妳的丈夫扶養長大的！」

你這個該死的混蛋，克拉拉心裡默默想著。她曲身盯著車子儀表板，儀表板上的壓克力板清楚反射出她扭曲的表情。她頭一次難以想出任何話來辯駁對方。

「非常謝謝你的指教，現在我又多了一個理由可以掛上這通電話了。」她有氣無力地回答。現在的她已經疲憊得幾乎沒有任何力氣了。尤樂斯很有可能是對的，這個想法讓她感到無能為力。然而她卻繼續說道：「好，如果你說的是對的，那我現在就必須加緊利用這所剩不多的時間，去試試其他可行的方法了。」

「這樣好了，讓我們兩個來做個交易。」尤樂斯建議，他的聲音聽來相當平靜。

「什麼交易？」

「妳誠實地告訴我，伯格莊園裡發生了什麼事。而如果妳在那之後依舊想要結束自己的生命，我就告訴妳一個迅速有效、不會造成任何痛苦的自殺方法。」她生氣地用力搥了一下方向盤，大聲地吼回去。「問題並不在我想不**想要**。我沒多久之後一定會死。不管是自己動手還是別人來動手！」

她的聲音顫抖著，因為尤樂斯告訴她的訊息讓她開始感到恐慌。然而她仍猶豫地說道：「我沒有其他選擇了。我的人生反正是沒救了，但是我不能毀了我女兒的人生。只有我先結束生命，才能至少有一點希望，希望她的人生能夠比我的更好，更像人一點。」

「所以說，妳選擇自己結束生命，是因為妳比死更害怕亞尼克，害怕亞尼克會用更殘忍的方法讓妳死去，我說的對嗎？」

因為害怕死亡而先行自殺。

克拉拉閉上雙眼，車子內引擎怠速的轟隆聲愈加明顯。「你根本不知道，正在進行的這通電話把你捲進入了什麼麻煩裡。」她已經不知道警告他多少次了，然而尤樂斯絲毫沒有要放棄的意思。

「不管亞尼克到底是用什麼威脅妳。都不會比我已經經歷過的那些事故更恐怖。」

克拉拉點點頭。「這倒是。沒有什麼是比自己的小孩比自己更早死去更恐怖的了。」

不管了，汽車廢氣看來真的一點作用也沒有。徒然讓人偏頭痛和暈眩噁心而已。

克拉拉索性熄了引擎，用早已麻痺的手指勾開駕駛座的車門。

車庫裡冰冷的空氣就像一盆冰水澆在她的臉頰上。她大口吸進新鮮的空氣，冷不防地嗆出聲來。

尤樂斯在電話的那一頭關心著克拉拉，問她現在是否好一點了，克拉拉點點頭，當然好啊，她的人生可真是好到不能再好了。或許除了那次之外吧，她受到丈夫家暴、性虐待，並且造成了她會陰撕裂傷，當時的她甚至不能去醫院縫合，因為急救電話裡的救護人員問了許多她根本沒法回答的問題。自從那次受傷後，如今她小便時還會感到私處與肛門交接處隱隱作痛。更不用提性愛的時候，簡直是無可比擬的痛。

「妳想錯了。」她聽到電話那端的尤樂斯說道。

「我想錯什麼了？」她的頭依然轟轟作響。看來她自殺沒有成功，唯一成功的，不過就是將她自己的短期記憶抹滅乾淨而已。現在的她又暈眩又累，即便是十秒鐘前自己講的話也記不清楚了。

「沒有什麼比親生骨肉較自己更早死去還更令人心痛的了。」

「是吧？」

「不，更糟的是，眼睜睜地看著自己的小孩死去，卻無力阻止它發生。」

克拉拉跨過車門試著下車，然而膝蓋不聽使喚地癱軟著，她將一隻手撐在車子引擎蓋上，才不至於撲坐在地上。「或許是吧，但是我不了解……」

「……為什麼我現在突然這樣說？」

「沒錯。」

她離開車子，試著往前走。那扇連通著車庫以及別墅的門就在她面前，只有五步之遙，她就快到了。話說回來，將之稱作「別墅」算是高估了這棟週末度假小屋，這不過是紳士街小區裡一座私人花園中的小屋子罷了。馬丁向來覺得這間房子非常地丟人現眼，因此他從來沒有跟任何朋友提過一字一句，更別說邀請任何人來這裡，雖然這座花園房是整條紳士街最美、維護最完善、佔地最廣的房子，而且獨棟別墅建造時是以全年居住的高標準來建造，備有相當完善的地下停車庫，美中不足的是這個加蓋的停車庫並非完全合法而已。

「因為我兩個都經歷過了。」尤樂斯回答。

「兩個？」克拉拉不得不問自己，到底哪來的力氣，現在她已經走出了車庫，正一步步拖著身子，往走廊走去。還好，從她那只是有點骨裂的腳踝傳來的刺痛感，讓她免於失去意識的風險。

「我不懂，你這到底是什麼意思？」

克拉拉關上車庫門，猶豫是否應該打開燈。她其實很不常來這裡。車庫外這個全新裝潢的超現代露天隔間還散發著剛刷好的油漆味和剛搬入時的味道。上頭鋪著全新的原木地板、設有地暖器和冷氣設備，還有出自義大利設計師之手的整套設計家具。她來的那幾次都沒有帶艾美莉亞同行，每次都只能將她交托給褓母，就因為小孩的父親，也就是她的丈夫，深怕小孩會用那油膩膩的手指以及流著口水的嘴，弄髒他心愛的白色系布質沙發。倒是克拉拉流在椅墊上的血跡，他可就一點也不在意。

她瘸著腿、一步步顛簸著走向廚房餐桌，那個小小的開放式廚房，就是唯一把客廳及餐廳隔開的地方，她無力地癱坐在木頭椅子上，決定讓周圍保持一片漆黑就好，不開燈了。反正被發現的機會也很小，除非她的鄰居不巧在這個非度假季節突然回到他們的度假別墅，然後又很不巧地在這個夜深人靜的時間點還醒著，才有可能會疑惑，為什麼維涅家的別墅過去好幾週都是杳無人跡的模樣，而現在突然亮起燈來了。

「范倫丁並不是獨生子。」尤樂斯回答道，正當她意會到這句話涵蓋的重大意義時，她手裡的手機突然開始震動個不停，彷彿她正握著一把電動理髮刀一樣，令她著實嚇了一跳。她拿起手機看著螢幕，又是一條馬丁傳來的簡訊。

妳到底死去哪裡了？？？？

克拉拉把訊息刪除，並且問尤樂斯：「你是說，你還有第二個小孩？」

「法比娜，范倫丁的妹妹。」

「那她當時……」

「對，她事發當時也在兒童房裡。她躲在衣櫃裡，而范倫丁則在外面試著打開門。我們找到她的時候，她還活著。」

「我的天，這太可怕了，」她聽見自己毫無意識地自言自語著。「你真的確定，黛安娜她不是……」

「……不是蓄意這麼做的？」尤樂斯尖銳地反問道。

克拉拉咬了咬自己的舌頭。「請忘記我說的話。我無意冒犯你。」

她可以聽見尤樂斯在電話那端深呼吸的聲音。「老實說，我當然也問過自己一樣的問題。因為她和孩子們之間處得並不融洽。法比娜總是比較聽爸爸的話，凡事只想找我。當黛安娜被診斷為職業過勞倦怠症時，她與范倫丁的關係也越來越緊張。但是這一切都還在相當正常的範圍內。就算有任何不正常的情況，黛安娜也絕不可能對自己的孩子做出這種事。」

電話中兩端皆一片沉默，過了一會，尤樂斯才反問她：「如何？我們的交易成立嗎？」

「我告訴你我的故事，然後你就告訴我一個完全無痛的自殺方法？」克拉拉在電話的另一頭點點頭。「可以，交易成立。」

她坐在冰冷、沒開暖氣的別墅裡，卻開始流汗。一邊聽著她的心臟好似定音鼓一樣，猛烈又規律地在她胸腔裡大力跳動著。

「好。」尤樂斯相當冷靜、輕鬆地回覆，感覺就像他只是在提議，如果她幫忙洗衣服，那他就把垃圾拿下樓去倒一樣。「這樣，我再把我們的協議增修一下，我告訴妳法比娜接下來發生的事。但是妳必須告訴我，這個亞尼克是誰，而且他手上究竟握有妳什麼把柄。」

克拉拉用力地咳著，幾乎是要把肺裡僅剩的廢氣都咳出來一樣，然後繼續說道：「亞尼克給我的寬限時間是到今天午夜。如果我到今天午夜沒有把和我先生的婚姻做個了結，他就會以殘酷的方法將我折磨至死。」

力。

她吸了吸鼻子，把頭抬高，試圖阻止眼淚落下來，她根本就不知道，自己居然還有流淚的能力。

「而且如果他發現，我居然把所有事情都告訴你……不，如果他從我身上發現我居然信得過你，並且把事情都告訴你的任何一點蛛絲馬跡，那麼你也逃不過和我相同的殘酷命運，尤樂斯。這個事實真的有那麼值得嗎？」

「我想知道。」他不假思索地回答。

「這不過就是一個和你素昧平生的陌生人所經歷的事，況且她還是因為誤撥了電話才接通到你，她值得你犧牲嗎？」

「我願意承擔這個風險。」

「你真是個無可救藥的傻子。」她笑著，這大概是她人生裡最後一次微笑了吧。「我的電話被裝了後門監控，他隨時能透過監聽知道我在講什麼。搞不好亞尼克現在就正聽著我們倆的對話。」

「妳看來是一個相當偏執的人。」

「而你聽起來就像個笨蛋一樣。不過，隨便你了。我們通話的時間反正也已經太長了。如果他在我死後分析我的手機資料，他一定不會善罷甘休，會追查到底，直到查出和我通話的究竟是誰。然後他就會發現，我們倆到底都講了些什麼。」

「那又如何？妳倒是說說看。」

「好吧，那你得先幫我一個忙，請你仔細聽好，在幾個小時之後，你咒罵著祈禱痛苦的折磨快些過去，希望亞尼克快點讓你求死得死的時候，麻煩請不要大聲咒罵我為什麼沒有事先警告你。」

14

克拉拉
伯格莊園療養院
四個月前

針孔沒插中任何血管，丹尼爾．科尼克又重新扎針，克拉拉一點也不意外。她的血管一直都很薄，就連經驗老道的護士幫她抽血，也常常找不到她的血管。

「真抱歉。」助理醫師對自己的失誤有點尷尬，又重新拍打她的手臂、試著再扎一次針，這次，終於成功了。克拉拉緊閉著雙唇，刻意將注意力轉移到牆上的文藝照片上，牆上的掛畫和診間的裝潢風格一樣，摩登現代又不失高雅。那是一幅燈塔照，太平洋的海浪打到燈塔底，激起一陣陣浪花。

克拉拉感覺醫師插進了第二針，但她刻意別開頭，不去看針筒。她一直都很懼怕打針，從職業的角度來看，這還真不是一個優點。

「好了。一般來說我不負責抽血，所以有些生疏。請妳用另一隻手按壓傷口。」科尼克遞給她一小球棉花，好讓她用來壓住針孔在手肘留下的傷口，然後他把一張滑輪椅拉了過來。克拉拉從手術椅上坐起來，坐到正對療養院庭園窗邊的椅子上。

「那我怎麼有這個榮幸，讓你親自幫我打針呢？」克拉拉問醫師。

在這個奢侈的高級診所裡，她其實一點也不意外主治醫生會親自幫病人打針。畢竟每個來到伯格莊園的病人，都訂了整整兩週的「療程」，價值不菲的療程費用大約等於一台小型全配小客車，想當然爾，這些病人不會滿足於一般普通醫院就有的服務。甚至療養院的地理位置、建築風格和建材，就足以讓許多五星級的連鎖飯店嫉妒地掉眼淚。

伯格山莊座落在黑森林地區的一座山陵上，距離溫泉療養大城——巴登巴登——僅不到半小時的車程，從山腳下仰望，療養院如同盤踞在山頂高處的老鷹巢穴般。療養院收治的病患多是面臨婚姻危機的夫妻、職業過勞或倦怠的高知識份子，以及心理受到影響的病患，在團體及個別治療課程之間，他們還能坐在建於森林澗谷邊的咖啡廳裡，或在露台上靜靜地享受優美如畫的風景、星級餐廚以及海洋療養法的護膚美容按摩。

每間病房都是配備齊全的單人套房，有著完善的冷氣設備、石砌壁爐、按摩浴缸以及網路電視。就算療養院如此地奢華、療養費用又貴如天價，院長伊凡・克嵩博士的名氣，使得療養院在業界仍舊頗負盛名。

這位在巴賽隆納出生的心理學家不僅是臨床心理學權威教科書的作者，更是世界各地研討會的座上嘉賓。這麼說好了，科尼克能夠在他的院所當助理醫師，就像是履歷得到了無比的光環加持，效果好比軟體程式設計師得到比爾蓋茲的推薦信。

「因為我想單獨跟妳在一起，維涅女士。」助理醫師平日嚴肅的臉上，泛出一抹微笑。克拉拉斜傾著頭，不自覺地玩弄自己的婚戒。這傢伙是想跟我調情嗎？科尼克有著美麗的棕色眼睛以及足以融化任何陌生心房的陽光微笑，不過科尼克與她平常喜歡的類型完全不一樣。他那特意用助曬燈曬出來的小麥色臉龐、身上的拉馬丁納襯衫，以及腳上那雙流行於帆船愛好者之間的流蘇小牛皮皮鞋，都顯示他就是那種會開著保時捷敞篷車去打小白球的醫生。

「那你又是為什麼想要和我獨處呢。科尼克醫生？」「維涅女士，妳本身不是醫師出身，但妳不該小看這個地方。我認為妳會需要我的一些建議。」克拉拉從病人椅上站起身來，環顧四周是否有能讓她丟棄棉花球的小垃圾桶。她的扎針處已經不再流血了。她也不需要任何的緊急貼布。科尼克也站起身來，有點抱歉地伸出手來阻止她離去。「請妳千萬不要誤會我的意思，我絕對無意冒犯妳的職業。我相當尊敬妳身為一名醫事檢驗師的專業。我很清楚妳在柏林服務的診所有著相當大的貢獻。妳診所的主治醫生對妳讚譽有加，並且積極鼓勵妳繼續進修心理學系，幾乎願意全額贊助妳。這些妳想必相當清楚，如果妳不是在這方面表現傑出、深具潛力的話，妳的上司也不會准許妳到這裡來參加這項研究計畫。」

這男人倒是選了一種非常奇怪的方式跟我打情罵俏，克拉拉心裡想著，科尼克如此擔憂、誠惶誠恐的態度，令她感到非常訝異。一開始她的確感到有點惱怒，畢竟她會答應來這麼遠的私人療養院，無非就是想藉此至少避開她的老公幾天。天高皇帝遠，可以遠離所有的擔心與恐懼。然後現在又冒出了一個想恐嚇她的男人。

「請妳離開這裡。」科尼克壓低聲音，他的口氣相當誠懇，但聲音微小得好像他在喃喃自語一樣。

「離開？和克嵩博士的會談不是要在這裡進行嗎？」

克拉拉指了指旁邊的深灰色仿麂皮沙發。克嵩教授是個素食主義者，他基本上拒絕使用任何動物製的產品，就連沙發及單人扶手椅也不例外。

「妳不了解。請妳務必盡快離開這裡，並且……」

這時候，診間的門打開了。克拉拉彷彿能感受到一股冷風竄進來，從她的後頸灌入衣服、直達整個背部，她全身起了雞皮疙瘩。這都只是因為科尼克剛剛所說的話嗎？

請妳務必盡快離開這裡……

就像是個小孩做壞事被逮個正著一樣，助理醫生幾乎嚇得跳了起來，並立刻趕到剛剛開門走進診療會談室的男人身邊。

「哈囉，女士妳好嗎？」

男人用西班牙語打著招呼，這位西班牙出身的專業醫療人員完全不需要穿戴標準的白色長袍來彰顯他崇高的權力與地位。克嵩本人比較矮，令人無法和光鮮亮麗的療養院廣告聯想在一起。豐腴的肚子讓他顯得略矮了幾吋，紅褐色的落腮鬍和一頭亂髮，明顯已經許多天沒有修整。科尼克站在這個男人身邊，就像顆水煮蛋一樣潔白無瑕，然而，老教授有著自身的強烈氣場。「我是伊凡。」他綻開燦爛的笑容自我介紹道，只提自己的名字，卻不稱姓氏，是一種對克拉拉展現友好及親切的表現。在科尼克那番令她繃緊神經的話之後，她急欲聽到任何專業、讚賞以及令人信賴的聲音。

「Muchas gracias por participar en este importante experimento. Con su colaboración está haciendo un servicio extraordinario a la ciencia.」

克拉拉微笑又禮貌地點著頭。如她先前接收過的資訊，她即將參與的是一個相當不尋常的實驗。克拉拉在接受職業培訓時，曾學過三年的西班牙語，她的程度幾乎能夠聽懂所有醫療相關的對話。即便如此，當克嵩教授說「Mi colega actuará de intérprete」時——也就是將會請一位翻譯來支援——她仍大大地鬆了一口氣。然而才開心沒幾秒，她隨即發現，所謂的翻譯，便是科尼克。

「教授的意思是請妳去到沙發區。」助理醫生毫不遲疑地立刻逐字翻譯出他頂頭上司剛剛所說的話，言語間完全沒有任何禮貌的請求，而是直接命令。沙發與扶手椅中間的小桌子上，放著一個精緻的首飾盒，克嵩教授打開首飾盒，取出一個像電腦遊戲使用的虛擬實境眼鏡。

「Para inducir los delirios, hay que ponerse estas gafas con auriculares, lo que provoca una sobreestimulación por medio de varias señales ópticas y acústicas. Un agente intravenoso adicional refuerza los delirios que causan.」

「請妳戴上眼鏡，好觀看實驗的模擬過程，」科尼克繼續翻譯著。「透過這個方式，能讓妳得到最佳解析度以及最準確的描述。妳剛剛所施打的其中一管藥劑，是我們自行研發的一款靜脈點滴，它的效用能讓妳在使用虛擬實境眼鏡觀賞時，大大強化妳感受到的幻覺效果。」

克拉拉點著頭。一點也沒有錯，當她抵達療養院時，櫃檯人員交給她的計畫簡介上，就已經如實地標出了這項措施。當然，她也在住進療養院之前便已向療養院簽署醫院免責聲明書，即便計畫期間，她因精神不堪負荷而生病，也不會向醫院究責。畢竟伴隨的風險，正是所謂實驗計畫的意義。

「No se preocupe, todo se dosifica de tal manera que las alucinaciones persistirán sólamente durante unos minutos después de que las gafas se hayan apagado. Luego seguiremos ampliando el intervalo lentamente cada día.」

「這次的實驗伴隨著極大的風險，在相當極端的情況下，有可能導致妳死亡。」她親耳聽著科尼克做出完全錯誤的翻譯。實際上，克嵩教授所說意思應該是這樣的，他要她別太擔心，這個藥物注射引起的幻覺只會在摘下眼鏡之後再持續幾分鐘而已，接著就會失去藥效。

「請不要皺起眉頭。克嵩教授正在跟妳解釋所有可能產生的副作用，他刻意大幅度地簡化這些副作用的危險程度。」科尼克說道，克拉拉的疑惑再度升起。

「我非常清楚，告訴妳這些資訊會讓妳處於一個進退兩難的處境，」科尼克一板一眼地假裝繼續翻譯著。他刻意用一種相當科學又實事求是的語調說話，就好像他真的在轉述克嵩教授的話一樣。「然而請妳千萬不要戴上眼鏡。千萬不可以，無論是在任何情況下都不要戴上它。」

他在一旁等克嵩教授繼續說完三個句子後，才又接著翻譯：「當我說話時，請妳不要用這麼驚恐的眼神看著我。不然教授會發現，我正在試圖警告妳。現在請妳點點頭，克嵩教授正問妳，一切是否還可以。」

克拉拉做出科尼克所要求的舉動。

「我再說一次：我知道我現在警告妳這些，等於把妳置於一個相當艱難的處境。對此我感到很抱歉。然而就我所知，妳有一個尚在襁褓的小孩，就如同我一樣。」聽到這裡，克拉拉再也無法專心地聆聽院長那親切可人的西班牙語調。她所有的專注力全部放在科尼克身上，因為他接著說道：「我拜託妳，請妳千萬不能戴上那副眼鏡。否則將會發生相當恐怖的事情。很有可能，妳永遠都不能離開這間療養院了。」

「永遠都不能？」

克拉拉不自覺搖了搖頭，下一秒，科尼克見狀便相當不滿地翻了白眼，而這時，克嵩教授又重新把眼鏡舉在手裡。

對克拉拉而言，最矛盾的莫過於科尼克說出最後一句話時，她的大腦裡居然不自覺迸出一股雀躍的情緒。

永遠待在伯格莊園？永遠不用回到馬丁身邊？

即便這同時意味著自己必須永遠和小孩分離的事實，卻一點也沒有動搖她暗自竊喜的心，然而下一秒，當她意識到自己這個自私的想法時，又感到羞愧不已。不過話說回來，她毫不懷疑馬丁，即便她不在身邊，馬丁絕對也會好好扶養艾美莉亞長大的。

還是她只是在自欺欺人？

不會的。

和他自己的小孩相處，他絕對不會犯一樣的錯誤的。他絕對不會對自己親生的小女孩伸出家暴魔爪的。

「我現在要假裝我的值班台正在叫我，所以我要先行離開，請妳務必五分鐘之後來我的值班台找我。」

「但是……」克拉拉還想說些什麼，但是科尼克懇求的眼神讓她把到嘴邊的話又吞了回去。

克嵩起身走向他的書桌，拉開上層的抽屜，似乎在尋找些什麼。

「請妳接下來務必照這個步驟做，克拉拉！」科尼克悄悄地說道。「妳必須說，你想在第一輪實驗開始之前先去上個廁所。然後我們在走廊盡頭的樓梯間後會合。」

說時遲那時快，科尼克的手機響起，接著他便按照剛剛所說的計畫行動。他先向克嵩致歉，並告知他要短暫離開，克嵩從他的書桌那頭點點頭，表示理解，會談室中便只剩下克拉拉與這位療養院院長兩人了。

「Comencemos con la primera etapa del experimento」他說道，並伸手指向通往他診療室的門，意思是請她一起到門後的另一間小會客室裡。字面上的意思再清楚不過，克拉拉連想假裝聽不懂的機會都沒有；「請讓我們開始第一輪的實驗。」

15

克拉拉一點也不訝異自己居然如此順從地遵照科尼克的指示，來到走廊盡頭的樓梯間。曾經有段時間，她認為自己相當自主、有個性、很前衛、很獨立。不過這個「曾經」也已經是好久以前的事情了，在她說出那句「我願意」之後，那句帶她進入婚姻，又日復一日地教她習慣順從男人的「我願意」之後，一切便消失殆盡了。

毫無條件地順從。

她用殘破的西班牙向克嵩解釋，她想在戴上眼鏡前先去一下洗手間，之後她便如約沿著走廊往廁所的方向去，一邊走一邊感覺到，自己的脖子就像綁著一條無形的狗鍊一樣。如今的她已經完全習慣聽命於男人的發號施令了，順從到她甚至不曾想過，科尼克的這番行為，究竟將她置於一個多麼進退兩難的處境裡。她畢竟是特別出差到伯格莊園，參加一個由舉世聞名的專家所主持的科學研究計畫的，但現在僅僅不到兩天，她就已經被這裡的助理醫生任意擺佈了。

到底為什麼？她從廁所出來，推開樓梯間的門，一邊問著自己。她真想問問自己，到底為什麼這種事總是發生在她身上。**為什麼？**

明明在她的女性朋友和同事們的眼裡，她看起來完全就是個女強人的模樣：她有著一副相當精實的體態，女人該有的曲線她都有。優雅的姿態、迷人的下巴曲線、閃閃動人的眼神，以及稍微曬過的小麥色肌膚，連這美麗的膚色都要歸功於她那有著義大利血統的母親，這些外在特徵，在在向所有人傳遞出強烈的訊號——她是一個有執行力、貫徹力、個性鮮明的人；一個任由男人擺佈的女人，絕對不是長這個樣子。老實說，她也的確好長一段時間沒有被男人擺佈了。馬丁不擺佈她，他喜歡直接一拳揍下去。直接正中肝臟，一拳接著一拳，扎實又快速，她整個人挨在床角，全身就像是高燒病患併發熱痙攣一樣，抽慉個不停，無力抵抗，也無力躲藏。

樓梯間的推門在她身後關上，門鎖鏗啷一聲，清脆地關起來，冷不防地令克拉拉全身抽動了一下，像是她又被馬丁揍了好幾拳一般。

挨打。

克拉拉過去讀了許多家暴女性的報導和資料。她甚至幫自己找了一個諮詢機構（想當然爾，用「我幫我朋友問的」這種藉口），然後她發現，家暴事件絕非環境使然，受害者其實遍布各個社會階層。而且這類家暴問題通常是慢性、無聲無息滋長出來的。通常一開始是女方單純地蒙蔽自己的感覺，將這些行為合理化，告訴自己，這一切都是為了成全偉大的愛情。男人總以**「妳真是太美了，我永遠不會讓妳離開我的生命的」**當作開始箝制女人的甜言蜜語，接下來，便開始用「以愛為名」的控制手段來要求女人證明自己的愛，例如**「愛我的話就一起設定一樣的電郵密碼吧，我們倆所有的電郵和手機都要用同樣的密碼」**。再來，就用那番博取女人同情心的「裝可憐」說詞：**「妳明明知道，我的前女友傷我很深。」**一直加深所有控制，直到言語已不足以控制女人時，便轉而施行肢體暴力。當所有不知情的人看著你們倆，還甜蜜地讚揚**「你們終於找到了彼此，真是太幸運了，你們看起來真是天作之合。妳先生真是個不可多得的黃金單身漢」**，殊不知，人前強顏歡笑的妳，正在人後暗自看著浮腫瘀青的眼睛，心裡希望，要是早知道這些事實該有多好。然而隨著時間過去，自己淪為家暴受害者的羞恥感，逐漸演變為對自己的憎恨，接著，這股自我厭惡開始讓自己越來越難信任任何人。克拉拉忍無可忍的時候，甚至曾經打電話給她的母親，想嘗試和她訴苦。

一開始，克拉拉甚至不能確定媽媽有沒有聽懂她在說什麼，因為在電話另一頭的克拉拉，由於膽怯和害怕，聲音不停地顫抖著，她深怕馬丁會突然提早從網球場回家，看到她撲倒在電話旁邊這副精神崩潰的模樣。雖然她在電話裡抽抽噎噎、一把鼻涕一把眼淚地一股腦向她媽媽哭訴，她母親大概也聽懂了她要說些什麼，然而從母親那端回答的句子、那幾句她對親生女兒所說的句子，卻讓克拉拉無聲地張著抽慉的嘴，悲痛地把手中的話筒舉得遠遠的，她的母親是這樣回答她的：**「我們不能夠讓男人生氣啊，我的小克拉拉。妳要再多努力一點。畢竟馬丁為了妳們母女倆那麼賣力辛苦地工作著啊。」**

她只記得後來她冷靜下來，然後換了一個話題，她轉而告訴母親一些無關痛癢的事情，例如園藝中心裡有個非常傲慢無禮的員工，她訂購的一盆蘭花送來時已經長滿了蚜蟲，而那員工居然不願意處理她的退貨要求。

然後現在呢？

克拉拉獨自站在樓梯間裡，地面閃亮亮的，看起來像是剛拭淨過，整個空間還聞得到消毒水及磁磚清潔劑的味道。

「哈囉，有人在嗎？」她隨口在樓梯間喊了一聲，突然她的手機鈴聲響起，和她自己的聲音一起迴盪在空曠的樓梯間裡。

「妳以為妳在這裡參與的是什麼樣的計畫，克拉拉？」

無疑是科尼克在電話的那端。

她還以為他會和她面對面談，沒想到他會打電話談。科尼克劈頭就進入正題，完全沒有要解釋他這些奇怪行為的意思。她正納悶著為什麼他會有她的電話，隨即又想到，身為醫生，他當然有足夠的權限進入系統查詢，從她登記的資料裡找出電話號碼。

「我不會回答你任何問題，除非你先告訴我……」

「閉嘴。我們沒時間了，再過沒多久，我就救不了妳了。」

救我？我陷入了什麼麻煩裡？

克拉拉想要跟科尼克嚴正聲明，她不允許任何人用這種口氣跟她說話，但科尼克的男性權威語氣用得恰到好處，讓克拉拉乖乖聽話，一點也不敢反駁。

她順從地回答道：「我來這裡是要和其他受試者一起親身體驗罹患精神病的感覺。我認為這樣的人體實驗是相當合理正確而且有其必要的。」

根據精神病科學權威克嵩的說法，迄今為止，精神疾病的治療方式中，普遍存在著根本性的問題，目前的治療方式和一般外科疾病的治療方式有著本質上的絕對差異，那就是：每個精神科醫師幾乎都曾有過身體疼痛的經驗。然而只有其中少數幾位，可以勉強稱得上算是能夠體會病患描述的精神和靈魂上的病痛。換句話說，即便是一個「只」挨過牙痛的人，都可以很自然地想像抗腫瘤疼痛藥帶來的止痛效果。可是一位從未經歷過思覺混亂的醫生，便完全無法依靠自身的經驗來想像，他開給思覺失調症病人的藥劑能夠產生什麼樣的治療效果。

這便是這項實驗計畫要研究的問題。而這也正是克拉拉參與實驗的原因。在實驗中，她將在人為製造的方式下，暫時出現精神病患狀態般的徵狀，並在這個病徵發作後親身體驗精神科藥劑的藥效。

「你人在哪裡？」她問科尼克。

還有你到底想要我怎樣？

科尼克並沒有回答她的問題，「妳在實驗中分配到的精神病癥狀是什麼，克拉拉？」

「偏執狂。被害妄想。」

她往下走半步階梯，好讓自己可以稍微靠近那扇明亮寬敞的窗戶。從窗戶望出去，她可以輕易地眺望療養院區的停車場，一眼看去，沒有哪輛車是少於八十萬歐元的等級。保時捷、賓士跑車、寶馬雙門跑車、福斯露營跑車圖瑞格，甚至還有一台閃著黝黑深藍金屬色的法拉利，停在它旁邊的是另一台極為奢侈的敞篷跑車，克拉拉甚至認不得品牌名。

放眼望去，其中唯一不合群的只有停在角落的一台水電工程車，那是一台白色的廂型車，停在療養院主樓入口處不遠的地方，離克拉拉的窗戶大概是兩層樓的高度。

「當被害妄想症的病徵出現之後，妳就會立刻被指示服用抗精神病的藥物？」

克拉拉深吸了一口氣。「是的，除非我是被放置在安慰劑組別。你到底想說些什麼？要是你對實驗有任何人體道德上的疑慮，請你直接向你上級的主管機關舉報。在我來參與這項實驗之前，我已經做足了功課，我知道我參與的是什麼計畫。」

說謊。事實是她幾週前從診所辦公室的垃圾桶裡撈出這張說明單，她的主管，也就是診所主治醫師，隨手把這封信件和其他信箱裡的廣告單都一起丟進垃圾桶裡。她從老闆的垃圾桶裡撈出這封說明單之後，再打了兩三通電話，確認未持有合格醫師執照的醫療人員也可以參加這項實驗。接著她又發現，為了這項實驗計畫，需要投入大約一週左右的時間去了解實驗目的和準備相關知識。

她知道，馬丁從不允許她週末時在任何女性朋友家過夜，或是參加什麼活動。但若工作上有出差需求和進修機會，他卻幾乎不會阻攔克拉拉前去參加。如果是「進修機會」，他甚至願意幫忙照顧艾美莉亞。只要能夠遠離馬丁，即便只有幾天而已，她什麼都願意。就算必須接受人體實驗，讓自己產生人工製造的被害妄想症也無所謂。

「維涅太太，請不要相信這裡任何人告訴妳的訊息。伯格莊園並不是一般普通的療養院。這個實驗的風險……」

「……寫滿了整整兩頁的風險須知，就夾在報名表單裡，我知道。」

「哼，那東西，請妳忘記文件裡告訴妳的。這場實驗真正的風險根本沒有寫在文件裡。」

「那麼你說的究竟是什麼樣的風險？」

她聽見電話那頭傳來一陣翅膀拍打的聲音，聽起來是鴿子在空中飛過的樣子。

「這我不能用說的，」科尼克回答，「但是可以直接呈現給妳看。請妳走到窗戶邊。」

「我已經站在窗戶邊了。」

「很好。妳今天吃過了嗎？」

認真的嗎？這傢伙。

「你是想約我出去吃飯？」克拉拉有點惱怒。

科尼克悲傷地乾笑了一下「不。我只想知道，妳現在是不是空腹。」

「你要知道這個做什麼？」

電話裡沉默了幾秒鐘。科尼克問道：「妳正看著窗外嗎？」

「是的。」

「正在看白色的工程車？」

「沒錯。」

克拉拉想著，該不會是等一下工程車的側拉門就會突然打開，然後恐怖的實驗祕密就會真相大白。「好。請妳幫我一個忙。在這棟房子裡的所有人都逃不過死路一條。請妳務必答應我，見到待會發生的事情之後，妳會立刻頭也不回地離開這間療養院。」

「你說什麼事情發生？」

「這件事情。」科尼克說道。

接著克拉拉看見了一個陰影。直接從她面前的窗戶經過。片刻之間，這幅景象成為了她往後每個夜晚不停重複的惡夢，在夢裡，這段過程彷彿無止境一般地重演。

在一切彷彿暫停的那一秒，她用雙手摀住自己的嘴巴，並開始尖叫哭泣，因為同時映入她眼簾的，是一聲巨大的、沉重的物件撞擊到金屬表面迸裂開的聲響。巨大的撞擊力道搖晃著整台工程車，平坦的車頂看來像是被人用巨大的拳頭揍了一拳一樣地凹著一個洞。只不過那揍向車頂的不是什麼巨人的拳頭，而是一副血肉之軀從療養院最頂樓的高處往下墜，自由落體結合重力加速度而壓出的巨大凹洞。

當克拉拉意識到是誰從頂樓一躍而下的那一秒，她不能止住驚聲尖叫，隨後一陣反胃、開始嘔吐。她認出那具人體的拉馬丁納襯衫，整件被從裡層滲出的血液染出一片鮮紅。以及那雙帆船愛好者的流蘇小牛皮皮鞋，其中一支已從腳上飛落，落在工程車旁的石磚上。

而她手上的電話通話死寂無聲，就如同白色工程車車頂上的丹尼爾・科尼克一樣。

16

尤樂斯
今天

克拉拉停止自己的個人獨白，惱怒、煩躁地質問電話另一端的尤樂斯，「剛剛那天殺的是怎麼一回事？」

「抱歉，我剛剛手滑打破了東西。」

尤樂斯剛才正要去廚房拿個玻璃杯，好給自己倒杯果汁，然而杯子卻從手中滑落打破了。

玻璃杯破在水槽上的聲響，劃破令人屏息的寧靜，簡直響亮得跟森林裡的一棵樹倒下一樣。一方面是因為老建築空曠寧靜的環境所產生的迴音，一方面是因為尤樂斯所有專注力都聚集在克拉拉敘述的恐怖故事上，強化了這個噪音聽在他耳裡所造成的效果。要是今天這個從廚房上方櫃子摔落到水槽裡的玻璃杯，是在平日裡摔破，周遭環境滿是噪音下，根本不會有人多注意一秒。然而在現在這個寂靜的夜裡，玻璃破碎的聲音就像深夜裡的火警警鈴一樣，劃破夜色，讓他整個人瞬間血壓飆高。

「真抱歉，」他再度道歉，並試著把對話引回正題。「所有在這間療養院裡的人都逃不過死路一條？」

「這差不多就等同是他的遺言！」

「妳知道為什麼科尼克要這麼做嗎？」他正試圖拼湊這個醫生自殺事件的所有樣貌。這種戲劇性的自殺情節，跟一般常見的自殺形態完全不吻合。尤樂斯相當清楚自己在說什麼。過往的工作經歷，讓他見識過各種各樣的自戕方式。

當然，要是他的理解正確，克拉拉的自殺行為也跟一般正常的自殺模式不同。能達到現在的成果已令他感到大大地鬆了一口氣，至少他已暫時轉移了她尋死的企圖，但他也很清楚，他現在透過電話所能做到的，不過就只是拖延時間而已。

「克嵩告訴我，那是一場意外。科尼克經常偷偷溜上療養院的頂樓，好規避院裡禁止吸煙的規定。」

「而妳對這個謊言的反應如何？」

「我當時第一個反應是想逃跑。」克拉拉回答道。

「就像科尼克建議你的那樣？」

「一點也沒錯。逃離療養院，越快越好。」

「可是？」

「可是我又想了想，我還能有什麼選擇。我不過就只能逃回家，回到我丈夫身邊。一想到這裡，就覺得科尼克的行為還滿值得我效仿的。至少他是將如何結束自己生命的決定權掌握在自己手裡，而不是讓別人來決定他該怎麼死去。」

尤樂斯伸手從洗碗槽裡撿起最大片的玻璃碎片，並打開洗碗槽下方的垃圾桶拉門。

「但是他究竟為什麼要這樣做呢？他自殺的原因和實驗有什麼關係嗎？」

「有的。」

「你當時有立刻中止參與實驗嗎？」

「並沒有。」

「並沒有？」尤樂斯不可置信地反問。

「我再說一次：我還能有什麼更好的選擇嗎？打道回府讓馬丁知道我在第一晚就中斷實驗，讓馬丁知道我是個什麼樣的失敗者嗎？**『懦弱！就只是因為一個不知道打哪來的娘娘腔跳窗自殺，就讓妳連一點對科學有意義的貢獻都不願意付出』**。」

尤樂斯稍微沉思了一下。其實從克拉拉的人格特徵來看，她有著相當明顯的偏執狂特質。一方面克拉拉是一個相當自覺、在工作上有野心、又相當積極的女人。但是在個人生活上，她卻非常快就向命運低頭了。

「實驗後來究竟出了什麼錯？」尤樂斯問道，在電話另一頭的他倒是全身揪緊了一下。一小片他正要丟進垃圾桶的玻璃碎屑，直接刺進他的小拇指裡。「我只記得，我後來戴上了眼鏡。那副虛擬實境的眼鏡就像多數的望遠鏡一樣，非常笨重，而且體積相當大，差不多就跟整顆頭一樣大。除此之外，我還得戴上相容的耳機。事後我其實想不起任何有關實驗的事情。只記得一開始，我進了像是電腦斷層掃描儀的那個蛹型通道。伴隨著一陣高頻率、類似電子搖滾樂般的轟隆聲以及嗡嗡聲，我的眼前出現一道道閃電風暴，直直地朝我的方向過來，最後將我吞沒。無論如何，精神病的體驗我不知道，但我想在那次之後，我相當能體會一個人被光束激射之後會有什麼反應，差不多就像坐在電視機前面，卻突然癲癇發作的感覺。總之，實驗開始沒幾分鐘，我就昏過去了。」

「然後呢？」尤樂斯把流著血的小拇指含到嘴裡，用舌頭頂住傷口止血。同時他望向自己的手機，看見螢幕上閃爍著一通未接來電，是他父親剛剛打過來的。他的手機就放在剛從書房拿進廚房的筆記型電腦旁。他早已將頭戴式耳機取下，讓通話直接連上電腦，並開啟擴音功能，好讓他父親也能同時聽到對話內容。

「沒有什麼『然後』。克嵩教授告訴我，我的體質太過敏感，不適合參與這項實驗。我身上產生的實驗副作用太過強烈，因此，按照醫學倫理，我不能繼續參與這項人體實驗。」

「也就是說，妳最終還是提早打道回府了？」尤樂斯一邊說一邊撕下一張他在廚房裡看到的廚房紙巾，試著用紙巾包紮受傷的手指。

「不，我還必須先從實驗副作用中恢復後才能返家。很可惜的，要讓副作用完全消失需要相當長的一段時間。」

「這有什麼好可惜的呢？」

「現在回過頭來看整件事情，我真希望當時要是立刻離開療養院就好了。當天從馬丁那裡來，當天立刻回去馬丁那裡。」

「怎麼說呢？」

「如此一來，我就不會遇見季河博士。」

「怎麼又出現了一個人？誰是這個季河博士？」

我們不是正在討論誰是亞尼克嗎？尤樂斯腦袋裡不悅地想著，但是他並沒有說出口，他不想打斷克拉拉意欲敘述整個過程的想法。反正對他而言，克拉拉的談話越長越好，只要她繼續說著，她就越不可能分心去想另一個可以結束自己生命的方式。

「喬。他是一個助理醫生。全名是喬漢納，不過大家都叫他喬。」

「妳也這麼稱呼他嗎？」尤樂斯不自覺地問道，而實際上他也聽到了電話那頭，克拉拉的一聲長嘆，這個反應比什麼回答都還清楚，她和他之間的關係後來發展成什麼樣子已不言而喻：親密卻悲慘的關係。

「請問妳是如何遇見喬漢納．季河博士的呢？」

「在療養院的花園裡。我當時在咖啡廳的露台，一個人坐在長凳上，從那裡眺望山澗的視野非常好。他突然出現，站在我旁邊。照理說，鞋子踏在碎石礫上應該會發出很大的聲音，但當時我大概是出神了，所以沒有聽到他的腳步聲。」

就在這時候，尤樂斯的手機突然發出一個訊息聲，他暗自咒罵自己怎麼沒有關掉提示聲。父親透過 Whatsapp 傳來一條訊息。他趕在克拉拉質問這是什麼聲音之前，先發制人地問：「請問這位季河博士和妳的實驗有什麼關係嗎？」

「沒有直接的關係。他告訴我，他是病理學家，因此並不直接參與實驗，只是使用實驗的數據做研究而已，例如他可以透過實驗得到我的全血細胞計數，並從中做研究。」

尤樂斯按了一下手機側面的按鈕，讓手機變成靜音模式。同時用他還微微流著血的手指滑著螢幕。

「我覺得他是個特別親切、友善的人。我當時猜想他大概四、五十歲左右，這當然是因為他打扮得相當年輕，他穿著牛仔褲、球鞋以及一件連帽長袖圓領棉T。不過他後來向我承認，他其實已經超過五十歲了，完全看不出來。我說，有多少人能夠在五十幾歲的年紀還擁有跟嬰兒一樣平滑的肌膚，不僅一點皺紋也沒有，還有一頭完全沒染色的烏黑頭髮？」

「我也幾乎沒遇過這種人。」尤樂斯一邊回答，一邊試著單手打開父親的 Whatsapp 訊息。

「當他坐在我身旁時，我心裡的第一個問題其實是，他是不是療養院的健身房教練之類的。」

尤樂斯可以感覺到克拉拉提到這個男人時，聲音從憂鬱的小調轉變為輕快的嗓音。很明顯的，她正在敘述一段讓她相當愉快的回憶。

「讓我印象最深刻的是他臉上相當有朝氣、又自我解嘲的笑容。我想，那就是所謂吸引力吧。就像有些魚類無法抵擋夜晚的燈光吸引一樣，他的這個笑容對我就有這樣的魔力，不只勾起我的嘴角，更讓我原先灰暗的雙眼開始閃爍。」

「他靠近妳的原因是什麼？」

「一開始，從他的話語裡很難察覺他的想法。他不像科尼克那樣，他並不是一個開門見山的人。」

尤樂斯選擇閉嘴不再多問，他認為即便他現在不追問，之後克拉拉也會說出為什麼這位季河博士和她的關係如此特殊，特殊到需要詳細地敘述他們倆是如何相遇的。剛剛才企圖自殺失敗的她，居然願意鉅細彌遺地花時間描述這些瑣碎的過程。「在我倆漫無目的的閒聊了一陣子之後，我們談起了科尼克，我現在都還記得，當我提起這件事時，喬是如何看著遠方，試圖迴避我的眼神。由於我們整段對話過程中，他都目不轉睛地看著我，他的這個行為顯示，談論這個話題讓他有多麼的難受。我當時問他真實的情況是什麼，他才支支吾吾地說，其實他是不允許跟我談論有關我的案件的。」

「你妳的案件？」

「我當時也非常驚訝。**『你說我的案件，是什麼意思？』**我當時問他，他心情沉重地點了點頭，好像下了一個重大決定似的。接著，他跟我說了……我還記得他當時說的每一個字，以及他聲音顫抖的樣子。」

「他說了什麼？」尤樂斯邊問邊手忙腳亂地讀取他父親傳來的 Whatsapp 簡訊：

你那裡到底發生了什麼鬼事？

同時，克拉拉一字一句地說出季河博士當時告訴她的話，她聽到這些話時，整個人有種天崩地裂的感覺，而尤樂斯聽到的同時，也不禁打了一個冷顫：「克嵩隔天讓妳停止參與實驗之後，到病床邊探視妳，但他並沒有告訴妳實話。妳當時並不是短暫昏厥了五分鐘，維涅太太。妳是死亡了五分鐘。」

17

克拉拉

她的聲音細得幾乎快聽不見，就如同她以往在家照顧小孩時，必須降低音量那樣。那時的她是一個過度害怕的母親。只要艾美莉亞睡著了，她就會踮起腳尖走路，深怕發出任何一點聲音，她不僅會將電視的聲音調到像在耳邊說悄悄話的音量，如果她好巧不巧必須要去小便，更會在上完廁所之後刻意避免沖水。只有這樣才能確保女兒在進入獨角獸和噴火龍的夢鄉之後，能夠一覺好眠到天亮。只要一想到，要是艾美莉亞被驚醒，就有可能從房間搖搖晃晃地跑去找爸爸，這個風險她可完全承受不起。馬丁從不會把怒氣發洩在艾美莉亞身上，但是會發洩在她身上。

馬丁總是冠冕堂皇地說，他晚上這個時段不希望被打擾，因為他必須處理診所客戶的帳單，然而克拉拉明白，他根本不需要做這些帳單，有專門的服務機構代他處理款項。她從來就不敢到他的書房打擾他，如果她膽敢在他還在書房裡時去叨擾他，她當晚必定會付出慘痛的代價，而只被教訓一個晚上還是最好的情況。所謂的叨擾，當然包含了她女兒造成的打擾，這也養成了克拉拉在女兒睡著之後，習慣用極輕的音量說話，永遠穿著極厚的襪子並且踮起腳尖、幾乎毫無聲響地在容易嘎嘎作響的木地板上輕聲走動。如今，這個警覺性的預防動作已習慣成自然，她連坐在自己家裡，好比現在這個四下無人又一片荒蕪的度假小屋裡，她也習慣性地只以這樣輕微的音量說話，就算她那可怕的丈夫根本不在身邊。

真希望他永遠都不再有機會出現在她身邊。

「從醫學的角度來說，我當時是死亡了。」她又重複了一次這個嚇人的結論，好似她自己也不可置信一樣。

「妳認為季河博士說的是事實嗎？」

「我有什麼好懷疑他的理由呢？」

她心裡知道，尤樂斯不會沒發現她在故意迴避他的問題。

而她再一次發現，這個不請自來的「安心返家專線」服務人員，異常地有同理心，居然體貼地不再繼續追問。「他可有向妳洩漏，究竟是什麼原因造成妳心跳停止嗎？」這完全是出於尤樂斯的好奇心。從電話這端聽起來，他似乎是處在一個相當寬敞的空間裡，天花板格外挑高。「他告訴我，應該是類似過敏性休克的原因，這是對誘發藥劑所產生的一種強烈反應。」

「妳當時喪失長達五分鐘的生命跡象？身上有任何明顯的殘留損傷嗎？」

「殘留損傷？」克拉拉重複著，幾乎失聲笑出來。「你是認真地在問我，一個剛剛才試著要用汽車排放廢氣結束生命的女人，身上有什麼損傷嗎？」矛盾的是，剛被廢氣熏得暈頭轉向的克拉拉再度起了想抽菸的癮頭。在她還沒懷孕之前，她是個癮君子。但她從來沒有自己的香菸，也沒有自己買菸的必要，她只是時不時地在宴會或是聚會上，跟朋友或同事搭根菸而已。她這個行為看在馬丁眼裡就非常地刺眼。他不只一次挑剔她有「一口黃牙」，即便她的牙齒相當白皙，甚至不亞於她這位身為牙醫師的丈夫。有時克拉拉會想，馬丁大概是為了讓她自願放棄抽菸，才讓她懷孕的。馬丁非常清楚，以克拉拉負責任的個性，絕對不會允許一個無辜的嬰兒受到任何尼古丁的危害。

「不過一點損傷倒是有的，我的確在剛醒過來時，感覺全身像被炸藥炸過一樣，」克拉拉依舊回答了尤樂斯的疑問，她的確感受到人體重新回復生命跡象之後的後座力。「自從那次的瀕死經驗過後，我夜間無法入睡，連著好幾晚大量盜汗。不誇張，我的睡衣全濕透了，擠出來的水當成抹布擦地都可以擦遍整個卡迪威[2]。克嵩當時告訴我，這是對於誘發藥劑產生的典型副作用。喬則向我解釋，我大量盜汗的情況，比較像是我當時有嚴重心律不整的一個徵兆。」

「嗯哼。」

尤樂斯顯然對這個說法保持懷疑的態度。

還是他正在分心做別的事？

克拉拉再次起了疑心，這位專線服務人員有很大的可能正在玩雙面間諜的花樣。他試著阻止她自殺的意圖再清楚不過了。一般人會願意花多少心思和時間來阻止另一個人自殺？況且他說不定有許多機會可以在通話當中查出她的所在地？

「為什麼克嵩要向妳隱瞞，妳就醫學原理上曾經死亡的事實呢？」尤樂斯問道。「是擔心妳可能因此控告療養院嗎？」

「我想是的。畢竟如果這件事流傳出去，伯格莊園很可能會因為找不到任何自願的受試者，而再也不能執行任何人體醫學實驗。」

克拉拉感受到背後突然一陣沙沙作響，她驚嚇得整個人跳了起來，轉身用手機當作刺刀，指向聲音傳來的方向。所幸並沒有人。只不過是食物儲藏間旁的雙開冰箱發出的運轉聲，只是冰箱裡的製冰機再度倒下冰塊而已。

---

2 卡迪威（KaDeWe）。柏林大型購物中心，位於西柏林。為歐洲最大型購物場所。

妳還真是天殺的膽小鬼。就連要死了還能被嚇成這樣。

克拉拉再度把電話貼近耳邊，不過只能聽到尤樂斯的最後幾句話而已，他顯然問了一個相當長的問題。

「……和季河博士的這個對話，和亞尼克有什麼關聯性嗎？」

亞尼克。

光是聽到這個名字，克拉拉的胃就不自主地一陣痙攣。「這個你等一下就會知道了。」她輕聲的回答之後，又稍微停頓了一下，等冰箱門內製冰機自動把製作好的冰塊倒進冰塊盒內。她閉上眼，努力回想當時主治醫生的臉。他有一雙聰明慧詰的眼睛，兩眼眼角佈滿又深又長的魚尾紋。她當時真應該多注意觀察這張臉，究竟是怎樣的一個人才能瞬間偽裝出這種溫暖的眼神，一轉過頭，臉上堆滿的笑意又能瞬間消失。

克拉拉甩一甩頭，讓自己擺脫這股噁心的反胃感。「在我告訴你這些殘酷的細節之前，我還想多說一點，我在經歷那些痛苦的事件之前感受到的美好。」

「妳是說和季河博士的相遇？」

「是的。我知道你尚且看不出這中間的關聯性。不過如果你耐心地多聽五分鐘，你就能理解亞尼克為何能有掌握我生死的權力。而你也會理解，你只能別無選擇地遵守我倆達成的協議。」

「妳是說幫助妳解脫，離開這個人世。」尤樂斯接口，克拉拉打從心底由衷地開心，因為他能這麼直接又無所畏懼地談論死亡，也相當直接地表示要遵守他的諾言。

「不過你不用擔心，」克拉拉安撫著他。「我要繼續說的這段回憶，只有一開始聽起來像我和季河博士之間的浪漫愛情故事。而我確實相當享受我和他在一起的那個短暫時光。」

即便我倆談話的主題相當令人不愉快。

一開始當季河問她身上那些瘀青怎麼來的時，她同樣試著矇混過關，就像她跟其他人解釋的一樣，她手臂上、脖子上的那些傷痕和瘀青都是不小心受傷的。然而喬對於克拉拉給的這些官方回答並不買帳，按照她的說法，那她也太常瘀青了。最後突破她心防的，並不是喬堅持要問到底，反而是喬輕輕的一句話，讓克拉拉的防線潰堤。在療養院的花園裡，他對她說：「我沒有辦法讓妳重回不被家暴的狀態，克拉拉，我辦不到。」聽到這裡，克拉拉已經快要哭出來了，原先不需要再多說些什麼的他，又補充道：**「但是我可以安靜地聽妳說，就像醫生聽病人說那樣，對妳，我必須遵守醫師法的病患隱私保密義務。」**

喬透過這個行為給了她一個無比珍貴的禮物。他沒有試圖讓她產生任何錯誤的期待，他沒有讓她以為他可以改變她的情況。他也沒有立刻擺出白馬王子要來解救她的姿態。但是他的行為和話語卻喚醒了她心裡深處的一股感覺，這感覺告訴她，不應該以發生在她身上的事情來評斷自己。也就是在精品旅館『禪』所發生的事情，並不能夠拿來評斷她這個人。很快的，他們倆第二次在療養院花園見面時，克拉拉便告訴他那件被稱作「遊戲」的集體性虐待事件，這讓喬成為她生命中，唯一知曉她人生至今以來，最陰暗、卑微的黑暗時刻的人。

那個戴著面具的男人。

還有手上的塑膠捆繩。

強塞在她嘴裡的口腔固定器。

還有那些男人。許多的男人。

「妳喜歡上季河博士了嗎？」她聽見了尤樂斯的假設。

「我的每一寸肌膚和髮絲都深愛著他。」

「然而亞尼克卻步入你們的生活中？」

克拉拉瞬間睜開雙眼，她四周是一片無止盡的漆黑，就像當時亞尼克突然站在她眼前時，她心裡默默期望的那樣。那個身型巨大、赤裸的、精神病態的亞尼克。

「是的，」她回答尤樂斯，並且重複他所說的話：「直到亞尼克出現在我的生命裡，並將我繼續存活在這個世界上的最後一點希望摧毀之前，在他對我做了這世界上最殘忍的事情之前，我都和季河在一起。」

18

克拉拉
幾週前

直到亞尼克出現在她生命中，並一手摧毀她的生活之前，克拉拉正過著自己長久以來未曾感受過的愉快生活。

剛才的性愛簡直棒透了，半昏暗的臥室裡，她躺在床上獨自想著，而喬．季河已坐起身來，離開床上走進浴室淋浴了。

她不是沒有其他性愛經驗可以參考才這麼說的。在馬丁之前，她曾有過兩任男友，不過現在回想起來，這一切好像是許久許久以前的事了。她這段日子經歷的醜惡經驗，早把過去的種種美好全然壓制到腦海深處。再也記不清了。這麼多年來，所有在臥室發生的事都只讓克拉拉感到無限的痛處及恥辱。

但是我現在躺在這裡。呼吸著、嗅著這股清新的、淡淡的男人香味，這個出現在我生命中的新的男人，讓我多想再一次從頭細細品嚐這甜蜜的愛夜。

她翻過身趴在水床上，水床則因為她赤裸著身體在上頭移動而發出一陣陣的咕嚕聲，逗得她忍不住癡癡笑著。這張床的品味和整個公寓對比起來簡直太過前衛了些，畢竟公寓其餘的空間裡盡是厚實的原木以及皮製家具。

喬不只受僱於伯格莊園，他也是柏林市區內技職二專專聘的精神疾病病理學講師，因此幾年前他便已在市區內租下他的第二間公寓，好讓自己不用每週從伯格莊園大老遠來到學校講課時，都必須待在旅館裡過夜。就如同今天一樣。

我在柏林。下午三點。我們敘敘舊？喬今天早上傳簡訊約她出來。克拉拉一秒也沒多想，立刻就向馬丁撒謊說她因為進修的關係，必須去國家圖書館翻找一些資料，然後安排維果在艾美莉亞從托兒所回來之後過來照護小孩。接下來，她回覆了喬的邀請。

「我其實不應該告訴你這些的，」她和喬的「約會」一開始，她便道歉地說道，那些她在療養院時仍不願意告訴喬的事，現在她卻誠實地一件件娓娓道來。「我也不知道我那天到底怎麼一回事。」

克拉拉自己都覺得相當驚訝，她怎能這麼快就對他產生強烈的信任感，一口氣向他傾訴所有她在婚姻裡受到的暴力與虐待。從見到他的第一眼起，聽到他低沉又有磁性的嗓音，看到他那雙深邃、溫暖的眼睛開始，她就深受這男人的吸引，他望向她的眼神，是她丈夫從未有過的目光。他的眼神是那麼地坦然、真誠、充滿愛意。

她差一點就要向他透露那支在**禪旅館房間內**錄製的影片，馬丁在那晚錄下了所有過程，還上傳到網路上。

那支她和眾多男人的影片。

不敢相信，此生我還會願意對這個「強勢性別」中的其中一人傾心，她自顧自地想著，一邊仔細聆聽淋浴間傳來的流水聲，她的喬正在淋浴間裡沖著澡。

通常都是她——在被馬丁長達幾小時地「使用」完之後——會在淋浴間裡待上整整一小時，試圖洗刷自己身體上所有噁心的氣味和體液，而現在的她卻心滿意足地嗅著肌膚上殘留著的喬的味道，要是能把這肌膚的味道永遠保存起來該有多好，這樣她就能永遠記得，兩個小時前她是怎麼在普倫茨勞爾山街上，那間完全黑暗的餐廳前向他「道別」的。去這間別緻的餐廳是喬相當貼心的主意，好讓他們兩人可以在一個完全黑暗的地方約會，餐廳裡的服務生也全是視障者，他們看不見顧客，顧客也因置身在全黑的環境裡而不會被任何事物分心或干擾。在別無干擾的情況下，所有顧客都能將注意力集中在自己身上。當然，還有談話上。

「謝謝，謝謝你聽我說了這麼多。」在一片黑暗之中，她向喬真心道謝，並輕輕、羞怯地握著他的手。

「我才是該道謝的那個人。」喬反駁。

「謝我什麼呢？」

「第一點，謝謝妳答應我這麼隨性突然的邀請。」他開始輕撫她的手。

「第二點，謝謝妳對我這麼誠實與坦白，並願意告訴我妳私人生活中的問題。第三點，謝謝妳准許我親吻妳。」

親吻？她想開口問這是什麼意思，但她還沒來得及張開嘴詢問，已經感覺到喬的雙唇覆在她的雙唇上。光是這樣的感受已經讓她不能言喻。更不用說之後在喬的臥室發生的歡愉事情。

完全不可置信的美好。

克拉拉從未體驗什麼叫作高潮，雖然這次她一樣沒有達到高潮，但她的確在歡愉的過程中，有好長一段時間似乎無止盡地，就處在相當接近高潮的情緒裡。雖然她無法理解自己在幾分鐘之前，到底為什麼會做出這麼輕挑的行為，居然第一次約會就和男人上床。直到昨天為止，要是有人告訴她，今天會有男人碰她，而且她不會如往常一樣驚嚇地縮起身子，她一定會搖著頭、嘲諷地否認。

更別說預料到自己竟然會主動對男人投懷送抱。

可是我現在卻做了。她重新撫摸身邊的被單，這被她激情踢開的被單，上面留有的全是令她不可置信的、自己體內的激情體液。一想到此，她的臉頰緋紅一片，克拉拉感到自己的雙頰發燙，就像顆電燈泡一樣。然而這美好的激情感瞬間被她腦海裡另一個殘酷的羞恥感壓過，另一條被單、另一條被她的鮮血沾得到處都是的被單，讓她之後不得不把被單直接丟棄，在那條被單下是馬丁把她……

該死的！我全忘了馬丁……

她伸手往床邊桌上找尋自己的手機，身子下的被單滑溜地順著床沿滑到地上。

幸好！

神奇的是，她老公居然到了這個時間點都還沒傳來任何一封簡訊，也還沒打任何一通查勤電話。她鬆了一口氣，就像剛吞下一口高濃度酒精一樣地放鬆。浴室淋浴的聲音驟然停止。整個公寓突然變得異常寂靜。

「妳想在我這裡待晚一點嗎？」她聽到喬那愉快的聲音從浴室傳來，他大概已經洗完澡了。浴室門輕掩著，這是一種充滿信任感的感覺，和馬丁在一起時，她過了好幾個月才敢開著浴室門洗澡。

「樂意之至。」她輕聲地回答，即便她腦子裡根本不知道回家後該如何和馬丁解釋，自己究竟為什麼在外面逗留得這麼晚。

現在是幾點了……

她看一看手錶，可惜臥室太過昏暗，看不清指針指向幾點。房間裡除了從浴室門縫中微微透出的光線之外，只有角落的一座藝術品輕透著柔和的微光。遠處臥室牆上懸掛著一把武士刀，用珍珠材質磨製成的握柄，在被兩側用來營造夜間氣氛的LED燈照射下，反射出淡淡的綠光。

她隨手探向自己的手機，目光落到床邊桌上的整排開關，做工極佳又俐落地鑲嵌在木桌裡。

「要來杯調酒嗎？」

她好奇地按下最外側的一顆按鈕，忍不住噗嗤笑出聲來，因為這些按鈕的功能顯然不是她想像的那樣。因為床單已經滑落到床沿，她可以直接看到此時籠罩在藍色鹵素燈光下的床墊，燈光在床上投映出的水波紋，令她有種正躺在碧藍泳池裡的錯覺。

「啊哈，你的水床裡面居然還有安裝照明燈！」克拉拉又驚又喜地往浴室喊道，一邊把床單繼續掀開來好奇地查看。「我都不知道居然還有這種透明床墊。」

「那是請人特別訂製的。」喬直接了當地招了。雖然沒看見他的臉，但克拉拉知道他正在笑著。克拉拉起身換個姿勢，雙腿交叉，慵懶地躺在床上，一旁的水波碧藍清澈，淡藍的螢光透亮著。每隔一會，燈光就自動轉變成不同的色調。從天藍色到螢光黃，再變到亮白色，然後**變成……**

「這是什麼？」她驚訝地問。

正確地說，是小小聲地對自己說，因為她第一時間著實吃了一驚。她坐起身來，看著床上那塊燈光投映到雙腿之下的畫面，是多麼地令人不敢置信。一瞬間，她突然意識到，這應該是一面鏡子。

但是我怎麼會看起來是那個樣子？我的眼睛怎麼會凹進眼窩裡？

感到荒誕之餘，克拉拉下意識地伸手去摸自己在鏡中的相對位置，想當然爾，她身上的一切器官都正常。她兩頰顴骨上的肌膚完好無缺，雙唇也沒有異常腫脹，反倒是那個突然浮現在她雙腳之間的頭蓋骨，腫脹得不像樣。

這怪異的一切就發生在她雙腳下。

在泛著淡藍色螢光的水床裡，她正躺著的那張水床。

幾分鐘前，她還和一個男人在上頭享受歡愉性愛的床，而那個走進浴室的男人，她再也沒有機會見到了。

「看來妳倒是發現了。」一個陌生的聲音從她左邊傳來，這個聲音和喬的語調完全相似，唯一不同的是，那聲音裡全無一絲溫暖。

浴室門邊的陌生男人一派輕鬆地站著，手裡正握著遙控器，遙控床上怵目驚心的畫面，整張床頓時陷入紅色血光之中。她失聲尖叫，用盡全身的力氣，卻仍無法讓自己的目光從她身下那些支離破碎的殘肢上移開。

「我猜，這是妳第一次在屍體上做愛，對吧？」

克拉拉感覺到體內作嘔的衝動，同時，她多想揉掉自己的雙眼，好讓自己再也看不見水床下的屍體。

「喬在哪裡？你把他怎麼了？」她淒厲地對浴室中的陌生男子哭喊著，頃刻之間，她知道自己瀕臨崩潰與瘋狂的邊緣。因為這個在她眼前的男人，看起來依舊是喬．季河的模樣，但所有在他身上組合而成的美好元素，完全不復存在，所有他的個人特質中，最令人喜愛、陶醉的個性與特徵，已消失無影蹤。現在站在她面前的，只是他這個人的軀殼，一個被邪惡外力強行佔據的軀殼。這個怪物繼續說道：「現在請忘記妳那親愛的床伴，克拉拉。我想，該是時候讓妳好好認識**我**了。」

獰笑著的他越來越靠近。「我的名字並不是喬漢納．季河。我也不是醫生。所有的新聞媒體都叫我連續殺人魔。不過妳可以稱呼我亞尼克。我來這裡，是要告訴妳，妳的死期。」

克拉拉在這個時刻突然感到脖子上被一隻蜜蜂螫傷了，這是她至今為止第二次被蜜蜂螫傷。第一次，是在她叔叔的婚禮上，那次痛得要死，她還記得自己的氣管立刻紅腫起來，痛得她幾乎把結婚蛋糕吧台上的盤子全都掃到地上。而這次螫在皮膚上的疼痛感輕了許多，後座力卻令她突然感到眼前一片黑，暈了過去……**這應該是因為，這次螫我的並不是蜜蜂，而是一支針頭。**

在她失去意識之前，眼前的畫面是亞尼克獰笑著的臉、他赤裸的上半身，還有他握在手裡的空針筒。她能感覺到亞尼克將她放回那張塞滿殘肢的水床，然後，克拉拉便逐漸失去了知覺。

19

全身痙攣。

她的好朋友安娜曾經告訴她，人生中最慘的莫過於吃了不新鮮的壽司，引發食物中毒。當時安娜繪聲繪影地說著，那感覺就像是深入她體內的病菌，正在命令她吐出所有身體器官一樣。克拉拉聽了說她很能理解。**（天啊，安娜，我真希望我們兩個現在還保持聯絡，從妳為愛走天涯搬去薩爾路易之後，我們就再也沒交集了。）**

「全身痙攣」真是最貼切的形容詞了，只是這描述還太過輕描淡寫，根本沒點出真正難受的地方。她從麻醉狀態甦醒後便感受到那股反胃噁心感，簡直比她這一生以來所經歷的任何痛楚更加銳不可擋。一方面當然是麻醉劑還在她身體裡殘留著藥效的緣故，但絕大部分是來自於她心裡再清晰不過的認知，她意識到，她並沒有洗滌罪惡、沒有從煉獄昇華到天堂，反倒是直接跳進地獄裡了。

她只不過是想逃離自己婚姻枷鎖裡的暴君幾個小時而已，換來的卻是直接掉入撒旦的陷阱，就專業科目「變態與暴力」上，馬丁的等級還差好幾步，就算多修幾門課都補不上。馬丁若是跟這位仁兄拜師學習的話，頭一天的開場暖身課大概就是從錄影開始，也就是她現在被強迫觀看的影片。

「妳給我仔細地看著。」她聽到男人在她背後說話，那個完全變了個人的男人就站在她後面。從惹人憐愛的蝴蝶變成討人厭的醜陋蟲蛹。

從季河變成了亞尼克。

他站在她身邊。手裡握著的正是原先掛在牆上的武士刀。

她坐在一張廚房餐椅上，雙手被反扣、緊壓在兩旁的木製扶手上，好讓她無法不看向電視螢幕，畫面裡正是她自己，被三個戴著面具的男人圍毆。

是**禪旅館**的那支影片。她多希望自己能再度昏厥、失去意識，不必看著這些畫面。

即便如此，她仍無法克制地感到一陣暈眩，望著腳下鋪在木頭地板上厚實的柔軟地墊，淡淡地摻和著一絲絲銀色的毛料。克拉拉感到一陣冷顫，同時發現自己依舊全身赤裸，一定是亞尼克把她直接從床上抬到起居室，固定在這張椅子上。

那張床！

她猛然抬頭往臥室的方向看去，頓時想起她完全不想再看見的那張泛著螢光色的水床，還有藏在水床下的屍體。她撇過頭，多希望透明水床下那些屍體不過是她剛剛想像出來的幻覺而已。然而亞尼克甩在她臉上的一巴掌，讓她的臉再度轉向她無法直視的電視螢幕。螢幕上播放的畫面與現在的自己相應和，她在這端，同樣全身赤裸，被強迫接受折磨，再也沒有活下去的意志，只想想一死了之。「為什麼？」她痛苦地說出心中所有的疑問。

為什麼你要對我做出這些事？

為什麼你要欺騙我，隱瞞你真實身分？

為什麼我還得再看一次這支令我羞恥不已的影片？

為什麼我偏偏碰上了你這個虐待狂？

「妳大概已經明白，我們倆碰上面並不是什麼偶然，克拉拉。我盯上妳很久了。妳那位老公馬丁，不需要我多說，就是個名副其實的畜生。」

克拉拉一動也不敢動，也不敢點頭。她根本不清楚自己是不是被允許有任何反應，也不確定如果她再搖晃一次自己的頭，是不是會壓抑不住不停從體內襲來的作嘔感，她怕自己會忍不住開始嘔吐。要是吐出來了，那自己不僅是全身赤裸地被綁在這個神經病的椅子上，大概還會全身沾滿穢物，一想到這裡，她就下意識地用力將腹裡的嘔吐感強壓下去。

「妳老公不只將這段影片上傳到網路上而已，還是上傳到私有頻道。稍微有一點線索的人都能輕易知道該去哪裡找這支影片。」

即便不能撇開頭，克拉拉還是用力地將眼神往另一個方向別過去，不去看螢幕裡的畫面，她甚至能從眼角餘光略微看到站在自己身後的亞尼克的臉。他看上去仍舊是那個她深愛的男人的樣子，那個她在療養院花園遇見的男人。他也仍舊散發著清新的味道，如同她深愛的那個男人，那個前不久才和她一起躺在床上耳鬢廝磨、深入她身體裡的男人。然而現在的他已經把自己溫柔親人的聲音和這個惡魔的聲音互換了。

「雖然妳那畜生老公對妳做了這麼多骯髒齷齪的事，克拉拉。雖然馬丁凌虐妳、家暴妳，甚至還把他做的事情上傳到網路和全世界分享，不停、不停地性侵凌虐妳，妳還是沒有離開他。除了今天之外，妳還是打算天天準時回到家。給他準備他喜歡的晚餐、幫他洗他的襪子、燙他的襯衫、滿足他的性慾。」

亞尼克停頓了一下，然後諷刺性地反問克拉拉這個她剛才也問過自己的問題。

「為什麼？」他轉過身來，直挺挺地站在她面前看著她，身體擋在電視與她的中間（對克拉拉而言，不適稍微緩解一點了），然後蹲下身，靠在她的膝蓋邊。舉起手上的武士刀，刀片直逼她的眼前。「不論妳那畜生馬丁如何對妳拳打腳踢，不論妳老公如何強暴妳。妳永遠都會準時回到他身邊。為什麼呢？克拉拉。」

這時克拉拉開始點著頭，她不能做其他反應。

「達尼丁。」她用乾啞的聲音回答。此時的她無比口渴，對水的渴望之強烈，就如同她多麼渴望這全是一場惡夢，她能快快從惡夢中甦醒一樣。

「說些什麼呢妳？」

「我計畫過。達尼丁是紐西蘭南端島嶼的第二大城。那是全世界離柏林最遠的地方。一萬八千兩百公里遠。」這是她所能在地球上找到，距離馬丁最遙遠的地方。「我原想從柏林逃到那裡去。」

「為什麼沒有做呢？」

克拉拉搖搖頭。亞尼克當然知道答案，他可不是笨蛋！他不可能想不到背後的原因。不過她受不了亞尼克這個明知故問的姿態，直接回答問題：「艾美莉亞。」她輕聲說道。她的唯一，也是她的一切。這是唯一的理由，為何她至今還沒從她無窮無盡的痛苦婚姻中尋求解脫的理由。

「藉口！」亞尼克大聲斥責，「而且還是個相當廉價又可笑至極的藉口。」

「你……」克拉拉一時語塞。

克拉拉第一次打從心底不願意對這個男人用顯示親暱的平輩稱謂，這個人現在看來不是很有天賦的演員，而是個真真切切的雙重人格精神病患者。季河，那個溫柔體貼、善解人意、令人愛戀與尊敬的男人，已經消失無蹤了。此刻站在她面前的，就只是個巨大又恐怖的妖怪、一個毫無人性的怪物。

「我的丈夫相當強勢。他有相當的財富、權力和人脈。沒有任何人可以輕易地離開他。」

「藉口。當然可以離開。**妳**能夠離開。妳唯一需要做的就是停止自以為是地繼續扮演悲劇受害者。還是我想錯了，妳很愛當人生裡的悲劇角色是吧？」

克拉拉搖搖頭。

「那妳為什麼總是不反抗呢？哦，我的天，悲劇女主角，妳們女人總愛接受這個悲劇女主角的角色，這就是萬惡的根源。」

亞尼克站起身來，沉重地、深深地吸進一口氣，就像他準備要讓自己潛入水中好長一段時間那樣。「這世界絕大多數的小孩都是由女人們扶養長大的，不管女權解不解放，所有的孩子自小接受母親的照顧，長大以後再被送到托兒所的女托育員手中，接著送到小學女教師手裡，一個小孩在形塑自己性格的重要年紀之際，接觸到的都是女人。妳想知道全世界有多少個男幼兒園老師嗎？」

他放肆地大聲笑了出來。「百分之三。簡直少得可笑。極少數的男人願意忍受同事的嘲笑，請幾個月的育嬰假，扶養小孩，幾乎無一例外都是女人的事。妳們女人把教育女人的事務一手掌握在手裡。但妳們做了什麼？讓自己的小女孩們變得更女性化、變得更手無縛雞之力，最後再來抱怨男人們對女人過度壓制。誰壓制了，不過就是女人自己造成的。妳們女人買給小女孩什麼玩具？粉紅色的衣服和紫色的芭比娃娃。把小女孩帶去芭蕾舞課報名的可是妳們女人自己，妳們怎麼不帶她們去報名格鬥課程？就算不是下意識，也是潛移默化地教導女孩子要委屈求全、要凡事忍耐。因為男孩畢竟是男孩。不是這樣嗎？」

克拉拉搖著頭，她想反駁，卻沒法找出合適的字句。亞尼克並沒有給她喘息的空間。

「那是妳們一手造成的，長年以來，經年累月地把小女孩的角色傳達下去，告訴所有的女孩子，她們就是弱勢的性別，直到這個意識內化到全部女孩的腦袋裡。那麼地強烈，讓她一點勇氣和反抗的能力都沒有，直到自己的腦袋不自主地被牽著走。直到她長大成人之後再給自己找個噁心透頂的王八蛋當作丈夫，然後永遠不停地重複這個循環，就像妳一樣，克拉拉。」

「拜託你，我不懂為什麼是我。」克拉拉冷得從手臂一路發顫到胸前。她的羞恥感襲擊著她，只想立刻找個什麼東西遮蓋住自己的身體。「你到底想要我怎樣？」

還來不及反應過來，亞尼克便給了克拉拉直接了當的回答，武士刀的刀鋒現在直指她的左鼻翼，並刺入她的鼻孔裡。

鼻膜裡被劃破的地方開始滲出血。

「把妳的手放下！」克拉拉的驚聲尖叫引來亞尼克的狂吼。她反射性地兩手摀著自己的臉，試著止住鼻子流出來的，血卻徒勞無功。

就像是小學老師在教訓小孩一樣，他伸長食指在克拉拉眼前晃動，警告她不准亂動。

「我警告妳，再亂動一次，我就割下妳的兩個奶頭。」

克拉拉驚嚇到不停求饒，「拜託，拜託你，拜託不要殺我。」

「哦，我還沒計畫這麼做呢。至少現在還沒有。」他更靠近一步。「現在我還需要給妳一點無傷大雅的小教訓，讓妳腦子稍微放清楚一點。」

克拉拉全身毛骨悚然，不停冷顫著，而亞尼克則輕柔地用手指撫過她被刀鋒劃開，血流不止的鼻翼，手指撫弄著血液，一路順著鼻緣來到下巴，順著脖子滑過她的雙乳直到腹部，再撫弄她的會陰——一隻手指又換過另一隻手指，先是大拇指，然後是食指最後直到無名指、小拇指——他的手指依序挑弄著她。

接下來，他轉身面對牆壁，用手上聚集的足夠血液為墨，手指作筆。快速地在電視機旁的雪白牆面上大筆揮下四個數字，字字鮮紅。

十一．三十

他慢慢地走回克拉拉身邊，給她遞上一條布質餐巾，她想也不想地抓住布巾立刻壓住自己血流不止的鼻翼，他問道：「妳現在看出來我要做什麼了嗎？」她緊緊閉上眼，不停地用力搖頭。她所承受的驚嚇、恐慌、寒冷，還有身體失血的驚恐，都讓她全身無法停止地顫抖著。

「這是一個日期。妳給我牢牢記著。十一月三十日，要是妳還沒和妳老公做個了結，當天破曉之際，我就會殺了妳。我會用最殘忍的方式，用妳想都想不到的方式殺了妳。」

克拉拉笑了。即便全身痛苦不堪，即便全身軟弱無力，她還是發出了痛苦與狂妄的笑聲。她的笑聲充滿了懷疑以及無助，然而卻夾雜著一絲絲的憤怒，因為這絕對是她聽過最無知、最狂妄的要求。

「沒有人可以這麼簡單地說想和馬丁．維涅離婚就離婚。哪間女性庇護所[3]敢收留我，哪間就會被拆，哪個可以讓我躲過大批私家偵探的國家就倒大楣。馬丁能動員的金錢、權力和資源太多了。只要他腦子裡想要做的，他就絕對可以做到。他從來就不允許別人拿走屬於他的一分一毫，更何況是他的妻子。」

3 女性庇護所：原文 Frauenhaus。為德國市鎮常設公家機構，提供受家暴婦女臨時的棲身之地，鼓勵支持女性逃離家庭暴力以及各種形式的伴侶暴力。

「我想妳沒仔細聽我說話。我可沒說分居，也不是說離婚，更不是指逃亡。」

「不然呢？」

「結束它。結束和這個男人的一切。在這情況下，要結束所有糾葛的方式相當獨特。要讓這種只敢家暴自己老婆的懦弱王八蛋能聽懂人話，只有一種方法。」

「哦，什麼方法呢？」

「殺了他。」

克拉拉嘸了嘸喉嚨，深吸了一口氣，結結巴巴、差點嗆到，「什麼意思？」

「哦，妳沒聽錯。殺了妳的男人。妳還有幾週的時間可以準備。要是妳到十一月三十日還辦不成，妳就知道會有什麼結果。」

「你就會殺了我。」

「很好。哦對了，別打主意想報警還是跟別人求救。妳要是跟誰說出今晚發生的事，那就是把那個人拖下來給妳陪葬。聽懂了沒？」

克拉拉點點頭。

「決定權在妳手上。去做妳該做的！要不然妳的下場就和其他女人一樣，和那些懦弱沒膽下不了手的女人一樣。」

亞尼克伸手指了指臥室的方向。

「其中幾位妳已經在我的床裡打過照面了。」

20

尤樂斯

一語不發，也沒有任何喃喃自語，甚至連咳嗽一聲都不敢。尤樂斯早就在克拉拉敘述之際又將耳麥戴上，不僅如此，他還脫了鞋，僅穿著襪子溜進浴室，在浴室的鏡子收納櫃裡，果然讓他找到了小片裝的創傷貼布，好讓他能包紮自己小拇指被玻璃割傷的傷口。

然後又悄悄地走回廚房，拉開一張廚房的吧台椅坐著，過程中，他一直傾聽克拉拉的故事，小心翼翼地不發出任何一點可疑的噪音。他只有時不時地深呼吸或是輕咳幾聲，讓克拉拉能感覺到他仍在線上，而且仍然在傾聽著，她並不是在對著空氣講話。尤樂斯十分清楚，克拉拉在敘述這段慘痛的過往回憶時，整個人大概就像飄回了犯罪現場一樣，只是現在敘述著的她，就像是在看一齣舞台劇一般，總而言之，她是不會感覺到電話這端的尤樂斯到底在做什麼的。

「妳至少有向警察報案吧？」在好長一段時間的空白之後，尤樂斯終於回話了，目光晃到冰箱旁邊的日曆上，這本掛曆還是那種有著每頁精美小語的撕式日曆。日曆的時間停留在十一月二十六號。該日的警世箴言是：

一段緊密的關係之中最微妙刺激的地方
就是找出兩人之間最合適的距離

日曆顯然已經三天沒有人撕了。今天已經是二十九日。連續殺人犯給克拉拉的最後通牒時限，再沒幾分鐘就到了。

「妳難道沒想過去舉報這個男人嗎？」

「當然有。」

「然後呢？」

「然後亞尼克依舊逍遙法外。我這目擊證人的證詞並不太被採信。」

「這怎麼可能？」

畢竟她能夠精準地描繪出亞尼克的外貌，她身上有清晰可見、再合理不過的傷痕，她甚至知道殺人犯的居住地址。有了這些證據資料，至少能讓警方合理地發出住宅搜索令。

「亞尼克是相當狡猾的人。我們兩人當天約會時，是約在波茲坦廣場見面，他從那裡接到我之後，我們再一起到市中心吃晚餐。那時我還不知道他已經在那間不開燈的餐廳訂了位，也不知道接下來我們的晚餐會在一間完全漆黑、服務生也全是視障人士的餐廳裡用餐。我們兩人先散了一會步，然後在去地下停車場牽車時，他才跟我說他準備了一樣驚喜，想問我願不願意同行。他早有預謀要拐騙我，只是他不想讓我事先察覺罷了。剛開始我覺得太奇怪了，本來想拒絕他，就此結束約會。但他真的是一個非常懂得如何展現體貼和溫柔的人，我心想，反正再怎麼糟糕都不會比我之前經歷過的事情還要慘，搞不好這還會是一個充滿驚奇與刺激的浪漫夜晚也說不定。」她惆悵地苦笑著，就好像是在笑某人做了一件很傻的事情一樣。「我有點忐忑不安地答應了他的請求，我讓他在我眼睛蒙上一條絲質領巾。他則引領著我穿過大街小巷，到達那間他早已事先預約好的漆黑餐廳，一直到我們坐定位之後，他才幫我把眼睛上的絲巾取下來。」

「然後當妳睜開眼睛時，眼前一片漆黑，依舊什麼也看不見。」

「沒錯，現在我還是很難坦承那股奇怪的感覺，那真的是趟非常美好的感官之旅。因為我什麼都看不見，反而提升了其他感官的敏銳度。餐廳遞上桌的每一道食物都在我的嘴裡融化開來，挑動我的味蕾，他觸摸我的每個動作都像是帶著一股電流，傳遍我全身，一次又一次地正面觸動我的心弦與身體。在我們用完晚餐之後，亞尼克又問我願不願意跟他回家，他為我在家裡準備了另一個驚喜。在這個當下，我已完全傾心於他，在他的身邊，我感到無比的安全。」

「讓我猜猜：去他家的路上，他一樣要求妳矇上眼睛？」

她嘆了一口氣，證實尤樂斯的猜測。「這也正是我為什麼沒有辦法指認他究竟是把我帶去哪裡折磨、凌遲。」

克拉拉稍微停頓了一下，補充道：「在亞尼克宣告我的死期之後，又往我身上注射了一次藥劑。我暈了過去，再次醒來，人已經倒在我家門口，是鄰居發現我的。算我走運，要不是有這個證人在場，我大概一醒來就會立刻被馬丁拖進前院痛毆。我跟他撒謊，說我是被車子撞到才不醒人事的。我還能說什麼呢？然後我理所當然地被要求去報案，也就是在那個時候，我給了我的假證詞，說我被車撞，但是過了一天之後，我又去了警察局想要改口供，我做出了真正的口供。當然是私下去的，畢竟我不能讓馬丁發現到底發生了什麼事。」

尤樂斯點點頭。漸漸的，他開始明白克拉拉身處的棘手情況了。

他伸手取過那瓶柳橙汁，將下巴托在果汁瓶上。果汁還有三分之一。他一直以為自己在這段通話過程中，已經喝掉好幾大口了，但他現在也不確定自己到底喝掉了多少。畢竟他把全部的專注力都放在和克拉拉的通話上了。

除此之外，久戴著頭戴式耳麥的不舒服感還是一直在，這讓他沒有辦法再同時分心去做其他事情。

「我唯一能夠確定的一件事情只有那棟建築，一棟相當典型的老式建築。就像妳在夏洛騰堡區、施泰格利茨區、舍訥貝格區、普倫茨勞爾山區、克羅伊茨貝格區、維丁區、腓特烈斯海因區，以及該死的幾乎柏林各個地區都能見到的那種老建築一樣。」

他仰頭灌進一大口柳橙汁，再把保特瓶放回桌上。「也就是說，這並不是一個很有用的線索，沒有辦法縮小任何調查範圍。」

「一點也沒錯。要是我能夠在錄口供時給出實際一點的名字之類的，至少他們還會比較認真看待我的說詞。但是偏偏當我講出跟這個喬漢納．季河博士，也就是殺人犯亞尼克認識的地方之後，可以從他們的眼神清楚地看出來，他們並不相信我，他們認為我大概只是個想要沽名釣譽或是引人注意的神經病。他們直接了當地告訴我，伯格莊園裡沒有一個人認識，或是聽過這個叫作季河博士的人。」

「我了解了。」克拉拉當時看起來就像個相當典型的神經病市民，一個專程跑來警局做這種異想天開的指控的怪女子。這個曾經入住精神療養院，又曾經參與過精神醫學實驗的女病患，現在在人工精神幻覺的誘導下，想推翻她第一次做的口供，還幻想她曾和連續殺人犯有過接觸。而在她被誘拐去這間公寓的路上，她還讓連續殺人犯蒙上她的眼睛。

「我必須要相當正式地請妳指認兇手，我們手上有一張兇手的素描畫像。這是目前為止都沒有公開的證據。當時一個調查員相當明白且誠實地告訴我，他們每天都接到許多類似的目擊證人說詞，而且每天有許多模仿的兇殺案，也因此他們要求要對每個案件進行殺人犯的指認。此外，還有另外一件事。」

「什麼事？」

「一件讓我自己也有點懷疑的事情。」

尤樂斯並沒有追問下去，他寧願讓她保有一點思考的空間，好好整理自己的思緒，過了一會，她緩緩說道：「他們相當仔細地問我，連續殺人犯的字跡有個特徵，但是我想了很久，我並不記得有什麼特別之處。」

這時尤樂斯腦海裡不禁浮現神祕檔案編號〇〇，那個他在這通電話之前所看到的電視節目。

「這個數字1，頂端帶有特殊花體字型的樣子，遠看有點像是一個海馬的形狀，這是連續殺人犯在他第二次犯下謀殺罪行時，在牆上書寫的字樣。」

「妳一點也不記得嗎？」

「不。我當時非常驚恐，而且害怕得不得了，怎麼可能還有精力或多餘的注意力去注意什麼連續殺人犯手寫字跡的微小特徵？」

尤樂斯在電話另一端點頭表示同意，同時，他突然覺得肚子非常餓。他現在才想起來，其實他已經好幾個小時沒有吃東西了。

在剛剛的談話之間，尤樂斯兩隻眼睛都盯著擺在廚房電磁爐旁的刀具架，咖啡機旁的那一個刀具架。木製刀具架裡插著四把大小不一的刀，全都有著木製的刀柄，只有那把最長的刀看起來不是同一套刀具，和旁邊的刀子相比，顯得並不協調。那把長刀有著波浪狀的刀片，微微地從木製刀架上露出來。要是他現在能來一片厚切農夫麵包，再抹上一層厚厚的奶油該有多好。

「總之，在我錄完口供之後，我整個人相當不安心，我不知道是不是……」

克拉拉那頭突然中斷了，她沒再說話，尤樂斯挑起雙眉，覺得有點不尋常。

「妳還好嗎？」他問道，電話裡突然一片安靜。「妳還在線上嗎？」

突然間，他這端也開始出現奇異的沙沙聲響。

什麼鬼東西……

他聽見一陣好像什麼東西正刮著地板的聲音。

聲音離他只有幾公尺遠，是從走廊的另一端傳過來的。

聽起來像是一隻有著厚重爪子的動物。如果不是動物，就是某種生物，拖著相當厚實的金屬工具，刮過地板所發出的聲音。

21

「不管發生什麼事情，請妳務必保持通話，千萬不要掛掉電話。」尤樂斯朝電話另一端輕聲說道，接著關掉耳機左側的開關，好讓自己這端的通話保持靜音。她會留在線上嗎？還是他們倆的電話已經中斷了？**如果斷了，還可以聯繫得上嗎？**

尤樂斯此刻的心跳劇烈到幾乎滿屋子都能聽到撲通撲通的聲響，但是他別無選擇。

和克拉拉剛開始通話時的對話，突然出現在他的腦海裡。**「他不會相信這是手機自己誤打出去的。他不會相信我沒有刻意撥電話。該死的，如果他發現這通通話，如果他發現你和我通過話，他也會去找你的。」**

金屬物刮過地板的聲音變成一股清脆的啷噹聲，就像是銅板滑進陶瓷器皿的清脆聲。一陣突如其來的偌大聲響，讓尤樂斯覺得走廊上似乎有人咳嗽。過了一會，老建築公寓內又回復了死氣沉沉的寧靜。

他從廚房吧台上拿起手機，那支他之前為了方便他父親也能一起聽克拉拉對話而撥出的手機，他知道他的父親正在電話的另一頭聽著。

「你還在嗎？」他小聲詢問，並且慢步離開廚房。

「不在，我早掛了。」

昏暗的燈光將他的身影投射在走道兩端的牆上，尤樂斯的影子看起來就像是個踩高蹺的人，雙腿的影子在燈光的映照下，顯得異常修長。

「不要開玩笑了。你是清醒著的嗎？」

「看看現在誰才在開玩笑。」

「說得好。」

現在早已過了晚上六點，對他父親來說，早已過了喝啤酒的時間點了，這是好的。老酒鬼通常在喝足酒之後，腦袋會變得靈光許多。

「你都有聽懂嗎？」

腳下的木質地板咿呀作響，地毯再厚也沒能減輕聲響。

「沒有，這到底是什麼亂七八糟的電話？你幹嘛沒事讓我一起聽著？」

「這個女人說她被連續殺人犯追殺。」

「好吧，年輕人。你知道你永遠都可以指望我，不過這次……」

「省省吧，」尤樂斯打斷父親的話。「我再說一次：我時不時會打電話給你，不代表我已經原諒了你。」

「但是代表你需要我的幫忙。」

一瞬間，尤樂斯不知道自己究竟該不該對父親感到愧疚。自從黛安娜自殺之後，他們倆大約通話過不下十幾次了，每一次他打電話過去，都不是因為想和他父親說說話，而是因為他需要漢斯克斯丁・唐貝格，這位享譽盛名的保險調查員的建議。H.C.，他的同事們習慣這麼稱呼他，現在是一位自由私家調查員，長期受僱於大型保險機構，如安盛、安聯以及政府強制責任險部門[4]。在過去十年間，唐貝格偵破的保險詐領案件數量之高，至今無人能打破紀錄。

「你為什麼一直這麼小聲？還有你到底想要我幫你什麼？」他問道。

「好讓你的老屁股不敢離開辦公桌、手勾不到酒吧吧台、電話沒人打得進來。我過十分鐘之後再打給你。」

也不需要說什麼再見下次聊的陳腔濫調，他直接了當地把父親的電話掛掉。瞬間他明白剛剛聽到的雜音都是從哪裡傳來的。此刻，他就站在那些聲響的源頭前。

那是一串金屬啷鐺聲，發自插在門上的鑰匙串，他站在公寓大門前，看著門上插著一串大門鑰匙。其中幾支串在一起的鑰匙還不停地左右晃動，相互撞擊之下發出了清脆的金屬聲，這一切只有一個解釋：有人正試著要從外頭開門進來。

4 強制責任險：縮寫HUK。全名Haftpflicht-, Unfall- und Kfz-Versicherung，為第三者保險、意外責任險以及機動車輛保險（亦稱為車險）的總稱。此三項皆屬於德國普遍的基本財產保險，主要目的是以第三者責任為保險標的，以保障因車禍、自然災害、意外以及疏失所導致的損失。

22

會去搭雲霄飛車的人，莫不是興高采烈地爬進車廂，然後興奮地期待車子開動後，隨著軌道加速的感覺。多數人是自願搭乘雲霄飛車的，好讓自己在整趟旅程中嚇得要死，最後從九死一生中倖存的自己，就能沉浸在多巴胺帶來的一陣輕鬆愉快中。

如同尤樂斯正在經歷的，在一陣壓抑的巨大恐懼中，他獨自一人直接地、正面地，迎接與死神的正面搏鬥。他沒有其他選擇。不管在門後的是什麼，他都必須面對。他整顆頭異常發熱，高漲的腎上腺激素令他全身繃緊，最後一絲理智幾乎就要消散，他必須用盡力氣克制自己，不要衝動地一股勁直接把門拉開找死。尤樂斯冷靜地克制著自己，先小心翼翼地透過門上的貓眼看出去，但他看見的，卻是更讓他恐懼不安的景象，走廊門外並沒有什麼帶著槍械的男人。正確來說應該是：**完全沒有人！**

一片漆黑的門廊，無盡的黑暗。連個影子也沒有，門上搖擺著的鑰匙串[5]彷彿是超自然現象。究竟是誰在門外轉動著鑰匙？是有什麼沒有軀體的謎樣生物穿過了整棟大樓，又轉動了門上的鑰匙

5 德國舊式門鎖上鎖的方式。門鎖為雙開孔，用鑰匙開門進入屋內後，再將同一把鑰匙插進同一個門鎖的後開孔內。在鑰匙不取下的情況下，門外的人即便擁有正確的鑰匙也無法轉動門鎖。門後插著的鑰匙卻會因此隨著門前的人試圖開門而擺動。

孔嗎？（尚且不管他究竟從哪裡取得鑰匙）不論他用的是萬用鑰匙或是其他工具，這個謎樣生物是如何在過程中完全沒有觸發整棟大樓樓梯間裡任何一盞感應燈的？

他緊緊地閉上眼睛，用力將頭抵在門上。

一念之間，他心裡閃過深沉的恐懼，害怕自己睜開眼睛之後，仍舊孤獨地處在這個世界，獨自一人面對身邊的無盡黑暗。心中擔心這個奇怪的想法或許會成真，帶著這股恐懼感，他再次切換耳機開關，解除和克拉拉那通電話的靜音，他問道：「妳還在線上嗎？」

一陣沙沙作響之後，一段空氣對流的聲音緊接在後。最終他聽到：「在，我還在線上。連我都不知道我到底為什麼還在線上！」

謝天謝地。

尤樂斯快速地眨了眨眼，用力睜大右眼往外看出去。貓眼另一邊依舊什麼也沒有，只有漆黑昏暗的大樓走廊，然而廚房的燈仍是亮著的，燈光明亮得就連他現在站著的走廊都照得清清楚楚，這一切是那麼地真實，就像旁邊的櫃子，還有櫃子上掛的那幅海岸拍打著浪花的油畫一樣，門上的鑰匙串依舊好好地掛在鑰匙孔上，只是鑰匙串已不再晃動。

難道剛剛的一切都是我的幻覺嗎？

23

克拉拉

顫抖的雙手、加速的心跳、額頭上不停滲出的斗大汗水。要是克拉拉撥出點時間在網路上搜尋自己現在的症狀，就會發現自己不用多費力氣去想什麼自殺的方式了，因為她的身體現在就處在即將心臟病發的狀態。不過克拉拉相當了解自己的身體，她知道這些徵狀不過只是因為血糖過低而已，她需要趕快吃點東西，最好是甜的。

所幸她在廚房櫃子裡找到了一些還沒腐壞的營養穀片棒，雖然這東西吃起來很乾，卻好過什麼都沒有，至少能夠立刻把血糖拉高到原來該有的數值。「我還在線上，因為按照我們的協議，你還欠我你答應的部分。」

「一個既不暴力又無痛的自殺方法？」尤樂斯問道。

克拉拉清清嗓子。她的喉嚨依舊疼痛不已。

「沒錯。」

「就算我現在告訴妳，妳也做不到。」

「為什麼？你覺得我膽小到沒辦法結束自己的生命嗎？」

「因為五金材料行已經關門了。所有用來自殺的材料，花不了妳幾歐元，只是妳沒辦法在三更半夜時買到而已。」

「原來你也是個無賴。」

「而連續殺人犯當著妳的面罵妳的那些話，倒是一點也沒錯。」

「什麼沒有錯？」

「懦弱。妳是個懦弱無膽的人，克拉拉。但我不是要指責妳。我也同樣是個懦弱無膽的人。我的這項弱點讓我失去了最重要的東西。」

你的家人，克拉拉心裡想著，但沒有說出聲，接著卻不禁後悔起來，她若是有說出來的話，這位專線服務人員大概就會赦免她這一頓演講吧。

「許多人喜歡欺騙自己，給自己找藉口、合理化自己的行為。我的母親就是這樣的人，長年忍受我父親在外頭的放蕩不羈。我父親每天下班回到家時，都是一副醉醺醺的模樣，而我母親什麼也不說，依舊堆滿笑臉地奉上熱騰騰的晚餐。有時他發現端上來的晚餐不是現煮而是加熱的，還會放聲抱怨，而我母親一字也不會據理力爭，但事實是，晚餐會放到需要加熱，是因為我父親在酒吧混得晚了，讓我母親等了三個小時的緣故。有時他無端揍了她一頓，我母親還會跟我們這些小孩子解釋，這都是她的錯，她沒料到父親工作這麼辛苦、這麼累，回到家沒有辦法忍受她身上那麼重的香水味。即便那是她特意為了我父親精心挑選、噴灑的香水。這世界上有許多跟我母親一樣的女人，委屈求全到了最後，只換得把自己的生殺大權供手讓人，而沒想過命運掌握在自己手裡。」

克拉拉強忍著怒氣。「我再說一次：我老公他有錢有勢有影響力。他的拜把好兄弟就是警政署署長的左右手。他每週都會和柏林市市長一起打壁球。除此之外，在公眾場合，他有無比的群眾魅力，也非常受到喜愛——連我自己的姊妹淘和好友都不相信馬丁有黑暗的一面。況且，沒有人會一年到頭都如此暴戾。在他荒淫放蕩之後，有時候會連續好幾週突然變成全世界最體貼、善解人意的模範丈夫。在他正常的時候，能夠表現得有如絕佳的浪漫情人，好到連我自己都差點忘記他醜陋的真面目。」

「那叫作蜜月期。」尤樂斯補充道。家暴循環通常始於暴力之後的道歉與求和禮物。

「一點也沒錯。但是不要忘記了，馬丁在所謂的蜜月期可以讓自己變得比喬治克隆尼還更有紳士魅力。如果馬丁能夠蒙騙我們倆的全部朋友，你覺得一個素未謀面、不明究理的家事庭女法官會有多好的判斷力？我能怎樣說服法官？」

「但妳一點也不考慮，這會對妳小孩的未來產生什麼影響嗎？正確來說，小孩在幼兒時期的理解力往往比我們想像的還要好，這對她來說……不好意思，我忘了她的名字？」

「艾美莉亞。」

「這對艾美莉亞會有著終生的影響。妳真的願意把她獨自留給這個禽獸照顧嗎？」

「我說過了，我沒有其他選擇！我沒辦法離開馬丁，也沒辦法帶著艾美莉亞一起走。不管我選擇哪一條路，艾美莉亞都會被留在馬丁身邊。就算今天法官親自問她，艾美莉亞也會毫無疑問地說她要跟爸爸在一起，因為對她而言，馬丁從來就不是什麼禽獸！」

「關於這點，我認為你不能把話說死。」

「我可以，因為我和馬丁之間的關係，是一種相當微妙的權力關係。我們倆剛開始交往時，是我太強勢，對他而言，我太有主見了。去支配一個沒什麼意志力的小女孩，對他而言一點樂趣也沒有。真正能夠引起他的暴力欲望的，是擊碎一個強勢、成熟的女人的意志力和自尊心。」

「這麼說來，他倒是做得很成功。」尤樂斯說。

瞎子也看得出來，克拉拉心如槁灰地在心裡回應，並強忍著不讓憤怒又喪氣的淚水再次決堤。

她繼續說道：「我能夠掌握在自己手裡的只有一件事情，就是我自己的死亡。如你所見，我的生活反正是跟在地獄裡沒有差別了。自我了斷的後果對我而言，只有一點點的負面影響，那就是我將失去我的小孩。然而再多想一下，假設我今天膽敢和馬丁作對，他一樣會從我身邊奪走艾美莉亞，這兩個結果是一樣的，而我必須忍受一輩子無比煎熬的折磨，忍受看不到自己女兒的痛苦。不管有沒有自殺，最後的結果都是相同的。」

「這不是真心話，妳心知肚明。這不過是一個懦弱膽小的女人想出來讓自己開脫的藉口而已。你不只有女性庇護所和自殺兩個選擇。」

「你倒是告訴我，哪裡還有第三個選擇？」她憤怒地大吼回去。

「我想給你一個衷心的建議，好好記住現在這股怒氣。它幾乎要將妳吞噬了，對嗎？」

「嗯哼。」

「請妳想像打網球的樣子。球此時從對場發來，正浮在半空中，而妳準備凌空擊球。藉著對方發來的這股力量，不要退縮，把球拍拿正，並瞄準來勢洶洶的這顆球，一股作氣，加上妳的力氣一起加倍回擊，把它消滅。」

克拉拉大惑不解，完全出神，她反問尤樂斯：「你是認真的嗎？所以這就是你的建議？你的建議就是我應該像亞尼克說的，去謀殺馬丁？」

她能聽到電話線上的沙沙聲，大概是這位專線人員在電話另一端搖著頭。「妳的丈夫並不是最大的敵人。他只是在折磨妳而已。想殺死妳的倒是另一位。」

亞尼克……

「請停止這種被動的慣性模式，克拉拉。妳覺得妳會有什麼損失？既然覺得最終難逃一死，那就請妳使盡全力找回生存的權利。一個和妳女兒一起活下去的權利。不需要繼續活在恐懼之下。這一切都是辦得到的，但前提是妳要先釐清事情的優先順序，現在誰才是對妳的生命造成最大威脅的人？」

克拉拉搖著頭。她腦海裡曾推演過不下幾十回的相同想法，然而最後她總是得到同一個結論，她的人生已經到了盡頭，沒有辦法「再被找回來」了。

「那你確切的建議是什麼？要是你會怎麼做？」她無力地問著，並不真的期望會得到什麼有用的答案。

「首先，妳必須比亞尼克早一步採取行動。妳不能像隻兔子一樣窩在兔子窩裡，等著獵人上門來抓妳。妳必須揭露他的真實身分。」

「我再說一次：我不知道他究竟住在哪裡！」

「但顯然他知道妳所有可能的藏身地點，如果我沒有理解錯的話，這是妳告訴我的。請妳告訴我妳的所在地點。只要他在妳身邊出現，我會試著保護妳。」

「胡說，這是完全不可能辦到的事。你想給自己惹上一身麻煩嗎？你剛剛的意思是說，你比一個可以把許多人的屍體分解成塊、藏在水床下面的神經病還要強大嗎？」

「我沒有那麼強大，但是警察可以。」

「他們不會願意保護我，除非我有證據。」

克拉拉原本就已經相當乾澀的喉嚨，現在更因為講了許久的電話而灼熱乾渴，她起身走向冰箱，取出拿一罐礦泉水。

「若是亞尼克，或者不管那個叫什麼名字的傢伙，在犯案現場被逮個正著的話，那就有足夠多的證據。」

「那要是他直接開槍擊斃我呢？除此之外，是誰讓你以為，在他現身之後，你還會有足夠的時間跑來幫助我？」

她伸手拉開冰箱門，然後立刻閉上眼睛，冰箱內的燈光太刺眼，她的眼睛一時無法適應，然而就在這光亮的一瞬間，她的腦海閃過了一幅景象，這幅景象就像回答了剛剛她自己提的問題。要是亞尼克真的是連續殺人犯的話，這點她一點也不懷疑，那他必定會先用刀刺傷她，再用她身體流出的鮮血在牆上寫下她的死亡日期。

「警察能夠即時抵達犯罪現場，只要能夠指出地點，他們就能夠及時抵達。」

「如果沒有及時趕到呢？如果警方過早進行干預呢？那就沒有任何可以掌握的證據了。這些計畫我早已想過千百遍了。沒有用的。」

「妳方向錯了……」尤樂斯繼續說道，這時候克拉拉聽見院子裡的枯葉發出聲響，她立刻警覺地把手機拿開。

枯葉被輾壓過的聲音以及車子的聲響越來越明顯。

克拉拉立刻將冰箱門關起，但恐怕太遲了。從漆黑一片的外頭看進來，這個亮光就如同在黑暗中航行的船隻望見燈塔信號一樣明顯。

她自動壓低聲音、全身蜷曲，就好像一個人在陷入危險時，一步步小心翼翼地爬向避難所時會有的自然反應一樣。

「我們這是在浪費時間。沒有什麼好說的了。」她輕聲細語地說道。

「克拉拉，請聽我說。」

「不。你聽我說。一切都太遲了。已經有人找上我了。」

克拉拉將她的手機往窗戶邊靠，車頭燈正好閃過窗戶，反射出一片黯淡無光的銀白色。幾秒之後車子，停了下來。

「誰？」她聽到尤樂斯在電話的另一頭發問，覺得他根本是明知故問來著。

「時間剛過了午夜。」

十一．三十。

「我的死期到了。我們都知道，是誰找上我了，」克拉拉小聲地回答。「也知道他要來這裡對我做什麼。等他處理完我，接著就是你了。」

24

克拉拉想要掛掉電話，但是又猶豫了一下。假如她結束這段通話，就是切斷了自己唯一的救命線。正在這個時候，她聽見門外傳來一聲重重關上車門的聲音，她不禁得問，自己這條命究竟值不值得被拯救。

畢竟她剛剛不正想自我了斷嗎。

而這一切就只是因為該死的尤樂斯和妳講了一通電話，妳就良心發現了嗎？妳就應該推翻自己全部的計畫嗎？聽他鬼扯，克拉拉！

她不但沒有坦然地站起身朝大門走去，沒有坦蕩蕩地迎接她的命運，反而踉蹌地往後退，全身重量壓在早已骨折腫起的腳踝上，痛得她幾乎就要大聲叫出來。

「妳幹嘛不乾脆拖著妳跛掉的腳，勇敢面對自己的結局？反正妳也不想活了！」她內心那個容易自暴自棄的聲音對自己吼著，這股在過去幾天支撐著她，不斷鼓勵她執行自殺計畫的聲音。

「因為這已經不是我自己能決定了的！」腦海裡另一個清晰的聲音對著自暴自棄的自己大叫：自己決定如何結束自己的生命，是很重要的關鍵。那和被別人逼著去死完全是兩回事。更別提還是被一個專門以凌遲女人為樂的男人送上路，這人甚至老早就宣示不會讓她死得太痛快。

他怎麼有辦法這麼快就找到我？

她明明特地走了一趟貝格區的手機行，讓店員掃描手機裡有沒有被植入監視軟體，店裡那個滿頭油膩頭髮的大學生信誓旦旦地打包票，說她的手機乾淨無虞。不過她並不相信。她內心的恐懼遠遠大過她對這個沒什麼實際經驗的科技宅男的信任，她不信他能有多少科技知識。

難道尤樂斯最終還是找到方法搜出我的位置？

屋外門廊上的硬木地板被沉重的步伐壓出咿呀的聲響。腳步聲明顯地朝著週末度假小屋的大門而來，這棟度假建築的大門是扇相當輕盈的木製門，一般建築材料行都能找到的那種，雖比其他度假小屋用的碎木合成板牢固一些，但嚴格說起來，這扇門絕不是什麼能夠擋住闖入者的銅牆鐵壁。

「有人在嗎？」

男人的聲音聽來像是隔著一層布一樣有些沉悶——難道他戴著面具？這問題無關痛癢，真正嚴重的是，克拉拉能感覺到這聲音離她相當近了。殺人犯聽起來並不像是站在門前，而是近在身邊。

蹲在黑暗中的克拉拉四處張望著，她緊咬著雙唇，若不這樣做，她怕自己就會忍不住失聲尖叫。雙唇滲出血絲，這時她才意會到，自己連殺人犯都還沒見到，就已把自己咬出了一道血痕。

闖入者並沒有能夠穿透木屋的神奇魔力，沒有辦法直接入侵小屋到她身邊。是尤樂斯！尤樂斯的聲音才是她剛剛聽到的聲音，因為她的手機仍舊處在免持聽筒的狀態。

「克拉拉，拜託妳回話！」

謝天謝地，她沒有把手機留在桌子上，而是早就塞進了褲子口袋裡，這就是為什麼尤樂斯的聲音聽起來像隔了一層布。克拉拉擔心著，不知道殺人犯是不是隔著門聽到了一切。

眼下每一秒，殺人犯都可能一腳踹開門鎖，然而，出乎她意料的，門居然無聲無息地自動打開，沒有任何粗暴的聲響，也沒有明顯的破壞痕跡。就好似闖入者有魔力一樣，大門滑順地向內敞開，停在小屋前的車輛車頭燈順著門縫照入屋內，夾著屋外冰凍寒冷的風雪撲進室內。

燈光照著殺人犯站在門裡的樣子，就好比演員站在舞台上被聚光燈照著一樣。人影凹曲地投射在地板上，硬木地板上的身影被拉長得不成比例。入侵者一語不發，克拉拉突然從目瞪口呆的驚嚇狀態中回過神來，忍著腳踝上的疼痛，立刻拔腿往後門飛奔。

往食物儲藏室後方，通往花園的後門飛奔。

與此同時，她立刻意識到自己犯了個天大的錯誤。要是她往前撲，至少在亞尼克抓住她之前，她或許還來得及搶先到達停著汽車的車庫。現在可好了，她雙手抓著緊緊上鎖的後門，就算她能想辦法伸手穿過窗戶打開這扇門，門後也沒有逃命車輛在等著她。

拜託、拜託、拜託快點開……

她因緊張透頂而濕透的手掌根本抓不住圓形的門把，即使她用力轉動，手掌也滑得轉不動門，門鎖依舊文風不動。不花半秒鐘，她突然想起門把中間還有個按鈕，要按下才能解開門鎖，但一切都為時已晚。

一陣刺骨的冷風從她背後襲來，冰冷的空氣穿過衣服，直接吹進她因驚嚇過度而不停冒冷汗的身體，她能感覺到鐵爪般的手指正按在她後頸上，她用盡全力想一把撥開它，撥開那股死亡的腐臭味……

所幸這只是她腦海裡的幻覺。

他還在！

克拉拉聽見了喘息聲，而這股聲響和她的死亡幻覺大為不同，這次是如此真實、極端靠近。她聽見闖入者沉重的腳步往自己的方向來，哦，他一定是獰笑著享受這幅畫面，囊中獵物被驚恐地逼迫到角落的模樣。他或許正津津有味地享受著，等她就算最終得以費力地打開後門，也會在後方的木頭階梯上踉蹌跌倒，然後滾到地上的積雪裡。

門外突然一陣強烈燈光，扎得克拉拉像是被焊槍刺進眼睛一樣。

「啊啊……」

她必須狠狠地咬住自己的手背，才不至於在黑暗中疼到喊出聲來。她先在屋後一處完全陰暗的角落裡蹲了幾秒。屋前汽車的車頭燈無法照到小木屋後的花園。

然而，正當她準備匍匐前進時，她彷彿能感受到那道人影正籠罩在她背後。

當她試圖站起來，並回過頭望向小木屋時，黏在窗戶上的雪花已經厚得令她無法看見屋內了。又濕又厚實的雪花，一片片停留在她臉頰上，冰凍的感覺就像雪準備要在她臉上結晶了一樣。身後的手電筒光芒不停地來回掃射著，殺人魔正搜索著。她就像躲子彈般躲著投向她的光束。只要光束射過來，她便立刻趴倒在地，即便這是完全無意義的可笑行為。

這行為和小孩子以為閉上眼睛別人就看不見般可笑。

慘上加慘的是，其中一次趴下的瞬間，她竟整個人陷入地上髒汙的水坑裡，水坑的表層僅僅結了一層如羽毛般的薄冰，她身上穿的那件挪威毛衣一瞬間像海綿般吸滿了水。冰凍的水就像千萬支針頭般扎進她的胸部與腹部。然而一抬頭，她往回望向手電筒光源，卻看見一幅她無法相信的景象。

她並不能完全確信，但她看見殺人魔的身影往她的方向點了點頭，不再逼近，也沒有從口袋裡掏出任何射擊槍枝。他確確實實，僅是把小屋的後門關上而已。

從屋子裡關上門！

接著他熄掉了手電筒，門上玻璃窗的陰影也隨之消失在黑暗中。

身陷黑暗的克拉拉更能感受到寒風冰雪的刺骨，殘酷無情地向她襲擊而來。她全身無法停止顫抖，然而這次並非全然因恐懼而顫抖。

我的天，拜託我該不會……

她忘了一件最重要的東西。

那該死的外套！

它仍然完好地掛在廚房的椅子上。連同錢包以及所有的鑰匙。

我死定了！

難怪殺人魔可以有恃無恐地回到木屋裡。現在的她不僅腳受傷、整個人驚嚇不已，還全身處在失溫的狀態。眼前的她只有兩個選擇：回到小木屋，回到那個禽獸的巢穴。另一個選擇，頂著這身單薄的衣裳，拖著半骨折的腳踝，徒步穿過森林中的雪地，祈禱自己能撐過這片包圍著小木屋的雪地。要是她能撐到穿過這片森林，森林的盡頭便是魔鬼湖，但克拉拉是不可能在這種狀態下橫越一片湖的。在冰天雪地之中，只要進了水裡，不用四分鐘她就凍死了，堤岸的道路太過曲折，她完全沒有希望能撐過去。

最糟糕的是：只要殺人魔發現，她選擇取道森林當作逃亡路線，那他大可好整以暇地在森林的盡頭守株待兔，等著失溫又耗盡力氣的她穿過森林，乖乖束手就擒。

我完全中了陷阱，克拉拉心想著。

她仍舊起身，一步步地往陷阱更深處走去。

25

尤樂斯

尤樂斯再次踱步回客廳，努力地想給電話另一頭不斷傳來的雜音一個合理的解釋，他腦海裡再次閃過克拉拉的話語。

「我很抱歉，但我必須要說，這是不爭的事實。如果他在我手機裡找到你的電話號碼，發現你和我通過話，他也必定會去找你，並且將你滅口的。」

突然之間，門上那串鑰匙開始令他覺得坐立難安。**現在你也有被害妄想症了。**

他是不是真的給自己惹了一個麻煩，讓另一個人闖入這間公寓來滅他口，為了以防萬一，萬一這個最不可能的意外真的發生時，他不至於給這個人把他們關在同一個空間的大好機會，尤樂斯決定把整串鑰匙從門孔上抽起來。沉甸甸的一大串金屬鑰匙握在他的手裡，對於一間簡單的公寓來說，這串鑰匙實在太大串了。尤樂斯的心頭頓時湧上一個錐心的回憶。黛安娜曾開玩笑地對他說，他總有一天會像個大樓管理員一樣，成天拿著一大串鑰匙跑來跑去。尤樂斯將鑰匙放在門邊的餐櫃上後，逕自往書桌走去。

「喂？有人在嗎？」

沒有回應。但他仍聽得見電話那頭傳來疑似克拉拉喘息的聲音，顯然她正在移動。但是這些喀嚓聲以及吱吱嘎嘎的聲音也可能是其他原因造成的，此外，通話的訊號越來越糟。

他累得癱坐在書桌前的沙發上，順手將書桌的抽屜拉開，抽屜裡躺著幾條小型電器的電源線。他翻一翻所有的電源線，期望能剛好找到一條附插頭的手機充電線，好讓自己快要沒電的手機能接上電源。他將耳麥轉成靜音，然後將左耳的耳機移開，接著撥電話給他父親。尤樂斯這頭都還沒聽到進入撥話等待的音樂，他父親就已經接起電話。

「你倒是好好解釋清楚，現在故事到底演到第幾集了？」

尤樂斯不由自主地翻了翻白眼。這位大名鼎鼎的唐貝格大概不知道，當他用著這些自以為很酷很時髦，但實際上早已過時好幾年的句子時，聽起來有多麼可笑。就算他用的是現代年輕人還很流行的句子，這些話從他嘴裡吐出來一樣聽起來非常滑稽可笑。

「你必須幫我查一個資料。」

「哦，其實我本來想拒絕你，不過看在你這麼有禮貌的份上，我還真不好意思說不。」

「別說廢話了，我們沒有時間開玩笑。你也聽到現在是什麼情況了。」

「顯然是有人快活不成了的樣子。」

「沒錯。那個剛剛在跟我通話的女人……」

「這正是我不了解的地方，」完全不顧尤樂斯才剛說不要打斷他說話，他父親又立刻岔開話題：「你不是早就不在消防專線工作了嗎？」

尤樂斯必須努力壓抑自己的怒氣，才不至於衝動地把手中的紙鎮砸向電視螢幕。他父親有著相當高超的特殊本領，能夠讓他在不到十秒的時間內氣得七竅生煙。

「我今天幫凱西代班，接聽『安心返家專線』的電話。」他克制自己咬牙切齒的怒氣，才勉強擠出這句解釋。

「『安心返家專線』是什麼鬼東西？」

尤樂斯盡可能簡短地跟他解釋一遍。

「懂。但是凱西這個奇怪的名字，是誰啊？」

「我從小的朋友，那個在我們搬進市區之前，就住在我們家隔壁的男生。你絕對還記得他。他天天都能聽見你回家時的鬼吼鬼叫。」

「啊，我當然記得隔壁那戶姓凱薩的。全家都是王八蛋，一天到晚換新車，一年四季都去馬爾地夫度假的混帳。他家那個滿臉痘子、又瘦又高的兒子，馬格努，更是全家中最混帳的一個。他就是那個在中指上刺了個法條刺青的男生，是不是？我到現在都搞不明白，你幹嘛一定要跟這些魯蛇們混在一起，我說……」

「說夠了沒，你給我聽著，那個打電話給我的女人，她聲稱自己和連續殺人犯有聯繫，她認為自己就是連續殺人犯鎖定的下一個被害人。你把所有關於她的事情查一查，看看你能在伯格莊園的人事檔案裡發現些什麼。她的名字是克拉拉。」

「克拉拉然後呢？姓啥？」

「她不願意說。」

「你還真是棒透了啊。」

「我還有幾個名字要你查：丹尼爾·科尼克、喬漢納·季河、伊凡·克嵩。據她說，這些人分別是伯格莊園療養院的兩位醫生，以及院長。」

尤樂斯隨手抓了一本方格頁的筆記本，把最上面一頁已經用過的紙撕掉，然後抓了一枝黑色原子筆。當他一邊跟父親轉述克拉拉的故事時——例如，她曾經參加一個精神疾病的人體實驗，實驗會以人工的方式讓受試者產生與精神病相同的幻覺——腦海裡突然閃過一個不太想告訴父親的想法，他飛快地在筆記本上寫下：**克拉拉、非正規醫生、大概是醫事檢驗師、被害妄想症？**

「克嵩我倒是已經查過了，」他父親斬釘截鐵地說道，「黛安娜過世的時候，我已經翻過他的底了。他沒有什麼可疑的地方。」

尤樂斯點點頭。他自己也對這個名字相當熟悉。黛安娜自殺之後，他父親立刻自發性地把所有關於伯格莊園的資料，翻天覆地地查了一遍，幾乎把伯格莊園裡的每顆石頭都翻過來了，想找出證明療養院和黛安娜的悲劇脫不了關係的蛛絲馬跡。但是大名鼎鼎的H.C.唐貝格都已經說出自己的見解了，沒有什麼相關的證據。不論是醫生或是護士都沒有任何違規的事項，也沒有任何越軌的行為，這還是他把自己最厲害的手下送進伯格莊園臥底後得出的結果。

「季河和科尼克這兩個名字我沒有印象，但是我明天一早就進去那個你們年輕人稱作電子人腦的東西查查看。」

「你是真混帳還是老了、耳朵背了？你哪來的天真想法覺得你有時間等到明天一早？」

「那你是哪來的天真想法，自以為你能用這種口氣跟我說話？」

尤樂斯苦澀地乾笑著。「大概是因為我手上有一支你把我媽揍得半死不活的影片？」他說謊。世界上唯一一捲能夠證明漢斯克斯丁·唐貝格家暴他妻子的影像，就是那個在尤樂斯午夜夢迴不停重複播放的惡夢。自從他懂事以來，這個惡夢就不停地、無止盡的出現在他的夢中。

「為什麼你就不能像你妹一樣乾脆地原諒我？」

「小貝並沒有原諒你。她只是表達得比我有禮貌一點而已。」

瑞貝卡，尤樂斯的妹妹，童年時期完全籠罩在媽媽被家暴的陰影裡，直到出現戲劇性轉折的那天。那天，他父親在大白天就已喝得爛醉如泥地從網球俱樂部回家。那天一大清早，他父親有一場網球比賽，對手的實力基本上差了他父親一大截，但是他父親居然打輸了，隨後還在網球俱樂部的會館被大家大肆嘲諷一番。他為了能讓自尊心感到好過一些，居然起了個念頭，要在中餐給全家人來上一鍋「特製大鍋煮」。

星期天通常是他們一家唯一會一起吃飯的日子。正當瑞貝卡和尤樂斯盛完湯、舀起第一匙放進嘴裡，兩人不約而同嚐到湯裡的一陣酸鹹味，因而噁心不已時，他的父親便開始猶如發狂般地放聲大笑，他一邊咆哮著說：「你們看看你媽的臉，看這個不好種。他媽的懦弱膽小又怕事的臉。」

尤樂斯抬頭看著母親，母親的臉色的確看起來比平常還要蒼白無力，她深深凹陷的雙眼閃爍著異常無助的恐慌。她並沒有給自己盛湯，也沒有吃鍋子裡的任何東西，但這也不是什麼不尋常的舉動，畢竟他母親平時就常常沒有任何胃口，時常好幾天也沒見到她吃點什麼。

「你、們、給、我、仔、細、看、你、媽、的、臉！」唐貝格咆哮道，手裡舉著湯匙，直指可憐母親的臉，此時的母親已遠比她身後那座壁爐上掛的結婚照片還瘦了至少二十公斤。

「這女人寧願毒死自己的孩子，也沒種鼓起一點勇氣。」

接著他大聲宣布他幹了什麼事。原來他一到家就立刻往廚房去，抓起爐子上正在燉煮的大鍋湯，解開褲子撒了一泡尿進去，接著逼迫在一旁觀看的太太，把這鍋湯「端上桌享用」。

那天距離瑞貝卡十二歲生日還有三天。而從那天起，將要十二歲的瑞貝卡又開始了尿床的毛病。一直到她母親有一天晚上突然消失無蹤，而唐貝格也從此失去了他唯一能夠折磨凌虐的可憐蟲。

「你真的一丁點都不能原諒我嗎？」在今天，距離事發已經過了幾百年後的今天，他再次問自己的兒子。

「我考慮一下，要是你改過自新的話，或許吧。」

不再週末喝個爛醉如泥，不再換過一個又一個床伴。每當尤樂斯想起童年的這些回憶，他就越來越明白，讓媽媽年紀輕輕就看起來相當蒼老的原因，並不只是父親的家暴而已。還有言語霸凌，以及父親頻繁至極的外遇，嗜酒如命的父親唯一沒有被酒精摧毀的，大概就是他那張俊俏的臉了。年復一年，唐貝格酒量有增無減，而他在外頭的風流韻事也一樁接著一樁，唯一沒有任何變化的就是他俊美的五官，相形之下，媽媽的外表卻隨著時間飛逝加速崩壞老化。

「可他媽的還是膽敢跟人跑了。狗雜種的野男人才知道她死去哪。」他父親某天晚上把他母親離開了的事，摻著咒罵以及憤恨當作是「睡前故事」般告知他。那時媽媽早已離家半年了吧。小貝哭得淒慘不已，而尤樂斯卻是一滴淚也沒流。媽媽離開了的事實固然撕碎了他的心，但是和年幼的妹妹不同的是，他心知肚明，這是媽媽能逃離家暴惡性循環的唯一機會。除此之外，他深信母親當年若是沒有毅然決然地離開父親，小貝也不可能成為今日這樣一個自信勇敢、熱愛生命的成功女人。每個孩子都會試圖複製自己父母親的行為，特別是正在學齡時期的小孩。在媽媽還沒消失之前，小貝在媽媽身上並沒有找到什麼值得模仿的地方，她看到的就只是一個懦弱、意志消沉的女人。然而當小貝發現媽媽不會再回來的時候，她頓時明白了一個道理——這個世界上，沒有所謂的命運枷鎖、沒有什麼一定要逼自己委屈求全這種事，只有女人必須為自己掙脫困境、必須為自己找到出路的事實。小貝這條路直通西班牙的馬拉加，一路引領她蛻變為叱吒風雲的不動產專業律師，擁有不錯的婚姻，還有兩個可愛的小孩，一家人幸福快樂地住在西班牙風光明媚的海岸邊。

「你要是找到了什麼，立刻傳訊息給我，」尤樂斯回覆他的父親。「我必須知道克拉拉的居住地址。她提到她有一個小孩，大約七歲左右，叫作艾美莉亞。她的丈夫相當富有，我最多只有這些訊息了。」

講話的同時，尤樂斯不自覺站了起來，腦海裡不停想著或許冰箱裡會有什麼可以吃的東西。即便和克拉拉的通話相當懸疑刺激，但是他再也沒辦法忽略自己飢腸轆轆、必須吃點什麼的渴望了。於是尤樂斯又踱步回廚房，左耳聽著和父親通話的手機，右耳還掛著和克拉拉通話的耳麥，看上去完全就像個生意相當忙碌的經理人。克拉拉那頭依舊只傳來窸窣聲響，而他父親在電話那端也沒再說話。大概正忙著寫下尤樂斯交代要調查的事項吧。

「你都記下來了嗎？」

「應該吧。又沒多少資料。」

「拜託請你認真地查。」

「哦，你可終於開金口說『請』了呢。」唐貝格調侃地說道。這回，沒等到他兒子反駁，他就先掛了電話。耳邊突然一片寧靜，讓他感到些許不自在。和他父親通話所勾起的回憶，仍舊引起他胸口一陣悶痛感。

尤樂斯一進廚房就感覺自己被揍了一拳，正巧和克拉拉電話那端傳來的聲音相呼應。

26

克拉拉

「妳要知道，在這個世界上，冰凍寒冷才是正常的狀態，而溫暖，完全是例外狀況。」

她父親告訴她這句話那天，克拉拉冷到深信自己這輩子不可能再有機會凍得更僵了。

當時她八歲，和父親一起從魔鬼山滑完雪橇回家。出門滑雪橇之前，克拉拉突然鬧脾氣，不肯戴滑雪手套出門，堅持要戴另一雙毛線編織的薄手套。除了這個愚蠢的錯誤之外，選褲子時她也犯了相同的錯誤。她不想聽媽媽的話去穿滑雪褲，任性地偏要穿一條相當單薄的牛仔褲不可。俗話說得不錯：**不聽老人言，吃虧在眼前**。她父親不等她媽媽說服她換上正確的服裝，冷血地說就讓她這樣出發滑雪橇吧。父親一路帶著她前往北雪峰的最高點，每次雪橇滑下長坡之後，父親就再次拖著她登上北雪峰的高點，一次又一次，不停地重複，不出一個小時，克拉拉就已經全身冰冷顫抖著向父親求饒，說她想回家，可不可以不玩了。

「每一把火都有熄滅的時候，所有溫暖的生命最後也難逃一死，而我們的太陽總有一天會燃燒殆盡。這世界上只有隨之而來的寒冷，才是永恆不滅的。」當時的克拉拉無法理解，她父親那天究竟是想教導她什麼樣的人生智慧，好讓她為未來的人生做好準備。不過，無論她父親當時要教她的是什麼，她還是不可能準備好面對剛剛的煎熬。

全身凍得活脫脫剝了一層皮，她一邊強行穿越森林，一邊想著，她發現自己的手指已經凍得失去知覺，連想彎曲手指抓住剛剛打中她臉頰的樹枝都辦不到。這些擋著她去路的樹枝，就像是幸災樂禍的敵人，嘲笑她這徒勞無功的脫逃，並任意無情地揮打她的臉頰，彷彿在懲罰她。

就連穿梭在樹林中的冷風吹過樹葉所發出的聲響，在她凍得發紅的耳裡聽起來都像在為她這可憐的一生吟唱送終的歌曲，樹與樹竊竊私語著：「妳不值得更好的結局。一個連自殺都做不到的人，就讓我們在外面幫妳準備好專屬於妳的死路吧。」

黑暗中，克拉拉還健全的腳冷不防踢中一根如手臂般大小的樹根，在一片漆黑之中，能踢到的障礙她也幾乎都踢到了。正常來說，柏林市區的天空探照燈可以一路照到周圍大部分的邊緣地區，連格魯訥瓦爾德區都在天空探照燈的範圍之內，然而夜的大風雪遮蔽了所有可能的光線，紛飛的大雪有如一座大鐘般籠罩著整座森林。

克拉拉能聽見自己又深又沉的呼吸聲，就像個老太婆一樣。不過克拉拉不像大多數人，就算她覺得自己深陷在一個毫無出路的絕望處境，就算自己已經被逼到離懸崖邊只剩一步之遙，她仍舊一滴眼淚也沒流。可能是在多年的婚姻過後，她早已把這輩子的眼淚都哭乾了；也可能是她凍僵了的皮膚早已失去所有知覺。

一陣激烈刺痛從她脫臼的腳踝直達膝蓋骨，痛得她不禁全身縮成一團。究竟她在這段時間內走了多遠、離度假小屋有多遠的距離，她並不清楚，她只知道自己必須停下來休息一會，暫且不顧受傷的腳踝，光是側身，這陣刺痛就劇烈得讓她無法忽略。

那個安心返家專線的服務專員還在線上嗎？

她沒有把握他們的通話是否還在進行，而要是手機還有電的話，至少她還可以拿來當手電筒。但若想知道手機還有沒有電，她得先想辦法把手機從褲子的口袋抽出來，但是浸溼的牛仔褲口袋早就結成冰，全黏在一塊了。

該死的。

克拉拉倚著一棵粗壯的樹幹喘息，努力克制自己想一屁股順著樹幹滑坐下的欲望，不然她只會一屁股坐進盤根錯節的樹根裡。她的眼睛漸漸習慣了黑暗，本來模糊的陰影漸漸成了清晰的輪廓，這些輪廓再形成帶有遠近感的立體畫面。要是沒看錯的話，她應該已經走到森林小徑的盡頭，這條小徑太窄，大概不是刻意鋪設給行人的道路。她還記得小時候，總喜歡跟女生們一起在森林中到處開闢新的祕境，說「開闢」其實太過頭了，但對十多歲的小女孩來說，這件事相當地冒險刺激。她們不過是壓倒了一些低矮的灌木叢，然後再用從爸爸那裡拿來的花園剪把一些小樹枝剪斷而已，路程通常也不過就短短幾公尺，直到哪棵大樹完全擋住她們的去路就作罷。她記得這個地方，她曾經用一些樹枝、木棍還有枯葉幫自己蓋了一座小型的印第安納式「野外祕密基地」。

克拉拉憑藉著自己的記憶，沿著小徑往右邊走去，期望能夠找到那個（雖然現在看起來根本也沒什麼用處）兒時的祕密基地，因為她實在是沒有其他選擇了。

然而這條路最後依舊會通向湖岸的堤防，而亞尼克正在那裡等著她呢。要是她沒有迷路也沒有冷得直打哆嗦就好了。

「通常正在和死亡搏鬥的人都會不停地說他們覺得好冷，這一點也不奇怪。因為他們即將要變成宇宙永恆質量的其中一份子。」

她的父親，老早就化作冰冷地底的一份子了。他在某天晚上一如往常地上床睡覺，便再也沒醒過來。然而他的聲音，卻在克拉拉人生最後幾小時旅程上，如鬼魅般不停出現在她腦海。遠方一陣光亮慢慢地逼近，她一直以為，輪到她站在人生的隧道盡頭、面對盡頭的光束時，應該會是一個稍微舒服一點的狀態。

然而克拉拉錯了，小徑盡頭的光束在她眼前是如此真實，且越來越明亮，光芒的範圍也越來越大。

見鬼了，難道我已經走到湖邊了嗎？

她甚至感覺自己已經聽到柏林自然保護中心生態所內淨水場運作的水聲，在這個冰天雪地的季節裡，這當然只是她自己的胡思亂想。但是她的大腦並不願意相信，自己千辛萬苦走了這麼遠，而亞尼克居然能夠在這麼短的時間內就找到她。

他怎麼知道我會挑這條狹窄的小徑來到湖邊？

她繼續拖著蹣跚的身軀走出森林，突然之間，右邊的來路晃著兩盞巨大的燈光，燈光跳上跳下的，就像是有個巨人拿著兩支手電筒在手裡晃動一樣。當她意會到自己剛剛犯下的錯誤之後，想要閃躲到一旁，卻直接被迎面而來的重力打擊一棒打飛。撞擊的力道大到她整個人被拋飛到空中，快速旋轉一圈，她試圖張開雙臂保護自己落地，卻是頭下腳上地被拋入一片黑暗之中。

真是白費了力氣。黑暗裡迎接她的只有全身骨頭碎裂的疼痛。

27

尤樂斯

廚房牆上的葉片式暖氣發出一長串水流碰撞金屬的噹啷聲，這就代表暖氣設備已經好長一段時間不曾有人來放氣[6]保養。尤樂斯將暖氣轉弱，就戴著連接 iPhone 耳機的那隻耳朵聽來，暖氣的水流噪音已變得較為微弱了。

他父親並不在線上，於是尤樂斯再度把耳機的麥克風打開。

「克拉拉，妳聽得到我說話嗎？」

仍舊沒有回應。如果他沒有理解錯誤的話，從電話中一路上的背景音可以聽出來，她應該已經離先前那個安全的屋子有一段相當遠的距離了。尤樂斯打開冰箱，取出奶油和一些可以當成麵包夾心的煙燻火腿片，再順手將兩樣東西放到麵包盒一旁的木質拖盤上，麵包盒裡還放著一條新鮮的雜糧麵包。

他在廚房裡到處找著麵包刀，突然，他的目光落在洗碗槽一旁的木製刀架上，他呆滯了一會才明白過來，是什麼地方讓他覺得刀架看起來不對勁。

6 德國常見老建築於室內牆上安裝固定的葉片式暖氣。在每年冬季開始使用之前，需打開暖氣上的水管孔排放不慎進入的多餘空氣，好讓葉片內的熱水能順暢流通。若葉片內有多餘空氣導致水流不過，則會有水滴受壓力推擠碰撞葉片內裡金屬材質的聲音。

那把刀！

那把和整套木製刀具架很違和的刀。那把有著波浪狀，微微從木製刀架上露出來的長型麵包刀。

不見了！

尤樂斯按了按褲子口袋裡的鑰匙串，鑰匙還在。就那把刀不見了……

尤樂斯不可置信地盯著木製刀具架，感覺就像天主教徒看到聖母瑪麗亞雕像突然顯靈在流血一樣。

他的胃口全消，一口也不想吃了。

這不只是因為他突然意識到，可能有很長一段時間都不是他獨自一人在家而已。

更是因為走廊深處正傳來一陣痛苦的尖叫聲。

從兒童房的方向傳出的尖叫聲。

28

克拉拉

喚醒她的不是別人，而是冰冷的雪水。雨水挾著雪花不停地淋在她臉上。一開始，她以為是血，畢竟這是唯一合理的解釋，此時的她全身疼痛不已，早已骨折的腳踝和大腿皆無比刺痛，而現在這股刺痛傳遍了她的左半身。

她身後那條結凍的碎石路，一定在任何交通指南上都找不到，因為它窄到沒有交通工具可以開進，但是，剛才那台把她從林中幽徑撞倒在地的絕對不是森林伐木機。比較像小型私人汽車，大概是賓士 Smart 或是寶馬迷你的尺寸，被它撞倒的感覺，像是在風浪中搖擺的小船突然和她撞在一起一般，她能感覺車子在結冰、滑溜又凹凸不平的路上也差點翻覆。

不管是什麼廠牌的車都不重要。重要的是坐在車裡的是不是令她害怕不已的殺人魔。

亞尼克？

在她的印象中，亞尼克的身材應該比她眼前這個身影還要更瘦小，不過，眼前這個巨大身影也有可能只是光影交錯下形成的錯覺。

或一切都只是我的錯覺？

克拉拉思索著該怎麼忍住身上的疼痛，起身跑回森林裡躲起來，但是她的猶豫讓她錯過了即時逃脫的最佳時機。

此時，那個人影已逐步朝她而來。沉重的腳步聲也越來越近。

雖然她使勁將身體彎向另一側，也藉此順利甩掉那隻已經搭在她肩上的手，但她倉皇起身時，卻感到腳被什麼東西纏住，她的腳此刻已麻得令她無法分辨自己究竟絆到什麼東西，或許是地面上隆起的小土堆，或許是樹枝，也可能是被自己的腳絆到。她全身知覺像是被突然關閉了般麻木，當她再次把背抵著樹幹、想拚命大吼時，卻感覺她的舌頭異常沉重：「離我遠一點，亞尼克！滾！你這個禽獸不如的惡魔。」

眼前的黑影並不理會她的吼叫，仍然繼續向她靠近，藉著車頭的燈光，小心翼翼地彎下腰來仔細觀察她。燈光刺眼得讓她全身瑟縮在一起。

「要殺就快動手！」克拉拉勉強睜開眼睛、出聲哀求著。

但當她努力睜開眼睛，看見眼前這個晃動的人影時，她不禁徹底懷疑自己的理智。

29

克拉拉不是不懂奧坎剃刀法則[7]的真諦。她非常理解，最簡單的解釋通常就是最合理的說明。俗話說：若聽見門前傳來嘶嘶馬鳴聲，跑過去的絕對是匹馬，而非獵豹。但是，威廉奧坎（William of Occam），偉大的英國哲學家兼聖方濟各會修士的明智箴言，此時完全無法給急欲搞清楚狀況、想知道這個彎腰查看她的到底是什麼人的克拉拉任何一點開示。

圓滾滾的大鼻子，長長的銀白色落腮鬍，還披著聖誕節的酒紅色披風？

此時最簡單的解釋根本就不合邏輯。

眼下最有可能的推論就是——這位正低頭俯瞰她的，正是一位有著圓滾滾的大鼻子，目光和藹又親切，還有著一張胖嘟嘟、紅通通的臉蛋的聖誕老公公。

這一定是幻覺，她心想，並且再次閉上眼睛。**這絕對是伯格莊園療養院實驗失敗的後遺症**。在這片黑暗中，她心裡再次浮現這個推論——這絕對是亞尼克假扮的，這絕對是他精心策畫的狡猾玩笑。

7 奧坎剃刀法則：Theorie von Ockhams Rasiermesser。亦為簡約法則，意指在結果相同的前提之下，以較少的假設就可以完成推論，那就不要浪費多餘工夫去做更多的假設。

「快動手啊！」她激動地對著亞尼克假扮的聖誕老人大吼。坐在結凍的地上，地面的寒氣正慢慢侵入她的身體。她冷得全身緊縮成一團，看起來就像個害怕看牙的人，正蜷縮在手術椅上看著牙醫師高舉的電鑽。克拉拉很清楚，死亡的苦痛終究會來到，她早就知道終點一定會生不如死，但比起這個，令人更無法忍受的是死前還得和對手演一場貓捉老鼠的變態追殺遊戲。

「還好嗎？見鬼了。妳這水姑娘三更半夜在外面幹啥？」眼前這個穿著聖誕老人服裝的人說道。這人說話時冒出的氣味全是酒精與菸草味，他聽起來喘得上氣不接下氣，就連背著大包裹爬上五樓的快遞也沒他喘，他光是擠出這幾句話都顯得相當勉強。

克拉拉閉上眼，再睜開眼，想確定是不是自己看走眼。「你不是亞尼克。」此時她能完全確定眼前的狀況了。

「偶不是誰？」

而且也絕對不是馬丁。她那位愛裝模作樣的先生痛恨各種德語方言，他寧願把自己的舌頭撕個稀巴爛，也絕對不願說一句被他稱作「含糊不清又難以分辨的下流口音」的柏林方言。反而是眼前這位老兄，明顯正絞盡腦汁地想要說出幾句標準德語，但仍舊有許多字只說得出柏林方言。

「哎，哎，哎，偶覺得，妳腦子好像撞得不輕。有沒有叨位摔斷了啊？」

克拉拉費力地抬起頭，看著眼前這位老兄的車，車頭燈前飄舞的雪花五彩紛飛，像是萬花筒一般地絢爛，而她腦袋裡的思緒也如雪花般亂成一團。她目測這位男人年紀應該在五十歲左右。

「麥，麥叮噹。偶聽人家說，如果妳傷到脊椎的話，一直動來動去會害妳很不舒湖。」

克拉拉差點噗嗤一聲地笑了出來。用「很不舒湖」來形容她的情況的確相當合宜，而且也不只適用於今晚的情況。這幅場景中，最格格不入的就是這位聖誕老人，而此刻的他，正拿起手機打電話。

「等等！」她出聲阻止他，聲音清晰又有力，連她都不知道自己怎麼還有這麼大的力氣。

「親愛的小姑娘，偶必須幫妳打電話叫救護車，雖然偶還真不知道車子該怎麼開進來這裡。真是見鬼了，妳到底在想什麼？妳就這樣從森林裡衝出來往我的車上跳，跟頭小鹿斑比一樣。」

「我沒有受傷，我好好的。」克拉拉說謊。「沒有哪裡骨折。」她一邊說道，一邊暗自心想，事實真是如此就好了。她強忍著疼痛，咬緊牙關試圖站起身。

「妳素認真的嗎？可是剛剛撞得很大力耶。」

「是的，我真的沒事。你是誰？」她問道，眼前這位男人，有半張臉都藏在鬍子和頭髮底下，其實，她真心想問的是：**你是真人嗎？還是那場失敗實驗的後遺症？**

這句話，她聽在自己耳裡都覺得相當荒謬，但是對方卻給了她答案：「我叫漢德克・傑米，漢德克娛樂事業是我的個人工作室。正常情況下，我都會塞一張名片給我的新客戶。但是，無意冒犯，妳目前看起並不像是會預約我的服務的人啊。」

克拉拉不可置信地笑了，她試著自己站起身來。「你沒事都穿著這身衣服嗎？」

「哦，不，偶真的是聖誕老人。」眼前這位大叔一邊開玩笑，一邊搖著頭否認，並喃喃自語地說：「哎呦，我的天，這位姑娘大概在被我的車撞飛之前，就常常在撞聖誕樹了吧，把腦袋都撞傻了。」

他看了看自己的車，無奈地抓了抓頭。「哎，哎，哎。偶還以為今晚在林務局的那幾個瘋女人已經是最瘋的了，沒想到還有更瘋的啊。雖然說……咦？等一下。」顯然，他終於發現在自言自語，於是他回頭看了一下克拉拉，並問道：「妳跟那票在林務局工作的女人是一夥的嗎？」

「誰？」

「那群把林務局辦公室當作自己家，關門大肆慶祝的那群女人啊！瘋女人！Lollapalooza[8]音樂節裡那些瘋子跟她們比起來還只是小兒科！有個老妖精還真的問我，能不能拿我的靴子裝她的聖誕紅酒。小姐，妳看起來也瘋瘋的，很像要示範給她們看怎麼捉弄我，很像妳要混進我的車子裡繼續搗亂。」他伸出手，拉了克拉拉一把，克拉拉握住他的手，從地上站了起來。「我沒有喝醉。」她現在依然冷到連話都說不清楚，也無法克制自己的大腿因承受不了身體的重量而產生的疼痛，因而大聲地叫出聲來。

「啊哈，還好我的馴鹿馬車就在這裡，嘿，慢著點。」

克拉拉一步步跛著腳，拖著身體往那台車的方向走去，車牌相當模糊，商標看起來可能是日本或韓國的牌子，克拉拉不太熟悉這些亞洲汽車公司，所以無法叫出名字。

「妳要去哪裡呢？」

克拉拉沒有回答他，其實她也想不出自己該去哪裡。她每走一步就被結冰的牛仔褲刮一下大腿，精疲力盡又長時間失溫的身體也抖個不停。她的身體終於慢慢感受到剛剛撞擊所產生的疼痛。她感到像是被人痛毆了一頓。她還能從嘴裡擠出來的話只剩下「我好冷」，接著，她就順手拉開車門，已經準備要癱在副駕駛座上了。

「偶知道，偶知道。沒關係，不要見外，就當自己家吧。」她聽到漢德克在她身後自言自語地說：「哎呀呀，大開眼界了。鬼才信偶今天遇到的事。」

---

8 Lollapalooza 是每年在柏林舉辦的大型戶外音樂節。

他先把克拉拉扶上車，關上副駕駛座的車門，再繞過車子後方，走到駕駛座，打開車門，像顆陀螺一樣轉身擠進車子裡，坐到克拉拉身旁。「好咧，偶現在就開車帶妳去掛急診。」

他龐大的身軀居然擠得進這台車的駕駛座，令克拉拉感到相當驚訝。

「不，不用，你能不能載我到……」克拉拉說到一半便停了下來，因為她自己也想不出來，到底該請這位穿著聖誕服裝的老兄載她去哪裡才好。聖誕老人沒發動車子，引擎靜止著。

「現在好了，妳如果不告訴偶妳素誰，到底發生什麼事，偶就不開車。妳到底這麼晚了在四下無人的森林裡幹嘛？」

「這是個很長的故事。」她低聲地喃喃自語道。

「我有時間聽。」

就算克拉拉眼下的處境非常危急，她還是不自覺地笑了一下。她想了想，究竟該如何告訴這位變裝救命恩人所有事情的緣由才好，她得小心翼翼地斟酌字句，並壓抑自己，才不會讓自己突然像個神經病般笑出來。

「我被人威脅要殺了自己的丈夫，否則就去自殺。由於我只是一介平凡的弱女子——相信我，就連安心返家專線的服務人員都當面斥責我是個懦弱的人——於是我只好選擇下下策，了結自己的生命。可是我又太蠢了，嘗試從魔鬼山跳下來卻沒摔死，後來又試著吸汽車廢氣自殺，卻沒死成。所以我才從自己的花園小屋逃跑，躲避要殺掉我的連續殺人魔，哪曉得我從森林衝出來的時候，卻撞上了聖誕老公公的迷你小車。」

由於她仍舊沒有說話，聖誕老人漢德克只好開口對她說道：「妳真是好狗運！我剛好有一張笨蛋公務員的特別許可證。否則，這條路平常可是不准汽車進入的，不是林務局的員工根本不知道這條路。」

此時，她的手機響了一聲，螢幕跳出電池即將耗盡的訊號，這倒提醒了她，她最多只剩下百分之二十的電力了。

克拉拉一把將手機從褲子口袋裡抽出來，驚奇的是，她和尤樂斯的電話居然還沒斷。

「哈囉？聽得見我說話嗎？」

電話那頭立刻就傳來回應，只是相當小聲。

「我在，我還在線上。你那裡還好嗎？」

「嗯哼，還行，這要看怎麼定義。」

她看向漢德克，他那狐疑的眼神彷彿在說，為何一個口袋裡有手機的人，還需要這樣大費周章地穿過森林、令自己全身凍僵地跑來外頭求援？

「我現在很虛弱，而且覺得很冷。我不知道自己該去哪裡。」

漢德克不可置信地搖搖頭，一點也不理解自己究竟被捲進了什麼事件，但即便如此，他還是啟動了引擎，車內的暖氣也開始運轉。

尤樂斯的聲音因此更顯得小聲，他用近乎竊竊私語的音量說道：「請告訴我妳在哪裡。我可以去接妳，克拉拉。」

「我還真的不知道這是哪兒，我現在在車上。」

「妳的車？」

「不，不是，我搭上了別人的車。」

「什麼人的車？」

「聖誕老公公的車。」她有點歇斯底里地笑了。哦，我的天，這下就連尤樂斯都會以為我是個發酒瘋的醉漢了。

「我沒有開玩笑，我身邊真的坐了一個裝備齊全的聖誕老公公。身穿聖誕老人的靴子和紅色的服裝，頭戴假髮，臉上掛著招牌的落腮鬍。」

最奇怪的是，這一身突兀到不行的服裝，反而大大地降低了克拉拉對這位陌生男子的恐懼。畢竟，她這輩子學到的教訓就是，空有帥氣外表的男人是不可靠的。

「請把電話給妳旁邊那位先生。」尤樂斯要求。

克拉拉本來不想答應他，但答應又何妨？反正克拉拉現在毫無計畫，尤樂斯也沒什麼可阻撓的。

「等等。」

克拉拉正準備把手機交給漢德克時，聽見話筒裡傳來一陣奇怪的聲響。

「那是什麼聲音？」

她把電話拿回來，並希望是自己聽錯了。但話筒裡的那陣聲響不斷地重複著。

斷斷續續，模糊不清，但克拉拉非常確定自己聽到的是什麼聲音。

克拉拉心想：有可能嗎？尤樂斯明明說過，他的兩個小孩都在失火時過世了。

范倫丁當下就死於火災現場。而據尤樂斯描述，他當時也得眼睜睜看著法比娜死去。

但克拉拉相當確定，電話那端傳來的絕對是小女孩的聲音，一陣哭聲，哭著求救的聲音從尤樂斯那頭的話筒傳了過來。

30

尤樂斯

「救命，救救我！」

這次的哭聲比先前的微弱了許多，第一次的哭聲直接穿過了走廊，站在廚房都還能清晰地聽見。雖然第二次的哭聲漸漸轉弱，但克拉拉仍舊聽得一清二楚。

「那是什麼聲音？」她又問了一次。

克拉拉的聲音聽起來相當驚恐，正如尤樂斯內心的感受，而他的手上，正握著一把手槍。一支捷克製九公釐半自動手槍，以前的他，曾每個月參加一次打靶訓練。槍枝並未上膛，其實尤樂斯並不想擁有會傷到人的槍械，畢竟他在緊急專線的工作已接聽過太多擦槍走火的意外案件了。然而，此時握著這把沉甸甸的槍枝反而能令他感到安心。因此，他在進入兒童房前就先去拿了手槍，即便他根本無法想像會在房內遇上什麼樣的人。

「誰在哭？」

尤樂斯猶豫了一下，思索著要不要對克拉拉說實話，確實，他應該好好思考一下再決定該透露多少訊息給她。

「可以閒聊，但千萬不要在服務專線上透露自己的私事，」凱西當面告誡尤樂斯，「你知道現在外頭有多少變態跟蹤狂嗎？他們一旦覺得跟你建立了信任感，會怎麼運用你的個人資料你都不知

道。相信我，最好連真實姓名都不要告訴他們。」

很有道理。但是不花一點代價，怎能獲取他人的信任呢？

「是我女兒。她作了惡夢，嚇醒了。」他最後決定說實話。

剛才，他走到走廊的盡頭準備踏入兒童房前，他確實做好了心理準備。有那麼一瞬間，他覺得在他打開房門時，那個七歲的小孩有可能已經不見蹤影了。他的目光先是落到那張沒鋪好的床，再看向凌亂的床單以及凹陷的枕頭，還有床邊桌上的半滿水壺，一切都好似她特地留下的紀念品。紀念他腦海裡殘存的記憶，一幕永不復返的場景。

過往的回憶清晰地浮現在腦海裡，尤樂斯一邊輕輕地推開房門，一面害怕自己將會再次經歷法比娜跟死神搏鬥的場面。走廊上的燈光灑進粉彩色的兒童房後，尤樂斯看見小女孩仍舊安穩地躺在床上，令他著實鬆了一口氣。

謝天謝地。

還有呼吸。

還好。

尤樂斯的心漸漸回歸平靜，但小女孩的情緒看起來一點也不安穩，她睜大了眼，惶恐不安地看著他，眼睛瞪得大大的，她的瞳孔在黑暗的房裡仍舊像顆發光的明珠。小女孩的雙唇顫抖著，還微微泛著青藍色，她似乎已因害怕而緊咬雙唇好一陣子了。

黛安娜，他在心中祈禱著。**幫幫我！**

他的妻子即便在危急的狀況下，還是能保持理智。有一次，法比娜連夜高燒未退，他們便帶她去掛急診。急診間內有一位頂著一頭大波浪捲髮的女助理，看了看他們，便相當不耐煩地翻了白眼，並碎唸著：「現代的父母啊，白天不請假帶小孩來看醫生，連一點簡單的小毛病都要拖到晚上下班後，才急忙帶小孩來急診室添麻煩。」

波浪捲髮女助理抱怨時，法比娜卻突然停止了呼吸。在黛安娜懷中的那張小臉龐，從紅潤漸漸轉成藍紫色，但黛安娜並不慌張，也沒有驚恐地四處呼喊，只是相當嚴肅地朝一旁的護理人員喊道：「我們需要緊急進行人工呼吸！」她毫不猶疑地走進最近的病房，並將法比娜放在擔架上，在正式的醫療人員趕到之前，她早已開始替法比娜施行心肺復甦術。

黛安娜在關心、照護旁人時總是從容不迫。無論什麼樣的危機和問題，她都能冷靜又迅速地解決。

然而，面對她自己的心魔，她卻無計可施。

「你的女兒？」克拉拉的語氣顯得相當懷疑。「你不是告訴我，她在火災中喪生了嗎？」

電話另一端的尤樂斯能聽見克拉拉那頭傳來的引擎運作聲。顯然，她已經動身出發了。

「不，妳會錯意了。我的確說過我必須眼睜睜地看著她死去。法比娜當時躲在衣櫃裡，最後活了下來，但自從她的媽媽和哥哥離開以後，她的精神狀況也越來越糟。她今年才七歲，但存在於心中的憂鬱已漸漸侵蝕了她。而我卻束手無策。」

尤樂斯說罷便放下手槍，坐在床緣，並伸出手輕撫著小女孩的前額，輕輕地撥開一綹垂落的髮絲。小女孩生氣地嘟著嘴，喃喃自語地說了幾句令人不解的話，最後，總算還是閉上了眼睛。

「真抱歉，克拉拉。我現在必須照顧她一下。」

「她怎麼了呢？」

尤樂斯將手蓋在女兒的額頭和眼睛上，但仍感覺得到她的眼珠緊張地不停轉來轉去，就像彈珠台上的小滾輪一樣，一點也沒有要睡著的跡象。突然間，尤樂斯發現她好像有點發燒，不過，這也沒什麼好大驚小怪的，她這個年紀本來就很容易生病。但他上次進房查看時，她的體溫還很正常，現在她整顆頭都熱得跟電燈泡一樣燙了。

「她不太吃東西，就只是一直睡覺，也不太願意去上學。兒童心理醫生說，這是典型的創傷壓力症候群。」

尤樂斯一面說著，一面將手槍放回書桌最下層的抽屜裡。

「她需要時間恢復精力，她的哥哥剛過世，而躲在衣櫃裡的她能存活下來也著實是個奇蹟，」他繼續向克拉拉解釋：「醫生診斷，她當時吸入了過多的有毒濃煙，未來會造成一定程度的後遺症。」

他走回浴室，找了三個抽屜才找到一小時前早已拿過的那瓶兒童退燒口服液。原來是被他放到洗手台鏡子後方的櫃子裡了。

他打開瓶蓋，倒出約莫十毫升的劑量，再走回兒童房。

克拉拉在電話那端問了一些問題，不過收訊不太好，他沒能聽清楚。

「等我一下，我得餵法比娜吃一點退燒藥。」他小心地扶起半睡半醒的小女孩，把口服劑輕輕塞進她的嘴裡。吞下藥劑時，她似乎因驚嚇而微微睜開眼，隨後，又闔上眼睛沉沉地睡去。

「妳剛剛問我什麼？」

「你是因為這樣才辭掉工作的嗎？因為得照顧她？」

「這是其中一部分原因。另一部分是因為我過度投入那份工作了。消防隊員必須要和報案、受災民眾保持一點適當的距離。不能在服務時間過後，還特地橫跨半個柏林去敲陌生人的家門，並問他們：對了，剛才在電話裡教的心肺復甦術，有成功地救人一命嗎？或者，問那個緊急接生的早產兒最後是否安然無恙。」

「但這些事你都做了？」這不像是提問，比較像評論。

而事實也確實如此。尤樂斯坦承：「老實說，我承接的急救案件在黛安娜過世前就成了我的情緒負擔。她過世之後，我的身心狀況變得更糟。我無法再接聽任何急救電話，所以只好申請留職停薪。我別無選擇。只要一坐在辦公桌前，我就開始自我懷疑，覺得自己不夠格勝任這個職位。我連自己的家人都無法即時拯救了，要怎麼在危及時刻替他人提供協助？」

「但是你仍舊選擇跟我保持通話。」

「一般來說，會打『安心返家專線』的人並非有緊急生命危險的人。至少公司同仁在讓我上線服務之前是如此向我保證的。」

「哈，那你今天算是倒大霉了。」

「倒楣的也可能是妳。事實上，我無法提供妳需要的協助。妳需要的是正規的心理諮商師。」

「我原先並不想跟任何人談這件事……」

一聲痛苦又激烈的尖叫聲突然打斷兩人的對話。

「你女兒又在哭了嗎？」

「我也很難受。」尤樂斯輕聲說著，卻不是對著克拉拉，而是對著躺在床上、他無論如何都不願再次失去的七歲小女兒說道。經歷了這些悲劇，已然一無所有的尤樂斯，無法接受再度失去這個孩子。

「她醒了嗎？」克拉拉問道。

「半睡半醒吧。我剛才餵她喝了一點感冒糖漿。」

小女孩眼睛半開，不安地四處張望。

「但是看來沒什麼效用。」

「我懂。要是天氣不好，或是感到有壓力——就像最近這種糟糕的天氣——艾美莉亞就會突然感冒、發燒。」

也很可能是她察覺到什麼不對勁。小孩子的第六感都跟地震警報器一樣靈敏。他們的天線無比敏銳。尤樂斯能聽到克拉拉似乎在說話，卻刻意用手蓋住話筒，顯然，她在和那位駕駛說話。一陣雜音過後，她的聲音又回復清晰了。

「你一定有幾首可以哄她入睡的安眠曲吧？」

「比如說〈明月緩緩上升〉？」

「唱給她聽。我也常常這樣哄艾美莉亞睡。這可以讓她感到安心。」

「我不會唱歌。」尤樂斯坦白地說。

我只會講電話。設身處地為其他人著想。感受他們的痛苦、擔憂以及害怕。最重要的是，我應該要讓人不再感到痛苦，可是我卻一次又一次地失敗。

現在的他，連僅存的耐心也快被消磨殆盡了。他一方面要為小女孩操心，一方面要應付入侵者，還要思考他對他們父女倆帶來的生命危險。

「請你把電話轉成擴音。」克拉拉要求道。

妳認真？尤樂斯心想著，但還是照著辦了。雖然心裡有點抗拒，但或許克拉拉的安眠曲真的能讓發燒的小女孩快快睡著。

「等一下。」

他把筆電從廚房拿了過來，並卸下耳麥，開啟擴音功能，並將筆電小心翼翼地放到床邊。

「敬請開唱。」他向克拉拉開玩笑，示意空中音樂舞台已搭建完畢，她能隨時開唱了。即便未經過專業的歌唱訓練，她的嗓音仍相當明亮又清新，並帶著令人感到溫暖的音調，連尤樂斯聽了也跟著放鬆了心情。

明月緩緩升起，
星星在夜空熠熠閃亮。
森林漆黑又寧靜，
濛濛的霧色，
為青青草地點綴了白光。

才剛唱完第一段憂傷小調，奇蹟就發生了，這或許就是音樂的魔力吧。節奏和旋律究竟和大腦擦出了什麼樣的火花，大概只有科學家才能說明清楚了。尤樂斯完全不懂音樂為何會有這樣的魔力，他只能將之稱為奇蹟了。

「法比娜好點了嗎？」克拉拉唱完第二次副歌後，在電話另一端問著。

「是的，她看起來鎮靜多了。」尤樂斯的語氣帶有些許遺憾。要是能和法比娜一起躺下來聽克拉拉多唱一小時的歌該有多好。「妳說得對，唱歌真的有效。」

他摸著她的額頭，並感受到她的眼珠已不再像先前一樣慌張地亂動了。現在的她，呼吸平穩，只不過，後頸還有一點因惡夢而嚇出來的汗水。

尤樂斯留在床邊等了一會，直到他確定小女孩已經安穩地睡著了，才輕輕地踮起鞋跟，悄悄走出兒童房，並盡可能輕聲地關上門。

「非常謝謝妳。」

「一點也不麻煩。」

現在，尤樂斯不需要再壓低音量了，克拉拉身邊的環境噪音也因此顯得異常清晰。可以確定的是，她正坐在一台行駛著的車子裡，而且這台車明顯正在加速。

「妳現在要去哪裡？」尤樂斯認為他有必要知情。

「回家吧，我想。剛剛那首歌也令我有點感觸。」

「了解。妳是想看看妳女兒。」

「應該是吧。」

「我認為這是個正確的決定。」尤樂斯回答道，並仔細推敲接下來該說什麼話。他很清楚，要是他說錯任何一句話，就可能令克拉拉感到恐懼，並導致他永遠和她失去聯繫。

他又摸了摸口袋裡的鑰匙，想著那把不見蹤影的麵包刀，並問道：「妳身邊有可以寫字的東西嗎？」

「怎麼可能有。哦，不，等等，排檔桿旁邊有一支白板筆。」

「請自便。」他聽到一旁的駕駛對她說道，口氣聽起來像是開玩笑，也像是感到煩躁。

「好的，克拉拉，現在請妳像小學生一樣，乖乖地寫下我的手機號碼，寫在妳的手心上。」

「為什麼要突然給我你的電話？我們不是已經在通話了嗎？」

「對，但是是透過『安心返家專線』。但要是我們倆的通話突然斷線，妳再次撥號不一定會是我接，很有可能是其他的服務人員。我現在給妳的是我私人的手機號碼。」

「你很清楚，這段時間我一直試著要掛掉你的電話，因此，我也絕對不會打私人電話給你的。」

隨著時間分分秒秒過去，尤樂斯可以感覺到克拉拉的體力正慢慢地恢復。是時候讓克拉拉把這股力量發揮到正確的事情上了。**有的時候**，尤樂斯心裡想著，**感覺生命受到威脅的情境有助於激發這股力量**。

「我想，妳應該很清楚，妳當下的處境比之前更危急了。」

「怎麼說？」

「克拉拉，請妳不要感到害怕，但妳剛剛跟我描述了妳身邊那位駕駛的模樣及裝扮……」

「怎麼樣呢？」

「請妳跟我解釋一下……」

他稍微戲劇性地停頓一會，以加強這股壓力和緊張的感覺。

「……一個已經結束派對工作的正常人，何必在這樣晚、大家幾乎已經休息了的時間點，繼續戴著聖誕老人的鬍鬚和假髮呢？」

31

電話另一端一片寂靜。半點聲響都沒有。

克拉拉說的話可能隨著斷斷續續的訊號消失了。

是剛好在收訊不良的地方嗎？

在他問完問題後，就沒聽克拉拉再說過任何一個字了，但手機螢幕顯示他們仍在通話當中。時間一分一秒地增加，慢慢帶他們通往危險又未知的未來。此時，克拉拉正驚恐地看著身旁那位駕駛，沒想到躲了馬丁和亞尼克一整夜後，她身邊又多了一位可疑的男性。然而不只克拉拉，尤樂斯這端也感受到不明人士的威脅。這個人能在不驚動尤樂斯的情況下，靜悄悄地闖進門，而且，按照廚房刀具架的情況來看，這位不速之客手上持有凶器。

更嚴重是，他們正處在同一個空間裡。

褲子口袋裡的鑰匙串燙得像燒熱的火爐。在走回廚房的途中，尤樂斯覺得口袋裡的鑰匙燙得像要燒破他的褲子了。

- 回兒童房？
- 還是把所有的房門都上鎖？
- 打電話給警察？

尤樂斯先思索一般人處在這種情況下會如何應對，再決定自己該怎麼做。在他打電話向第三者求援之前，他有必要先說服自己，至少得先徹底檢查過整間公寓再說。再者，沒有警察會因為這可笑的原因而前來支援的。**「拜託請你趕快派人過來，我和我女兒有立即的生命危險。我剛剛聽到門上鑰匙串晃動的聲響，還有，我廚房裡的麵包刀也不見了。」**

週末期間，尤其是今天這種大風雪的天氣，整個柏林市區都處在四面楚歌的境地，他心知肚明，光是他所在的地區就有大約三大排的意外案件等著支援，而且，每個案件一定都比他的狀況更緊急。

正當尤樂斯思索著該從哪一個房間開始清查的時候，他的手機震動了。

沒有客套招呼、沒有場面話。他的父親開門見山地說：「好了，我打了幾通電話給我的線民，年輕人，你應該知道這個時間點不好找到人吧？但是！我恰好有個私人管道，也就是那間療養院的護士。」

嗯哼。好個私人管道。

事過境遷的如今，他父親總以這個詞來指稱他過往的風流韻事。尤樂斯已經走回了廚房，如今的他還是非常訝異，居然有這麼多面容姣好的年輕女孩會陷入這個老渣男的迷套。這些女孩大概是被這老人的青筋和老人斑所吸引吧，他父親臉上的青筋，像彩妝蓋不掉皺紋一般地浮現在臉上。某一年的聖誕節，他父親聲淚俱下地向他傾吐，其實他內心相當後悔當年對母親的家暴，也非常後悔在尤樂斯的母親因不堪家暴而逃離與他共組的家庭後，轉而將他對糟糕透頂的生活的怒氣發洩在兒子身上。然而，尤樂斯從不買帳，父親的懺悔他一字也不信。對他而言，父親的懺悔聽起來就個嚷嚷著要戒酒的酒鬼，一邊發誓一邊去報名勒戒所，卻刻意選了一間離他常去的酒吧很近的勒戒所。

「那你有找到什麼有用的資訊嗎？」尤樂斯問道，並在廚房來回走動著。看著廚房裡不鏽鋼製系統櫃上發亮得如鏡子般的倒影，他隱約能看見自己身後似乎有個影子閃過，但是一轉身看向廚房，卻是空無一人。

「幾個字：你打消這個念頭吧！」

「你什麼也沒查到嗎？」

「我的意思是：忘了那位大嬸告訴你的鬼話吧。她的經歷並不單純。沒錯，她確實住過伯格莊園，也在那裡接受過治療，但並非是以實驗受試者的身分，而是她真的患有多重人格障礙，或是大家俗稱的其他名稱，總之，這人的症狀就是無法區分現實與幻想。」

「然後呢？」

「然後呢？還需要給你看什麼資料你才能理解你被一個神經病耍了？拜託你把熱心助人的毛病先關掉一陣子吧。要是真的想拯救世界，麻煩你專注在真人真事上。就連那位喬漢納．季河也是無中生有的名字，療養院裡從來就沒有人聽過他，也沒有叫這個名字的醫生。」

尤樂斯拉過一張高腳凳，坐在廚房中島的料理台邊。從這角度能一覽無遺地看見敞開的廚房門以及門前的走廊。只要有任何人靠近兒童房，他一定聽得到、看得見。

「查一下亞尼克這個名字。還有科尼克呢？」

「哦，對，這才是經典。他本人還跟我講了電話。」

「他還活著？」

「活跳跳，健健康康。換句話說，這個助理醫生打從一開始就沒有跳窗自殺，這大概也是那位年輕大嬸編來騙你的故事。」

「有意思。」

尤樂斯拉開廚房中島最上層的抽屜，裡頭是各式各樣的烘培用具（烘培烤模、擀麵棍、烘培紙），但沒有任何一樣是能夠讓他拿來當成防身武器的，要是公寓裡真的已經闖進了不速之客，他確實需要一個可以防身的工具。

「不是有意思，是太誇張了。拜託你直接掛了她的電話，然後忘掉這件事。我要回被窩裡睡覺了。」

「不，你還不能去睡。」

尤樂斯不得不承認，他父親的結論很可能是事實：他被耍了。不過他並不打算讓父親這麼簡單就掛掉電話。「你有查到克拉拉的姓氏嗎？」

「沒有，也沒有查到地址。」

你說什麼？

「所有人對這個瘋女人的唯一印象就是她在療養院裡邊跑邊尖叫地說有個醫生跳樓自殺了。不過，對他們來說，發瘋亂跑的病人也不是什麼新鮮事。」

尤樂斯不可置信地搖了搖頭。所有的故事都無法兜在一起。或許，他父親累了，而且根本沒有興趣認真調查這個案子。「讓我猜猜：你那個私人管道沒有辦法在三更半夜上系統查病患資料？」

「賓果。」

「好，那你給我繼續留在線上聽，我想知道跟我通電話的女人到底是誰。還有，你必須替我跑一趟『禪』。」

「那間精品旅館？」

「沒錯。」

「去那裡幹嘛？」

尤樂斯睜大了眼睛，突然提高警覺，但並不是因為他看見什麼，而是因為他聽見一聲巨響。有可能只是老舊窗戶被強風吹動的聲音。畢竟外面仍下著雪，還刮著狂風，街上很多東西都可能被風吹倒而發出聲響。除此之外，老舊公寓還時不時傳來屋樑和石磚的喀嚓聲。

「等你到旅館大廳我就告訴你。」他回答，但電話那頭的父親隨即抗議：「你知道現在幾點嗎？你有看到窗外的爛天氣嗎？我才不要在這種天氣離開我溫暖的被窩！」

「哦！但你還是會乖乖去的。」

「要是我不去呢？」

「那我這輩子就不會再跟你講任何一句話。」

最後通牒。尤樂斯心裡明白，雖然每回講電話他都不停地咒罵父親，但他實際上卻是父親在世界上唯一真正有關聯的人了。H. C.唐貝格乍看之下就像棵巨大橡樹的樹幹，但外人看不出來的是，這棵壯碩的橡樹底下，只有所剩不多的樹根在勉強支撐著而已，第一條最粗壯的根，是他早已失去的妻子，而朋友也所剩無幾。要是他再失去和兒子的聯繫，那麼下回強風再吹來時，他便會應聲倒塌。

「好啦、好啦。我去就是了，」他想也沒想，很快就答應了。

「但我倒是很想告訴你，你該擔心的是另外一件奇怪的事情。」

尤樂斯笑著眨了眨眼。「什麼事情呢？」

「你和這位克拉拉是透過服務中心的筆電通話的，對吧？」

「沒錯。」

「然後，你今天才剛從凱西那裡拿到這台筆電？」

「沒錯。」他父親到底想說些什麼？

「而你剛接手任務的第一通電話，就剛好是一個想自殺的女人，而且這女人還和黛安娜一樣，都曾待過伯格莊園？」他的父親說到這裡，便打了一聲響舌。

「如果你不覺得這是一個非常難以置信的巧合，那我也不知道該說什麼了。」

你說的倒是沒錯。這一切不可能只是個巧合，尤樂斯再次歪著頭，思考父親說的可能性。他再次閉上眼睛，這個動作其實毫無助益，畢竟閉上眼睛也不會令他的感官變得比較靈敏。反而閉上眼睛之後，他還有可能變得更緊張。

他無法確定，過度豐富的想像力是否帶來了更多的困擾，因此，尤樂斯決定直接把他父親的電話掛掉，換成拿起那支寂靜無聲的手機，暗自希望自己和克拉拉的通話仍在進行，此時，屋裡傳來一陣水龍頭的滴水聲。

突如其來的、不知道從何傳來的滴水聲。

32

克拉拉

三十隻怪獸呀，通通都睡著了。

為了讓女兒在長途車程中保有好心情，克拉拉告訴她說，車上的衛星導航是個怪獸導航系統。天一黑就會顯示周圍的怪獸數量，還有牠們正在做些什麼、正在往哪裡去的路上。地圖上墨綠色的區塊顯示出在睡覺的怪獸，其他顏色較淺的區塊就是那些正在四處遊走的怪獸，而時速表上顯示的是附近的怪獸總數，但是艾美莉亞不需要害怕，因為汽車外殼的材料是很堅固的，壞蛋沒有辦法穿過汽車外殼，只要她乖乖待在汽車裡就不會有事。

當車子往崎嶇的森林小徑開去，再轉進魔鬼湖濱住宅區時，克拉拉心裡不禁想著，**還真是謊話連篇啊。**

她把手機夾在兩腿中間，大腿已經不再感覺那麼地冷了，知覺也慢慢恢復，她全身其他部位也漸漸暖和了起來。

「他幹嘛還需要戴著聖誕老人的鬍鬚和假髮呢？」自從尤樂斯問了這個問題之後，那則她隨口編給艾美莉亞聽的故事就突然浮現在她的腦海裡，世界上要是真的有怪獸衛星導航就好了，但是，現實生活中不可能有東西能夠確實阻擋凶猛怪獸的襲擊的。現在看來，她真的有可能正坐在一隻怪物的車子裡。

漢德克（如果這是他的真名的話）的確一直穿著聖誕老人的裝扮，而且直到現在也沒有要把鬍鬚拿下來的意思。

當時的情況危急，她在上車前並沒有想得那麼仔細，一個在大半夜全副武裝的聖誕老公公確實相當地荒唐又不合邏輯。看了看車裡朝上吹拂的暖氣出風口，讓克拉拉想立刻伸手摘下他臉上的白色假鬍鬚（畢竟漢德克又不像克拉拉被凍壞了），他坐在有暖氣的車內，卻仍穿著整套聖誕裝，還戴著那雙聖誕老人必備的皮製手套（女性雜誌曾經介紹過，手套是聖誕老人的必備裝扮），因為只要戴上手套，就能夠巧妙地隱藏聖誕老人的真實年齡。

千萬不能戴任何首飾，也不能戴手錶，更不能露出白色的襪子，便宜牛仔褲更是萬萬不可。總之，任何會破壞美好聖誕幻想的事物都不可以出現在聖誕老公公身上，全身上下的行頭都要盡量貼近孩子、降低孩子們的疑心。

「偶想，前面不遠的地方應該就是紳士街的寶琳納醫院了，但不知道他們有沒有急診室。」漢德克推了推排檔桿，切換到更快速的檔位。車外強勁的風時不時吹向這台急速行駛的迷你小車，吹得像是車子快速煞停一樣，側風打來時，更令車子像巨人坐在車頂搖晃一般地不穩。怪獸衛星導航的指標顯示周圍的怪獸已經從三十隻增加到五十隻了。克拉拉心中的恐懼也跟著直線飆漲。

這是個不爭的事實。漢德克在這麼晚的時間點還在外面鬼混就足以令人心生疑竇了，她絕對是搭上一個大騙子的車了。此時，有幾種可能性：輕則感到些許尷尬不自在，重則生命堪慮。聖誕老人只會出現在傍晚時段的家庭歡慶場合裡，並不會在杳無人煙的森林和深夜時段出現，就算有，也絕不會在空無一人的格魯訥瓦爾德森林區。

「在到醫院之前，妳真的沒打算告訴偶到底發生了什麼事嗎？首先，是妳突然跳到車前攔截了偶，然後開車載妳去醫院的路上，妳又吱吱喳喳地唱了首搖籃曲，不是偶誇張，但通常第一次約會都不是這樣的。」

哦，是嗎？還是你第一次約會都直接強灌對方強姦藥，再用塑膠繩還有封箱膠帶綑綁對方？

克拉拉猶豫著該如何回應，是否該直截了當地問他為何大半夜還穿著這身行頭呢？即便問了，他真的會實話實說嗎？

「哦，對了，我是個變態畜牲，我喜歡先變裝再誘拐並性侵婦女。真抱歉，我應該一開始就先告訴妳的。」

還是別問了吧，既然現在已經遠離了森林，而且車子已經開到離度假小屋很遠的地方了，她只需要盡速離開這輛車就行。其實，無論漢德克是神經病或心理變態都無所謂。因為她本來就不打算把自己的私人地址透露給陌生人，她現在只想盡快回家。回到艾美莉亞的身邊。和尤樂斯的通話喚醒了她心中真正的渴望。克拉拉心想，希望至少在馬丁或亞尼克找到她之前，還能再看一眼她女兒的小巧臉龐、再握握她的小手、親親她的臉頰。無論如何，該來的總是躲不過。

「我改變主意了，」克拉拉說。車子仍在行駛當中，從駕駛座旁的窗戶看出去，能看到車子正經過墓園以及教堂。「請讓我在前面紳士街的電車站下車吧。」

漢德克的回應不出克拉拉所料：「想都別想。」他將車子內的暖氣調低了幾度，接著搖下車窗，開了點縫隙通風，但依然沒有要把臉上的假落腮鬍取下的意思。

「偶的好兄弟尤根就是這樣，他跟另一台車在十字路口上撞個正著，兩台車乍看之下完好無損。尤根雖然覺得脖子非常痛，卻不願意去看醫生，去照個X光。好在他的老朋友千拜託萬拜託地把他拖去看了醫生。結果呢？斷了兩節頸椎啦。」

「拜託，我只想下車。」

「偶可不想哪天被檢察官攔下來，問偶怎麼在大半夜放一個重傷的女人獨自離開，卻沒有立刻送她去醫院。」

「我真的沒有受重傷。」

「尤根也素這樣想的啦……咦，妳在幹嘛？」

克拉拉突然靈機一動，快速伸手打開副駕駛座前的箱子。箱子應聲打開，裡頭的滿滿雜物立刻解開了克拉拉心中的疑問：究竟漢德克是個毫無威脅的瘋子、還是恐怖的變態神經病。眼前的箱子裡竟是成堆的保險套、許多副手銬還有拋棄式醫療手套，除此之外，還有一把閃亮亮、鋸齒鋒利的長刀以及一把九釐米自動手槍。

33

「給我立刻停車！」克拉拉大吼，並抽出手槍指著漢德克的胸膛。就算她這輩子還沒用過手槍，但她很有把握，身邊這個僅距離二十公分又固定在方向盤前的肥大身軀，她絕對不會射歪。

「妳是在發酒瘋嗎？」

「我再說一次……」

「哎哎哎，偶又沒有聾，偶有聽到啦。」

漢德克立刻踩了煞車，但是剛下過雪的街道太滑，車子繼續向前滑行且歪曲扭動個不停。

「停車！停車！」

「偶控制不了啊。」

車子在積雪的路上滑行了一段距離後，終於停了下來，車頭向右偏，車身打橫佔住腳踏車道，車道的盡頭連著她才剛橫越的那座湖濱森林。

簡直是屋漏偏逢連夜雨。

「你別想亂來。」雖然克拉拉手握槍枝威脅他的性命，但漢德克看來仍舊相當輕鬆，一點也不慌張。要是克拉拉沒會錯意，他的神情看來甚至有點嘲諷的意味。克拉拉甚至能感覺到假落腮鬍下的臉，似乎正強忍著笑意。

她原想命令他立刻除去臉上的裝扮，讓她看清楚他究竟是誰，但是念頭一轉，其實她也不需要知道這人是誰。反正克拉拉此生也不會再見到他了。眼下，她只想活著離開這台車。

或者，**還有一個更好的主意……**

「下車！」

「啥？」

「給我下車。」

「妳想要搶走偶這台小現代汽車？」

「借。我借用一下而已。我會把它停在紳士街的電車站旁。你從這裡走過去只要十分鐘。」

「聽著，偶素不知道妳嗑了什麼藥，可素偶一點也不想在冷得半死的大半夜陪妳演戲，就因為妳莫名其妙開始發瘋。」

「下車！」

她確確實實地把手槍抵在他的胸膛上。但這顯然是個天大的錯誤。

眼前這位大一號的男人以克拉拉無法置信的速度，俐落地舉起她的前臂、抬起手槍，槍口立刻反轉打向克拉拉的鼻梁。鮮血從她的鼻子湧出，像水龍頭一般流個不停。克拉拉痛得眼前一片黑，根本還來不及彎曲手指、扣下扳機，手上的槍枝就已經自然滑落，從客觀的角度來看，她沒來得及扣下扳機也是不幸中的大幸，因為在手槍滑落的當下，槍口可是正對著她自己的下巴。

克拉拉稍微遲疑了一下，發現自己反應慢了半拍，便隨即感覺後腦勺像被炸開一般，痛得她眼冒金星，後腦勺受到撞擊的力道，強得彷彿直接穿透了頭骨，痛到不行。頭顱受到的撞擊令她無法克制地張嘴大聲慘叫，同時，她也感覺到自己的手被快速移動並加以固定，就像變魔術一樣。現在她那隻原先按著鼻子的右手被高高地掛在上面，她還試圖往前伸，想碰觸自己的鼻子。隨後，一聲響亮的喀嚓聲響起，漢德克終於成功讓她失去抵抗能力，他用手銬把她的右手固定在副駕駛座的車頂扶手上。

「真他媽的倒楣透頂！」他大吼著，她仍舊痛得睜不開眼睛，滿嘴嚐到的都是自己鼻子流下來的鮮血。

「幹嘛要這樣搞？幹嘛不能就安安穩穩地坐著咧？」

他的聲音整個變了。滿腔的怒火以及震天的嗓音令他的聲音聽起來更尖銳、更年輕，聽起來像個年輕小夥子的聲音。

「偶根本不想要這樣，知道嗎？偶只想回家。不想再惹麻煩。然後又這麼倒楣地碰上妳。他媽的今天真是倒楣！」

克拉拉從他的語氣中聽出了不解和困惑。她能聽到擺動不停的雨刷正刮著擋風玻璃，她聽見她心中有一個小小的聲音，小小聲地告訴她，她剛剛已經在她生命的絕境裡闢開了一條新的道路，現在的她，也可以為自己的絕境找出路了，而且還不需要自己動手，因為這個瘋瘋癲癲、穿著聖誕裝扮的男人已經為她提供了一個天大的好機會。然而她仍舊裝模作樣地求情道：「拜託，拜託放我走。」

「閉嘴啦，要素想走，妳剛剛就不該那樣做。偶現在才不會放開妳。」

「為什麼？拜託，我絕對不會報警，也不會跟別人說。」

因為我根本不知道你長什麼樣子啊。

「妳以為偶相信哦？他媽的，偶還在緩刑咧。妳要素跑去條子那裡報案，偶又素偷渡進來的。

不行，不行啦……」

克拉拉假裝用左前臂摀住還在流血的鼻子，看起來像是打噴嚏前先用手臂遮起來一樣，然後一邊小心翼翼地搖頭反駁：「我不知道你長什麼樣子，要怎麼報案？拜託你，解開我的手銬，放我走。我只想下車而已。」

「幹啦！」

他生氣又懊惱地大罵了一聲粗話，隨後打開車門，車內燈立刻亮起。這個時間點，整條魔鬼湖住宅區的街道上一片漆黑，街上既沒有一般人家的住屋，也沒有任何街燈，當然，也沒有任何對向、或是後方來車。空曠的街道直直通往可戲水的湖畔、雙槳木船停泊的岸頭以及湖區眺望台，而在這寒冷的冬季，路上更是人煙稀少，除了白天有幾名健行者以外，晚間根本杳無人煙。

除非像我這種晚上跑來攀岩區跳樓自殺的。但就算如此，聰明的人也會坐電車來，然後再從電車站徒步過來。

克拉拉全身發抖著。沒了隨引擎啟動的車內暖氣，整台車凍得像冰庫，漢德克立刻又把車門關上。

緩刑？

現在除了罪證確鑿的手槍、變裝服還有手銬外，她還親耳聽見他嘴裡說出的事實。她真的落到壞人的手裡了，不但如此，她臉上還受了傷，又被上了手銬。

在過去幾天的時間裡，她腦子裡經常情不自禁地浮現自己的死狀，那幅畫面和眼前的情景相去不遠，她的屍體可能幾天之後才會被人發現，倒在路邊、失去知覺、混身是血。她一直避免自己落入這般求助無援的窘境。

幾年前她無意間收聽了一系列的 Podcast 節目，內容敘述許多離奇死亡的真實案例。兩位主持人一搭一唱地在節目裡開玩笑說，一九五〇年代的英國還有一條法律，規定自殺未遂的人得以判處死刑。**「那還真是讓那些想死卻沒死成的可憐蟲一償宿願啊。」**這是當時其中一個主持人對這條法律下的評論，當時克拉拉邊聽節目邊想：還真是錯得離譜。因為：能夠自行決定生死，和只能被動地由劊子手處死，可是有著天壤之別。對她而言，眼前已無自行決定生死的選項了。可憐的她，一路大費周章地躲避馬丁和亞尼克這兩個死亡威脅，現在卻落入第三個死亡威脅裡。

她仍舊想試著掙脫束縛，看起來真是可笑又諷刺。她大力扯著手上的手銬，但只見手銬牢牢鎖死在車頂扶手上，彷彿被穩穩地固定在車頂一樣，動也不動。這傢伙究竟怎麼辦到的？動作這麼俐落、一瞬間就反銬住她了！毫無疑問，他一定是個老手。

一個經驗豐富的殺人犯……

這時，漢德克繞過車身，走到副駕駛座的門邊並將車門打開，她害怕得全身蜷曲。他站在車邊，雙手頂著車頂，上半身前傾往內探。

好像在選帝侯大街上招攬恩客的那些妓女，靠在每台經過的車上勾引潛在顧客，克拉拉心裡想著。

「還真是好心沒好報！」他拿著槍大聲咆哮。握著之前從克拉拉手上奪過來的槍枝，不停揮舞著，他拿著槍在面前指來指去，槍管也持續反射著車內的燈光。

「他媽的，偶根本就不想要這樣！」

「那就放我走！」她再次苦苦地哀求。「求求你。」

漢德克大手一揮，令克拉拉以為他要賞她一巴掌叫她閉嘴。她急忙下意識地別開臉閃避，此時，她突然瞥見車內儀表板上的一個機關，那個機關和她的寶馬迷你有著共同之處。

沒有鑰匙孔。

漢德克的這台小車跟她的車子一樣，不需要插入鑰匙來啟動引擎。只要電子鑰匙在車裡，駕駛只需按下變速器上的啟動按鈕就能發動車子，而且鑰匙不必在車內也能啟動感應，**只要駕駛的身體碰到車子就可以啟動引擎了！**

還沒來得及仔細思考，克拉拉便直接將左腳跨到駕駛座上。多虧了這台車的迷你空間，讓她一跨出腳就能勾到煞車踏板。踩下煞車再按下啟動按鈕便足以啟動引擎。漢德克還來不及反應，車內的感應裝置就已迅速連接上車鑰匙，引擎應聲啟動，漢德克甚至還來不及將手從車頂移開。這小小的勝利快感大大地振奮了克拉拉的心，讓她感覺重獲新生，雖然一隻手仍被銬在副駕駛座的車頂扶手上，但她已能穩穩地跨坐在駕駛座，並輕鬆自在地切換煞車和油門。車子往前奔，將漢德克遠遠甩在身後。剛啟動時，車子搖晃了一下，就好像輪胎壓過了一塊突出的街道地磚，然而車子後方卻傳來了一陣淒厲的慘叫聲，克拉拉才發現，輾過的不是石頭，而是漢德克的腳。

在一陣引擎加速聲中，她聽見車內有個東西敲到了擋風玻璃，又順著儀表板滾到了駕駛座的踏墊上。被漢德克打開的副駕駛座車門也順著風往回彈，但力道不足，以致於無法直接關上。

無所謂。

只要往前開一點就就行了，只要能夠讓自己和那個神經病保持一段安全距離就好。

車子持續加速，克拉拉單手握著方向盤，用力踩著油門，讓車子頂著狂風暴雪繼續奮力地往前開。五十、一百、二百公尺，直到……

我的天！不！

引擎驟然停止，馬達瞬間失去動力，運轉聲戛然而止，令克拉拉誤以為是變速器負荷不了高轉速而燒毀。下一秒，她立刻意識到自己從頭到尾都打錯了如意算盤，她失去了最後一絲的生存機會。

情況危急又無從選擇的她，只能猛按啟動鈕，一次又一次地嘗試發動引擎，卻都徒勞無功。引擎已熄火，沒有感應鑰匙車子便無法重新啟動。在待機狀態下，只有車頭燈和儀表板是亮著的。

一切都沒望了……

她原先暗自希望，車子一旦發動就不會再從遠端遙控停止。不過車子系統似乎相當聰明，自動發現鑰匙並不在車內，而是在距離相當遙遠的地方。也可能是漢德克從遠端按下了防盜鈕，令車子自動熄火。

不管怎樣，她還是被困在車內，動彈不得，也毫無反抗之力。

克拉拉望向後照鏡，並轉過身確認漢德克和自己的距離。

一個人影從遠處漸漸逼近，克拉拉認得這個身影，這個怪異又懸疑的一幕讓她差點失聲尖叫，她非常熟悉後照鏡上的紅色身影：一個跛著腳的聖誕老人，蹣跚地走在結冰的車道上，手裡拿著一把槍慢慢向她靠近。車外颯颯的風聲和內心的恐懼，令克拉拉聽不清從他嘴裡傳來的咒罵字句。

克拉拉慌張地在車內東翻西找。目光頓時瞥見那個先前撞到擋風玻璃之後，掉在踏墊上的物品，那個落在踏墊上，與她相距不到幾公分的東西。一定是不小心從他手中掉進車子裡的！絕對不是他故意留下的。一串鐵製鑰匙圈，上頭掛著兩支小鑰匙，要是她沒有害怕到失去判斷能力的話，從那兩支鑰匙的尺寸來看，很可能就是能解開她手銬的鑰匙。而這串鑰匙此刻正穩穩地躺在調整座椅前後位置的軌道上。克拉拉使勁地勾，試圖想勾起鑰匙，卻只摸到掉在座位下的發霉薯條，還有幾枚覆滿灰塵的硬幣。不行，還需要一根鐵絲、一根小木棍，或是能夠讓她勾得著鑰匙的東西，或者，該死的！就是需要我的兩隻手才能勾到鑰匙。漢德克的身影越來越靠近。他馬上就會打開車門、坐回她身邊的駕駛座，然後盡情地把她揍到鼻青臉腫。或者，比挨一頓更糟的，誰叫她剛剛撞傷了他，還試著要逃脫他的掌控。

她的腦海裡一邊飛快地閃過所有可能會遭受到的酷刑虐待，一邊慌張地不停試著勾起根本拿不到的那串鑰匙。就差一點了……只要能再伸長一點……

我的上帝，請幫幫我……

她的指尖碰到了鑰匙，並用力將它撥回了踏墊區，手指與鑰匙的距離頓時又縮短了幾公分。她仍聞得到內心散發的恐懼，早已濕透的衣服底下又流出一身冷汗，她再次望向車後，確認漢德克的距離。至少還有十公尺遠。她需要拿到鑰匙、插入手銬、開鎖、脫困、下車、逃跑，時間不夠她掙脫了。

但她也沒有其他選擇了，只得放手一搏。她用力向前彎，全力拉扯固定著她右手的手銬，把全身的重心往前傾，她甚至能感覺到手腕內側最敏感的肌膚，被手銬狠狠刮出了一道血痕，她好幾次都沒能鼓起勇氣劃開手腕上的動脈（她曾想過這個自殺方法，好幫日後無意間在路邊發現她屍體的人省點力氣，也避免血濺滿地的恐怖畫面）。好不容易，她終於碰到了鑰匙的鋸齒末端。她再次抬頭往後看，心想漢德克大概只離她不到幾公尺的距離了。她錯了。她發現後方車道漆黑一片。漢德克，姑且不論那個被判處緩刑的偷渡客究竟叫什麼名字，讓她搭便車的那個人，居然消失得無影無蹤。

克拉拉驚恐地望向右邊車窗，慌忙猜測——難道他已經站在副駕駛座旁邊了？但右邊車窗一樣是一片漆黑。**沒有人**。除了森林外圍的冷杉以及幾根承受不住強風和積雪而斷裂的樹枝之外，什麼也沒有。

此時她身後卻傳來一陣聲響。還是那傢伙剛剛摔倒在地而我卻沒看到？

這怎麼可能？

克拉拉驚恐得合不了嘴，也忘了呼救，她的大腦完全無法理解究竟發生了什麼事，此時，漢德克的身影突然間出現，而且變得相當修長、高大，他已經摘下了聖誕帽，拿在手上揮舞著。當問題的解答出現在眼前時，她甚至失去了尖叫的能力。因為，那個憑空冒出的人，不是漢德克。那個站在門邊獰笑，用慶祝勝利的姿勢和邪惡的表情揮舞著聖誕帽的人，不是漢德克。

「我總算逮住妳了吧，妳這骯髒的臭婊子！」他獰笑著和她打招呼。

克拉拉嚇得說不出話。她想拿起原先夾在兩腿間的手機，但手機早在她想盡辦法挪到駕駛座時就掉到了踏墊上。

驚恐之餘，她看向手機螢幕，螢幕一片漆黑，很顯然地，她和尤樂斯的通話已經中斷了。她永遠失去了和他的聯繫，很有可能，她這一生再也無法聯繫上他了，就如同那個消失的漢德克一樣，永別了，這些人。

會陪著她走過最後一段路的，不會是別人，而是這位拿著槍（顯然是從漢德克手上搶過來的那把），透過半開車窗指著她額頭的男人：馬丁。

槍指著額頭的同時，她的丈夫朝著車內大吼，口中的熱氣噴向克拉拉的臉，被震懾住的克拉拉還來不及理解這句殘忍的話究竟是什麼意思。「這可是妳自找的，克拉拉。我要把妳這個雜種生的臭婊子帶去『馬廄』！」

34

尤樂斯

我總算逮住妳了吧，妳這骯髒的臭婊子……

他剛剛在電話裡聽到的是一個男人的咆哮聲嗎？

尤樂斯立即將耳麥的音量調得大聲些，但他和克拉拉的通話已經斷訊了。

該死的！

他失去她了。

他和克拉拉之間那條靠聲音架構起的脆弱連結已然煙消雲散，即便他先前已即時提供他的私人電話，但克拉拉很可能永遠也不會回撥給他。

臭婊子？

他意識到，克拉拉此時絕對處在這一整夜最危險的處境當中，而他偏偏在這種時刻與她失去聯繫，連透過網路提供一點緊急協助都辦不到。尤樂斯這次的救援完全失敗，他心灰意冷地將頭戴式耳機取下，放到浴室洗手台的邊緣。

水龍頭上面還沾有一小塊牙膏，這就是使水龍頭生鏽漏水的元凶，家裡有小孩的典型問題。未發生火災悲劇前，他們一家四口擠在王子雷根街上那個小公寓，當時浴室隨處可見小孩的莓果口味牙膏泡沫，原本應該在刷完牙後隨手沖掉的牙膏泡沫，很可能就藏在意想不到的地方，或是浴室各個角落。那是四隻懶惰的小手造成的，小孩子刷完牙，懶得把手上的泡沫沖乾淨，卻又樂此不疲地像拓荒者一樣到處摸，家裡所有看起來神祕兮兮、可以藏東西或充滿冒險感的地方都沾有這些泡沫。

還有佈滿危險的地方。

即便是在自己的家裡也一樣。

尤樂斯搬到新公寓之後，空間比以往寬敞了許多，但是在黛安娜給他們的孩子安排了那個慘痛又生死訣別的一日後，屋子裡少了往昔的孩童嬉鬧聲。那天的她，想把自己內心那盞燈永遠吹熄，對尤樂斯而言，那是一把足以照亮他人生命的明燈，更是一盞強大到能溫暖他生命的光。

我怎麼可能沒聽見這些聲音？

尤樂斯抬起頭，刻意不看洗手台上的鏡子，因為他很清楚，現下的他看起來非常疲憊又不修邊幅，臉上必定頂著兩個深深的黑眼圈，面上肌膚也乾巴巴的。他問自己，究竟在過去幾個小時之內，他做出了多少次的錯誤判斷。

克拉拉真的有生命危險嗎？她真的受到了家暴虐待嗎？還是這個經她轉述的故事，真如他父親所說，絕大部分都是她的幻想？

「忘了那位大嬸告訴你的鬼話吧。她的經歷並不單純。沒錯，她確實住過伯格莊園，也在那裡接受過治療，但並非是以實驗受試者的身分，而是她真的患有多重人格障礙，或是大家俗稱的其他名稱，總之，這人的症狀就是無法區分現實與幻想。」

她今天晚上真的獨自一人坐在車子裡，嘗試了結自己的生命嗎？她此刻真的搭上了一個聖誕老人的便車，在四下無人的夜裡疾駛回家嗎？

另外，浴室水龍頭已經漏水多久了？我為什麼之前都沒注意到？

尤樂斯的聽力相當好。甚至需要整間公寓都安靜下來才能入睡。黛安娜曾經非常愛嘲笑他這個有如蝙蝠般的靈敏聽力，他每次都要在臥室裡來回搜索，非得找出那個不停傳來待機運轉聲的電子儀器才甘心，又如冬天裡的暖氣管，每到冬天，他總要把暖氣管排個至少幾百次氣才能安心地睡覺，不然管線裡傳來的咕嚕水聲會把他逼瘋。種種記憶都提醒著他，他實在不可能沒注意到浴室水龍頭的滴水聲才對。除此之外，琺瑯瓷做的洗手台上，還留有水花濺出的痕跡，顯示著他才剛用過這個水龍頭而已，而且他用完之後並沒有將水龍頭扭緊。

還是說，並不是他用的？

尤樂斯伸手將水龍頭扭緊，心跳越來越快，心跳聲在偌大的寂靜公寓裡顯得無比清晰。心裡同時想著那把他收到褲子口袋裡的鑰匙，以及廚房裡消失無蹤的麵包刀，他想起以前在消防隊受訓時，一個教育員告訴他的話：**「仔細注意你的直覺，年輕人。頭盔、消防衣還有全世界可穿上的設備都不比你的直覺更有能力保護你的小命，你的直覺是人生歷練所訓練出來的警報。要是你心裡的這個小聲音告訴你『這裡不對勁』，那事實八九不離十，就是不對勁。」**

尤樂斯不由自主地點點頭。這裡的確有些不對勁。他內心那個微小的聲音現在並不是輕輕地跟他說而已，而是直接朝著他消瘦虛弱的臉大聲嚷嚷著：「屋、子、裡、還、有、別、人！」

即便他按著自己額頭兩側的太陽穴，也沒有辦法稍微安撫一下心裡這個焦躁的聲音，他不但無法讓這股聲音消失，那聲音反而越來越大：**「除了你們兩人之外，你家裡還有別人！想想那正熟睡著的可愛小寶貝！那個你應該要保護她不再受惡夢干擾的甜美小寶貝！都因為你多管閒事才把她扯進了死亡威脅裡！」**

這都是因為他沒有聽克拉拉的勸告。因為他沒有聽她的建議趕快把電話掛掉。

「他不會相信這是手機自己誤打出去的。他不會相信我沒有刻意撥電話。該死的，如果他發現這通電話，如果他發現你和我通過話，他也會去找你的。」

「給我閉嘴！」尤樂斯大聲地吼了出來，並且一拳敲在洗手台鏡子的木製邊緣上，木框隨著他這一拳沉悶的聲響，裂出一條縫隙。這股突然的噪音以及鏡子上產生的物理損壞，終於讓尤樂斯旋轉不停的瘋狂思緒暫停下來，而他內心那股不停大吼的聲音也終於回復寂靜無聲。

「什麼狗屁不通的東西！」

這世界上才沒有什麼惡魔，更沒有那種會先把克拉拉謀殺了之後，還一心想要貫徹犯案任務，全心追查出他家地址，並尾隨而來的人。

尤樂斯甩了甩頭，嘲笑自己怎麼會有這種不理性的想法，擔憂這種毫無根據、毫無理由的事情，而這一切擔憂的起因，只因他聽到了鑰匙聲、受風吹的關門聲，以及可能是隔壁住戶過大的腳步聲而已。他這個怪異的想法實際上就跟一個人害怕看到自己在鏡中的倒影一樣可笑至極，而他現在就站在一面鏡子前。鏡子表面的裂痕將他的頭分成兩個不完全對稱的半臉，不過當然了，他背後並沒有什麼突然消失的人影，也沒有突然冒出什麼戴著假面具而扭曲變形的臉，他也沒有感覺到什麼奇怪的陰風朝著他脖子後吹氣。

通通都沒有。有的只是眼前的水龍頭居然又開始滴滴答答地漏起水來。看來水龍頭就只是單純壞掉而已，不管轉得再緊，也沒辦法把水關緊。尤樂斯又試著再把水龍頭扭緊一點，不過顯然徒勞無功。看來不只是水龍頭，連水管管線都得修一修。因為現在滴下來的水開始出現明顯的髒污顏色。當尤樂斯一邊覺得奇怪，自己為什麼突然感到一陣暈眩無力時，他看見水龍頭滴得更嚴重，有更多聞起來含有鐵味的濃稠液體不停地滑進洗手台，而他這才發覺，這些液體根本不是從水龍頭滴下來的。

鐵紅色的濃稠液體正連珠成串地直接從他的鼻子滴下來。

35

克拉拉

痛苦、自殺、折磨。

克拉拉的生命中有許多雙音節組成的詞，它們都有著殘忍無比的意義。不過，沒有任何一個雙音節的字比這個更加殘酷了——馬丁。沒有什麼比這兩個字更令她感到憎恨。沒有人能讓她在過去這幾年變得如此恐懼。沒有人能在短短幾年內轉變這麼多，從一個她深愛的情人變成一個虐待狂。從濃情蜜意變成百般折磨。

……**而今夜的我，還有得受了**，克拉拉心裡一邊想著，一邊轉頭看著馬丁。他坐到駕駛座，當然，完全沒有要幫克拉拉解開手銬的意思，依舊讓她維持被銬住的姿勢。馬丁從踏墊上拾起了她的手機，收進他外套內層的口袋裡。而那把從漢德克手上搶來的槍，還有那頂聖誕帽，也被他一同塞進駕駛座車門上的置物區了，她別想拿得到。

克拉拉完全不需抬頭看，就能感受到馬丁臉上那抹虐待狂式的獰笑。從那句噴得她滿頭滿臉的咒罵後，馬丁就沒再向她說過一句話，連打聲招呼也沒有。發動引擎時，他沒開口，車子開始加速時，他還是不發一語。顯然，他不只讓漢德克乖乖交出了車鑰匙，現在連他的車都要一起開走了，開走搶來的車就算了，還要把她一起拐上路。

隨便他要去哪兒吧。

這趟車程的目的地是哪裡，克拉拉一無所知，唯一的線索就只有馬丁那句令她費解的大吼：

「**我要把妳這個雜種生的臭婊子帶去馬廄！**」

我們現在到底是要去哪裡？你把漢德克怎麼了？克拉拉其實很想問馬丁，但是她知道她是不會得到答案的，只會換來一記耳光或是任何更糟糕的回應。雖然她正擔心著馬丁會怎麼處罰她，但慌張之餘，她還是沒有失去思考能力。在小木屋逮到她的人並不是亞尼克，而是她的丈夫——馬丁。

馬丁一路跟蹤我。我徒步穿越森林並且在森林裡迷路時，他早就開著車，沿著森林邊開到魔鬼湖的看湖街等我了，畢竟從湖畔森林區回到市中心的路就只有一條。他沿著漢德克在森林小徑留下的輪胎痕，刻意和漢德克的車保持安全距離，一路開著車尾隨副駕駛座上的我。大概還親眼見到我跟穿著奇怪服裝的駕駛吵了起來，然後又試圖逃跑。接著，他抓準時機打了被留在空曠車道上的漢德克一拳。

很可能他現在正躺在冰凍的車道上，失去意識，面臨著生死存亡的考驗：不是失去意識過久而逐漸在大風雪中失溫凍死，就是在一片黑暗之中被其他來車輾過，直接斃命。克拉拉再次感覺自己的人生像是掉入了無限循環，只能無力地任由自己陷入這個迴圈，從一個不幸事件再掉入另一個更加不幸的狀況裡，每次陷入更糟糕的境地時，她還會覺得先前的不幸似乎並不算太糟。

要是她能夠選擇，她情願繼續待在那個陌生人的暴力情境裡，無論如何都比面對丈夫的殘忍獸行還要好。她丈夫即便眼冒怒火，外表依舊打理得相當斯文帥氣，如同好久以前，那個令她深深愛上他的早晨一樣地充滿魅力。馬丁臉上的鬍碴修得恰到好處，這得歸功於他隔週便花上一百歐元上男士髮廊修整打理的好習慣，他的髮型始終維持在最完美的狀態，修長的手指看起來也像剛修剪保養過一般。這場風雪夾雜的細雨也絲毫無損他整體的造型。滿身肌肉的身材配上剪裁合身的西裝、白襯衫和法式袖釦，精緻的深色西裝外套口袋上又插著一條粉色的手巾，看上去就是一個正要去攝影棚拍照的模特兒，專拍闊氣男人才負擔得起的精品雜誌：精品手錶、高級跑車、帆船雜誌等等。外表如此，聲音卻冷漠得像個專業殺手。「那傢伙是誰？」他問克拉拉。冷酷、直接。強硬不容求情。

他大力踩上油門，又拋出第二個問題：「我們現在是在誰的車子裡？」

「我不知道。」

這一巴掌吃得相當紮實，她並不意外，破裂的嘴唇滲出了血液，那是克拉拉再熟悉不過的滋味。

「媽的，這是什麼倒楣透頂的日子。我說真的，先是他媽的車子被人撬開、偷走家裡鑰匙。再來，我還發現我老婆居然他媽的一點也不關心這件事，又他媽的一點也沒有要安慰我幾句的意思，連電話也他媽的懶得接。永遠一個樣……」他停頓了一下，接著大吼：「這他媽的全都是因為她正在幹一個陌生男人！」

一口口水直接吐在她的臉上。

「不是，我沒有……」

「妳跟那傢伙有在我們的小木屋裡做嗎？」

「沒有，我沒有，我……」

「哦，對，當然，事實不是你看起來的那樣！」馬丁提高聲調模仿她的聲音，並再次揮拳揍向克拉拉。這次拳頭直接命中胃的正中央。克拉拉痛得全身蜷縮在一起，卻由於手被銬在車頂扶手上而無法彎腰。馬丁突然急速左轉，令她整個人不受控制地滾向左側。

「角色扮演和手銬？」他鄙視地瞥了她一眼。「我還以為妳不喜歡角色扮演的性愛遊戲。」克拉拉呼吸不過來，無法回答他，只能從喉嚨發出一聲咕噥聲。除此之外，胃部吃了一拳後，她努力將全身的注意力集中在膀胱，使勁憋著不讓自己直接在副駕駛座上尿出來。剛剛那一拳正中她的下腹中央，痛得像把十字鎬直接搥進她的腹部一樣，沒有任何方式能夠減輕她五臟六腑的絞痛感。

馬丁踩穩油門，趕在紳士街的交通號誌燈由黃轉紅之前通過，想當然耳，他一點也不想在停紅燈的時候，被一旁的車主探頭探腦地看著副駕駛座上怎麼會綁著一個女人。不過話說回來，車子的玻璃髒得根本無法從外頭看清她的模樣，隔壁若真的停了台車，駕駛也只會以為副駕駛座上的女人是害怕到抓著車頂扶手不放而已。

「我想過我們的事。」馬丁毫無預警地換了一個輕柔的聲音和她說話，同時也換了個話題。這也是馬丁與生俱來的天賦之一，或者說是他的疾病之一吧，端看你想從哪個角度來看。這也是克拉拉憎恨他的地方，他就是能夠在一秒之間從強烈攻擊性的性格轉換成一個莊嚴肅穆又有感情的人。

「或者更正確地說，我曾經考慮過妳問我的那個問題。」

車子轉進特奧多廣場，克拉拉的額頭緊緊靠著玻璃窗。

哪個問題？是我在某個平安夜問你為什麼要拿固定聖誕樹的鋼筋底座朝我的腳砸過來，導致我腳趾大拇指骨折斷裂？還是那次，我問你為什麼要用滾燙的熱水潑我的身體，讓我一整週都不能去工作，之後還得裝成只是曬人工日光浴失敗？

當然，她沒有說出腦海中閃過的這些話。

多年的相處讓她學會閉嘴。就算馬丁在談話中長時間沉默，她也最好不要追問。因為即便她再怎麼裝著讓發問聲聽起來非常地好奇向學，她還是很可能會換得一記瘀青，只因她的提問打斷了馬丁的思考。

「妳還記得我去年開車載妳去波茲坦掛急診的那次嗎？」

她點點頭。**當然記得，還不是因為全柏林各個急診室我都去過一遍了，而你害怕會有比較細心的醫生懷疑你：你那個「非常笨手笨腳」的妻子，也實在是太常「從樓梯上摔下來」了吧？**

有一次，他滑著她的手機（從很久以前他就不允許她設置手機密碼），然後突然驚訝地發現她和一個叫作東尼的人的對話紀錄：小甜心，明天一起吃中餐怎麼樣？

馬丁完全不相信她的解釋，不信東尼只是她同事安東尼雅的暱稱而已，就只因為這短短幾個字，她的脖子在那晚受到了撕裂傷，沒錯，馬丁拉著她的頭去撞牆的力道就是有這麼大。

「當時我們回家之後，我親手煮了妳最愛的晚餐跟妳道歉，妳那時問了我不下千百次，如果我們每次爭吵過後我都感到萬般愧疚，那為什麼不去看心理醫生。」他輕輕地咳了幾聲，清了清嗓子，然後又踩油門闖過一個黃燈。

「妳知道嗎？事實是，我早就做過心理諮商。我看過精神科了，那些專門幫人的心靈做馬桶疏通的傢伙還挺有兩把刷子的。他的名字是赫巴蘭。他年紀已經很大了，早就退休很久了，所以幾乎不看診。如果要收治病人，他也只收他覺得很特殊、很有挑戰性的病患。我倒是被拒絕了。」

她這才敢稍微轉頭看他一眼。

「大概是因為我這樣的病例太尋常。我大概是婚姻家暴的典型病人。」馬丁居然笑了。「妳看，我說過了，我一點也不介意和別人談論這件事。要是這世界上有什麼家暴者自救社團，或酒鬼自救社之類的，第一輪會面還要匿名自我介紹的那種，我一定報名參加。我他媽的會第一個站起來大聲說：『嗨，我的名字是馬丁．維涅。我今年四十八歲，我是牙醫師，我會打老婆。』」

她看著他，說不出話。

你錯了，馬丁。你不是打老婆。你殺死了她。只不過你殺死她的方式不是刑法能判刑的方式而已。但你對她的拳打腳踢早就粉碎了她的靈魂，而沒有靈魂的她，就跟行屍走肉沒有兩樣。

「我只跟赫巴蘭做過一次心理諮商，然後他就把我轉介給另一個滿口胡謅的白癡。不過，就連這傢伙都告訴了我一件我早就心知肚明的事，他說：家庭暴力跟缺乏自信心很有關聯。而這種病對於我這種男人來說，幾乎都代表著同樣致命的結果。」

「像你一樣的男人？」她不小心脫口而出。

奇怪的是馬丁這次並沒有懲罰她，反而繼續侃侃而談。

「我以前曾經跟妳說過我父親的事，當年我母親離開他時，他心理受到相當大的創傷。」

克拉拉點點頭。他們剛開始交往時，克拉拉還以為他願意跟她聊家庭祕密就是兩人互信的象徵。當她發現原來他父母的離異對他造成很大的苦楚時，她還深深地替他感到不捨。

畢竟哪個母親會捨得拋棄自己唯一的小孩呢？

當時的她非常不能理解，怎麼會有母親願意拋下自己的孩子。如今做出相同決定的她，也總算是領悟到答案了，即便她現下的處境完全無法跟馬丁母親當時的狀況相比。克拉拉的困境是無法繼續活在一個充滿擔憂、恐懼以及痛楚的人生中，而馬丁的母親則是無法繼續待在這個越變越狹窄的婚姻牢籠。她不想要小孩，但馬丁的父親想要。她在壓力之下妥協了，被迫在成為腓特烈皇宮劇院的正式舞蹈員之前，黯然放棄舞台生涯。

從正式成為母親、做一個全職家庭主婦的第一天起，她就完全無法適應這樣的結果，在往後的人生中，更是天天嘆息她未果的舞台人生。現在回頭看，其實她撐過十年已堪稱奇蹟，直到她遇見另一個更適合她的男人，一個不保守傳統、又相當富有創造力的導演之後，她才選擇離開馬丁的父親，重新開始她的人生。兩手空空又沒有穩定的收入來源，所以才決定把當時年僅十歲的兒子獨留給她的丈夫。這位當時身為大型飲料貿易代理商、薪水相當不錯的男人，絕對能夠提供他唯一的兒子相當體面又高等的生活，卻無法給予這個小男孩當時最需要的一樣東西：內心的溫暖。被自悲自憐過度侵蝕的馬丁父親，最後也沒有好好反省，他的情緒暴怒無常，還試圖將妻子塞進他一手建立的婚姻牢籠。他不停地減少妻子的零用錢，以致於妻子最後無法負擔鋼琴課費而必須捨棄鋼琴，他甚至斷然拒絕妻子參與爵士樂團的演出。他把這段失敗的婚姻中歸咎於「讓她太自由了」，才讓他所謂的「女性與生俱來的劣根性」得以釋放並開始滋長。

「女人就跟火焰一樣，」馬丁的父親時常對他耳提面命，而馬丁如今仍不停地重複父親當年的教誨，克拉拉聽到都會背了。**「火焰看起來那麼美好又溫暖，如此地勾人心魂。但要是太過靠近，伸手觸碰或讓它爬到你頭上，你就會痛得放聲哀嚎。她們會燒傷你。男人的身體和靈魂就是女人的養分與糧食。要是被她們咬上了一口，身為男人的你將無法招架，開始慾火焚身，接下來，她們就會食髓知味、變本加厲。火焰將燒得更猛烈，並釋放出更多的熱，以吸引更多犧牲者相繼飛蛾撲火。」**

克拉拉閉上雙眼，馬丁父親從小灌輸給他的惡毒思想卻在腦海裡揮之不去。

「你唯一能做的，就是保護自己不受女人控制，學會抑制她們的火焰。不要給她們過多的空間。不要給她們過多的氧氣。你手中一定要握有應對的措施，好讓你能隨時抑制這把火，若是情況危急，還要有可以直接讓你把火撲滅的方法。你有聽懂我在說什麼嗎？孩子。」

突然她的身體向右撞擊，張開雙眼後，她完全失去了方向感，認不清車子究竟開到了什麼地方。這些街道太過狹窄又偏僻，看起來根本不像是主要交通幹道。她注意到車子正開進住宅區，老舊大樓一樓有著咖啡廳、精品小店以及有機超市。

「我當時還小，只是聽他說，點點頭，但並不了解他究竟要告訴我什麼，」馬丁說。「直到今天我才完全領悟他想告訴我的教訓：女人必須永遠被壓制。情況危急的時候，我必須完全擊垮她的自信心，如此一來才不會被她反噬。我從小就是被如此教育的。」

克拉拉閉上眼睛，好讓馬丁不至於看見她正在翻白眼。

你要是繼續說，身為一個男人，在隨著時代改變的社會結構裡，找不到自己的定位之類的噁心鬼話，我立刻吐給你看。

她聽見馬丁大笑著，有天賦的他顯然已經轉換到另一種情緒裡。他稍微壓低聲音，並帶著怒氣，咬牙切齒地說：「妳知道嗎？我他媽的老頭子還真的說對了。我前幾週才稍微收斂一點，給妳多一點空間，讓妳去參加什麼鬼實驗、讓妳離開市區，我他媽的還⋯⋯一個字也沒抱怨，蠟燭兩頭燒地一把擔起工作和照顧艾美莉亞的責任。自從妳從實驗回來後，還讓妳在圖書館待到那麼晚。直到有一天，我不禁問自己，嗯哼，她是不是過得太舒適了，是不是想濫用我的一番好意啊？」

他看向她。「不會的，我心裡告訴我自己。我的好克拉拉，她絕對不會這樣對我的。誰都有可能這麼做，唯獨我的妻子絕對不會這樣對我，我把她教育得相當好。我努力地壓抑想查看妳手機的衝動，雖然我內心深處可以感覺到妳變了。從什麼時候開始呢？大約就是從妳突然將手機螢幕朝下放在桌上時開始的。妳是擔心那個打扮成聖誕老人的小丑打電話來會被我看到？」

她搖搖頭。

不，你不相信就算了，但我根本不認識那個人。

「即便那次，妳讓我顏面盡失，衣衫不整地被鄰居看到倒在家門前，又對我撒下漫天大謊，說什麼妳只是被車撞倒的鬼話，我也是先吞下去，只用皮帶稍微懲罰妳一下而已。但是，我當然有準備預防措施，因為我他媽的老頭子明言在先：**『管好你妻子的每一步，否則有一天，你的步調就會完全失控。』**」

車子在一座鐵橋旁停了下來，克拉拉突然認出這個地方。艾美莉亞很喜歡在附近薩維尼廣場的兒童公園玩耍。當然，現在都這麼晚了，早就過了午夜，他絕對不會帶小孩在附近逗留的。鐵橋下寬敞的人行道上，到處塞著骯髒發臭、潮濕發霉的床墊，這裡儼然是成群流浪漢紮營過夜的地方。

我們為什麼要停在這裡？她想直接問，卻不敢問出聲，一方面也是因為她害怕問題的答案恐怕不是什麼好事。她試著轉移馬丁的注意力，讓他繼續說話。

「所以你在我的手機上裝了竊聽裝置？」她頓時開始認真思索，難道亞尼克和她自己的老公分別在她手機上裝了兩個完全不同的監控軟體，而手機行那個科技宅男卻沒有檢查到，這有可能嗎？

馬丁搖了搖頭。「那對我而言太複雜了。妳車上有裝ＧＰＳ定位系統。只要上網付一點錢，拿個磁鐵把這東西固定在底盤就解決妥當了。」

他一邊說著，一邊從駕駛座遙控打開副駕駛座的車窗。冰冷的空氣直灌進車裡。克拉拉的心跳劇烈到幾乎快跳出她的胸膛。馬丁熟練地把手指靠在嘴唇上，瀟灑地吹了聲響亮的口哨。「嘿，老教授！」

克拉拉驚訝地看著，遠處骯髒發霉的床墊上有個生物，應聲緩緩地移動起來。一個男人掀開他身上的塑膠墊，並慢慢挪動身子，離開他的床鋪。

「快點啊，老教授。我沒功夫一輩子在這裡等你。」

流浪漢拖著蹣跚的步伐，一拐一拐地靠近。他身形佝僂地小跑步著，但並非為了躲避風雪與細雨，而是習慣性地服從命令。他的身形、生活環境和行為，所有從他身上看出來的一切，彷彿無情地訴說著，流落街頭的風霜，已完全將他的人格摧毀得一絲不剩。

「這是誰？」克拉拉小聲地問。但她其實一點也不想知道答案。

老人越是靠近，他佝僂的身形就越讓克拉拉感到憐憫與心痛。所有的一切，包含這個老人的身影，從遠處就著半昏黃的街燈眺望，只能依稀看到輪廓而已，但隨著身影越來接近、看得越來越清楚時，克拉拉心中有著千言萬語卻不知從何說起，最後，只靜靜地浮現了這個詞：病態。

老人頭頂僅剩的幾綹灰白頭髮，看起來像是剛接受過放射線治療的病人，髮絲鬆散、毫無生氣，似乎只要他稍微搖頭，僅剩的髮絲就會自然脫落一樣。老人的肌膚有著一種浮腫屍體才會顯現的灰綠色，與他身上那件被他當作雨衣披著的羽絨衣顏色幾乎相近，他只是披著外套，雙臂沒有穿進袖子裡。

「維涅醫生？」老人有禮貌地問候著，他停在離副駕駛座大約還有兩步的距離。滿口黃牙說明了他張嘴說話時，口中飄出惡臭的原因，老人所剩無幾的牙齒，全都集中在上顎，下顎只剩下兩顆門牙。

「有沒有興趣賺個幾歐元啊？」馬丁挑趣地問著流浪漢，只見他點頭如搗蒜，彷彿聽見有人問他願不願意下半輩子都在五星級酒店的套房內度過一樣。

克拉拉再次感到五臟六腑絞痛著，因為她突然意識到馬丁想幹什麼了，果不其然，馬丁開口對那位全身散發著嘔吐物、尿騷味以及腐臭味的老人說道：「那就上車，坐到後座去啊。」

語畢，馬丁便將他從漢德克那裡奪來的聖誕帽往後一甩，拋到後座上。

「我老婆今天晚上想要玩一點變態的角色扮演。」

36

尤樂斯

千萬不要把頭抬高。

大部分沒有流過鼻血的人都會犯這個典型的錯誤。尤樂斯近幾個月經常嚴重流鼻血，因此他早就在無所不知的 Google 上拜讀了多篇醫學論文，正確的急救措施他早已背得滾瓜爛熟：找地方坐下，挺直腰桿，此外——與多數民眾的認知正好相反——如果不希望自己的呼吸道被凝結的血塊堵塞的話，頭部反而要盡量向前傾。

「你在哪裡？」他問道，手裡把廚房毛巾打濕，捲在一起，墊在脖子下方。

「啊？在你叫我去看看的地方啊。」他的父親回答，尤樂斯還沒走回廚房，父親便已回了電話。

「我在你說的那間精品旅館『禪』的大廳裡。這裡面很時髦啊。看起來有點無聊，不太對我的味，不過這裡的廁所還真是好得沒得挑惕。我一到旅館就急著想上大號，這種時候沒有什麼地方比五星級精品旅館更合適了。我還真不懂呢，其他人幹嘛要擠進旁邊的麥當勞上廁所，這麼大間的豪華酒店不去，跑去蹲在速食店的小馬桶上……」

「廢話少說，」尤樂斯粗魯地一口氣打斷他父親滔滔不絕的廢話。

「你仔細聽清楚了。去找一個櫃檯接待小姐，如果你有看到她的話，給我使盡你的渾身解數迷惑她，然後幫我調查幾件事情。」

「尤樂斯？」

他父親已經很久沒有喚過他的名字了，也從來沒有用這種帶點保留的遲疑語氣叫過他，一時之間，他感到有點狐疑又不自在，他把手機從耳邊拿開，皺著眉檢視手機訊號。滿格，訊號幾近完美。「你聽得到我說話嗎？」

「一清二楚，清楚得讓我他媽的頭痛。」尤樂斯揉起雙眼。「幹嘛問？」

父親的聲音頓時聽來憂心忡忡。「兒子，你到底怎麼了？」

「我又怎樣了？」尤樂斯再次坐回廚房，面對廚房門口、看著整條走廊。他只輕輕掩著兒童房房門，萬一有人溜進去，他一定聽得到動靜。

「我很好啊。」尤樂斯回答，沒想到父親卻微怒地打了一個舌響。

「兒子，你說謊的功力還是跟以前一樣糟。半個小時前你還生龍活虎的。可是現在，你的聲音聽起來就跟鼻塞的科米[9]一樣悶。你是不是又流鼻血了啊？」

又？

尤樂斯忍不住抬頭環顧廚房的天花板，這裡有沒有被他父親裝了監視器。他怎麼知道這些的？

他已經好幾個月沒跟父親說話了，就算有講話，他也幾乎不跟父親提他私人的事情。

「我又不傻，」他的父親解釋。「你還記得我之前幫你叫鎖匠開門嗎？就你鄰居說你家裡疑似水管漏水的那次。」

9 科米：Kermit der Frosch。迪士尼旗下兒童卡通劇《芝麻街》中的配角和《大青蛙劇場》中的主角。

尤樂斯點點頭。正想回嘴，但又擔心自己好不容易止住的鼻血再次泉湧而出，只好作罷。

尤樂斯早就預料到，這老頭子一定會利用鄰居找碴的好機會，好好打量他的公寓，果然，這老傢伙還真進去他的公寓晃了一圈。不過話說回來，那間公寓是唐貝格家族留傳下來的遺產，他父親的名字也一起登記在權狀上，倒也無法禁止他進去。

他父親自顧自地繼續說著：「好啦，我承認，我當時很好奇啊。我只是想知道你有沒有好好生活、家具怎麼擺設的。畢竟你搬進去之後，也從未邀我作客。我只是要說啊，你曾經流過鼻血，就會一直常常流鼻血啦。」

「你亂翻我公寓裡的東西？」

電話的另一端沉寂無聲，只有一陣日本古典樂透過電話輕盈地傳到尤樂斯這邊，顯而易見這絕對是『禪』的大廳環境聲，過了一會，他父親才緩緩地坦承：「我先是看到垃圾桶裡那些沾滿血的衛生紙，對了，還有你放在浴室裡的那些藥劑……」

「這跟你一點屁關係也沒……」

「你是從什麼時候開始吃那些東西的啊？」

尤樂斯左眼角的淚水，像被放在輪奏著的小鼓上的羽毛一般，不受控制地顫抖著，幾乎就要潰堤而出。

「什麼東西？」

他難不成上網搜尋我在吃的那些成藥是什麼？

「拜託，我們就開誠布公地說吧。你的憂鬱症藥劑啊，我稍微詢問了一下別人，劑量這麼重的血清素會讓你身體大量出血。要是有一天你必須開刀，一定要告知你的醫生啦。你長期吃高劑量的血清素，一旦流血就不容易止住。」

西酞普蘭[10]，十毫克的劑量大概跟一個針頭差不多小。尤樂斯以前根本不相信，這跟灰塵差不多少的藥劑會對人體器官產生什麼重大的影響。很可惜地，藥劑在他身上產生的副作用卻比原先預估的還要更為強烈，反倒是期望的抗憂鬱效用沒有正常發揮。

「黛安娜過世之後，你就一直服用那個精神科藥物嗎？」

「我說了**這跟你一點屁關係都沒有**，你是哪一個字沒有聽懂？」

「我只是想說，哎，憂鬱症可能不是你唯一的問題啦。」

「你到底想說什麼？」

「哎，你大半夜的把我送到這個奢華旅館來，然後瞎扯些什麼克拉拉的事情，說一個大嬸被連續殺人魔追殺的鬼話，另一方面，你整個人聲音聽起來就很虛弱……又沒吃東西的樣子……」

尤樂斯急忙打斷他父親，「你說瞎扯是什麼意思？你不是親耳聽見我和她的對話了嗎？」

「才沒有。」

「你說什麼？」

他完全不能理解現在是什麼狀況。他閉上雙眼，眉頭緊皺，好像這樣做就能夠理解他父親剛剛那番話一樣。

「你之前只問我有沒有聽清楚，我回答沒有。我只聽到好幾分鐘的沙沙作響聲，偶爾穿插幾聲訊號音，還有你時不時的幾句自言自語，我唯一有聽到的，就只有你一個人的聲音啊，兒子。整通

10 西酞普蘭：Citalopram。一種抗抑鬱藥物，常見商品名稱為「喜普妙」。

電話聽下來，我實在是很不舒服。」

「你在亂扯！」

他父親想表達什麼？是要說他和克拉拉今晚的通話都只是他一個人的幻想？

「等一下，你等一下。」尤樂斯突然想到一件事。「可是你告訴我，療養院的人記得克拉拉這個名字？」

「哎，人家記得有個瘋掉的大嬸，這倒是沒錯。」他父親有點猶豫地咳了幾聲。聲音相對小聲了許多，好像覺得要告訴尤樂斯他可能患有一點認知錯亂的毛病是一件很丟臉的事，他接著說：「很有可能是黛安娜以前就告訴過你這個大嬸的名字了，要是她和這個女人待在療養院的時間點有重複的話。話說回來，療養院的人也無法跟我證實她的名字……」

「這聽起來很奇怪……」

「兒子啊，我覺得比較奇怪的是我們的對話。你叫我幫你調查的事，沒有一項是我可以證實確切存在的。拜託你，你可以對我說實話。自從你開始服用那些精神病的藥物之後，除了流鼻血，是不是還有其他症狀？」

「沒有。」

「也沒有精神認知能力的影響？」

你指的是，那串莫名其妙敲得鏗鏘作響的鑰匙？還是廚房裡突然消失無蹤的麵包刀和那個不知道從什麼時候開始滴個不停的水龍頭？

「我沒有幻覺！」尤樂斯憤怒地吼回去，語畢，他的目光恰好落在廚房中島的塑膠瓶上。他伸手摸摸瓶底的凹槽，白色的粉末積在一起，形成了一條條白色細線。

這裡頭是什麼鬼？

他高舉果汁瓶，裡面只剩下沒多少果汁了，他舉起整個瓶身，讓室內燈光穿過瓶子。

這裡面難道是……

他輕輕傾斜瓶身，好讓黃色的果汁緩緩流向瓶蓋。直到剛才，他還試圖說服自己，這公寓裡發生的異象沒有什麼大不了的，但現在看來卻是證據確鑿，容不得他繼續懷疑。

那團沉澱在瓶底的白色粉末不是柳橙果肉，是一片片真實的藥錠！

白色的、扁平型的藥錠，表面已溶解，從剩餘的輪廓看來，並不難辨認出這些東西原本是藥錠。

這幾錠藥片是怎麼跑進去的？

「……跟這個克拉拉講話……」他的父親還在電話另一頭不停說道。尤樂斯剛剛完全分了心，沒有仔細聽他父親在說些什麼，只好請他重複一次。

「我說，那你直接讓我和克拉拉說話。我要親自問問整件事的來龍去脈。讓我直接加入你們的對話。」

尤樂斯有點吃力地吞了口水，瞥了一眼他放在洗手台上的頭戴式耳機。

「這我辦不到。」他向他父親坦承。

「那至少再開一次擴音讓我聽你們的對話。」

尤樂斯垂頭喪氣地緊閉雙眼。他知道這聽在他父親耳裡是什麼樣子，然而沉寂兩秒鐘之後，他仍必須老實告訴他：「我和她的通話已經斷了。她掛了電話。」

「嗯哼。」短短兩聲，表現出他父親對這故事的全然懷疑。

尤樂斯也不禁開始懷疑起自己。他所有的資訊、所有的故事情節，可信度都相當薄弱。他害怕自己患有認知錯誤的可能性越來越大，此時，他腦海裡突然浮現一個念頭，一個他唯一能夠證實事件真偽的證據，「那台電梯！」

「什麼電梯？」

「你現在站的地方，『禪』旅館大廳裡的電梯。你有看見嗎？旅館大廳三部電梯的旁邊，還藏著第四部電梯。乍看之下像一扇日式宣紙做成的木門。」

他父親剛開始先否認，接著他穿過大廳繼續往前走了幾步，突然，相當興奮地說：「還真的有耶，兒子。有，有，那裡還有一部電梯。」

換句話說，並不全然是我的幻想！

謝天謝地！

尤樂斯大大鬆了一口氣。「麻煩你現在進電梯，去二十樓。」

37

克拉拉

誠如《生命咖啡館》一書作者約翰．史崔勒基在他的暢銷書裡點出的關鍵問題一樣：「你為何在此？」早在他提出來前，就有幾億個富有哲思精神的人每晚睡前都在思考著這個問題。

在薩維尼廣場旁地鐵橋下的停車場，坐在搶來的迷你現代汽車上，擠在狹小的空間裡，被暴戾的老公劫持，身後還坐著一個臭氣沖天看似命不久矣的流浪漢，克拉拉完全想不到這個追尋自我存在感的問題的解答。

她確信，如果上帝不是精神病患，不是為了在休閒時間得以從遠方望進來看看這場變態餘興節目，而故意把這個名為「宇宙」的怪異暴力娛樂場所化為真人實境秀的話，那就是祂早已放棄這個叫作地球的地方了。

不過，最有可能的是：這世上根本就沒有上帝。因為沒有任何一個心存善意、全能的造物主會允許坐在她身旁的馬丁，遞給後座的老流浪漢一把銀色老虎鉗，不知道為什麼，馬丁總是隨身攜帶這把細緻的銀色老虎鉗，把它放在夾克內層的口袋裡。

「我要這東西幹嘛？」流浪漢問道。他聽起來感覺有點羞愧，不只是馬丁這時已強迫他戴上漢德克的聖誕帽，而是因為整個情境都讓他感到丟臉，克拉拉能從後視鏡看到，老人坐在汽車後座中央，雙眼憂傷地從他的位子看著後視鏡裡的克拉拉。但這可憐的靈魂不敢注視她太久，老人的眼光故意避開她被拴在車頂扶手的手腕。老人大概心裡想著，最好還是趕快下車，離開這個尷尬怪異的空間比較好，但是車內溫暖的暖氣以及馬丁手上白花花的現金實在太誘人了。

「老教授，我想跟你買點東西。」馬丁笑著轉向克拉拉。「他曾經是柏林工業大學的資工系教授，好幾年前，我幫他裝過假牙。不過呢，這當然是在他老婆離開他之前的事情，離婚官司之後，他失去了房子還有那座花園，時間多得沒事做的他，當然就有大把的時間讓自己灌滿利多超市的紅酒，喝到最後，頭腦喝壞了，工作也丟了。」

他又轉頭回去看著流浪漢，「我想用兩百歐元跟你做點交易。」

「但是買什麼呢？我沒有什麼東西可以賣啊。」

馬丁點點頭表示同意。「嚴格來說，你說的沒錯。不過更確切地說，我是要跟你要回幾樣我很久以前給你的東西。」

老教授遲鈍地用前臂抹去從濃密又雜亂的眉毛滴下的雨水。「你曾經給過我的東西？」

「是的。我要你的牙位一、牙位四。」

「麻煩你再說一次？」

老教授不是用「啊？」或者是「啥？」來回答，即便長年流落街頭已將他的人格磨損殆盡，將他的身形形塑成一個垂死之人，但是這個老流浪漢依舊相當有禮貌，即便是在現在這種情況，即便馬丁的威脅意味濃烈得有如火山爆發前的硫磺煙硝味，老流浪漢依舊彬彬有禮。

「哎，我說了啊，牙位一、牙位四。你這白癡。」

「真的很對不起。我不了解你的意思。」

馬丁不耐煩地嘆了一口氣，並指向老流浪漢的嘴，他的嘴邊長著一大圈的雜亂長鬍，看起來好像長年累積了許多微生物與細菌。

「一定有十年了吧，我幫你口腔後方第一顆大臼齒做了陶瓷假牙。上排牙齒右後方第一顆。」

克拉拉不敢置信地瞪著那把細緻的銀色老虎鉗，老流浪漢沾滿污垢的手握著它，止不住地開始顫抖。

「我求求你，我……」

「不要給我廢話。你每張嘴講一個字，車裡的空氣就噴滿一次你的口臭味，快，給我動作快一點。」

老教授看著克拉拉。他求情的眼神看得克拉拉怒氣直升，氣得快要流淚地怒視著馬丁。

「不要找他麻煩，你這混帳！」她憤怒地對她的丈夫吼道。不消一秒鐘，她的頭便紮實地撞到車窗上。這次她倒是沒能看清楚馬丁的拳頭從哪飛過來，因此也來不及閃躲。鮮血從她的嘴唇流出來，但她仍舊奮不顧身地對後座的老人說：「你不需要聽他的話。請你下車。」

馬丁大笑。「哦，不，我一點也沒有強迫他啊。他的確『不需要』聽我的話。但他聽的是兩百歐元的話啊！」

馬丁稍微側過身，伸手從他西裝褲的口袋裡拿出鈔票夾。好整以暇地點了點四張淺褐色的五十歐大鈔並抽了出來，伸手把鈔票晃到後座老流浪漢的鼻子前。

「這些是給你那兩顆大臼齒的。如何？我們的交易成交嗎？」

現在輪到克拉拉用哀求的眼神看向老流浪漢，沒想到他兩眼看著白花花的鈔票，拿著老虎鉗的手竟然真的開始慢慢往嘴裡牙齒的方向移動。

「不，拜託，請你千萬不要這麼做。拜託。」

「可是兩百歐元可以讓我多活兩個星期啊。」老教授說道，顯然老教授與克拉拉不同，即便人生已如此淒慘，老人仍不想結束。

「完全正確。這是很划算的交易啊。反正你那亂七八糟的上下顎裡也沒剩幾顆牙了。這些牙在大口灌酒的時候還相當礙事呢，是不是？」

「馬丁，我求求你。把氣出在我身上就好。他什麼也沒有做，他和這件事一點關係也沒有……」她的丈夫滿臉怒氣、咬牙切齒地回：「哦，我們現在又進入『克拉拉拯救全世界』的聖人模式了嗎？妳完全沒有搞清楚。這死無賴還得好好感謝我給他這個機會。全世界找不到第二個半夜突然出現在這裡跟他做什麼鬼交易的人。我解釋得詳細點，他那兩顆填在臭得要命的嘴裡的臼齒甚至不是純黃金材質做的。」

克拉拉驚恐地忘記別開自己的臉。

「你要用轉的，不是用拉的。」當馬丁看見老教授是如何笨手笨腳地執行這殘忍的拔牙指令時，他的聲音聽起來明顯已經被遲緩的流浪漢惹怒。

沒有什麼比體驗自己的權力完全制霸於別人之上外，更能讓他感到興奮與自信了。

克拉拉痛苦地閉上雙眼，不忍觀看眼前發生的一切，她耳裡聽見金屬轉動，還有老虎鉗夾住牙齒時發出的喀擦作響聲，聲音清脆響亮得如她十六歲時第一次坐在牙醫診所手術椅上一樣，當時拔去智齒時，醫生也是先把智齒碎成兩半。但和腦中回憶不一樣的是，現實裡的她只能聽著流浪漢痛苦哀嚎，以及緊接著的高聲歡呼，馬丁居然在鼓掌叫好。

「你看看，其實沒那麼困難啊。」

克拉拉睜開眼，看著馬丁伸過手接住老流浪漢遞過來的牙齒，他仔細地就著駕駛座上的燈光，檢查手上沾滿鮮血的牙齒。

「好痛。」老教授咕噥著，血液正慢慢流進他的鬍鬚裡。

另一頭的馬丁早就對老教授死命拔出的牙失去了興趣，一把將牙齒連同銀質老虎鉗丟進駕駛座車門上的抽屜。

「我現在想離開了。」老教授說道。

克拉拉一眼也不願看向後座那位可憐的老人，由於失去兩顆大臼齒以及隨之而來的疼痛感，老人的話語聽起來像是嘴裡含著一顆滷蛋在說話般含糊。她打從心裡感到一陣反胃與作嘔。但並不是因為後座那位被汙辱、折磨的老人，而是坐在她身旁，穿得西裝筆挺的馬丁。她原以為這輩子對馬丁的反感以及負面觀感已經嚴重到無以復加了，但她萬萬沒料到，真正糟糕的現在才要開始。馬丁一把抽走流浪漢已接過手中的兩百歐元現鈔，並且拿著白花花的現鈔指向克拉拉。

「你得先吻一吻她才行。」

你這個變態的混帳！

「我們先前的交易可沒有包括這項。」老教授意志萎靡地小聲抗議著，克拉拉則怒氣勃發地再次試圖扯開她手上的手銬。

「哦，交易裡當然有這項，」馬丁反駁道。「你一爬上車的時候，我可就告訴你了，**我老婆今晚想玩一點變態的角色扮演遊戲**，我可說過了，不是嗎？」

他看了看克拉拉，又轉頭看了看老教授。

「我求求你，拜託，我沒辦法，我……」

「你最好想辦法辦到我接下來說的話，你得把舌頭放進我他媽這淫蕩婊子的嘴裡，再攪個幾下。哦，她就是個蕩婦，一個蕩婦。看看她這張臉。半小時前，我才剛抓姦抓個正著，她當時和她的床伴就在這台車上銬著雙手爽快地玩著他們的性愛小遊戲，讓你跌破眼鏡吧？」

「完全不是你說的那樣，你這個變態的白癡！」克拉拉嘶吼著。她接著轉頭望向汽車後座。在她眼中，老流浪漢遠比自己的丈夫值得尊敬許多。她一把抓住他發霉濕臭的衣領，把他往自己的身邊拉過來。

「拜託，妳不需要這麼做。」

現在兩人的角色反而互換了。老流浪漢強力地阻止克拉拉，請她不要做任何違背意願的事情。

克拉拉看著老流浪漢悲傷的臉，或許當他還是教授時，長得並不英俊，但他深棕色的大眼卻閃爍著慈祥與智慧的光芒。

「如果不這樣的話，他不會把錢給你的。」她用自由的那隻手，指了指他還在滲血的嘴。「那你剛剛拔那些牙就白費力氣了。」

「一點也沒錯。我太太雖然是個蕩婦，不過她畢竟是個聰明的蕩婦。沒親親，就沒有錢。」

老流浪漢沉重地喘息著，鼻息間都是腐臭味。克拉拉緩緩張開嘴。

她想著那些在「禪」折磨過她的男人、那支馬丁錄下來並且放到網路上的影片。還有馬丁在她身上「嘗試」過的新玩具，那些得特地跑一趟五金行才買到的「玩具」。她又想到，既然那些噁心男人的虐待她都能忍受了，她眼下所受的苦楚，至少還能幫幫眼前這個酒精中毒、身體又稍有殘缺的老學者一個忙。

這樣思考，讓她比較能心甘情願地閉上眼，張開嘴，強壓住噁心感，強壓住快把午餐吐出來的感覺，最後，把嘴輕輕靠上含有膿血及酒精氣味，聞起來又像條抹布的舌頭。她一面想著以前被虐待的畫面，一面盡可能地忽視老流浪漢雜亂發臭的鬍鬚碰到她臉上的感覺。腦海裡也不禁浮現這樣的念頭：當他們的舌頭交纏在一起時，老教授的牙床裡搞不好已經爬進了幾隻原本就藏在下顎的蛆蟲了。

接著，她突然感到頭皮一陣疼痛，但此刻的疼痛對她而言，彷彿是從惡夢解脫的救贖一般。

「妳他媽真是個噁心透頂的臭婊子！」馬丁大笑著對她吼叫，一邊抓起她的頭髮，用力拉扯，把她和老流浪漢分開。「妳他媽真的誰都可以啊？只要有根屌的都行是吧？」

說罷，馬丁便往她臉上吐了口口水。

「好了，現在給我滾下車！」馬丁大聲怒吼地驅趕著老流浪漢。

「好的，但是，我的錢……」老教授用期期艾艾的眼神看著馬丁，並伸出攤開的雙手乞求。馬丁將一口口水吐上那雙乞求的手。

「我說了給我滾！」

「拜託，我求求你，所有要求我都照做了，維涅醫生。」

「那就他媽的繼續聽話，給我滾下車。」

「拜託，我……」

克拉拉閉上眼睛，淚珠撲簌簌地一串串流出來。淚水滑過臉龐，和馬丁那口唾沫聚集在一起，滑到她的下巴。她怎麼沒有想到呢？她早該料到的。強迫一個本來就對生命沒有什麼熱情的人拔去兩顆牙齒而已，怎麼會讓馬丁滿足？讓她去親一個全身散發著尿騷和霉臭味的流浪漢，也不可能會讓馬丁感到興奮與滿足。馬丁真正的快樂，是極盡凌辱完對方後，再把被他折磨殆盡的可憐人的唯一一點希望，完全扼殺。

「滾！他媽的！不然我可要報警說你想打劫我呢。」

他邊說邊轉過身按下後車門開關。

「滾！」他大聲地直接正對老教授的耳朵吼著，老人順從地向自己的命運低了頭。這一聲大吼，把這可憐的老靈魂吼回了街頭，回去和其他流浪漢縮在一起，滾出了溫暖的車廂，滾回冷冽的冬夜，滾回那潮濕發霉的破舊床墊。

克拉拉望著他的背影，即便他受盡了屈辱，卻仍舊保有禮貌，下車後輕聲帶上車門。看著老人走回橋下的人行道，伸手鋪好自己的塑膠遮雨棚，用它裹住全身，再蜷進被窩裡，度過這悲慘的一夜。只不過，今夜的他不只失去了兩顆牙，或許更失去了他身而為人僅存的最後一絲尊嚴。

「你是個魔鬼。」她對馬丁說，馬丁發動引擎，轉動方向盤，掉頭迴轉。

亞尼克說得沒錯。我真不應該試著結束自己的性命，我應該試著了結你的性命才對。

「哦，妳現在替人家覺得難過是不是？省省吧。反正也不會有人來救妳。」

他打了方向燈，轉進康德街，朝著動物園的方向開去。

「你要把我載去哪裡？」她問著。

「我今晚說的話都沒有人仔細聽嗎？我早就說了，我要把妳帶去『馬廄』！」

38

尤樂斯

「柏林市警察局報案專線你好，目前所有警務人員都在忙線中，請耐心等候！不要掛斷電話。Please hold the line. Police Emergency Call Department. At the moment……」

尤樂斯無法克制地用手指輪流敲著廚房中島，一邊猶豫著該不該乾脆掛掉電話。這個時間點打一一〇報案，大概要等非常久才會有人接聽。

星期日晚間通常是報案專線的高峰。可能是柏林週末飲酒狂歡夜又出了什麼亂子，或是那些習慣蓄意破壞公共設施的人，仗著夜幕低垂、警力應接不暇而藉機滿街大肆破壞。今晚，除了以上原因之外，狂風暴雪的天氣勢必讓柏林警力更添吃緊，糟糕的天氣加上不熟路況的遊客，風景名勝地區多個幾樁車禍案件絲毫不令人意外。光是亞歷山大廣場周邊和華沙拱橋這兩個區域加起來的車禍，就足以霸佔整條報案專線了。光是能打通電話就足以令尤樂斯感到莫名幸運了，因為只要同時有三十五個人撥打報案專線，就可能令報案系統大當機。

報案專線的內部規定是：每通電話至多只能花費十二秒鐘處理。去年一整年僅有百分之七十五的報案電話是符合標準的。但是，現在尤樂斯的這通電話早已等待超過三十秒鐘，好不容易才終於等到有禮貌的男性語音轉成一位年輕女警的聲音。

「柏林市警務報案專線，早安你好！」

尤樂斯伸展了一下他的背，挺直身體，好讓自己稍微有精神一點。一方面，當然也希望能藉此讓自己充滿疲憊的嗓音聽來更具有說服力。

「這裡是尤樂斯．唐貝格，來電地址是郵遞區號一四〇五七的夏洛騰堡。這裡有一起民宅闖入案件，地址是麗真湖堤岸街九之一號四樓。」

他可以聽見對方急敲鍵盤的聲音，以及背景裡其他鄰座員警的講話聲。聽起來就是個相當典型的緊急呼救專線辦公室。

「犯案者還在公寓裡嗎？」

根據自己的工作經驗，尤樂斯相當清楚，現在的他應該要說什麼才好。這位年輕女警會依照他描述的案件緊急程度，調整他這通報案電話的優先順序。例如，要是他說出任何包含「擁有槍枝武器」的描述，馬上就會有突擊隊衝進房子裡。但如果他實話實說，大概就得等上好幾個小時才會有巡邏員警過來檢查一下。即便如此，他還是決定應該先一五一十地告訴接線人員：「我有個相當不好的感覺，我覺得公寓裡躲著一個陌生人。我還沒有看到他，但是有越來越多的跡象顯示，我和我女兒正處在生命危險之中。」

「什麼樣的跡象呢？」

冰箱裡的自動製冰機再度啟動，倒出一堆成塊的冰磚，聲音正巧就和窗外停不下來的風雪相互配合著。

尤樂斯試圖專注地盯著一片雪花，看它如何被房子前的街燈照得璀璨，又如何沾到窗戶玻璃上。越來越多的雪花，讓窗戶玻璃成了一幅哈哈鏡。

「我有印象聽到有人試著打開公寓大門。除此之外，廚房裡某些東西也突然消失無蹤。另外，我認為有人進了我的浴室並開過水龍頭，而且……」尤樂斯停頓一下，並沒有把整句話說完，因為他現在有點擔心，這位年輕員警大概正在翻白眼，認為電話這頭的他是那種「哦！天啊！我的鄰居正在釋放毒氣瓦斯！」的神經病報案者。其實他原本是想直接這樣說的：**「……我的柳橙汁瓶裡突然被放入了許多不明的藥錠。而這可能就是我鼻血流不停的原因？」**

「你說你們住在麗真湖堤岸街九之一號對嗎？」女警重複了一次。

「是的。」

「請問女兒幾歲呢？」

「七歲。」

「有可能是你女兒拿走廚房那些東西嗎？」女員警問道。

因為她會夢遊又專門愛到廚房拿麵包刀？

尤樂斯沿著廚房的窗戶，一扇又一扇地走過，並看著敞開的廚房門以及走廊，他每三分鐘就檢查一次。站在廚房中島旁往外看是最佳的視野。要是公寓裡真的躲著什麼危險人物，他是絕對不可能逃過尤樂斯的視線而偷偷溜進兒童房的。他僅把兒童房房門輕輕掩著，房門仍舊維持著同樣狹小的縫隙，看來並沒有人打開過。

「不，不會的。她睡得很沉也很安穩。」

她正微微發燒著，她不會記得，也不會察覺今晚發生的事。

女員警那端聽起來正在敲打鍵盤，似乎正在電腦上註記什麼。「我是否有正確理解：你是說你並未聽見，也未看見那位可能闖入你家裡的人？」

算是有聽見，但不過是一串鑰匙噹啷作響的聲音而已……

尤樂斯不自覺地摸了摸自己的褲子口袋，接著說道：「聽著，我知道這聽在妳耳裡不像個緊急事件。我曾經在同樣的崗位上工作過很長一段時間，我自己就曾是施潘道一一二消防急救專線的接線員。」

「哦？是嗎？」女員警的聲音聽起來相當的質疑。

「沒錯。我很清楚妳不會因為我陳述的案情而即時派人過來支援，我只需要妳幫我在我的來電上註記T7就可以了。」

「好的，我清楚了。」她快速回答，現在聽起來倒是真的相信尤樂斯的說詞了。

尤樂斯的確是故意直接說出系統裡的縮寫，這樣做的目的在於：一來，立刻使女警明白他真的是同行，他對系統一清二楚；二來，他的報案電話可以藉此確定已被「立案」成功，要是公寓裡的情況變得更危急，他再進線報案就不必再和另一位員警交代地址，也不必把案情從頭解釋一次。

「已經處理完畢了，唐貝格先生。最後一個問題：你的公寓有多大呢？」

此時，他突然感到一陣冷風襲上他的臉頰，兒童房的房門隨即應聲關上。

我的天……

要是現在他手中握有杯子，那個杯子大概會直接掉到地上，但這次不是因為分心，而是出於驚嚇。這屋子裡一定有哪扇窗戶或門是開著的，才會產生穿堂風的效應。

「差不多一百四十平方公尺大，老式大樓建築。」尤樂斯快速打發女警，並從高腳凳起身。

「有六個房間。」

「請問你是否逐一檢查過全部的房間了呢？」

「是的。」他並沒有老實向員警交代實情。

早在撥打報案專線前，他就已經開過每扇房門了，但他並沒有逐一檢查房間裡的所有衣櫃，也沒有仔細檢查每張沙發背後或是椅子底下。

這他倒是沒想到，現在他必須再仔細檢查一次。但是他要先找出讓兒童房房門突然關上的風，是從哪間房間吹來的。

他將手機夾在肩膀上，脫下鞋子，只穿著襪子走過走廊。

「請問丟失的是什麼物品？」

「一把廚房麵包刀。」

「這柄刀具有什麼特殊的價值嗎？」

「那只是從宜家買來的刀。」

「了解，」女員警客套的官僚口吻令尤樂斯感到些微不耐煩。

「屋內此時有任何確切的潛在危險嗎？」女警顯然是為了填滿所有空格而問。「我的意思是，你最近是否和人有糾紛或爭執，甚至其他可疑的原因，導致有陌生人意圖闖進你的家潛伏？」

尤樂斯正站在兒童房房門前，輕輕轉開門把。他在腦海裡猶豫著該如何回答這位女員警才好，是否該直接告訴她事實。**「既然妳都問了，我應該怎麼形容才好呢？是這樣的，有個女人想在連續殺人魔逮到她之前，先了結自己的生命，而這個女人剛剛在電話裡向我預告，這個全德國境內正鋪天蓋地搜索的通緝要犯，在殺了她之後也不會放過我，會到我家來把我一起殺了。」**

要是有能立即將他踢出待關注名單的言論的話，便非這段瘋言瘋語莫屬了，尤樂斯歪頭一想，回答：「沒有，我沒有與人爭吵或陷入什麼糾紛，而且我也想不出來會和誰有過節。」

他打開房門，心裡做好隨時會失去理智的準備，他或許會看見一扇敞開的窗戶，窗戶前或許擺著一張椅凳，隨著紛紛飄雪飛舞著的窗簾，伴著一陣呼嘯而過的冷風撲向他的臉，彷彿熱情地對他招手呼喚，「靠近一點啊。快過來看，看看法比娜是怎麼跳窗自殺的啊。」

然而，當他打開兒童房，踏進房內時，小女孩仍安好地躺在她的床上。呼吸深層又規律地熟睡著。那陣風造成的關門聲並沒有吵醒她，而窗戶也緊緊地鎖著。那陣怪風究竟從哪裡來的？

「你的意思是，你並沒有樹敵嗎？」

「是的，這聽起來有點不尋常，但是沒錯，」尤樂斯輕聲細語地回答，一面小心翼翼地檢查房內的窗戶是否真的鎖上。「請妳相信我，我平常並不是一個膽小到一點小事就要打報案電話的人。」

彷彿上天刻意要懲罰他剛剛撒下的謊，空蕩的屋內傳來一陣悲傷的小調，令尤樂斯聽了寒毛直豎。

音樂是從走廊盡頭傳來的。一段傷感的小調，哀淒絕美的小三和弦。音樂來得那麼快，卻又一瞬間消失無蹤。

這他媽的……是什麼？

「很抱歉，現下並沒有任何我能夠提供協助的地方，我只能將你的報案資料建檔儲存。」女員警如此說著，但此刻她的聲音彷彿被尤樂斯拋到了九霄雲外，他現在全部的心思都集中在屋裡，他完全專注在剛剛聽到的那串音樂裡，那到底是不是蕭邦的曲子？

「如果又發生任何令你感到危險的情況，請務必再撥電話和我們聯繫。」

「嗯哼。」

尤樂斯現在無法一心二用。他當然知道，他回話回得相當無禮，掛電話前他至少應該謝謝員警的熱心及耐心，然而此時，他滿腦子都被這個疑問佔滿：剛剛那陣古典樂真的是從走廊傳來的嗎？另一方面，他父親正等著插撥進線。

他一聲感謝都沒說便直接掛上電話，並把身後的兒童房門關上，走回走廊，再接起他父親的電話。

「有什麼發現嗎？」

「以後別想再打給我了，年輕人。」

尤樂斯冷不防地顫抖了一下，但並不是因為屋裡的那陣風，那陣穿堂風早已和先前那陣音樂一樣，消失無蹤了。而是因為他父親現下的語調，聽來就像家裡快發生家暴情況時一樣，充滿仇恨、怒氣又具有攻擊性。但此時只是他父親在喃喃自語。尤樂斯不懂究竟發生了什麼事。他只聽見電話那頭有狗的吠叫聲，這讓整通電話顯得更加怪異。

「怎麼回事？」尤樂斯想知道真正的情況。

「你腦子還正常嗎你？」他父親一邊咳嗽一邊用力地壓低音量回答：「我要把你的電話號碼刪掉。我再也不想跟你有任何關聯。」

39

尤樂斯耳鳴的毛病越來越嚴重了，特別是此刻。只要他父親在電話中停頓，沒出聲，話筒裡就充滿了雜音，這些雜音和尤樂斯的耳鳴不時重疊在一起。電話那頭傳來一陣關起鐵門的沉重聲響，伴隨著門上卡鎖落下的金屬聲，他父親那端的狗叫聲也終於停止。

「你又喝酒了？」

「沒有，但是我等一下回家要做的第一件事絕對就是去拿酒。」雖然他仍刻意壓低音量，但他的聲音聽起來總算清楚多了。

「告訴我你那裡怎麼回事。你有上去二十樓嗎？」

「我根本沒進到電梯裡。」

「那你去了哪裡？」

「辛蒂告訴我，只有會員才可以搭那部電梯。」

「辛蒂？」

「櫃檯的接待小姐，她是誰根本不重要。她剛結束晚班，正要離開『禪』去搭地鐵的時候，我叫住她問她的。」

尤樂斯隔著電話都能聽到他父親橡膠鞋底摩擦地板的聲音。穿過大廳之後，他一定是到了一個比較寬敞的空間，而這個空間可能鋪著磁磚地板。

「辛蒂說二十樓是私人俱樂部，而我需要一個叫什麼露絲安娜的人給我邀請函才能上去。」

「這倒是沒錯，」尤樂斯回答。「克拉拉也跟我提過這個叫露絲安娜的女人。」

「哦，是嗎？那她有沒有告訴你，上頭都在搞些什麼有趣的活動？」

尤樂斯又聽到了一聲摩擦聲，不過這次倒不是鞋底的聲音，聽起來比較像是關上門時刮過水泥地板的聲響。接著，他再次聽到那隻狗的吠叫聲。

還是說，那裡有很多隻狗？

「我當然知道那裡都在進行什麼有趣的**活動**！」尤樂斯微微發怒。「性虐待俱樂部。每月最後一個週六定期聚會。克拉拉也曾被帶上去，受他們虐待折磨。這也是她想逃離丈夫的原因。」

然後改成去尋死！

「狗屁不通的東西，」他父親憤怒地回答，聲音再度壓低。尤樂斯能夠想像他父親現在的模樣。臉上掛著他習慣的面部表情，下巴挺向前，一隻手在面前亂揮，額頭上還出現因憤怒而浮起的血管。「她跟你說的全是亂編的鬼故事。」

「法國精品酒店『禪』、日式電梯、二十樓、露絲安娜、暴力遊戲。」尤樂斯重複這些字眼，這些都是克拉拉確實跟他提過的事實。

「好啦，這方面她說的可能是實話沒錯。」

「那她說的哪些不是實話？」

「你不要這樣。」

尤樂斯已經來到走廊末端，他停在五斗櫃前，櫃子上方的牆壁掛著一面亮金色邊框的大鏡子。

「我發誓，我真的不知道你在說什麼。更他媽糟糕的是，你他媽還不告訴我你沒去二十樓，那你究竟去哪兒了，還有，你現在人在哪裡？」

「我在陶恩街上停車場的樓梯間裡。」

「你自己開車出門？」

就著窗外照進的朦朧夜色，尤樂斯能看見鏡子裡的自己，鼻子上仍舊沾滿許多凝結的血塊。但在他走進浴室洗臉前，他還有一件事得做。他得將整間公寓裡的所有房間都逐一清查完畢。即使他不知道究竟是誰、這個人為什麼要偷偷溜進公寓裡躲著，但他還是決定先從最空曠的房間開始搜查，就從他之前放過的地方開始：他右手邊這間小小的儲藏間。

「才沒有，我搭計程車來的。但是兒子啊，我要告訴你，你欠我的可比二十五歐還多了。這都要感謝你和那個神經病的大嬸。現在連我都得去看精神科了。他媽的，那些景象我只看了一眼就沒辦法忘記。我自己都擔心剛剛那些畫面是不是已經把我腦子燒壞了。」

電話那頭再次傳來大門刮過水泥地板的聲音，尤樂斯這一頭則正伸出手，壓下儲藏間的門把。父親那邊又傳來狗吠聲，只是這次的狗吠聽起來異常淒慘，像是正被虐待著一樣。乍聽之下，他還以為是人聲，彷彿還有些談話聲和大笑聲。

還有一些呻吟聲？

他腦海裡想像著，他父親拉開了通往樓梯間的逃生門，走進停車場的頂樓，然後看到這些人……怎麼說呢？看這些人如何折磨一隻狗……然而尤樂斯越聽越奇怪，這些狗吠聲有時聽起來不太一樣。不像是他曾經聽過的動物吠叫聲。反而……比較像是人的聲音？

「你那裡到底發生了什麼事？」儲藏間的門卡死了，沒辦法打開。

「辛蒂告訴我，旅館員工傳言，二十樓的俱樂部上演的活動不過是小菜一碟而已，真正精彩的是在下一個街角的廢棄停車場裡，那裡的活動才精彩。兒子，你早就知道他們都在這裡對女人們幹嘛，然後還刻意把我騙來這裡看這些東西！」

你這虛情假意又道貌岸然的偽君子，尤樂斯得忍著衝動，才沒罵出這句話，媽媽以前的哭喊聲不也是讓你爽到不行，你現在跟我裝什麼滿嘴道德操守，要是他真的這樣回父親，他父親大概就真的會把電話掛掉，順便把他的號碼設成黑名單了，即便只是維持一、兩天的冷戰，但他今晚還需要父親先繼續幫忙啊。尤樂斯無比鄙視父親曾經的所作所為，然而今晚，他非常需要父親的配合。

「你現在到底在哪裡？」

尤樂斯再次試著猛力搖晃儲藏間的門，不過看來這扇門是鎖起來了。

或者，有人從裡面死拉著門不放？

突然之間，尤樂斯意識到他身上並沒有任何可以拿來防衛的東西。情急之下，他下意識地拿出口袋裡的那串鑰匙，心想一旦危急情況發生，至少還能把它當成拳擊指環。

「我現在偷偷躲在一輛車子的後面，否則等會鐵捲門一放下，就什麼也看不到了。我現在所處的廢棄大樓是歐洲中心後面待拆遷的一棟建築，扔塊石頭就能砸到水族館的大門。拆遷告示上面寫，政府大概兩個月後就會進行拆除了，拆除日之前，整棟建築只有七樓會維持正常營運。」

「你在哪裡幹嘛？」

「不要裝得那麼神聖好不好。」

尤樂斯不置可否，他不想把他父親滔滔不絕的話匣子轉移到其他話題上。可以的話，他超想直接吼回去：「你他媽的說重點！」腦海中閃過這句話的同時，他思索著是否應該使用暴力，硬把眼前的儲藏室門撬開？儲藏室的門是木製的，看起來並不是很牢固，但如果他又拉又敲，木頭敲擊和碎裂的聲音一定會吵醒整棟大樓住戶。

「我看這裡至少有六台車，每台車裡都綁了一個女人。或者，更確切地說，她們是被綁在敞開的後車廂裡。每台車前至少都站了半打男人圍觀，無一例外。」

尤樂斯深吸一口氣，心緒開始游移不定。兩件截然不同的事件和兩股截然不同的情緒在他心中相互糾纏，就如同窗外隨著狂風亂舞的雪花一般。

「好吧，這城市到處充滿奇奇怪怪的變態。」他自言自語著。

「這又不是什麼新奇的事情。」他的父親略帶惱意地回答。

「不過話說回來，我倒是從辛蒂那裡發現了一件有趣的事情，你保證料想不到。」

「什麼事？」

「露絲安娜的真名。那個寫在二十樓的租約上的名字。」

「叫什麼名字？」

「你有三次機會可以猜。」

尤樂斯閉上眼睛，手指仍緊握著儲藏室的門把不放，只是門把似乎越來越燙，燙得像燒熱的鐵塊，滾燙的門把幾乎就快嵌進他的手心裡。

「到底叫什麼名字？」

他其實一點不想知道答案，不過他父親興致高昂地意欲分享他剛到手的有趣資訊，「克拉拉・露絲安娜・維涅。」

40

克拉拉

從鐵橋開到這裡還不到五分鐘。但已足夠讓剛從煉獄出來的罪人抵達更深一層的地獄。

「給我趴下！」馬丁命令她。也不願等她聽命行事，便直接一把抓住她的頭，將她上半身往前壓，令她的額頭直接撞上副駕駛座。手銬再次深深卡住她的手腕，看來，馬丁今晚根本不打算將她的手銬鬆開。

手上大概又多一條血痕了，她心想，前額依然靠在副駕駛座上動彈不得。**真可惜，妳沒勇氣從水泥柱上一躍而下，要是先前直接跳下去，死在那裡的話，就不必承受現在這些痛楚，以及今晚發生的一切苦難了。**

他會不會也逼她拔下一顆牙齒呢？

此時，克拉拉感到一陣強大的離心力正拋甩著她，馬丁以一個能扭斷她脖子的速度，高速轉彎往上開。這台廉價迷你小車的引擎轉速不夠強，整台車轟隆作響，就像一台過熱運轉的便宜裁縫機一樣。馬丁粗魯用力地踩著煞車，克拉拉無法克制地往前倒，感到一陣頭暈目眩，還差點吐出來。

馬丁使蠻力抓著她的頭髮，用力將她拉起身，力道猛烈到讓她聽到耳邊傳來了一陣撕裂聲。痛得流淚的她費力睜開眼，想看清楚自己究竟身在何處。

「我們在哪裡？這是哪裡？」

「這看起來還能像哪裡？」看起來是個她早該料到的地方。

一個讓女人聞之色變的場所，每個女人都曾經害怕自己有天會被綁架到這裡暴力性侵。正因如此，馬丁才為她精心安排了這個地方。

他們的車子歪斜地停在兩根高大的水泥柱中央，樓層周圍完全被水泥牆遮住，沒有人看得到這裡正在進行些什麼。

除了停在第五個停車格外的髒兮兮福斯金龜車，看來至少有四座網球場那麼大的停車場，居然一台車也沒有。停車場上多數的停車格都積著一層厚重的灰塵，還有許多鴿子排泄物，所有的劃記格線都已模糊不清。兩色灰白的水泥牆上全是亂七八糟的塗鴉與噴漆，天花板上的照明燈沒有亮，若非設備早已損壞，就是總電源已被刻意切斷。只能就著底下兩盞明亮的工地探照燈，才能勉強看清這裡的模樣。一盞探照燈在右手邊靠近緊急出口的地方，另一盞則在左手邊，照著大大的灰綠色施工計畫看板。克拉拉轉向那座大看板，目光落在一旁的街道上。路上行人要是突然往上看，大概會以為她是在晚上加緊施工的人吧。路人一點也不會察覺這裡正在上演著慘絕人寰的事情。

「真正的派對在樓上，七樓，」馬丁向她解釋，並且鬆開自己的安全帶。「不過呢，我們有一個專屬的馬廄。」

「馬廄？」

「哦，妳覺得要把一頭在外面亂跑的母馬帶去哪裡，牠才會變得溫馴聽話有規矩？」

帶去一棟廢棄停車大樓？

「按照遊戲規則，最多只會有八個男人來同時馴化妳。」馬丁一臉正經地向她解釋遊戲規則，口氣就像在跟她解釋一個普通的社交規範一樣。「一般來說，會建議玩家開休旅車或五門掀背車來，這樣公馬才有夠寬敞的空間可以用。不過我們今天是臨時起意來參加的，就沒有辦法太過挑剔了。」馬丁先是輕輕地撫摸方向盤一圈，接著在話語結束時拍了一下，以示結尾。

「我求求你，」克拉拉明知沒有轉圜的餘地，卻仍不死心地試著求情，甚至不惜委曲求全地降低自己的條件。「拜託，放我走。艾美莉亞的扶養權給你，我知道你絕對不會傷害她。我留在你身邊只會惹你生氣而已。我發誓，如果你放我走，你一輩子都不會再看到我這張臉了。」

「妳還真是不懂。妳從來就沒有了解過我。」

馬丁悲傷地看著她，臉上露出一副精神錯亂的樣子，說出大概只有馬丁自己才會相信的鬼話。「我愛妳。即便妳不停地犯錯。妳明明知道我只愛吃白吐司，卻還故意端裸麥麵包早餐送到我床邊。妳總把用過的刀叉刀柄朝上擺進洗碗機，我已經向妳解釋了不下千百次，刀叉放反就會洗不乾淨。每次我懲罰完妳之後，我總會深深地厭惡自己，然而妳卻一而再、再而三地重複逼我懲罰妳。但即便如此，我還是深深愛著妳。」

「一個真正疼愛妻子的男人，不會對她做出這種事。」

「妳錯了。只有懦弱無能的男人才會容忍自己的妻子自甘墮落。這就跟養小孩一樣。小孩需要規矩。放一個小孩毫無節制地到處橫行反而不是愛。如果父母親不注意孩子的行為以及禮貌，就叫作懶惰，叫作懦弱。追根究底，這甚至是一種罪，因為有這種父母親的孩子們長大以後，將沒有良好的規矩，將來長大成人，也只會變成一樣糟糕的父母，一樣懶惰、懦弱，再繼續教出沒有規矩的孩子們。」

「你不是我父親。」

「但我會替妳父親改正他教養失責的後果。」

「馬丁，你有病。你不過就是個自信心低落、缺乏自我認同的變態，孬種的混帳，只有這種人才會讓別的男人打自己的老婆。你不過只是想盡辦法要污辱、貶低自己的妻子，好讓她不再有能力展翅飛翔。說到底，你根本沒辦法忍受一個美麗、聰明又自信的妻子想離你遠去。你以為可以用這種方式控制我，但你的行為不過就跟害怕死亡而先自行自殺的蠢蛋沒兩樣！」

克拉拉詭異地笑了起來，這是她第一次當著她丈夫的面，直言不諱地說出這段悲慘婚姻的醜陋事實。她甚至毫無意識地將她從尤樂斯口中學到的句子，一字不漏地覆述出來。

「謝謝妳，」馬丁一邊說，一邊溫柔地撫摸她的手。「謝謝妳，讓我覺得自己做對了決定。相信我，待會發生的事情對我而言也不是什麼很有趣的事。我也不會在一旁觀看。因為這會讓我痛徹心扉。不過這也很難說，或許我們事後還得一起為錄製的影片評分呢。」

克拉拉回過頭看看自己的身後，但並沒有看到任何攝影機。「等一下才會有攝影機。」馬丁意識到她在想些什麼，假好心地回覆她。「馬廄裡的遊戲規則很簡單。出價最高的人就有最大的權力。他會得到配發的 GoPro 攝影機，錄製的影片可以供他再次觀賞，如果他想要的話。」

「八個男人？」

「第七層樓。我跟露絲安娜訂了專屬的野生馬廄。專門給最桀驁不馴的母馬用。這種母馬會被多次當作種馬使用。專門交給最嚴厲凶狠的男人處置。」

馬丁不需要再解釋了。克拉拉從他怒不可遏的眼神中讀得出其他意思，他沒有說的是：**「妳以為這裡只是要打擊女人的意志嗎？不，她們會在這裡被徹底地摧毀。」**

「出價最高者就能擁有妳。」他最後解釋道，並似乎特意別過臉，好避開不看克拉拉眼裡的恐懼。**他要把我帶去拍賣。這個心理有問題的腦殘居然要把我帶去拍賣。**

在成為露絲安娜「紳士俱樂部」的會員之後，每個人都會得到一個專屬帳戶，方便執行境外轉帳，使用這個帳戶的好處是，會員可以即時匯出「俱樂部費用」，每晚從「禪」返家的路上，馬丁都會跟她解釋這些東西，好似這些是她在受盡凌辱之後必須知道的重大資訊一般。典型的馬丁。當他性慾退去後，便會開始懊悔自己荒淫的行徑，而這時的他就會突然變得絮絮叨叨。或許他以為，要是性虐受害者在被虐待完後，能清楚明白地了解所有施虐規則和細節，這些她所受到的暴力對待就會突然變得比較不變態、不醜陋。

「我希望妳可以從這次的特別處置中得到一點寶貴的教訓。」馬丁說畢，便打開車門下了車。克拉拉剛才的所見所聞，都令她情緒暴怒滿點。

「你這骯髒透頂的廢物！」她對著他的背影吼叫，再也不懼怕怒罵叫囂會讓自己的處境更加糟糕，此刻的她深深明白，沒有什麼能比眼下的處境還要更慘了。這也是她處心積慮想結束自己生命的原因。

「你就是頭變態、精神錯亂的畜生！」她越吼越大聲，但馬丁一個字也聽不見，他已經走遠了。

克拉拉獨自一個人被銬在車裡，她用力地踢、用力地踹，繼續大吼、哭泣著，試著用力扯開手上的銬環，即便手腕的肌膚已經破皮流血，手銬仍舊牢牢緊鎖著。她用力想掙脫，手臂都快脫臼了，她弓起身，想讓全身的重量都集中在手銬上，卻仍無法改變現在這個令人絕望的處境。使盡各種脫逃方式卻徒勞無功，她癱軟在座椅上，喘吁吁地將頭往後仰並靠在椅背上。她現在只能想，假如能把手臂弄脫臼，那伸出來的距離夠不夠她勾到掉在她隔壁座位的鑰匙，她搖搖頭，看著自己，不行，她知道自己絕對無法忍受那種疼痛。就在她搖頭的當下，她聽見右手邊傳來一陣大門重重關上並上鎖的聲音，突然之間，她想起了一件事。

她立刻看向左邊。駕駛座車門置物區。

這可能嗎？

踏入停車場的腳步聲越來越多、越來越清晰。步伐越來越響亮，就跟越跳越快的心跳一樣。

這……不可能吧？不會……吧？

克拉拉緊咬下唇，努力壓抑自己的雀躍。

要是她沒有看錯的話，馬丁剛剛可是犯了一個天大的錯誤。

41

尤樂斯

電話另一端，他父親快步拔腿逃離，而這一端的尤樂斯撞上後方的牆壁。過度拉扯門把的下場，就是門把禁不住長時間的受力而應聲脫落，失去重心的尤樂斯手握門把，踉蹌倒退撞上後方的牆壁。首當其衝撞上的肩膀似乎脫臼了，他痛得握不住剛才套在手中，打算在危急時刻拿來當作拳擊指環的鑰匙。好險他另一隻手仍拚命緊握著手機，才沒有讓它掉到地上，只是他和父親的通話訊號越來越糟。話筒裡夾雜訊號不良的沙沙聲、物品碰撞的聲音，還有硬物刮過手機收音處發出的聲音。電話那端有快步移動的腳步聲，聽起來像是在堅硬的水泥地板快速碎步奔跑。

從背景雜音聽來，他能確定父親一定是把手機塞進了褲子口袋，好讓他能沿著停車場的防火樓梯間全速衝刺，快步溜下樓逃走。

「老爸？」

連續不斷的咒罵中，尤樂斯只清楚聽見其中一聲「他媽的」，但這些咒罵都被其他的環境噪音，例如褲子布料摩擦手機收音口的聲音、跑步所發出的噪音給蓋過去了。

電話那端的聲音越令人費解，尤樂斯就越清楚，他父親鐵定是遇到大麻煩了，必須趕快逃命。極大的可能性，是他在停車場裡偷窺得太猖狂，被人發現了。一定有人正在追他，要抓到這個不請自來的「派對」偷窺者。

「你那裡是怎麼一回事？」

「我、我在……樓梯間……」他父親喘得上氣不接下氣，「啊！他媽的！門鎖死了。」

正當尤樂斯聽到有人刻意大力關上鐵門所發出的金屬撞擊聲時，手機就突然斷訊了。

「喂？」

尤樂斯揉了揉痛得發麻的肩膀，同時用另一隻手在手機螢幕上滑動，試圖重新撥打電話。

手機螢幕顯示著「通話失敗」，好像他從沒跟父親通過電話一樣，螢幕上頭的字，像在諷刺剛才的通話非常不成功。這並非尤樂斯第一次覺得電信公司設計的程式相當失敗，每次只要處在訊號不良的地方斷訊時，手機便會出現這種文不對題的說明。

他按下重撥鍵並開啟擴音。重播一次、兩次。二十次。他父親從來沒有設置語音信箱的習慣，尤樂斯試圖撥號超過三十次之後，電信公司自動回覆對方正在忙線中，但尤樂斯還是繼續撥號。與此同時，他走回兒童房，這大概是他今晚第五次檢查兒童房了，房內一切無恙，小女孩也睡得安詳。

這裡沒有任何闖入跡象，女孩依然躺在床上，一切如常。

「我親愛的小東西。」尤樂斯輕聲對熟睡的小女孩說著，並坐到床沿。睡夢中的她，呼吸深沉且規律。看來已不再作惡夢。尤樂斯將小孩的被單稍微拉高，大腦同時閃過一個不祥的念頭。

會不會，妳其實不只是感冒發燒呢？

他再次用手心微微貼在小女孩汗濕的額頭，方才在果汁瓶中發現的白色藥片，令他不得不對小女孩今晚的病狀起了疑心。

尤樂斯拿起放在床邊的水瓶，瓶身印著小孩最愛的 Hello Kitty，他將水瓶順手帶出兒童房，即便這猜測非常怪異也毫無邏輯，但他一樣想用廚房燈照照看，是否水瓶底下同樣留有其他藥片的痕跡。畢竟他在公寓裡並沒有看到任何人的身影，也沒有聽到任何腳步聲，兒童房的房門也沒有被移動過的痕跡。但尤樂斯仍相當確信，一定有什麼關鍵的地方沒有檢查到。

到底是哪裡呢？

思考的同時，他都還沒走回走廊，口袋內的手機便開始震動起來，又是一通來電，規律的震動就像響尾蛇遇到危險時伸長舌頭的嘶嘶警示聲一樣。

「老爸？」

「如假包換，全身而退。我的天，真夠驚險。」

「你人在哪裡？」

「又跑回計程車上了。我現在只想趕快離開這裡。我差點被那幫人在鐵門處逮個正著，好加在鐵門年久失修，舊到不行，我用力往一邊又擠又推的，硬是推出一條夠大的縫隙，讓我能夠鑽出去。」

他父親興高采烈地歡呼著勝利，因自己能在千鈞一髮之際自力脫困而自豪。

「他們看來是想逮住我，好好痛打一頓，至少從人數上看來，我是真的會被他們圍毆。」

「這些人是什麼人呢？」

尤樂斯快步離開兒童房，如果可以的話，他還真想直接把兒童房鎖起來。可惜所有房間的門把，除了大門和浴室外，沒有任何一處配有鑰匙孔。這讓尤樂斯用盡全力卻撬不開的儲藏間，更顯得出奇怪異。

「哎，還能有誰，就那群在停車場頂樓開派對的變態啊。誰知道他們是誰。總共有三個大個子追著我，他們全都戴著面罩。」

「這些人有什麼特別的特徵嗎？」

「有啊，其中一個我可以仔細描述。可是我得先聲明，我接下來要說的你可能不愛聽。」

尤樂斯對他父親這種愛賣關子的調調厭煩透頂，恨不得直接喝掉手上 Hello Kitty 瓶裡的水，管它裡面有沒有奇怪的藥。

「你這話是什麼意思？」

他邊聽父親在電話那頭跟計程車司機抗議他開的路線不對**（我才不管市民高速橋是不是比較快，走高速橋也比較貴啊，你這個敲竹槓的王八！）**，接著他又繼續說：「其中那一個，留著淡金色中長髮。就跟個嬉皮一樣。頭髮長得露出了面罩。身材高瘦又有曲線，跟你的年紀差不多。有點印象了嗎？」

「沒有。」

「他的右手拄著一根枴杖。」

「然後呢？」尤樂斯快被他父親煩死了，一路走進廚房的他，不耐煩地將手上的水瓶順勢放到流理台。

一根可以拿來充當棍棒的拐杖，就像許多警察也會配備的警棍一樣，這東西很常見，白癡也能從網路上買到一樣的東西。尤樂斯恨透他父親這種把每條資訊單獨拆開，在面前晃來晃去吊人胃口的習慣。

「我聽不懂你到底要說什麼。」他舉起手上的水瓶，對著廚房的燈光，卻沒有發現些異常的沉澱物。沒有混濁不清的粉末，沒有可疑的白色物體，也沒有任何不明藥片。不過當他父親再次開口時，尤樂斯卻感覺手中的水瓶彷彿裝了滿滿的毒液，而他剛喝下一大口一樣，全身有如天翻地覆般地難受。因為，漢斯克斯丁·唐貝格是這樣說的：

「要是我再告訴你，那個拿拐杖的人中指上有法律條文的刺青呢？這樣你還要裝作不知道我在說誰嗎？」

42

走進廚房，準備把手上的水瓶放到流理台的尤樂斯瞬間停止動作。就像很久以前，法比娜和范倫丁在生日派對上一起玩一二三木頭人那樣。音樂停止時，所有小孩的動作都戛然停止。

「不可能。」

「為什麼不可能。」

「因為凱西只能坐輪椅。」

「他從什麼時候開始得坐輪椅的呢？兒子，他出車禍住院時你有在一旁親眼目睹嗎？你看過他的病歷資料卡嗎？」

「當然沒有，但是……」

尤樂斯的耳鳴，那個只要一有壓力，耳朵便開始嗡嗡作響的毛病又漸漸發作了。

「當然沒有，你當然不在一旁，也沒有看過病歷資料卡，」他的父親直接打斷他。「說實話，他又不是第一個假裝半身不遂的人。你不知道的是，這世界上有多少人為了詐領保險金，已經用同樣的手法矇騙過關好幾次。」

「凱西今天晚上有約。他跟我說他今天必須赴一個約。約會對象也同樣坐輪椅。」

「至少他是這麼說的吧。」他的父親嘆了一口氣。「好，若你不相信，那你現在打電話給他。」

「這又能證明什麼？」他和父親通話的同時，手一邊在廚房中島上游移著。「如果他沒有接電話，也只是因為他和珊尼雅正在忙而已。」

「你現在是害怕真相嗎？」他父親用一種特別富有權威的嗓音說著，尤樂斯從小就對父親這種權威式的語氣莫名地臣服。他臉上泛出一抹自戀的微笑，笑得好似他是全世界最睿智的人。

「不准掛電話！」尤樂斯對著電話那端的父親大吼，接著，將他與父親的通話轉成保留模式，按下他手機快速撥號鍵裡，最要好的死黨的電話。過了一會，撥號聲響起。電話剛撥出時夾雜著幾聲雜音，感覺像尤樂斯在用老舊電話撥號一樣。

我聽你在胡說八道……

尤樂斯確信他父親一定是老眼昏花看錯了。凱西不可能在那棟停車場裡。他更不可能不需要輪椅。

電話終於接通，等待通話的聲音再度響起，尤樂斯瞬間有種魂不附體的感覺。因為，又是那首曲子。那首幾分鐘前才嚇了他一大跳的憂傷音樂，現在不只在手機裡響起，還同時在他身邊迴盪著。

古典樂曲。

悲傷又憂鬱的小三和弦。

是蕭邦嗎？

尤樂斯再度被拉回那段痛徹心扉的回憶裡，回到那天在王子雷根街上發生的悲劇，那段他衝過所有警消人員，發狂地往公寓飛奔的片刻記憶。他確實意識到他接下來又得面臨一個殘忍無比的事實了。他現在的感受就如同這段記憶帶給他的莫大悲痛，因為他發現這段鋼琴的樂音，是從離自己不到幾公尺遠的地方傳來的。

尤樂斯用力眨了眨眼，揉揉眼睛，想確定自己剛剛不是在閉著眼作夢。突然間，他想起了這首樂曲的名稱：**蕭邦E小調前奏曲作品28號第4首**。

這是凱西非常鍾愛的樂曲，他從許久以前就將這首樂曲設定成手機的來電鈴聲了。

43

尤樂斯看著手機螢幕，手指上下滑動，想試著確認自己有沒有撥錯電話，然而，並沒有錯，螢幕上顯示的確實是凱西的號碼。現在，鈴聲傳來的方向越來越清楚。

他轉身走向走廊，再次經過兒童房。刻意將步伐放慢，每一步都躊躇不定，好似他正試圖走在平滑的冰層上，要小心不要滑倒一樣。

不可能。不可能是他。

越靠近公寓門邊，音樂聲就越清楚。當他終於走到公寓門前，便深深地吸了一口氣，接著一口氣抓住門把，打開公寓大門。一般來說，這個動作一定會觸動大樓樓梯間的燈光感應器，但尤樂斯現在已經一腳跨出了門檻，天花板的吊燈依舊沒有自動開啟，門廊間不若往常照映著溫暖的鵝黃色燈光，反而異常漆黑。

黑暗帶來的恐懼效果更加強烈，他目光驚恐地注視著地板上的亮光——是一支手機，螢幕上來電者顯示著尤樂斯的照片。

那是兩年前左右的照片，他們在足球場上拍的，那天是萊比錫草地球類運動註冊協會對上赫塔柏林人體育俱樂部。尤樂斯挑釁地圍著一條柏林聯盟的圍巾，而凱西則狂妄地拿著啤酒大聲對場上的裁判和隔壁球隊吆喝。尤樂斯突然想起，拍下這張照片的人正是黛安娜，而他居然現在才知道，凱西一直以來都將它設為他的來電照片，種種事實讓他痛徹心扉。

我們真的有這麼好嗎？我們真的是死黨嗎？

尤樂斯按一下自己的手機，結束了通話，門口腳踏墊上的手機也停止響鈴。蕭邦憂鬱的曲調戛然停止，手機螢幕回歸黑暗，而兩個好搭檔在足球場看球的照片也隨之不見。一起消失的，還有尤樂斯原先的期望，希望在公寓裡發生的一切都能有個合理又正常的解釋，只可惜，現在尤樂斯再怎樣努力也無法替凱西辯解了。

「凱西？」他朝著樓梯間下方喊著。要說有什麼比在門口發現的這支手機更令人訝異的話，就是電梯居然沒有發出一點運轉的聲響。這棟老建築的舊電梯有個很吵的電梯門，每回只要有人推開電梯，巨大的機械噪音就像有人用力對牆壁揮了一鞭一樣。

「他又不是第一個假裝半身不遂的人。你不知道的是，這世界上有多少人為了詐領保險金，已用同樣的手法矇騙過關好幾次。」他父親令人氣惱的話語言猶在耳，這倒提醒了尤樂斯，他的父親還在話筒的另一端等著。

「你還在線上嗎？」他立刻切回和父親的通話，另一隻手則將凱西的手機從門口踏墊上拾起，接著，走回公寓。他一隻手嘗試解鎖凱西的手機，想查看他上次使用手機是什麼時候，可惜手機螢幕有密碼鎖，他沒有成功。

「讓我猜猜，他沒有接你電話。」他的父親沒好氣地回著。

「比這個更糟。」尤樂斯說。

然而他回答這句話並非由於自己在公寓門口發現死黨的手機。也不是因為他沒有辦法回答，凱西究竟為了什麼、又是怎麼將手機無聲無息地放到公寓門口的。尤樂斯回答這句話，完全是在形容別的事，他所形容的，是那扇儲藏間的門，那扇無法開啟而被他強力拉扯過的門，那扇應該是被卡住了的門。

還是門其實是被鎖上了？

那扇門，現在正敞開著。

44

克拉拉

「不要就是要。」

若問男人，當女伴哀求著拜託你停手時，為什麼還要繼續做下去，這是多數男人會回答的惡毒之言。

「求求你，你弄得我好痛。」

「停，住手。」

「我不要！」

克拉拉心知肚明，待會那位「最高出價者」上門之時，上面列的每一句都沒有用。馬丁參與的那個變態奴隸拍賣會，感覺還開始不到十分鐘，就已經有一個高壯的男生成交了，他現在正慢慢地朝停在緊急出口處的她走來。再不過幾秒鐘，這個看來肩膀寬大、步伐有點像喝醉了的男人就會過來「使用」她了，而過程中，他只想聽所有男人都喜歡的呼喊：

好舒服！

繼續！

更用力一點！

有一次，她辦公室的一位女同事在用餐時嘲諷地說著她統稱為「銅臭味母雞」的行為，說有些女人等了好幾年才跳出來指控男人長年對她暴力性侵，還不是因為那些被她們稱作「變態混帳」的男人功成名就了，有名有錢了，這些母雞的控訴都只是為了錢。克拉拉當下無法克制反胃作嘔的衝動，衝進洗手間將她自己帶來的三明治午餐整份吐出來。她當時沒有辦法對這位女同事親口說出自己的經歷，當一個女人只能無能為力地看著精液從受到撕裂傷的下體汩汩流出，流到沾著自己血跡的內褲上時，她並不覺得自己是母雞，而是被用過即丟的垃圾。她想告訴這位女同事，一個經歷過這種事的女人最想做的事，就是天天用一百度的熱水把自己全身上下的肌膚煮沸消毒過一遍，而不是被告知剛剛被暴力性侵的經過，已經全程被記錄下來。她更想告訴這位女同事，即便事發當下都是男人在執行暴力行為，但在他那姦淫褻瀆的身體上，可找不到一絲可以當作證據的女性指紋。在法院的訴訟程序中，這種案件只能仰賴雙方說詞來釐清整件案情，對簿公堂的時刻，所有男人都會試圖將女人形容成放蕩成性的妓女，好為自己的強姦行為開脫**（網路上有很多這類女人的影片，影片裡可以看到她是怎樣讓其他男人對她鞭打、性交的）**，最後，就算能在法庭上順利控告對方，男人的結局也不會有多慘，頂多就是被判處假釋、緩刑，然後就能大剌剌地離開法庭了。而女方呢？女方則一輩子活在公然的恥辱之中。

克拉拉甩了甩頭，眼淚不能停止地流下臉頰。

不，她今天晚上不會就範，她不會說出任何一句取悅他們的話。眼前踏步而來的這個男人，在今晚這樣冰凍的天氣裡也只穿著一件白色汗衫和黑色牛仔褲，看來身強體壯。但就算這男人把她揍到骨折，她也絕不會喊一句下流的話。

克拉拉再一次按下車內的自動按鈕，試著想逃下車，雖然她心裡明白，這個舉動根本只是徒勞，因為馬丁老早就預備好要參加這場活動了，早在下車時，他就順手將後車廂開了一道縫隙，好讓得標者可以順利爬進車裡。

這位「玩家」（這是這場變態派對參與者給自己的稱呼）相當熟悉規則，相當善盡他在協議中的職責。競標款項一定已經從他的銀行帳戶匯出了，規則是這樣的，如果她沒有聽錯的話。這就意味著，他已經將待她如奴隸的款項轉帳給馬丁，他能對她做任何事情，而她必須概括承受所有的折磨。這個人渣、社會敗類心裡想的和馬丁相去不遠。以為女人都是嘴上說不要但內心很想要。以為這是他的權利，畢竟他可是為了此付了一大筆錢。

不要就是要。

何況是一個已婚的女人，畢竟女人就是要聽丈夫的話。有個地位崇高的政客曾經在國會裡爭辯過，表態支持婚姻性暴力除罪化，「完全沒有性愛興致的伴侶也是婚姻生活當中必須克服的障礙之一。丈夫會這麼做，本意絕對不是要犯罪，有些男人只是單純個性比較暴躁。」

當然，他們的確相當暴躁。

馬丁一定特意精心挑選了一個特別「暴躁」的強暴犯，男人已經來到車前，站在離車子約五公尺的地方看著她，好像掠食動物正在觀察獵物那般。克拉拉被看得不由自主地屏住呼吸。她幾乎快抑制不住自己想放聲尖叫的衝動。光是想到待會可能面臨的折磨，還有此刻被銬住又掙脫不得的處境，她便感到一陣心痛。

我還有機會，克拉拉想著。**這是最後一次機會**。克拉拉屈身向前，用力將身體往車子的另一側彎過去，伸展被固定的手腕，盡力試著往車子左邊勾過去，更正確地說，是鎖定駕駛座車門的置物區，企圖勾到那把馬丁先前從漢德克手上搶過來，而且忘在車內的手槍！「你這個白癡！」她大聲咒罵車外的男人，吐出所有她能想到的髒話，有馬丁在現場給她刺激，克拉拉有滿腹的怒火可以發洩。這頭蠢豬還真的在下車時忘記把這把手槍帶下車！

跟小小的手銬鑰匙比起來，手槍大了許多，比較好鎖定，也不像卡在車子底座的鑰匙，勾到手槍對克拉拉而言相對比較簡單。她劇烈的心跳鼓動著，震幅大得像匹狂怒的野馬用力蹬著她的胸膛一樣。她專注地看著目標，連手腕上割出血痕的手銬都無法阻止她，她求勝的意志如此強烈，支持她不停努力伸長手臂，企圖達成目標。

只要再靠近一點。

辦到了！克拉拉才剛摸到手槍，槍枝從她手裡滑落。但並非她顫抖的手沒能握緊手槍，而是因為手槍和她手臂之間的距離瞬間被拉大，車門和她突然間離得好遠。那位「玩家」已經走到車前，並將駕駛座的門一把拉開了。

隨著車內昏黃的燈光亮起，克拉拉最後僅存的戰鬥意志也被捻熄。這道隨著車門發出的亮光，就是敲響喪鐘的前奏。只不過，現在她已經無法自行決定生死，只得被迫在受盡眼前這位陌生男人帶給她的痛苦折磨後，被動地結束自己的生命。

這個一身肌肉的男人體型過於龐大，根本塞不進這台小車裡（車子雖小，但很可惜，對於手臂不夠長的女人來說，還是寬得無法單手勾到鑰匙）。這男人光是一屁股坐到駕駛座，就足以令整台車上下晃動起來。

「哈囉，小姐！」男人對她打了個招呼，隨即把車門關上。他接著將臉轉過來，正面面對克拉拉。「還真是狹路相逢啊，是不是？」

45

「你在說什麼？」

出於直覺性的自我防衛，克拉拉下意識地將還能自由移動的左手舉到胸前。

她看著男子的臉，確信自己從未見過他，但是這個男人卻讓她有種似曾相識的感覺。這男人身上各處的肌肉看起來相當壯碩，卻不是粗魯暴力的那種感覺。男人的臉型輪廓明顯，和他結實的肌肉身材相當符合，頭上一頭狂亂的捲髮更讓他的頭型看起來相當地大。偌大的手掌以及佈滿青筋的雙手握著小車的方向盤，看起來像握著細牙籤一般。還有那結實到把白色汗衫鈕釦撐到緊繃的胸膛。這男人看來是那麼地陌生，卻又相當熟悉。

很可能——腦袋閃過的這個想法讓她不由得打了個冷顫——早在之前的性暴力派對上，馬丁就已經讓這男人「出場」過一次了，搞不好他正是那晚「禪」旅館的參與者，難不成是手裡握著狗鍊的蒙面男？

眼前這位「玩家」按規矩將 GoPro 相機架在駕駛座的儀表板上，卻故意將鏡頭扭向一旁，相機因此拍不到車內的畫面。他大概是太過興奮了吧。搞不好這是他第一次參加「馬廄」的活動。

「快點，開始了。」他小聲地說，而克拉拉不明白他究竟要做什麼。

難道是在期待她自己脫衣服嗎？

還是是要她幫他脫衣服？是想要她去解開他的褲襠不成？

眼前這傢伙開始在駕駛座車門翻東找西，先是掏出了手槍，卻看似對這東西一點興趣也沒有，只自顧自地繼續翻找排檔桿後方的置物區以及飲料架。

「鑰匙在哪裡？」他問，完全沒有看她一眼。

「在你座位前的地板上。」克拉拉說。延後一定會發生的殘酷折磨究竟有什麼意義？反正只要她不再抵抗，他就會在過程中替她解開手銬。

「不是那把。」這人只看了一眼就知道這不是正確的鑰匙。

這很不尋常。

就連這人的聲音，克拉拉都覺得曾經在哪裡聽過。

「我的車鑰匙在哪裡？」

我的？

克拉拉張開嘴大吸一口氣。

這怎麼可能？

「漢德克？」

「哦，不是，我是聖誕老人，」他開了個玩笑，手上動作不停地拉開副駕駛座前方的手套箱。

「車鑰匙還在妳身上嗎？」

「什麼？」眼前這一切實在讓她太困惑，她根本沒能聽進這個男人問她的問題，他確實就是漢德克，只是脫掉了聖誕老人的裝扮而已。

「這台車的鑰匙啦！」他按了按車內的引擎啟動鈕，但沒有感應鑰匙在車上，引擎根本一動也不動。「我想他可能會把車鑰匙留在車上。妳有看到他把車鑰匙放在哪裡嗎？」

她搖了搖頭。一方面是回應這個問題的答案，但更主要的原因，其實是她完全不能理解現下這個全新的局面是怎麼產生的。

「你在這裡幹什麼啊？」她聲音嘶啞地問道。一旦問出了這個問題，恐懼再次席捲而來，越是害怕答案，心跳就越像要奮力掙脫她身體的馬蹄一樣，大力地踢著她的胸腔。

該不會又是他們預謀好的骯髒技倆？難不成漢德克打從一開始就和馬丁同夥，兩人一直互通有無？

「偶只是想試著拿回偶的車子而已。還有，如妳所見，順便看看能不能把妳也從這團爛攤子裡救出來。」

漢德克的聲音裡藏不住難掩的緊張。然而這卻是克拉拉今天以來第一次真正燃起了一絲絲可能得救的希望，她真心期望眼前發生的一切都和暴力性交毫無關聯。畢竟在她看來，漢德克跟她想的一樣，他們都想立刻逃離這個地方，管它逃去哪兒都行。

「我們得加快動作，還有另一個傢伙出價買妳，只是他出的價碼低我太多啦，那傢伙還說他五分鐘之後會再過來看看。要是他發現我根本沒有打開 GoPro 錄影的話，一定馬上就會衝過來。」

克拉拉無法克制地搖頭，難以相信現在的情況真實地發生著。

「但是，我……我不懂，你是怎麼找到我的？」

「妳不是看到偶穿著聖誕老人的裝扮了嗎？妳以為偶是靠什麼生活的啊？」

「扮演聖誕派對上的聖誕老人？」

他大笑。「三更半夜哪會有什麼溫馨的兒童聖誕派對啊？寶貝，偶是個專業的脫衣舞男。偶的工作就是在大家喝得爛醉的婚前單身派對上，或是在女生最喜歡的生日派對上脫光光跳舞。就跟我今晚在森林裡做的一樣啊。」

儘管克拉拉現在的處境糟糕至極，這答案仍舊出乎她意料，令她情不自禁地笑了出來。「原來這就是你車子裡有手銬和手槍的真正原因。」

「玩具模型。」

他抽出駕駛座上的手槍，用槍頭指著克拉拉的手銬。「裡面沒有子彈。假貨啦，跟妳手上那個一樣，都是小孩子的玩具。但話說回來，這玩具手銬品質還真不賴，銬得很牢呢，這我倒是沒想到。」他伸手探進座椅下方的縫隙，用粗壯的指頭，絲毫不費力地撿起了鑰匙。

他往前靠向克拉拉，應該是想幫她解開手銬，然而克拉拉卻下意識地更往後縮。「不要，停！放開我！」

「不要？」

「這一定是個陷阱，我才不會受騙上當。」

他用粗壯的手指敲了敲自己的前額。「妳是不是腦子不正常啊？偶大老遠跟到這裡來，只為了解開妳的手銬。還得把偶生財的服裝丟進垃圾桶，才能招到一台願意載偶的計程車。因為妳的緣故，偶在這種暴風雪的天氣卻只能穿件汗衫和牛仔褲，把自己凍個半死，這都是因為妳偷走了偶的車，妳知道嗎？偶跟妳打包票，只要偶們一離開這裡，偶還要好好跟妳算帳咧！」

「我哪裡也不去，除非你先老實地告訴我，你究竟怎麼找到我的。」

漢德克白眼球差不多要翻到外太空了。「妳覺得妳有那麼多時間喔？」

「要是得花超過十秒鐘解釋，就代表你在撒謊，反正我死定了，也無法逃去哪裡。」

「好吧，」他嘆了一口氣。「那個混帳，就那個開著我的車把妳載到這裡來的人，不是在街上大吼著，說他要把妳帶去『馬廄』裡嗎？」

克拉拉能感覺自己的背脊發涼，冷不防地打了個冷顫，但這不只是因為車子沒了暖氣，所以灌進越來越多冷風的緣故。

「嗯哼。然後你立刻就明白他在說什麼了？」

「偶再重複一次：偶是專業的脫衣舞男。偶去過這座城市裡所有變態怪異的性派對，合法的非法的都有。」

「聽你在放屁。只有會員才知道這場性派對的時間和地點。」

漢德克喃喃自語地咕噥了幾句，像是他的確答不上話，很懊惱一樣。不等克拉拉再多說一句，他也不打算再解釋了，他自然地彎向她的座椅，抓住她的手腕，並迅速解開了手銬。

顯然他相當熟練。

「好，現在就差逃離這裡了！」他身體稍微向前壓。「那個傢伙，就是那個開車把妳綁到這裡來的傢伙，大概很快就會發現不對勁，因為今晚他的帳戶不會收到匯款。」

「你還沒有匯款？」

「當然沒有啊。寶貝。偶都說了，偶不是會員啊。偶只是拿著偶的手機做做樣子，看起來像在匯款而已。偶是跟他們說，現在戶頭交易量太大，等到匯款進帳大概還需要十分鐘，但是我可以先開始上了，反正他知道可以去哪裡逮到我。」

克拉拉點點頭。這的確說得通。因為這個暴力性派對只有會員才進得來，所有在場的玩家都自然而然地認為每個人都有境外匯款帳號。光是能進到這場派對就足以獲得信任了。這又回到了同一個問題，漢德克究竟是怎麼混進來的？

「這是陷阱！」克拉拉左腦的理智小惡魔不停在她腦海中大吼。漢德克湛藍的眼睛望著她，即便他的雙眼是如此水藍，克拉拉卻仍看得出他眼神裡暗藏的哀傷，他抓住她的手說：「好了，就是現在。反正再過不了幾分鐘，那個變態的混蛋就會找上我們，他一定會發現他的帳戶沒有進帳的款項。」

「不是幾分鐘，是幾秒鐘。」克拉拉輕聲說，並轉過頭看向逃生門，她丈夫正在逃生門那邊，怒氣沖沖地朝這台小車而來。不只如此，身旁更有兩個剽悍的保鑣陪同，兩名壯漢手上都拿著足以傷人的凶器。

46

對方總共有三個人。每個人手中都握著真槍實彈的武器。打過群架的人都知道，對打時最慘的情況莫過於此，一方是克拉拉這種手無縛雞之力的女人，而她的同夥漢德克也手無寸鐵，只拿著一把玩具槍。反觀另一方，也就是馬丁與他身旁兩個戴著套頭面具的壯漢，每人手上都握著閃亮的長刀。長刀的好處在於能夠保持一定的距離，任意割劃、捅刺對手，將其恣意地撕成碎片。

「你是誰？」馬丁從遠處大吼。

就算車窗的隔音大幅降低了馬丁吼叫的音量，但當克拉拉聽到丈夫的怒吼時，依舊不由得全身緊繃。她早已看過無數次馬丁勃然大怒的模樣，有好幾次他甚至幾近失控。但她還真沒見過馬丁現在的樣子，他眼裡燃起的怒火像是炙熱的殺人預告。

「我是誰跟你這王八蛋一點屁關係也沒有！」漢德克不甘示弱地吼回去。

馬丁已經站在距離他們不到一公尺的地方，他舉起長刀，氣勢凜凜地命令著。「給我下車！你這娘砲，下車來讓我好好地宰了你。」

漢德克臉上掛著輕蔑的笑容。「孬種，你的對手要跟你一樣等級才會怕你。」

馬丁憤怒地轉頭向他的兩個同夥使了眼色，同夥立刻往前朝漢德克逼近，馬丁接著說道：「我早知道你這小雜種是個混進來的骯髒東西，我就在想，你這張蠢臉我怎麼會沒印象。除此之外，你顯然不太懂行情，從來沒人給我家這賤人出過這麼高的價碼。」

兩個同夥默默地點頭。

「等我把你打趴之後，你還可以繼續造句，從來沒有人像我一樣，把你的屁股打到開花。」漢德克繼續回嘴。

「立刻給我滾下車！」馬丁嚎叫著。克拉拉的目光游移在漢德克和馬丁兩人中間，她看了看漢德克，又看了看馬丁，兩個男人正在比著「誰先眨眼誰就輸」的幼稚遊戲。

「要是他靠得夠近的話，妳先前那個用來騙我的小技巧，很可能可以再次成功。」她聽見漢德克臉部動也不動，但嘴唇微微蠕動著，就好像是在用腹語講話般地喃喃自語。

雖然馬丁站的位置離他們還有一個手臂的距離，但漢德克已將手指按在汽車的啟動鈕上了，當然，這舉動現在無法啟動汽車，他只是先做好預備動作。

因為只要馬丁靠得夠近的話……

克拉拉現在只能將長久以來壓抑的怒氣聚集在這一口氣，她無法考慮周全，只能孤注一擲，抓住這唯一的機會。

「有膽就過來逮我們啊！」隔著車窗玻璃，她大聲向馬丁吼著。甚至對他比中指。「你這白癡智障腦殘。想知道在我身邊的男人是誰嗎？」

她露出一副對馬丁嫌惡至極的笑容。「這個男人，他叫漢德克。他就是我的外遇對象。你還以為真的可以控制我？你才控制不了什麼。我早就跟他睡了好幾個月啦。」

她轉身望向漢德克，將自己的臉頰往他身上貼去，望著他湛藍的眼睛，用力將雙唇印在他嘴上，給他一個深深的舌吻。

就如同克拉拉所期望的，不花一秒鐘，馬丁立刻勃然大怒。她丈夫立刻衝上前來，卯起拳頭用力揍向車前引擎蓋。漢德克把握住這電光石火的一瞬間，用力按下啟動按鈕，發動引擎。

一切卻靜悄悄。

馬丁狂笑，舉著手上的長刀，直直指著他們兩人。

「看看現在誰才是白癡啊？」他狂妄地笑著。「妳還以為我會把鑰匙帶在身上？有夠蠢的。」他一手將身邊一位顯得有點矮胖的保鑣往右推，那位保鑣戴著面具，穿著西裝，手持一把長刀，走到車子的右側，開始大力搖晃副駕駛座的車門把手。

「給我開門！」他大聲喝令，右邊的彪形大漢則從懷中掏出汽車鑰匙，按下按鈕，車門中控鎖立刻應聲打開。

馬丁張開嘴咬著長刀，空出雙手悠閒地褪去西裝外套，用力往地上扔，就像強健的貴族將手套脫掉扔到戰場上一樣。

馬丁和克拉拉結婚這麼久，他最常痛斥克拉拉的就是這點：「妳從來就沒有用腦袋仔細思考過。」這句話就像咒語一樣，每當他要將巴掌揮向克拉拉時，就會先吼出這句話。其實克拉拉平常要仔細思考的事夠多了，她甚至希望自己能同時思考更多的瑣碎事項，只可惜常常失敗收場**（比如她得隨時注意馬丁的一舉一動。他喜歡在德甲足球賽開打哨聲響起時，從沙發旁的邊桌拿起一瓶冰得夠涼的啤酒享用，可是另一方面，要抓準時機不讓啤酒退冰卻相當困難，究竟什麼時候該把啤酒拿出冰箱才是恰恰好的時間點呢？不會早到讓啤酒退冰，也不會晚到讓馬丁覺得不耐煩，還得邊看比賽邊提醒她去拿酒）**。不過這次，馬丁倒是說中了。她的確來不及仔細用腦思考。

克拉拉的確來不及思考後果。馬丁用力拉開車門的瞬間，她下意識地彎過身，在馬丁還沒伸手抓住她的頭髮，將她拖去撞車外的水泥地板之前，她越過漢德克的座位，在她的頭皮神經正準備發出刺痛感之時，伸手取出駕駛座旁的玩具槍。

「放開她！」她聽見漢德克在自己身後吼著，他的怒吼聲隨著她瞬間從車內移到車外。同時間，克拉拉痛得雙眼迸出淚水，她看不清眼前的景象，只感覺自己的膝蓋跪在骯髒無比的水泥地板上。

熟悉的痛楚伴隨著畏懼和遲疑，再加上她心中漸漸燃起的憤怒，這一切都讓她鼓足了勇氣，心中想要對馬丁怒吼的話語排山倒海般地湧進腦海裡。

克拉拉用盡全身的力氣放聲大吼，鐵了心要掙脫馬丁，即便要犧牲自己一大綹的頭髮，承受頭皮被撕裂的風險她也在所不惜。她大吼一聲，用力甩頭，掙脫馬丁的箝制，身體同時側到一旁，馬丁仍緊抓著她的頭髮。她則鼓起全身的力氣挺起上半身，九十度單膝跪地，頂著受傷的腳踝挺起上半身，雙手舉起手槍，瞄準馬丁，含著淚水與痛楚，她大罵了一長串自己也聽不懂的句子。差不多是混合著「現在輪到你倒大楣了吧！」、「你還覺得自己很強很厲害嗎？」還有「看我把槍從你屁眼裡塞進去，希望子彈一路貫穿你、射爛你的嘴。」

想一口氣吼出所有怒罵的她，由於過於激動，而且想發洩的怒氣也太多，便很難有條理地字字句句清楚發音，畢竟她心裡明白，手上這把槍不過是拿來嚇唬人而已。然而她的演出奏效了，馬丁身邊的兩位彪形大漢立刻雙手舉高投降，身形矮胖的那位甚至將長刀直接放在地上。

「冷靜，克拉拉。」她聽見漢德克在她身後喊著，聽見他從車子的後方往右側跑到她身旁的聲音。

漢德克的行徑讓她怒火滿點。

恐懼，根據克拉拉的經驗，恐懼也有正面作用。只要頻繁經歷恐懼——被派赴沙場的士兵都熟悉這感覺——就能體驗到恐懼讓每一吋感官變得更加敏銳的魔力。人們處在恐懼中時，總能清晰地感受到周圍的變化，處在一般情境的人是無法感受到的。好比現在這件事，漢德克叫出了她的名字，但她先前並未向他提過自己的名字。

漢德克是從哪裡知道我的名字的？

頃刻間，克拉拉的注意力鬆懈了，雙手緊握的手槍稍微往下指。馬丁立刻察覺她瞬間的分心，便立即抓住機會。攻擊來得又狠又準，馬丁一腳用力踹向克拉拉，令她失去重心，全身後仰倒地，他對克拉拉的弱點瞭若指掌，以前她每次太晚下班回家，讓馬丁得一人照顧艾美莉亞時，他便會在她進門的瞬間用力踹倒她。

現場局勢瞬間逆轉。從「毫無希望」變成「全面災難」。馬丁扭住克拉拉的手臂，將她的手臂彎向她的臉，並用力壓著她手上的槍托，朝她的臉正面撞擊，這真是個錯誤。因為迎面受到撞擊的是克拉拉的鼻子，她的鮮血此刻如湧泉般噴出，手指和手掌都沾滿了她的鮮血，但她仍拚命抓著手槍，不願鬆手。他想扭到她痛得不得不鬆開手槍，然而他的雙手也因此沾滿了鮮血而變得滑溜不已、根本無法抓緊槍枝。漢德克在同一個時刻躍到後方要幫助克拉拉，但是為時已晚。

克拉拉扣下了扳機。

為了不讓人發現這只是一把唬弄人的玩具手槍，克拉拉使盡全力緊抓槍柄，以致於她根本沒注意到自己居然扣動了扳機。

是意外，她腦中呼喊著，然而她看見眼前的場景，馬丁迅速閃開，避到漢德克身後，而漢德克大概是在剛剛的肉搏戰中跳到克拉拉身邊，試圖找個能施力的地方幫她吧。

手槍從克拉拉手中滑落，但她卻聽不見槍枝落地的沉重金屬聲。她的雙耳已被擊發子彈的爆裂聲震得短暫耳鳴，失去了聽力，子彈擊發的巨大聲響轟得她腦袋裡全是震盪的回音。

「怎麼會？」她問著，然而槍響聲仍在她的雙耳間迴盪，她聽不見自己的聲音。像是有人把好幾層的棉花塞進她耳朵裡一樣。

「克拉拉……」漢德克動著嘴唇，好像想說些什麼。

他又一次呼她的名字，同時，他的眼神看起來好像無法相信克拉拉居然開了槍一樣。那是驚恐、無助又受傷的眼神。

這才是一個丈夫該有的模樣。一個真正愛妻子勝過一切的男人，親眼目睹妻子背叛他大概就會是這副表情吧。克拉拉無法控制地流下眼淚，更令人吃驚的是，馬丁沒有利用這個時機奪下她的手槍，反而一步步往後退。他輕輕地將手上的長刀放在地上，而他的兩名走狗也同樣放下武器，快步奔向停車場的樓梯。

由於驚恐過度，克拉拉無法說話，她很想問他們為什麼要這樣做，不過她也不需要問，因為這畢竟就是她最想要的：馬丁獨自留下她，永遠滾得遠遠的。

你要去哪裡？

為什麼你會願意離開我？

發生了什麼事？

她轉頭望向漢德克，迴繞在她腦中的問題都得到了解答——她看見了血跡。

它們剛開始像是一隻隻翩翩飛舞的蝴蝶，接著蝴蝶聚集成一座島嶼，血跡從漢德克白色上衣接近腎臟的位置冒出來，越擴越大，直到胸膛。

「這怎麼……」她問他，她的雙耳依舊籠罩在子彈巨響造成的耳鳴裡，身體與大腦仍舊受到過度的驚嚇而無法講出完整的句子。

她呼出來的氣息全凝結成了白霧，如同子彈從槍管射出而隨之冒出的陣陣白煙。

還有那巨大的爆炸聲。

這怎麼可能。他不是跟我說……這是……

漢德克的身體搖晃著，就快不支倒地的樣子。克拉拉往前跨了一步，想要抓緊他的手臂，卻遲了一步。漢德克用自己的手壓住子彈貫穿的傷處，整個人往前慢動作倒下。先是雙膝著地，然後側身跌到地板上，並靜靜地躺在冰冷、灰色的水泥地板上，蜷曲著身體，彷彿剛出生的胎兒，掉落在身旁的正是那把射穿他的手槍，顯然，這不是把玩具槍。

「你不是說這只是玩具槍嗎！」克拉拉嘶吼。「你不是告訴我，這不是真槍，它不管用嗎？」

現在她也一起跪到了地上，伸出顫抖的雙手想碰他，卻又害怕只會加重他的傷勢。她的目光落在一旁的外套上，那是馬丁先前脫去並丟在地上的那件。她伸手抓過外套，好用來蓋在漢德克身上。在她服務的診所裡，牆上總放著一個急救箱，急救箱裡的第一條指示就明白寫出：須讓傷患保持身體的溫暖。槍傷傷患也是用一樣的急救方法嗎？

我的天，妳槍殺了一個人！

手上的外套有點重，口袋裡似乎有東西，這東西不可能是車鑰匙，因為車鑰匙早被馬丁那個矮胖的同夥拿走了。克拉拉伸手摸了摸夾克內裡的口袋，沉重的物品看來是支手機。

是我的手機！

然而她沾滿鮮血、因過度驚恐而不聽使喚的手指不停顫抖著，居然抖到沒法好好握住手機，並解開螢幕保護，更別提撥號叫救護車了。

同時，漢德克的嘴唇不停顫抖著，看起來想說話卻無法言語。她腦中的轟隆聲終於退去，她的耳朵漸漸地能聽到一點聲音，她聽得見停車場前的街道傳來交通混亂和吵雜的人聲。然而漢德克仍舊無力地顫動著雙唇，她聽不懂他究竟想告訴她什麼。此時已經能聽見建築物下方有一台車子疾速奔馳著，像是開在賽車道一樣旋轉而上地逼近。

反觀克拉拉此時的大腦運作速度卻慢得像毛毛蟲一樣。

叫救護車。

我，必須，叫，救護車。

她想起有人說過，只要長按蘋果手機主畫面鍵，就能直接撥到消防隊的緊急專線。

「救命，麻煩盡快派救護車到停車場來。」她無法直接這麼說，因為她根本不知道自己位在哪裡，該怎麼告訴消防人員停車場的確切位置。但是她相信消防員一定能夠透過手機定位她的發話位置。**「這裡躺著一位槍擊受傷的男子。」**她應該要這樣告訴消防人員會比較好。

但是我卻不知道該怎麼描述這名男子是誰。

而且我也不知道他怎麼會知道我的名字。

她看著眼前試圖移動的漢德克，再看向前方水泥地板上那把落在漢德克身旁的手槍。

更不知道他為什麼要騙我這是把假槍。

就在漢德克顫抖雙手，就快搆到地上的手槍時，她下意識地從他面前一腳踢開那把手槍，槍枝撞上停在一旁且積滿灰塵的福斯金龜車。她緩慢起身，朝著金龜車的方向前進。拖著她受傷的腳踝盡快地走向槍枝，一手把手機舉到耳邊，並按下撥出鍵，撥給急救專線的同時，她拾起了槍枝，離開現場。

往出口的方向去。

即便她心中非常不願做出這種背叛盟友的行為，但她還是得先為自己著想。她別無選擇，她只能拋下漢德克，獨留他在這座廢棄停車場上。

在她繼續掉入更多的謊言與陷阱之前，這些可能會令她葬送性命或是失去理智的謊言之前，她必須先為自己著想。

要是她再陷入更多的謊言和陷阱之中，很可能會同時失去理智和性命。

47

尤樂斯

在黛安娜自殺過世後的第一週，尤樂斯經常在夜晚痛醒，還伴隨著一股因過度哀傷而快要引發心臟病猝死的感覺。這個總在夜深人靜時才會發作的病，已經好一陣子沒有出現了，然而此刻的他，獨自站在更衣間，打開燈，注視著胸前那枚死亡的象徵：那枚鐵製戒指，安穩地掛在他的胸前。他因心悸而大量盜汗，他整顆頭燙得像燈泡一樣，接著，滿頭的汗水隨著夜裡的空氣變得冰涼，全身燥熱但又畏寒地不停顫抖著。

當然還有他的心臟，彷彿變得異常巨大，塞滿了整個胸腔，漲大的心室就像吸滿全身的血，卻無法將血液再次打回全身一樣，他的胸口一陣悶痛，還感到一股難以承受的壓力。

尤樂斯用力地壓著自己的胸膛，無力地望向公寓門旁的儲藏間，他先前用盡蠻力試著打開卻緊緊鎖死的儲藏間，它的門，此時卻大剌剌地敞開著。

「你還在電話上嗎？」他的父親疑惑地問著，他一隻手仍舊拿著手機貼在耳朵邊。

「我在。」

此時，他感到心窩被深深地扎了一針，痛得他必須屏住呼吸才不至於喊出聲來。他摸了摸口袋裡那封黛安娜的訣別信，這樣做總能讓他再次感到平靜。即便信裡的內容如此驚悚，但是將這封信放在胸前，給他的感覺就像是將今生唯一可以深深信賴的人放在胸前一樣，這樣做能讓他感到安全。此外，這封訣別信裡的最後幾行，還寫著黛安娜的甜言蜜語，細膩地描述他們的愛戀：

還記得學生時代的那個初吻嗎？還有隨之而來的好幾年的美好時光。我好愛你寫給我的情書，每次收到信都讓我又驚又喜。有時你把信塞在我枕頭下，有時放在廚房櫃子裡，有時藏在我的運動提包，或是我收納手套的抽屜裡……我想，我心底還是偷偷一廂情願地認為，我們心中確實認定彼此了，即便我和你始終沒有去登記結婚……

他不只一次暗地罵自己，為什麼沒有早早牽著黛安娜的手，跑完這該死的程序。為什麼自己那麼傻，從來沒有想到要跟黛安娜求婚、去市政廳登記結婚。現在不僅沒有兩人共同站在神聖禮壇上互訴心意的照片，也沒有那該死的在親友見證下一起跳舞的影片，黛安娜甚至早就選好了他們的婚禮開場舞——流行尖端（Depeche Mode）的〈某個人〉（Somebody），那首歌的歌詞是那麼地適合，而音樂又與華爾滋那麼地相似，只不過那首歌的拍子是四四拍。

他倆根本沒有留下任何照片或影片可以證明他們之間存在過那樣特別的關係。也沒有共同的相簿，因為黛安娜總是說，她相信最重要的影像應該要珍藏在人們的腦海深處，而不是在手機裡。也正因如此，他們實體的紀念物實在少得可憐，就連他們公寓裡的儲藏間也只有空蕩蕩的木頭架，上頭簡單擺著幾樣清潔用品、一支小掃帚、幾個零散的洗衣夾、吸塵器的替換吸頭，還有一個裝著替換用燈泡的小紙箱。儲藏間裡的架子也顯得很空蕩。

空蕩到足以塞得下一個想要藏身的人了。

「我必須再檢查一次公寓的所有房間。」他告訴父親。

尤樂斯伸手拉開裝著備用燈泡的紙箱。

「什麼啊？為什麼？你說再一次是什麼意思？」

「我現在也不清楚，這裡究竟怎麼回事。」在尤樂斯拉扯紙箱的同時，踢倒了幾雙放在公寓門邊的卡駱馳防水鞋。「我有個奇怪的感覺，我覺得公寓裡躲了一個人。」

「在你的公寓裡？」

「對。」他告訴父親有關儲藏間的事情，原先緊鎖的木門現在居然奇蹟似地大剌剌敞開著。

「還有，我剛剛打電話給凱西的時候，我發現他的手機居然在我公寓門口的腳踏墊上。」

「你的意思是，他剛剛就躲在你的儲藏間嗎？」

尤樂斯伸手從紙箱裡取出了兩個燈泡，然後順手把一疊掉出來的廚房紙巾拿出來，接下來，他便關上儲藏間的門並從外面鎖上。「你在那裡瞎扯些什麼，如果他要躲在裡面，幹嘛還要把手機放在我公寓門口？而且他是一個坐輪椅的人好嗎？」

「我也早告訴過你，那很可能只是假裝的。」

「這一點邏輯也沒有。他幹嘛要假裝坐輪椅？」

一般人光是假裝幾個月的肢體殘障就需要相當強大、幾近完美的巨大動機才能夠辦到了，如果只是為了要讓自己能夠成功溜進別人的公寓裡，這動機實在不夠強烈。

但是他還故意在我喝的果汁混進好幾錠莫名其妙的藥……

「你以前不是說過，你和凱西在學生時期都愛上了黛安娜嗎？」

「嗯哼，高二的時候。」尤樂斯將幾條廚房紙巾攤開放在地上，然後放了一個燈泡在上面。

「向人表白卻被拒絕的感受，很容易在日後的生活留下深刻的心理創傷。很可能他其實從來就沒有從那次的情傷裡走出來，很可能他根本就沒辦法接受她居然選擇了你。可能他認為她的死全都是你的錯，因為你的無力才沒有阻止她結束自己的生命。」

「然後他要復仇？」

「這很有可能。那個克拉拉可能就是他的幫凶。很明顯地，他們兩個有種特殊的關聯，不然他怎麼會出現在停車場的派對上。可能他們兩人聯手要把你弄到心理受創。」

尤樂斯用手指敲自己的額頭。「你這說法完全不能自圓其說。要是你剛剛真的在停車場的派對上看見凱西，他就不可能同時出現在我公寓裡。」輕輕地，尤樂斯用一隻腳慢慢將自己身體的重量壓到燈泡上，他剛剛已經先將燈泡覆蓋在廚房紙巾裡，放在地板上。現在燈泡幾近無聲地碎裂成無數細小的玻璃碎片。就連在電話另一頭的父親也沒有察覺到有什麼聲響，即便有，他也沒有問。

「好，你說得有道理。凱西的確不可能同時出現在兩個不同的地方。哦，順帶一提，我到家了。」尤樂斯在電話這端聽到他父親正在和計程車司機討價還價，還罵對方車資高得像是在搶劫，接著還要求不付現金，改成賒帳，然後保證明天早上會用匯款的方式給付車資。

尤樂斯則趁著這個空檔，輕輕提著手上的廚房紙巾，小心翼翼地把碎燈泡撒在兒童房的房門前。接下來他如法泡製地踩碎第二顆燈泡，這次則是把碎片撒在公寓出口以及儲藏間前面。

要是有什麼人要從這些門出入的話，他就一定會聽到聲響。

希望如此。

現在，他在每個檢查過的房間門口撒上了碎玻璃，他可以開始他要做的了，把剩餘的房間徹底搜索過一遍。首當其衝的當然就是走廊前方的客房。

「我又稍微想了一下，」他父親在電話另一頭繼續說道。夾雜著聽來有些喘的呼吸聲，可能是他父親沒等電梯，改成徒步爬樓梯上樓的緣故。

尤樂斯按了按客房電燈的開關，但那盞吊在大得有點誇張的加大雙人床上方的吊燈，卻沒有反應。

黛安娜以前很喜歡招待朋友來過夜，這個回憶突然閃過尤樂斯的腦海，大概是因為他突然間意識到自己有生之年不會再邀請朋友來家裡過夜了吧。

「有沒有可能，除了這兩個人之外，還有第三個同夥？」

「我不太相信。」尤樂斯回答，雖然依照他眼前的情況，他的確有很好的理由相信父親的猜想。站在客房床前的他，才剛打開凱西手機的手電筒往床下照過去，他不需要彎腰就能看見光束明顯被一個不明物體擋住。就在床底下，在眼前這個小到正常成年人幾乎無法把自己塞進去的地方。就著手機光線的他卻看見一個白色的東西。活生生的白色物體。

一顆眼球？

就這個時刻，凱西的手機突然響了起來。

48

克拉拉

拜託！拜託！接、電、話！

克拉拉焦急萬分地坐在計程車裡，焦躁不安的她，腳不停地踏著汽車踏墊，出了停車場後她便在皇宮旅館門前上了這輛計程車。在她的要求之下，司機正一路往默斯多夫區開去，但她根本不知道自己為什麼要去那裡。

上車後總得跟司機說我要去哪裡吧。

是位男司機嗎？還是女司機？

克拉拉極度心神不寧，所以也沒有心思注意司機究竟長什麼樣子。反正不管是男司機還是女司機，只要能盡快載她到最近的醫院就好。

還是乾脆直接載去墓園算了？

她覺得全身的肌膚都像在脫皮。所有的一切突然變得好陌生。先是她的頭，她感覺自己的頭被馬丁用槍托重重敲了一下後，腫了兩倍大。頭顱下方脹滿血液，還能聽見清晰的脈搏聲，漲得像是所有顱內血液都湧到了她的眼球後方，而眼球被血液和腦漿擠到快爆開。她的鼻梁大概斷了。她慌忙衝出停車場時，一路一把鼻涕一把眼淚地邊哭邊哀號。而原先空曠的廢棄停車場頓時湧入無數車輛，彷彿射中漢德克的那聲槍響是賽車起跑的槍響一般。也正因為這樣，停車場原本關閉的主要入口全數敞開，她才能毫無困難地穿過原本鎖死的鐵門，順利逃脫。

但這還不是真正的自由。

如她頭殼正承受的劇烈疼痛與壓力一樣，她心裡很明白，整件事情還沒結束。這個漫漫長夜還沒結束。

她正慢慢地接近陶恩街，往紀念教堂的方向去。

司機（是個男司機！她偷偷往車內後視鏡看去，男司機已經有點年紀了，頭髮有些花白，嘴上留著刻意染黑的小鬍子）面無表情地從前座遞來一盒濕紙巾。

「妳的臉。」他淡淡地說。

克拉拉點頭表示感謝，然後用濕紙巾把自己鼻子上的血跡擦乾淨。她大概看起來相當狼狽恐怖吧，不過顯然沒有恐怖到把這位厄爾將（至少在車內冷氣口上貼著的黃銅名牌是這樣寫的）嚇到不敢載她這個客人。

克拉拉突然想到，或許這位司機早就習以為常了。他大概常見到步出這間旅館的女人時常被打得鼻青臉腫吧。顯然，他可能以為她也是一個被恩客施暴的普通妓女，實際上，她也覺得自己像個被虐待的妓女。被男人利用，身心俱疲，即便這次她並未被性侵。

「妳的男朋友還好嗎？」厄爾將問道。

「什麼？」克拉拉頓了一會才想到，他一定是聽到她剛上車時跟救護人員的通話，她鉅細靡遺地描述了漢德克的所在地點還有他的傷勢。

「哦，哦，是的，我希望他沒事。」

她其實毫無處理槍傷的經驗，她根本不清楚自己把漢德克獨留在停車場冰冷的水泥地板上是不是一個正確的決定，至少冰冷的地板能夠降低失血速度吧。

「他沒有接電話嗎？」

厄爾將看向車內後視鏡，往她的方向點了點頭，然後舉起手用大拇指和食指做出一個電話的模樣舉到耳邊，示意打電話的樣子。

「沒有，他沒有接電話。」她回答，不過她實際上應該要跟司機解釋，她剛剛不是打給漢德克。不過「他沒有接電話」也很符合她剛才撥電話的動作。在她打了大概二十幾次無人回應的電話後，她索性把電話掛了。

該死的。

在我最需要你的時候，你到底跑去哪裡了？

計程車到了歐洲中心的街口，停紅燈的位置剛好能看見不遠處的紀念教堂。聽說在早期，這個路口一到了這個時間便會聚集一群報紙中盤商，舉著早報，大聲喊著頭版標題對下游零售商兜售。當時誰能料到，在多年後的網路新世代，等到新聞被印製成報時，早就變成昨日舊聞了。更別說還有誰會想在這種惡劣的天氣到街口買報紙。

如果不是輪到晚班的倒楣鬼，或是其他廉價勞工，誰會自願這麼晚了還站在這樣的天氣裡受風吹，又不是頭殼壞掉。那些愛在深夜派對喧囂的年輕人，那些暴風雪和滿地積雪也阻擋不了他們縱情享樂的年輕人，早就通通搬去更發達的東區了，目前人行道上行人的數量屈指可數。但就在綠燈後，計程車繼續向前行駛之際，克拉拉看到了一個令她不可置信的情景。路邊站了一個熟悉的男人身影。

「不要吧。」她輕聲驚呼，厄爾將問她是不是需要更多紙巾，但再多的紙巾也無法拭去克拉拉剛才看見的驚悚畫面。男人的位置大約距離計程車五十公尺，高聳建築前方有著偌大的玻璃門，玻璃門透出的昏黃燈光照向這個身影，克拉拉隱約覺得這個身影好像在哪裡見過，但她現在無法，也不想把注意力集中在這副景象上。她必須將自己僅存的最後一絲專注用在分辨自己是否在幻想、這幅情景是否是幻覺上。

「妳還好嗎？」厄爾將轉過來，想知道是怎麼一回事。

「我沒事！」她大吼回去，喊出這聲「沒事」的同時她也瞬間失去理智，覺得到處都充滿鬼影。

但我剛剛見到的那個鬼，確實就站在那裡！

他總會出現的。

我只是忘記了而已。

剛剛那幾個小時我完全忘了他會來找我。

她以為自己永遠不可能忘掉，但她真的忘了。這一天，他為她精心挑選的死期，她居然會忘記他的存在。

他的身型高大，頗具運動員體態，穿著長版深色大衣，領口刻意立起。

那真的是他嗎？還是我的幻覺？

眼前這些究竟是現實還是幻覺？她看著攤開的紙巾，體內器官彷彿要隨著這些鮮血滾滾流出。

厄爾將那刻意染黑的小鬍子，好似一條正在擺盪著的黝黑老鼠尾巴，彷彿老鼠正繞過厄爾將的脖子，躺在他的肩膀上等待適合的時機，似乎隨時都要往她臉上撲過來一樣。

克拉拉望了一眼她的手機。

當然是他了。他很清楚我現在在哪裡。畢竟，他可以追蹤我的手機。

而且時限已經到了。

計程車緩緩地向前開去，她又開始懷疑起自己的推理。她剛剛看見的真的是他嗎？她的手機真的有被裝上監控裝置嗎？

還是說，我完全被搞瘋了？

她感到無比恐懼，要是她現在轉頭卻看到亞尼克正向她揮手示意該怎麼辦。要是他舉起手，像厄爾將剛才一樣，一手伸出大拇指和食指，示意她接電話該怎麼辦。

她必須用盡全力克制自己的衝動，才不至於立刻回頭看車子後方的身影。猶疑不定之下，她決定再次拿起手機重撥同一個號碼。

49

尤樂斯

不。在客房床底，用恐懼萬分的眼神盯著手機螢幕的不只是一顆眼球。而是一雙！

床底下這雙眼球直直地看向他。怒視著，睜大眼睛瞪著，看來像是驚嚇過度而亡的死屍，但其實不是，那兩顆眼球轉動著，還眨了一下眼。

就在此時，床底這隻鬼魅（尤樂斯此時已無法理智思考）移動身體之際，尤樂斯嚇得讓兩支手機都掉到了地上，不只自己的手機，連手上那支用來照明的凱西的手機也一起掉了下去，那支響了一聲又突然停止的手機。

他一定沒有穿衣服，尤樂斯快速地思考著，腦海浮現一幅幅噁心至極的幻想，不停加劇他眼前真實的恐懼。他想像對方是個身形瘦弱、臉色蒼白的性變態慣犯，打著赤膊、全身塗滿奶油，**若不是這麼滑不溜丟，怎麼可能鑽得進那麼低矮狹小的床底？**還爬得進雙人床底最深處的角落。

「給我出來！」尤樂斯大喊著，聲音聽起來冷靜又沉著，連他自己都感到驚訝，雖然他心裡最想做的事情其實是拔腿逃跑。要是他再多想兩秒，就很難壓抑自己這個下意識的反應。

床下的未知生物迅速伸出一隻手，抓走了掉在橡木地板上的其中一支手機。就像一隻龐大的蜘蛛伸出觸手捕捉獵物一樣，之後又迅速將觸手伸回床底下的黑暗深處。

尤樂斯快速地意識到，自己最好趕快撿起地板上的另一支手機，不然這個闖入者也會立刻奪走它，他拾起手機並往房門後退，他需要好好思考當前的情勢，以及他可以做的選擇。客房雙人床上鋪著深藍色床單，床單折線未拉齊的樣子，以及一旁掉在地上的枕頭，表示這個闖入者先前在這裡躺得相當舒適，甚至可能還睡了一覺。

「你是誰？」尤樂斯大喊著。「你在這裡做什麼？」

當然，尤樂斯也可以選擇直接將床墊高高掀起，這樣一來，躲在底下的陌生人便無所遁形。尤樂斯自認身形比這個闖入者更高大，但他手上並沒有適當的武器，只有一張廚房紙巾和一個碎電燈泡，而對方手上很可能正握有從廚房偷來的長柄麵包刀。

不，不是可能而已。而是絕對！

尤樂斯盡力保持理智，他轉頭離開客房，將房門上鎖，並決定要打給警察，然而他舉起手機，看見漆黑的螢幕。手機終究沒電了。

50

尤樂斯快步穿過客廳衝向書房，在從書桌底下拿出背包並放到桌上開始翻找。他背包裡一定有充飽電的行動電源，一開始他遍尋不著，所幸，行動電源的充電線在他翻找的過程中纏住了他的手指。

他立刻抽出行動電源並插上手機。同時，他聽到客房裡傳來重物摩擦地板的聲音，聽來像有人奮力移動家具，聲響穿透公寓的每座牆壁，直通走廊盡頭。

慌張之際，尤樂斯沒有注意自己的腳下，穿著卡駱馳防水鞋的他冷不防踢到了一塊邊緣翻起的地毯。手機再次從手裡飛出，而和手機接在一起的行動電源也一起飛出去，手機邊角硬生生地砸到地板上，螢幕應聲裂開，裂痕像子彈打到防彈玻璃上那樣，擴散到整個手機螢幕。

拜託，千萬不要在這種時候壞掉。

螢幕仍顯示正在充電的圖示，但這不代表他還能打電話。

尤樂斯從餐桌旁的地板爬起來，繼續往前跑，腳上沒了橡膠防水鞋的他，再次站在兒童房門前，這個房間裡的東西才是最重要的，這是這整間公寓唯一值得他保護的東西。

這種時候，他多希望自己手邊有一部牢靠的傳統有線電話，不過現在的他，手上只有自己的手機，但他剛剛的愚蠢行為搞不好把手機弄壞了。

走廊上散落的燈泡碎片穿透了他的厚襪子，刺進腳掌裡。但這刺痛感一點也沒有讓他分心。屋內「鬼魅」終於現形所帶來的恐懼如此巨大，大到令尤樂斯忘卻疼痛，而這「鬼魅」也不是什麼超自然現象，而是個活生生、有血肉之軀的人類。

持有凶器的人類。

他可能早就潛伏在客房床底了，或許不只客房床底，**很可能之前也躲過兒童房的床底……**

兒童房門看來依舊緊鎖，但這也沒什麼好訝異的。**那人說不定躲在兒童房，然後反鎖了房門？或許那人正緊抓著門把，就像之前躲在儲藏室裡一樣。**

這隻鬼一定很擅長捉迷藏。竟然神不知鬼不覺地在整間公寓漫步，卻完全沒有驚動尤樂斯。即便他當時搜索過整個房子，但還是沒發現這隻鬼，或許第一次的搜索太過草率了。先前他實在想不到這個會隱身的闖入者究竟有什麼意圖。很可能這人就只是個神經病，大半夜的在柏林四處遊蕩，想殺個人、見見血來宣洩一下而已。

特別是幼童的血！

想到此處，尤樂斯顧不得門口的燈泡碎片，瞬間用力地打開門，門開聲驚醒了熟睡中的小女孩。

「爸爸？」

「抱歉，」他輕聲回道。「我並不想吵醒妳，小東西，妳還好嗎？」

「嗯，」小女孩毫無戒心、用稚嫩的聲音回答他，聽來還有點半夢半醒、意識不清的樣子，這就是這年紀的小孩疲憊想睡時的模樣，即便被身邊巨大的聲響吵醒，還是很快就能再度進入夢鄉。

生病時也是……

「繼續睡吧，我的小親親。」尤樂斯輕聲對她呼喊，關上門回到走廊前，他又回頭看了一次小女孩的床，以防萬一。他確定床底下沒有人。

沒有眼球。沒有手。只有灰塵和一個畫畫的調色盤還有……**木頭？**

尤樂斯確實清晰地聽見木頭磨擦發出的嘎嘎聲響。他關上房門再次站在走廊時，他才意會過來，那是從兒童房隔壁房間傳來的聲響。

那絕對是木頭撞擊聲。兩扇敞開的窗戶受到風吹而相互拍打的聲響。

他立刻拉開步伐，跨步避開散落在門口的碎片，但他沒有避開最後一小塊玻璃碎屑，腳底插進有如針刺的尖銳碎片時，他緊咬著牙悶嚎了一聲。

他再次回到客房門口，打開門，站在電燈壞掉的房間裡，一片漆黑，天花板的吊燈依舊不亮，只是這回他無法用手機當作照明了，他的手機仍在充電，大概還無法開機。不過他也不需要拿手電筒照看床底了，因為床已經被翻了過來。那隻鬼（尤樂斯堅持要這樣稱呼這個生物）一定是沒有其他辦法從床底下出來，才抬起床框的木條脫身，當然，整張彈簧床墊也一起翻倒在一旁。

然後呢？難道他跑去了窗邊？

窗戶此時居然是開著的！

兩扇窗敞開著，隨著風前後擺動，看起來就像在對尤樂斯招手：來啊，快來看。然而尤樂斯靜靜地站在門邊，並未向前，他必須先確定立在房間陰暗角落的彈簧床後方是否有人。還要檢查房內那個比人還大的歐風木頭衣櫃，他緩緩打開衣櫃門，確定裡面沒有人會突然跳出來嚇到他。他不時查看手機的電源，他看了不下幾百次，終於，螢幕跳出那個熟悉的圖案，接著，他聽見隨著圖案而來的輕快吉他聲，代表手機已經充了一些電，電力足以跑完開機程序了。按著開機鍵三秒鐘後，他終於能鬆口氣，確定他的手機還能用。訊息立刻蜂擁而至。兩封簡訊、一封 WhatsApp 訊息。

還有一通來電！

「他媽的！我現在不能講電話！」尤樂斯大聲對著手機聽筒吼叫，打算立刻把電話掛掉。

「停，等等！」他的父親叫聲清楚地穿過手機麥克風。「你現在有立即的生命危險。我必須跟你說我調查到關於克拉拉的訊息！」

「現在不行。」

「不，現在你就得知道。兒子，這是攸關性命的事，不是開玩笑。你知道她人在哪裡嗎？」

「不知道。但是她應該會再打給我，我正試著把她引到家裡來。」

「我的天啊，不、不、不、不。拜託你千萬不要太接近她。不管你現在到底要幹嘛，先等一等，我馬上就去找你！」這是他最後唯一聽到的話，接著，他就將父親的電話按掉，並接起第二通來電，他和父親通話的那幾秒，這通電話不停地插撥。一陣強風刮來，用力將木窗一口氣關上，由於力道過猛，窗上的玻璃還不停地顫動著，發出一種令人耳鳴的噪音。窗戶被風吹打而發出的聲響過大，尤樂斯一時聽不清楚是誰來電。

只聽見對方正在哭泣。正在哭求著他，請他幫忙。

51

克拉拉

「我找你找得都快失去理智了。」

「克拉拉？」

她一邊盯著自己的前手臂。眼淚則不聽使喚地撲簌簌掉出來，淚水模糊了手上的號碼，她還在漢德克車上時，用他的白板筆急忙抄下的電話號碼。

「我還以為你給了我假號碼。你為什麼不接電話？我一直試著打電話給你，撥了又撥，你卻直接關機。」

厄爾將此時不在車內旁聽，他其實不得不稍微停在路邊等。克拉拉先前央求他，請他定位到下一個有空位的停車場等著，因為她必須先想一想，她究竟該逃去哪裡才好。

「家裡鬧得不愉快嗎？」司機直言不諱地問道，並一路開過十幾個停車格，最後才停在他的休息站，一個讓計程車司機中繼休息的場所，一旁還有熱騰騰的咖哩香腸快餐車。

是的，就讓我們姑且將之稱為「家裡鬧得不愉快」吧，克拉拉心裡想著，一邊看著窗外不遠處的快餐車，她相當熟悉這個餐車，這是柏林遠近馳名的咖哩香腸攤，標榜二十四小時營業，即便只是餐車，仍堅持使用白瓷餐具盛裝食物，再送到客人手裡。位在滿是精品店以及明星加持的高級髮廊之中，仍舊顯得非常有品味。

我究竟該怎麼做才好？我該往哪裡去？

她想到了親愛的小女兒，但馬丁一定早就怒氣勃勃地在家裡等著。

克拉拉從沒有這麼希望得到尤樂斯的建議，這傢伙的電話，她大概撥了不下二十次了，然而他居然到現在才接電話。

「你居然把手機關機！」她不顧一切禮儀大聲斥責他。

「我手機沒電了。」尤樂斯的聲音聽來也沒多有愉快。當然，他的語氣不像克拉拉帶著點哭調，卻同樣怒不可遏。除此之外，可以聽出他盡量壓低了音量。

「真的嗎？」

「妳不相信我嗎？」

她的雙眼滿是淚水。「沒有，但我懷疑自己。都是那個該死的精神實驗。那個實驗完全把我的腦袋給毀了。記得你之前問我的問題嗎？」克拉拉一聯絡上尤樂斯便一股勁地說個不停。她沒有辦法壓抑。藏在內心的巨大恐懼壓迫著，一旦停止說話便會被這股恐懼吞噬。

「你還記得我之前說，那個自稱是季河博士的男人在療養院的咖啡廳告訴我，我當時死亡了五分鐘這件事嗎？」

「抱歉，克拉拉，我這裡發生了一點麻煩要處理……」

「你當時問我，怎麼能確定他說的是實話。對，他說的確實是實話。我當時的確瀕臨死亡，在助理醫生為我注射會引發幻覺的實驗藥劑後，我就失去了生命跡象。我醒來之後發生的所有事，我完全無法確定是不是幻象。」

「妳指的是跟西班牙籍院長的對話，那場被另一名醫師翻譯得亂七八糟的對話？」

尤樂斯的語氣聽起來有點急促，好似他正在拆解有趣的謎題一樣。

「……不只如此，所有的事情，包含科尼克跳樓自殺的種種。所有事都很不真實，好像從沒發生過一樣。」

「這是什麼意思？」

「實驗藥劑在我身上引發的幻覺作用比一般受試者還要強烈。我後來還得在伯格莊園療養院休養，恢復期甚至比一般受試者多三週，直到我恢復得差不多，能夠區分幻覺與真實才得以離開。」

「但妳現在不清楚身上是不是還有那場實驗的副作用？」

克拉拉回應了一聲表示肯定。「我的天，我連你是不是真實存在的人都沒辦法確定，尤樂斯。搞不好這裡發生的一切、我的人生，通通都是我自己幻想出來的，或許全都是實驗副作用，我……」

為了轉換這混沌不清又無限輪迴的思緒，克拉拉無力地試著換個話題。「你剛剛不是說，你現在有個麻煩要處理？」

「我剛發現，原來我家還有別人，有個陌生人闖進了我家。」

這個突如其來的資訊提高了克拉拉的警覺，她甚至太緊張，以為自己的鼻子又開始流血了，她下意識地用食指摸摸鼻尖，只摸到鼻孔下方早已乾涸結塊的血跡。

「闖入者？」聽起來她的喉嚨已乾燥得相當沙啞。

「我想是的。」

「一定是亞尼克！」這幾個字冷不防地脫口而出，但她立刻發現這個推測不合邏輯。**不可能。**不是亞尼克。我剛剛才在布沙廣場旁的人行道見到他的身影。

如果那個人真的是他的話。

老實說，要是她稍微發揮一點想像力，就連現正站在咖哩香腸攤旁的厄爾將，看來也和她那位虐待狂有著幾分神似。

我快要瘋了。

「對不起，我覺得身邊的每個人看起來都像他。」她糾正自己，並無意識地對尤樂斯重複好幾次同樣的話，似乎她這麼做就能解釋些什麼一樣。

出乎意料的是，尤樂斯卻以一個神祕兮兮的語調，輕聲細語地，像是自言自語般地回答：「就跟鬼魅一樣。」

「鬼魅？」

「請再跟我描述一次亞尼克的外貌與長相。」尤樂斯慢條斯理地請求她。

「大概五十歲左右，蓄著一點鬍子，藍眼睛，黑髮，頭髮有一點長，小腹相當精實平坦。」

「嗯哼。這些都和剛剛躲在床底下的傢伙不太符合……」

床底下？

「甚至所有的特徵都完全相反，但是……」

「但是什麼？」

這次她更強烈地感覺自己快要流鼻血了，只是這次她不再伸手檢查自己的鼻尖。因為她已經遠遠地看見厄爾將往車子的方向走來，手上正拎著一瓶可樂，寒冷的空氣隨著他呼出的熱氣在面前凝結成一股白茫茫的霧氣。顯然他已在快餐車旁大快朵頤了一份熱呼呼的咖哩香腸和薯條，只剩下最後一小份還含在他嘴裡享受，邊嚼邊吞著走回來。

「在我認識的人之中，倒是有一個人和這個描述非常神似。」尤樂斯相當確定地說。「幾乎完全相符，只有年紀不太像。不過，所有認識他的人都說，蓄著鬍子的他，看來更為蒼老。」

「他的名字是？」

「馬格努．凱撒。大家都叫他凱西。」

52

克拉拉

克拉拉這輩子還沒像現在這麼緊張過。至今為止，她已經連續好幾天沒有正常吃飯了，但是身體緊張卻讓她的胃部翻攪不停，好像她才剛吃完一頓宴會大餐一樣。

「他也是安心返家專線的服務人員之一。我今晚其實是替他代班。」

尤樂斯說出口的資訊，就像令整個謎團現出醜惡全貌的關鍵拼圖，「意思就是，我今晚本來會和凱西通話，而不是和你？」

「或是其他的專線服務人員，這是機率的問題。專線系統會隨機分配來電，我們的通話是偶然發生的。」

「今晚所有事情沒有一件是偶然的。」克拉拉不自覺地說出了心裡話。厄爾將一打開車門，克拉拉心裡默默做了個決定。「那個凱西住在哪裡？」

「妳需要這個資訊做什麼呢？」

「你不是說，我應該要迎面痛擊危險嗎？」

「但是從妳的聲音聽起來，妳今晚的狀況似乎沒有好到可以這樣做。」

「我也只剩今晚可以活了。」

殺人魔設下的大限已到，她還活著的每分每秒都是和死神借來的寬限。

「十一月三十日，要是妳還沒和妳老公做個了結，當天破曉之際，我就會殺了妳。」

厄爾將再度回到車裡，身上帶著一股混合著炸油以及番茄醬的氣味。

除了一陣飢餓和迫切的衝動外，克拉拉感覺似乎還有一股陌生的感受在體內醞釀。

「你知道嗎，尤樂斯，亞尼克雖然對我說了許多狂妄的言論，但有一點他倒是說得很對，」即便坐在前座的厄爾將幾乎不可能聽到她說話，但她仍刻意壓低音量。計程車司機上車後便轉開車上的廣播，傳來吵雜的電子流行樂，聽起來像是英式搖滾樂團「流行尖端」主唱戴夫．葛罕的聲音，唱著一首描寫他生命中習以為常的痛苦的歌。**就是這麼巧！**

厄爾將跟著廣播愉快地哼著。顯然他很享受這趟突如其來的市區兜風，這也沒什麼好驚訝的，畢竟車資已經跳表到了三十三歐元，而車上的乘客顯然還沒想好究竟要去哪裡。

「我不能再這樣下去了，我不能一直扮演犧牲者的角色。」

「誠如我先前所言。」尤樂斯完全同意地附和著。

克拉拉點點頭，腦中不由得升起一股勝利的快感，今晚到現在所發生的所有曲折和痛苦，都引領她通往生命的轉折點。現下的她仍舊相當虛弱、身體沒有一絲多餘的力氣，心中的恐懼也有增無減。然而現下的她已做好赴死的準備。無論是感受生不如死的痛楚或是直接送死，她都準備好了。從水泥柱摔落、嘗試在車庫自殺，隨後又被強行載到馬廄。今晚多次與死神交會，但她每次都順利從死神的手裡逃脫。

「直到今晚之前，我都以為要是能夠決定自己的生死，至少等於我還保有一點生命的掌控權。可是現在我看清楚了，這些想法只不過是出自害怕承受更多的痛苦而已。」既然現在她已做好赴死的準備，也就無須畏懼任何苦痛了。今晚發生了這麼多驚悚的事情，她卻還好好地活著，這或許是一個徵兆。也可能只是她所能忍受的殘酷折磨已瀕臨崩潰極限。這應該就是戰地記者在前線報導的感覺吧，頻繁地處在槍林彈雨之間，在即將派駐到下一個危險戰地時，或許早已習慣將生死置之度外。倒不是他們真的不怕死，而是因為他們將死亡視為必然的存在。

「很多人想結束生命的理由比妳的還要沒道理。」尤樂斯以一貫平靜溫柔的語氣說著，這是第一次克拉拉不禁在腦海裡好奇地想像了一下這位安心返家專線的服務人員究竟長什麼樣子。

電台播放的音樂唱到了末段（還果真是流行尖端的那首習以為常的痛），而克拉拉卻聽見話筒另一端傳來了一陣嘎吱作響的噪音，應該是尤樂斯剛打開了一扇木製窗戶，隨之灌進的風聲令這個猜測更加可信。接著她聽到尤樂斯驚訝又生氣地吼道：「你這混帳……」

「發生了什麼事？」克拉拉焦急地問道。

「佩斯塔洛街四十四號三樓，」她只聽到尤樂斯急忙說出這個地址。「凱西的地址。但是如果妳真的要前往他的住處，我希望妳先打電話給警察。我想接下來的部分我可能無法幫上妳了。」

「為什麼？怎麼回事？發生了什麼事？」克拉拉焦急地問，同時她給厄爾將快速打了個手勢，示意他可以繼續發車上路了。

現在她終於知道自己該去哪裡了。

把自己往獅子的口裡送？

「尤樂斯，不要掛電話，告訴我怎麼一回事！」

「沒時間了，」她的安心返家專線服務員氣喘吁吁的。這聲音聽起來喘得像是他才剛爬完一棟高樓大廈的樓梯一樣。「我現在必須先救另一個人的命。」

53

尤樂斯

這傢伙看來不只是個「鬼魅」，還是個高超的魔術師，尤樂斯心裡想著，並看著被留在外窗台上的手機。

一個擅長製造幻覺的犯人。就像變魔術時使用的騙術一樣，藉著熟練的技巧引開所有人的注意力，一手使勁地玩些無關緊要的花樣，讓所有無知的觀眾忽略他左手戴的手錶。

因為大腦的弱點就是無法同時把注意力集中在多項不同的緊張情況上！

從這個觀點來看，也就是說，窗台那支手機很可能是被刻意放在他的視線範圍內，以吸引他的注意，讓他忽略真正的危險。確實，尤樂斯剛踏進房間時，事先注意到房內敞開的窗戶，再來，目光便落在了窗外的手機上！

外頭的風雪已漸漸減弱，僅剩朦朧細雨仍籠罩著夜空，因此，望出窗台時看得相當清楚，建築外牆大約三樓的位置，有著一整排石砌屋簷，屋簷下方每間隔五米就有兩座老鷹石像，石像穩固地嵌入牆面。石像的面積很寬，一般成年人想穩穩地踏在上面簡直綽綽有餘，甚至平衡感夠好的話，沿著石像就能慢慢地往下爬，若不是柏林今天這種糟糕的天氣，令整棟建築外牆冰凍結霜（滑得像是溜滑梯一樣），這的確也是一條可行的逃脫路徑。

總之那個「鬼魅」很快地就注意到這條逃跑路徑了，他早已憑藉著窗戶旁的彎曲水管往下逃脫。畢竟此刻尤樂斯目光所及之處都未發現這傢伙藏匿的蹤影。大樓前的花園沒有人，人行道上也沒有人，通往湖邊的街道還是沒有人。

偏偏只有手機被留在窗台上。

尤樂斯拿起手機收了起來，他一眼便能認出這是凱西的手機。尤樂斯拿起手機的動作，觸動了螢幕感應，螢幕上自動跳出未讀簡訊的頭幾行文字：

接電話。我知道你找到了我的手機……

他耳裡不停傳來克拉拉在電話那頭催促的聲音，拾起手機的同時，尤樂斯無意間俯身往窗台下方望去。

你這混帳，他這時才發現，他沒有多少時間向克拉拉交代凱西的地址了，他的另一隻手已下意識地快速伸出窗外，企圖拯救懸掛在下面的那個人。

然而他並沒有抓到對方，即便努力伸長了手，也僅能摸到緊緊勾著石砌屋簷的兩根手指。這傢伙若不是正後悔著為何要出此下策爬出窗外，就是個腦袋進水的白癡。

「為什麼？怎麼回事？發生了什麼事？尤樂斯，不要掛電話，告訴我怎麼一回事！」他聽到電話那頭的克拉拉焦急地詢問。

「沒時間了。我現在必須先救另一個人的命！」尤樂斯咒罵一聲，並一口氣將手機往後丟。

他越過窗台，爬出窗戶邊緣，膝蓋跪在窗邊並蹲低身子，好抵抗迎面而來的狂風，俯身往下看的同時，他伸長一隻手臂緊抓住窗緣，好讓自己不會從高樓掉落。窗緣就是他的支點，他必須依靠這個支點來抓住掛在下方的少年，這傢伙正掛在石砌屋簷下，隨風晃動，不知還能撐多久。少年一隻手緊緊抓著屋簷尖端，另一隻手卻拚命抓著一旁的電纜，大概是這小夥子慌張之下從一旁抓下的救命繩索。

我的天……

在風雨中，掙扎的闖入者抬起了頭，表情疑惑地瞪著他，卻仍然沒開口，也許是寒冷和掙扎耗盡了他的力氣。

現在，少年的眼睛不只佈滿了血絲，眼球甚至已變得如火海般綻紅，看來，懸掛在寒冷的屋外使少年用力過度、面部血管爆裂了。尤樂斯想也沒想，便試著抓住這位陌生男孩緊抓著電纜的手。

不幸中的大幸是，隨著狂風搖擺的電纜，像線圈一樣緊緊纏著少年的手腕，要是沒有這額外的阻力，這傢伙大概會在尤樂斯發現他之前，就摔死在公寓中庭了。有了電纜可以施力，也讓尤樂斯更能把這傢伙往上拉進來。少年纖瘦的身型以及輕如羽毛的體重也是一大助力。

「不要再空踩了！」尤樂斯對著少年大吼。眼前這個陌生的闖入者，顯然求生意志高昂到在懸空狀態下還大力跳著騷沙舞。

窗台傳來的建材崩裂聲越來越明顯，尤樂斯擔心，若他的身體再更向下探，窗台邊緣終究會承受不了重量而應聲裂開，到時他就得和這個莫名其妙的闖入者一起從二十公尺高的地方摔下，然而尤樂斯堅持伸長自己的手，用力拉住男孩的臂膀，把這個可憐的闖入者從冰冷的屋簷一鼓作氣地拉起。

「該死的！你到底是誰？」尤樂斯率先質問道，雖然對方現在倒在地上，他們倆不相上下地大口喘著氣。他將少年安全地拖進室內後便鬆開了少年的手，他並不想制伏他。少年手臂上被電纜纏繞的地方明顯留下了幾圈深紫色的瘀痕。尤樂斯實在很難形容眼前這位被他從天寒地凍的窗外救回來的少年，他看起來就像科幻電影中被化妝師裝扮成外星生物的演員，冷冽刺骨的寒風將少年原先蒼白的臉龐吹成了藍紫色。

另一個讓尤樂斯注意到的就是少年左臉上的疤。再多看幾眼，尤樂斯隨即明白，那不是傷疤，而是睡痕。也就是說，這個闖入者被他發現之前居然都一直安穩地躺在床上。

最讓尤樂斯好奇的莫過於這個闖入者的年紀。

只是個年輕小夥子？

「你到底闖進這裡來做什麼？」

他目測，眼前這個依舊保持沉默的陌生少年絕對還沒滿十八歲。實際年齡甚至有可能更小，對方臉上應該要長鬍子的地方還相當地光滑，甚至還有著幾顆青春痘。

「你到底闖進來找什麼？」

對方給尤樂斯的回答，聞起來帶著一股鹹味。還有一點鐵鏽味，並且相當黏稠滑溜。

尤樂斯完全沒有預料到這個結局。少年把波浪狀麵包刀藏在牛仔褲底下，刀鋒穩穩地插在運動鞋裡，現在那把被牛仔褲壓得稍微彎曲變形的刀，正插在他的肋骨之下。

尤樂斯像個沙袋一樣，身體不自覺地向前跪下，兩腿膝蓋撞擊落地的疼痛讓他幾乎以為他的膝蓋已應聲碎裂。不停滴在地上的血，快速地在木質地板上匯集延伸成一條血流。

他還想對那個鬼魅喊話——當然，這人從來就不是什麼鬼魅，只是個一直存在的死亡威脅——然而，現在他的腦子已經想不起究竟要對他喊些什麼話了，還有，他到底為什麼要對他喊話。

臉上還透著一股稚氣的殺手，不慌不忙地鬆開纏繞在他手臂上的電纜。

在尤樂斯撐不住上身，並且無法控制地側身倒下之前，他腦海裡最後的想法就是：**我居然救了砍我一刀的人的命**，接著，他聽見那個比他年輕不知多少歲的殺手離開了房間。聽到他打開隔壁兒童房的聲音，也聽見他把門關上並將之上鎖，還聽到家具被推動到房門口的聲音，對方似乎企圖將兒童房的門堵住。

法比娜！他在腦海裡大喊女兒的名字。他還掙扎著，不願相信自己再次無力拯救至親。知覺漸漸褪去，尤樂斯失去了意識。

54

克拉拉

「要去那裡，直接用走的還比較快吧。」厄爾將不甚滿意地叨唸著，臉上毫不掩飾地表現出他的失望，他還以為今晚載到的這趟可以讓他小發橫財，沒想到最後卻是這種爛尾的結局。庫當街到佩洛街距離近到當作飯後散步的路程還嫌太短。

克拉拉還是支付了整整四十歐的車資，她心裡暗自希望司機能察覺有異而攔住她，若真如此，她會感激地再支付大把車資，感謝他英勇地阻攔自己送死。

車子停在一棟柏林戰後重建時期落成的建築大樓前，亮著溫暖黃光的大樓如今已被建商改成飯店式公寓，克拉拉心想，司機阻止她下車的話該有多好，司機堅持先載她去醫院療傷的話該有多好。

雄偉的飯店式公寓，一年的租金看起來絕對不會比一台中產階級房車來得便宜。大樓裡的住戶若不是租客，而是握有產權的屋主的話，每位屋主至少都拿出超過一百萬歐元的資金投資在這一小塊土地上了。

克拉拉下了車並轉身環顧四周。望著大樓的米白色磚牆以及希臘石柱，試著找回一絲絲曾經來過這個地方的回憶與印象。她默默地問自己，是否對街那間有機超市感到熟悉？或是對轉角那間素食咖啡店有沒有一點印象？旁邊一點的古董燈飾店裡掛著的醒目俄文招牌呢？

即便她仔細端詳電鈴下方整齊典雅的銅製名牌，她仍沒有印象自己來過這裡。門鈴上的住戶名牌沒有馬格努．凱撒的名字，但三樓的門鈴下方掛著一張空的名牌。

難道這棟大樓真的就是喬化身成亞尼克的地方？

我就是在這裡經歷了今年最美好又最驚悚的一小時？

克拉拉記得很清楚，那時大樓一樓的大門並未上鎖。當時的她並沒有注意到太多細節，然而這件小事卻讓她印象深刻，好像住在這個高級地段的住戶都不怕陌生人非法闖入這棟大樓一樣。當然，每扇公寓大門必會配有多重繁複的門鎖，但只要想到可能會有流浪漢為了避寒，在這下著雪的冬夜裡闖進鋪著平滑大理石的樓梯間過夜，就足以令女住戶嚇得花容失色了吧。

克拉拉不由得想起今晚薩維尼廣場上「教授」的遭遇，那個睡在距離這裡不過幾步之遙的老教授，今晚得忍受嘴裡巨大的痛楚。可以想見，未來幾天裡，他嘴裡的創傷會開始腐爛，想到這裡，克拉拉心裡不禁泛起一陣酸澀。

她的手握著波浪形狀的鐵製門把，隨著手往下壓、大門被拉開，她的呼吸也開始變得緊張急促，喘息聲逐漸明顯，因為這大門正如她印象中的一樣，並未上鎖。

她可以感覺自己的心臟加速跳動，幾乎要從喉嚨裡跳出來了，她先穿過有著拱形天花板的穿堂，停在大廳樓梯前，樓梯旁是整排充滿設計感的不鏽鋼信箱。當時喬是一直到了公寓裡才將蒙在她眼上的眼罩取下來的，眼前這道鋪著紅地毯的木製階梯，她毫無印象。

所以那時我是在三樓嗎？

她伸手摸了摸口袋裡的手機，將之握在手裡，並按了一一〇，食指定格在撥話鍵上方好幾秒，她猶豫了一下。

尤樂斯的確說了，她應該在進去之前打給警察。

但他不是也告訴過我，警察常常在家暴案件上幫不上忙嗎？

好吧，可能一碼歸一碼，現在不是家暴案件，而是連續殺人犯的案件，這次是一個脅迫他人、折磨他人至死的連續殺人案件。但如果她搞錯了怎麼辦？如果這是一場烏龍，如果住在這裡的凱西根本與她今晚所有苦難和犧牲都毫無關聯怎麼辦？

她先前已做過一次令人啼笑皆非、不被採信的口供了，要是她現在報案，警方查到那次極度荒謬的紀錄，不管她以後說什麼，都沒有人會信了。

要是我還有未來的話吧。克拉拉終於來到了三樓，站在這間公寓門前，漆成白色的橡木實心門看來相當厚實，望著這扇沉重的門，她幾乎失聲笑了出來，笑自己的天真愚蠢。她怎麼會以為她可以辦得到？她根本就完全沒有準備。

妳這個傻瓜，妳現在跑到這裡了，然後呢？現在打算幹嘛？

或許先按個電鈴？

或許找找看門口踏墊下有沒有藏屋主的備用鑰匙？

或者模仿好萊塢電影明星，在腦子裡快速思考所有可能的密碼，並在警報大響前的最後一秒準確無誤、出奇不意地輸入密碼，解開警報？以這裡的裝潢和地段來看，屋主絕對有裝設警報設備。

根本就是在作夢。或許我應該試試看公寓門到底有沒有……

克拉拉深吸了一口氣，好像她準備要潛進水底好長一段時間那樣。她腦袋裡所有的思緒都暫停了運轉。她手上握著門把的觸感、她轉動門把的感覺、她的所有感受都相當真實，這些通通不可能是偶然。

今晚發生的所有事情，沒有一件是純粹的偶然！

然而，最不可能發生的情況正真實地呈現在她眼前。這間位在柏林市中心高級地段的佩洛街四十四號三樓公寓，居然從大門到公寓都沒有上鎖，只需要輕輕按下門把，大門便緩緩地為我敞開！

55

尤樂斯

失去意識的狀態持續了兩天。或兩小時。總之，尤樂斯完全失去了時間感。失血過量也同時令他失去了意識，地板上積滿一大灘他的血。等他再次回過神，只覺得全身流過一陣從未有過的冰冷感受，剛回復意識的前幾秒，他只能睜開雙眼，靜靜地看著自己的血涓涓地沿著木頭地板與地板中間的縫隙，筆直往前延伸。過了好一陣子他才突然意識到，從他身上流出的血，全都朝著不遠處的手機流去，那支在他英勇的救援義舉之前，被他拋回客房的手機。

那個瘋狂的少年刺客為什麼沒有順手拿走這支手機？

八成是覺得躺在這裡的這傢伙沒救了吧。

尤樂斯雖然不能理解，自己受了這麼嚴重的刀傷怎麼還醒得過來。刀傷雖深，卻沒有傷到重要的器官。

他伸手抓過一旁的小型抱枕，先前床鋪被翻倒，令枕頭散落一地，他手邊不遠處正好有一顆。他用力將枕套撕開，抵住自己的傷口。接著便站起身來。

步履仍舊不穩的他，手扶著牆和衣櫃，一路支撐自己走到門邊，再沿著走廊往門口走去。他用顫抖不停的手試了好幾次，才成功地把鑰匙插進門鎖，現在，他終於成功將反鎖的公寓門解開了。

要是情況糟到他必須和女兒一起逃生，或者他能逮住刺客並成功把他揍到奪門而出，公寓門最好處在敞開的狀態。

他先撥了一一〇報警，但是話筒只傳來和先前一樣令人喪氣的客服語音：

「柏林市警察局報案專線你好，目前所有的警務人員都在忙線中，請耐心等候！不要掛斷電話。Please hold the line. Police Emergency Call Department. At the moment……」

尤樂斯不耐煩地掛掉電話，並伸手用力轉動兒童房的門。

過低的體溫令尤樂斯冷得直發抖，他腦海裡開始不受控制地出現幻覺。驗屍檯上那具小小的身軀，是范倫丁冰冷的屍體，法比娜的屍體並排在一旁。死亡原因：被瘋狂的神經病持刀割破氣管致死。

「法比娜！」他發狂般地對著兒童房的木門大吼，兒童房門正如他所料的，被那個刺客從裡頭反鎖。

正常情況下，他絕對會用全身的力量，立刻衝撞房門，直到所有堵住房門的衣櫃、床架、所有的家具都被撞開為止，就算這樣做會讓他手臂廢掉也無所謂。但是他現在身負刀傷，已經不可能有力氣撞門了。

即使他自己也害怕到不行，但他仍舊在門外大叫道：「小東西，不要怕！我馬上進去救妳。」腦中浮現他第一次放手讓法比娜走路上學的模樣。當時的他根本放不了手，整天都偷偷尾隨在法比娜身後，悄悄偷看她是否一切安好。他曾向法比娜口頭保證過，只要他還在，就絕對不會讓她受到一丁點的委屈和不愉快，不管她在世界各地的哪個角落。

而結果呢？他完全沒有守住自己的承諾。

「你要是他媽的敢動她一根寒毛，我一定殺了你！」他大聲地對著兒童門吼叫。

「放過那個小女孩！不管你要什麼，只你要開口，我都可以給你。」

腰側間按壓著傷口的枕頭套都濕透了，血不停地沿著布面滴到地上，並沿著走廊的木頭地板形成一道清晰可見的血流。

尤樂斯看了看地板上的血跡以及自己的襪子，點了點頭。

不能讓血跡透露自己的位置。

他決定立刻回客房。將吸滿血的襪子脫下，先前撒在地上的燈泡碎片仍深深刺在他腳底各處，腳掌、腳跟全都扎滿了玻璃碎片。

幸運的是，在如此緊張的情況之下，他一點也感受不到玻璃刺入腳底的痛楚，不然他絕對無法踏出任何一步。或許是今晚窗台前的石砌屋簷在長時間的風雪侵襲之後，冰得跟凍鐵一樣，當他踩在上面時，腳底的傷口似乎瞬間結凍。尤樂斯不得不再次跨過冰凍的窗台，再一次將外頭隨風擺動的電纜拉近身，用力將電纜牢牢捆在自己身上，讓自己藉著電纜的力量遠遠地甩出大樓牆面。

這時他原本收在襯衫口袋裡的手機卻突然響起，跨出窗台前，尤樂斯便已事先將手機收到棉質外套的襯衫口袋裡，他並沒有多餘的手接電話，不過這現在也不重要了。眼下最重要的就是專心地、一步步跨過大樓外牆上的石像，不要摔死就好。

掛在空中的他背對街道，面對著牆，即便他知道在多數的電影裡通常是反過來才對，但是他現在覺得石砌外牆上深淺不一的石磚才是他意外墜樓時可以安全降落的區域，他必須隨時看著它們才行。

他張開手掌，用力攀抓建築上陳舊骯髒的屋瓦，兩隻腳小心翼翼地，每次僅能移動幾公分，一步步往一旁前進。

假裝自己在冰上跳華爾滋。

要是街道上有人恰巧抬頭往上看，一定覺得他不是要跳樓自殺，就是個企圖闖空門的小偷。

風吹著他的衣服，冰冽的空氣毫不客氣地鑽進布料的孔隙，然而他一點也不退縮，繼續往兒童房前進。

終於讓他爬到兒童房外的窗台，尤樂斯有相當大的把握，自己不會摔落地面，何況現在看來，從高樓摔死已經不是最大的問題了。

最大的問題是，現在呢？現在他該幹嘛？

兒童房的窗戶當然也是鎖死的。以尤樂斯僅靠電纜支撐懸掛在大樓牆外的狀態，自然也無法以助跑衝刺的方式衝撞窗戶。

他張開兩隻手，用力抓住兒童房的窗戶，雙眼盯著房裡的動靜。

兒童房內小小的五斗衣櫃傾斜著，從裡面卡住門把，讓人無法從外頭打開。

接著那個刺刀男孩的臉突然出現在窗戶旁，尤樂斯嚇得差點失去平衡。

好險……尤樂斯用拳頭用力地敲擊窗戶玻璃，即便這扇玻璃只是單純的玻璃，並非氣密窗材質，但對於手上沒有任何尖銳物品的尤樂斯而言還是太厚了，他無法徒手打破窗戶。

「給我放開她！」他大叫著，並用力搥打玻璃，發出了巨大的聲響。玻璃仍舊紋風不動。尤樂斯盯著少年的眼睛，他確信自己看懂了少年殺手眼裡的算計：該用力打開窗戶一把將他打飛嗎？但風險太大了，一個搞不好，還給了他闖進室內的大好機會。

房內的陌生少年來回踱步，尤樂斯就像在窗外看戲的人，只能緊張地瞪著這個在屋內的陌生人。他眼睜睜看著這傢伙手裡拿著那把廚房麵包刀，彎過身向女孩說話。天空又開始下雨了，雨勢越來越大。一發不可收拾。

尤樂斯眼前的玻璃被雨水洗刷得模糊，再也無法看清房內的情況。他只能從窗外分辨出一個較大的輪廓，看起來正在把一個比較小的、不停晃動的身體抱起來。

「法比娜！」他大吼，懷內的手機再次響起，此時，他突然有了一個脫困的方法。

尤樂斯急急忙忙把手伸向外套下的襯衫口袋。緊張不已的他失去平衡，不由自主地晃了一下，沾滿雨水的濕黏雙手差點把黛安娜的自殺訣別信一起抽出來，在這種極端危險的狀態之下，他最不願意看到的事情就是意外失去這封信。度秒如年，終於，一、兩秒鐘之後，他成功抽出手機，雖然知道可能會有另一個小生命因此受到驚嚇，他還是用盡全力把手機尖端對準玻璃，用力撞擊。一次、兩次、三次，直到厚重的玻璃開始出現蜘蛛網狀的裂痕，裂痕的範圍漸漸擴大，他能準備用肩膀撞擊了。用盡全身的力氣，他一舉撞破玻璃，連人帶窗一起摔進了兒童房。

56

破窗行動不過用了他十秒鐘的時間。

挾帶玻璃碎片衝入房內的同時，尤樂斯恰巧擊中闖入者，用他全身的重量壓在對方身上。兩個人扭打在一起，滾過整個房間，滾過隨著尤樂斯一起噴進房內的大量玻璃碎片，此時此刻的尤樂斯無法看清少年將麵包刀藏在哪裡，也顧不得自己是否會在混亂中再次被麵包刀刺中，或是被地板上大量的玻璃碎片割傷。

「法比娜！」當他一眼瞥見少年刺客拿著麵包刀，磨刀霍霍地往兒童床的方向前進時，完全失去理智的他在腦海裡大喊小女孩的名字。

「放開她！」眼前這傢伙發出一個與瘦小身軀不成比例的低沉嗓音吼道。「別傷害她！」

在半黑的兒童房裡，尤樂斯無法藉著街燈映入房內的昏黃光線，快速分辨小女孩是否毫髮無傷。但是又驚恐又懷疑的他，先入為主地認為闖入者一定是意圖傷害小女孩，才反鎖兒童房的。

我一定要保護她。就算犧牲自己的性命也無所謂。我一定、我一定要保護她，我……

尤樂斯奮不顧身地用力滾向兒童床，心裡已經做好可能會再被捅一刀的準備，這次這刀可能會命中要害，最終可能致他於死地，然而落到床上的他，卻沒有感受到想像中的痛楚，只有呼呼的穿堂風大聲作響於耳。狂風颳入房內，沿著牆壁四處亂竄，又迅速找到出口，從敞開的房門往外吹。

凶手早就在倉皇之中脫身，還將抵著門把的五斗櫃挪開，並從房間逃跑了。

逃去哪裡？去找新的凶器？

還是這傢伙有幫手？

還是說，尤樂斯不敢再多想，因為這種奢侈的期望通常都不會成真，**還是說，這傢伙逃跑了？**

樓梯間傳來的急促下樓腳步聲證實了他的猜測。樓下大門沉重響亮地關上的聲音也印證了他的想法。

還是說，這傢伙在聲東擊西？

「爸爸？」

尤樂斯抬起頭。「噓……我親愛的小甜心，噓……沒事的，一切都過去了，沒事的。」

他伸手輕輕撫著她的頭，並且希望他剛剛的期望成真，希望一切都過去了，不會再有人威脅這個小女孩的生命。

希望那個傢伙不要再折返。

希望他不要再回頭找麻煩。

「爸爸，你讓他回去了嗎？」眼前這個楚楚可憐的小女孩，這個全世界最無辜的小女孩，將她的小臉從床單下探出來問道。一邊哭泣著，一邊抽抽噎噎地吸著鼻涕。

「是的，我的小甜心。」他輕聲低語，好似在擔心要是他的音量過大，就會再把殺手引回來一樣。以他現在的體力，也無法大聲說話了。

尤樂斯試著整理思緒，隨著他倒地、大量失血之後，他的頭腦裡似乎也記不清事發經過了。

我的天，那傢伙究竟是誰？他到底跑到這間房子裡做什麼？

他的手機再次響起，而這次他終於有喘息時間可以接電話了。

「你還終於是接電話了，兒子。我現在就在去找你的路上。」他父親說。「你到底發生什麼事了？」

這個問題大概要花上好一段時間來回答，但尤樂斯眼下實在沒有力氣，也沒有時間好好跟父親解釋事發經過，因此他只呻吟了一聲，並簡短回答道：「等你到了我再解釋給你聽。」

「好咧，我在路上了。」

尤樂斯將破窗的窗簾拉上，好讓窗外的冷風不要直接灌入房間裡。接著，他再將暖氣一口氣轉到最高溫，做完這些安排後，他已全身無力地癱坐在地上了。

他背靠著牆上的暖氣，眼神渙散地盯著走廊，感受體力一點一滴地流失，然而他盡量保持意識清醒。只要撐到那個時候，只要撐到他能夠確認他今天的任務真正完結就好。

就這次，這一次我一定要守住承諾。

「門是開著的。」他對著電話說道，並且聽到樓下傳來快步爬上樓梯的腳步聲。這次他希望、衷心希望那不是殺手的腳步聲，他請求他的父親，拜託先不要掛上電話。

57

克拉拉

「淚水裡沒有真相，拳頭裡才有。」

克拉拉還可以清楚地回憶起這個句子，字字清晰得不像幾十年前的回憶，當時父親坐在她床邊對她說著故事，一切像是昨天才剛被父親訓過話一樣歷歷在目。

她能嗅到那股熟悉的、木質調性的鬍後水味，彷彿能感受到他俯身親吻她時，鬍碴輕輕擦過她臉頰的刺痛感，他因喝了酒而有點乾的磁性嗓音猶然在耳，也似乎還能聞到那股混合淡淡菸草和紅酒氣息的氣味，一股她至今仍覺得有點噁心的味道。

「想像一下，如果今天妳最好的朋友在地鐵站被兩個年輕的陌生男子攻擊。他們把妳朋友打到噴鼻血了，妳會怎麼反應？」

「我一定會出手阻止他們。」她記得當時她是這樣信誓旦旦地回答父親的，她看著父親責備的眼神，告訴她這並不是個理想的答案。

「妳現在說得可容易。每個白癡都會說大話，嘴上胡謅些社會公平正義。」社會公平正義，當時克拉拉還太小，無法理解是什麼意思。直到許多年後的今天，她才明白這個字，還有她父親那天晚上想告訴她的道理。「只有等妳真的願意冒險去抵抗暴力，妳才會顯露真正的本性。暴力。」父親舉起他的食指在克拉拉面前晃動，「暴力會無情地撕毀每個人臉上的假面具。逼迫每一人採取行動。碰！露出真面目！」父親雙手擊掌，而當時還小的她則嚇得躲進棉被裡。「妳看，像妳這麼膽小害怕，遇到暴力就沒辦法保持腦袋清醒，好好衡量手上的選擇。現在，只有三秒可以決定：妳要挺身而出幫忙朋友？還是逃跑？」

「暴力，」父親當時的提問仍言猶在耳。「要是發生在妳身上的話，妳該怎麼反應？」

今日的她，終於可以給父親一個斬釘截鐵的答案：她不會逃跑。她會留在原地面對。或許這是她人生第一次做出這樣的決定，或許是因為她的人生已經走到一個十字路口，眼前的死亡威脅如此真實，讓站在這裡的她，最終決定承擔暴力的風險。克拉拉站在這棟古典建築的三樓，不由自主地感覺自己曾在夢中經歷過這一幕，她來過這裡，有著同樣的目的。這是一種似曾相識的幻覺。

克拉拉循記憶穿過門廊，來到公寓角落裡偌大的開放式廚房，踏出穿過門廊的每一步時她都能感受到一旁的家具悄悄地、靜默地向她招手，指點她該往哪裡走。牆上的壁畫互相竊竊私語著，掛在牆上的可替換式黑白相片，看來就像從五金大賣場隨相框附贈的廉價樣紙，便宜的質地和高貴的古典公寓顯得格格不入。通往廚房的灰色長型地毯，對著她的雙腳呢喃地打著招呼，然而當她見到廚房那張大餐桌時，餐桌以接近狂吼般的音量對她呼喊著：「歡迎回來！」

「我從沒來過這裡！」她出聲音抗議，好似公寓中各個角落和家具真的有靈魂，令她必須出聲為自己辯解一番才行。

確實，這裡沒有什麼東西是她有印象的。

如果她真的來過這裡，那個顯眼的可口可樂冰箱以及廚房裡那張大型灰色沙發，她絕對會記得。畢竟，誰會在廚房裡擺沙發，不怕吸油煙嗎？

伸手拉開廚房的推門，另一端是餐廳，裡頭擺著一張胡桃木製的餐桌。她用手指順著撫摸木質餐桌的邊緣，放任手指隨著原木紋路自然起伏，感受原木質地的餐桌磨砂加工後的圓潤觸感，即便如此，她仍對這裡的物品毫無印象，她找不到任何蛛絲馬跡，顯示她曾在這裡度過美妙又驚恐的一晚，那個之後讓她不得不選擇結束自己性命的夜晚。

餐廳後方的玻璃陳列櫃裡有一張裱框的照片，照片裡一個年輕、蓄著一點鬍子的男人坐在輪椅上。輪椅後方站著另一個高瘦男子，眼神裡有著數不盡的憂鬱，大概是前方輪椅男子的護理師吧。

不論是坐著輪椅或是後方消瘦高䠷的男子，兩人的長相都不像亞尼克。後方書架上，按照英文字母排列的謀殺推理小說，卻對克拉拉嘶吼地狂叫：「妳再繼續看！再繼續仔細地看！克拉拉！妳會發現的！」

千真萬確。

走過起居室，走過那間狹小、只放著電腦以及一盆幾乎奄奄一息的金錢樹的工作室，再走過浴室。她站在一扇未開啟的門前

她認得這幅掛在牆上的藝術品。

還有那把該死的武士刀！

她的眼神轉向床邊桌。更確切地說，她望向床邊桌上整排的開關，那排做工極佳、工整地鑲嵌在木桌裡的開關。

那排開關，也就是令水床呈現血紅色的原因。

「我猜，這是妳第一次在屍體上做愛，對吧？」

從這一刻開始，從她確實發現自己曾來過這裡的事實開始，屋內所有家具都同時靜默地乖乖閉上了嘴，沒有再對她狂喊著「歡迎回來」。就在這時，亞尼克的聲音再次浮現，彷彿在她耳邊輕輕

對她說話。

她彷彿能聽見他的聲音，肌膚好似能感受到他的呼吸，如同亞尼克本人就在現場一樣。當她再次慢慢地踏進這個熟悉的臥室時，她感到自己或許正犯下一個天大的錯誤，她下意識警覺性地迅速轉過頭，看向臥室門口。

58

尤樂斯

「好咧，你家大樓那部爛電梯又壞了，等我爬上你那層樓，你大概得幫我準備氧氣罩。」電話另一端的父親不耐煩地抱怨著，但仍舊按照尤樂斯的請求繼續保持通話，沒有掛掉手機。

尤樂斯聽到樓梯間傳來的沉重腳步聲後，按下結束通話鍵。幾分鐘後，公寓大門入口處的地板傳來吱吱作響的聲音。

「有人在嗎？」響亮的聲音從大門口傳來。老式建築公寓似乎毫無隔音可言，屋裡的每一個聲響都會像聲納般，一間傳過一間房，音量只會隨著距離增加而越來越大，不會變小，不過現在隔不隔音也不重要了，反正孩童房裡原先熟睡的小女孩已經醒了。

「我在兒童房裡，」尤樂斯大聲喊回去。「在法比娜這裡。」小女孩仍舊害怕不已地將頭埋在床單下，他只好伸出手輕輕地、憐愛地撫摸著小女孩，安撫她。

「在法比娜身邊？你發什麼神經……」

漢斯克斯丁．唐貝格退休之後，就習慣天天穿運動鞋。但現正踩在燈泡碎片上的鞋，卻是雙帶有膠底的真皮皮鞋。

「這是怎麼回事？」說出這句話的人終於出現在兒童房門前，而這張臉，卻不是尤樂斯父親的臉。

「爸爸？」小女孩驚訝地呼喊著。

「別害怕。」尤樂斯一邊安撫著小孩，一邊試圖按住小女孩的床單，以防小女孩看見這個突然出現在房間門口的男人。

「你是誰？」門口那男人有著一張相當親切和藹的臉和高大的身材，身上穿著一套打理得相當精緻的西裝，只是西裝看來被外頭的風雨沾濕了。

典型的風流倜儻的男人，所有女人見到之後都會不假思索地對他傾心。尤樂斯心裡默默想著。

「爸爸！」小女孩大叫。她還是成功掙脫了尤樂斯試圖蓋住的床單，從被子裡探出頭。

然而小女孩的雙眼卻不是看著尤樂斯，這舉動讓他著實心酸了一下。他心裡明白，自己一點吃醋的理由也沒有，而且小女孩的行為反應其實很正常，但他仍舊感覺胸口像是被扎了一針一樣地難過。當然，他們倆一起度過的時間還太短。而小女孩因為發燒而一直半夢半醒，她並沒有太多時間和尤樂斯相互了解。

我們之間一點感情也沒有。妳還太小，還不明白我今天晚上為妳做了些什麼。

「爸爸！」小女孩再次喊道，並試著從尤樂斯身邊掙脫，想往站在門邊的爸爸那裡去。

去到她親愛的爸爸身邊。

59

小女孩其實不是法比娜。她倆的模樣完全不像，尤樂斯當然心知肚明。只是今晚陪她度過了這麼多次的生死關頭，他好幾次無條件地捨身守護這條小生命，讓他暫時自我催眠了，把眼前這位誓死保護的小女孩當作自己的親生女兒。況且，小女孩今晚確實也有好幾次在緊張的時刻主動靠向他，尋求他的保護，這幾個觸動心弦的片刻，不停地呼應他腦海裡的幻覺。

我親愛的小女兒。

眼前這個孱弱的七歲小女孩正試著坐起身。女孩今晚承受的高燒和疲憊，令她過去幾小時一直處在精神恍惚又意識不清的狀態，小女孩病了，因此更為黏人，尤樂斯完全忽略了一個殘酷事實：那個男人，那個今晚守在她身邊安撫她、照顧她、呵護備至地餵她吃退燒藥的男人，對她而言，其實是個全然的陌生人。

「你是誰？」站在兒童房外的男子過於驚嚇，一臉慘白，顫抖著下唇，好不容易才說出：「你闖入我們家裡要做什麼？」

「妳乖乖在這裡躺好。」尤樂斯輕聲命令床上的小女孩，他手裡一直握著那把長刀，少年刺客在逃跑時，匆忙丟在兒童房門邊的凶器。

「可是我想去我爸爸那裡！」

「不行，小東西。」尤樂斯在她面前晃了晃鋒利的波浪刀。「妳不會想要去找爸爸的。」

她睜著水汪汪的大眼。想必再過幾秒，斗大的淚水就要從她圓潤的臉龐滑下來了。

「不怕不怕，艾美莉亞，不怕不怕……」站在門邊的男人連忙哄著小女孩，然而卻膽怯得一步也不敢貿然踏進兒童房。

尤樂斯搖搖頭，臉上帶著悲戚的笑容。「誰能想得到呢，從你的嘴裡居然會吐出這樣陰柔女性化的字句。」

他隨即用刀鋒指指他，示意他往後退一步，離開兒童房。

「跟我來，馬丁，我們去浴室解決。」

如果他沒有記錯，整間公寓裡唯一可以鎖起來的房間就只有浴室了。畢竟今晚也是他第一次來到克拉拉的公寓，他還沒熟悉這間公寓的每一寸角落。

60

克拉拉

「黑暗的深處我靜靜地凝望，」在克拉拉轉過身的同時，她不由自主地輕聲唸出這段詩詞。「驚恐又猶疑地夢著，我一再反覆地夢著，先前未曾經歷過的夢。」

愛倫坡的詩總能讓她靜下心來。

這至少成功地把亞尼克的聲音從腦海裡趕了出去。除此之外，這段詩描述的場景，也是克拉拉心底正暗自期盼的場景：一個年邁的老人在午夜夢迴之際，聽見了敲門聲，他開了門，向外望去，外頭卻是漆黑一片，沒有任何東西。

黑暗的深處，就繼續保持黑暗就好，不要再出現更多東西了。

如同詩中的老人一樣，克拉拉望了望黑暗的深處，暗自希望能像詩中場景一樣，不要有人出現，不要看見有人站在臥室裡，不要看見亞尼克。更不要看見馬丁——不要，不要看見任何一個會傷害她的男人。其實她已經清楚地聽到從樓梯間傳來的沉重腳步聲。理所當然，既然聽到了腳步聲，代表隊方早就出現在門邊了。他自信滿滿地笑著，臉上掛著一絲驚訝，好似他也相當驚訝怎麼會在這裡見到她。

「亞尼克。」她一見到眼前這張曾讓她那麼信任卻又憎恨的臉後，便立刻認了出來。

「哦，看看是誰在這裡啊。」他一邊說一邊大笑著。

就如同在夢遊一般，克拉拉自動按下手機的撥號鍵，早已按好的電話號碼一一〇立刻撥出。接著她微微思考了一下，她有沒有可能在亞尼克制伏她之前，搶先一步取下掛在牆上的武士刀，快速考量情勢之後，她迅速地決定不該冒這個險。她快速越過水床，逃進狹小的浴室，越過水床時她仍不免瞥見漂浮在螢光綠水床下的破碎屍體。瞬間，她一陣反胃。然而她強忍著欲嘔感，快速跑進浴室，想把自己關在安全的地方。太好了，沒有電子語音的冗長等待，她的電話立刻被接通，電話另一頭傳來員警的聲音。「拜託，拜託趕快派人過來，這裡是佩洛街四十四號三樓。」

她一手握著電話報案，另一隻手發抖著，慌亂地不停扳弄浴室門鎖，想把鎖鏈扣上，但是亞尼克的速度更快，他一腳大力踹開克拉拉來不及反鎖的門。

「他要殺了我！」

她整個人退到浴室角落，背部抵著冰冷的磁磚牆面。

亞尼克則站在浴室門口，就像當時他們第一次在這裡見面時，他從浴室走出來的樣子，只是這次他不是從浴室往外看，而是站在浴室內，注視著蓮蓬頭下瑟縮發抖的克拉拉。毫不意外地，他果然早已將牆上的武士刀握在手裡，並取下了刀鞘。

這次他不會只是劃破我的鼻翼而已。

亞尼克從上方俯視瑟縮在地上的她。他一臉好奇，像是好奇劇情會如何發展的觀眾。

「請問妳來電的事由是什麼呢？」電話那端的員警詢問著。

「有人威脅要殺死我。」她用力將手機貼緊耳朵回話，而亞尼克則皺著眉頭戲謔地看著她。

「哦，是誰威脅要殺死妳啊，小甜心？」他輕聲在一旁語帶嘲諷地說道。他的音量恰到好處，為了確保電話那端的警局電話錄音系統絕對無法明確地錄下他的聲音，他刻意和克拉拉保持著一小段距離。

至少還有一小段距離。

「哦，我又不會對妳怎樣，」他神情輕鬆地撒了個謊。「話說回來，我們現在所處的公寓也不是我的，就算妳真的叫了警察，我在他們整裝出發之前就能完事並逃之夭夭了。」

「那傢伙手上有凶器，」克拉拉繼續對著員警慌張地喊道。

「他要殺了我！他要殺了我！」

亞尼克依然氣定神閒地站在浴室門邊，臉上的獰笑更加肆意。「妳還真的聽不懂人話啊，妳這比豬還愚蠢的臭婊子。我從來就不是那個真正威脅妳生命的人。對我而言啊，妳不過就是個打發時間的東西而已。我從來就沒有打算殺了妳，不過現在，妳可讓我無從選擇了！」

「附近有其他安全的地方可以藏身嗎？」接聽報案專線的員警開始緊張了，他的回答顯然太過不專業，就快錯過救人的先機。「不，沒有，或許可能躲得掉，不，不，我不知道。」克拉拉結結巴巴地回答，眼睛盯著亞尼克——或者凱西，或是喬的這名男子——不管這個神經病殺人狂究竟叫什麼，他伸長手臂一把將她的手機奪下，摔到一旁。

除了這個動作之外，這個男人便不再做任何攻擊動作。然而克拉拉必須把握她唯一的逃生機會，她繼續大聲嘶吼著，但她根本沒有理由這樣做，因為眼前這位威脅著要殺死她的男人，並沒有再作勢攻擊，他甚至連動也沒有動一下。

即便如此，克拉拉仍不停地激動大喊：「啊！我的天！他來了！他找到我了，他……」

同時，她伸手摸向腰間皮帶，抽出漢德克的手槍，她舉起那把自停車場拿走後便一直藏在褲子和背部中間的手槍，瞄準他。

並對亞尼克的胸膛連開三槍。

61

「喂？妳還在線上嗎？請問妳還好嗎？」可以想見報案專線的員警語氣聽起來比先前更加緊張，畢竟，他剛才在電話裡聽到了連續槍響。

克拉拉顫抖著試著回話。她嘗試開口，但無論她再怎麼努力，聲音還是嚴重顫抖，哽咽得無法完整說出一段話，聽在對方耳裡，好像有個透明罩罩著她一樣。

「是，是，我還在線上。但是一切都太遲了，我的天啊，一切都來不及了。」

她往前跨了一步，站在亞尼克面前，這傢伙睜大眼，不可置信地瞪著她。他像個沙袋一樣倒向地板，上半身斜靠在浴室裡烘乾浴巾的暖氣架上。他的右手臂不聽使喚地抽動著。一支手機從他手裡掉出，滑到地上後，螢幕朝下掉在浴室地板的磁磚上，很快地，整支手機螢幕就被鮮血覆蓋。

克拉拉又驚又恐地深吸一口氣。一次深呼吸、兩次深呼吸，呼吸越來越急促。只有當她將胸腔吸滿了氧氣，才能止住耳裡高頻率的轟鳴聲，那是槍聲造成的暫時性耳鳴。

「喂？妳有聽到嗎？請保持冷靜。我們立刻就趕到妳的住址。」

「謝謝！」她回答完這句話後便開始不受控制地放聲大哭。

「我必須要自我防衛，」她哭著說道，並且認為自己的說詞相當有說服力，至少她很確定，若是沒有採取這樣的措施，現在躺在浴室地板抽慉淌血的，可能就不是亞尼克，而是她自己了。「我別無選擇。」

她完全崩潰了。這次她並不是在演戲，也不是演默劇給誰看。多年積累的委屈和苦楚，在這一刻戲劇性地全面釋放。她不由自主地想到馬丁，想到他在「禪」旅館拍下的那支噁心、泯滅道德的性虐待影片，想到水床底下那堆觸目驚心的肢體殘骸，想到她身上多年來滿是瘀青，承受了無數凌辱，還有，馬丁今晚將她「拍賣」的場景。這段婚姻帶來的所有負擔與冤屈沉重地壓在她瘦弱的肩上。她連抬起腳跨過這個漸漸死去的男人的力氣都沒有，這男人曾在這間公寓裡和她共享魚水之歡，又用她的血在公寓牆上寫下她的死期。她走出浴室，回到那間餘韻猶存的臥室，再一次看著那張殺人魔的水床，以及床下漂浮的破碎屍塊，她瞬間決堤，所有的冤屈與苦楚一起湧上心頭。

克拉拉結巴地大吼著，悲憤的臉上滿是淚水和鼻水，怒不可遏的她，像隻抓狂的野貓，失控得破口大罵，激動得連話都說不清楚，罵了一些連自己也聽不懂的話，她不斷哽咽著，聽起來像個快溺水的人。悲傷和憤怒交加的她，已經激動得語無倫次了。

「請冷靜。我們立刻趕往現場。」報案專線的員警試圖想讓克拉拉保持鎮靜，但令她瞬間冷靜下來的，並非員警單調重複的話術。

而是手機裡頻頻傳來的插播聲，這是一個頻率穩定的聲響，一開始她還以為是自己過度緊張而造成的劇烈心跳聲。

克拉拉胡亂地用手背抹乾臉上的淚水，再用力睜開眼看自己的手機螢幕。

直接從背上潑一桶冰水的鎮靜效果可能都不比這通來電有效。

毫無疑問，她知道這代表什麼：這通電話在這個時間點出現，絕對不是什麼好事。過了午夜還接到這通來電，只有一個可能：有恐怖的事情發生了，比她剛剛經歷的生死交關還要驚悚的事。

62

「喂？是維涅太太嗎？」

「是的。」

克拉拉一邊回答，一邊快速地小跑步。準備離開公寓，她先跑到樓梯間。還沒聽到警笛聲，或許她還有時間可以逃離現場。

從這個犯罪現場趕去下一個犯罪現場。

「發生了什麼事？」

克拉拉兩步跨作一步匆忙拾階而下。途中經過一個穿著睡袍的女人，看來一定是被槍響驚醒的住戶，當克拉拉倉皇地從她身邊跑過時，女人嚇得花容失色地躲回公寓門後。

「妳好，我是伊莉莎白．哈特姆，維果的母親。」電話那端的女聲快速地交代她是誰。克拉拉完全不需要這串解釋，維果母親家的電話號碼老早就被她以「保姆」為名存在電話簿裡了。

「艾美莉亞發生了什麼事嗎？」克拉拉催促道。哈姆特太太是個相當富有同情心又樂心助人的女士，但她有個極大的缺點：動作非常緩慢。任何事情到了她手上，就會以令人不耐煩又極度緩慢的速度處理。她不只行動慢，說話也奇慢無比，走路速度更跟蝸牛沒兩樣，馬丁時不時咒罵這件事，他說維果的思考速度都比這女人快多了。

「這次呢，我是因為其他的原因致電叨擾妳的。我還不太確定，但是我相信，這一次我應該要打電話叫警察比較好。」

「為什麼？究竟發生了什麼事？」

克拉拉終於步出了公寓大門，再度站在佩洛街上。還沒看到任何警車，也沒聽見警笛聲。她抬頭望向天空，未見警車的藍色閃光在柏林夜空中閃爍。只見朦朧細雨從天而降，在落到地面之前就結成了片片雪花。

「維果激動得變了一個樣。他赤著腳衝回家，從頭到腳都是血，衣服上也都是血跡。維果，不要這樣……拜託，手拿開。」

很明顯地，哈特姆太太身旁那位十七歲的少年再也忍不住了，不顧母親阻止便一把將她手上的電話搶過來，現在電話握在少年的手上。他比母親更簡潔、更清楚地將訊息告訴克拉拉，「妳必須盡快回家，維涅太太！」

克拉拉跑過街角，人行道撒滿防滑用的碎石，克拉拉跑得過快，差點滑了一跤，一站穩，她就繼續向前拔腿狂奔。迎面而來的一對情侶互相摟著對方，走在結了薄冰而顯得滑溜的人行道上，開心地互相打鬧嘻笑著，當他們抬頭看見克拉拉時，兩人頓時噤聲。一個淚流滿面的女人跛著一隻腳，蹣跚地小跑步，手上還握著一把槍。人行道一面廣告看板映出了克拉拉的模樣，她才突然意識到自己狼狽不堪的外貌有多麼嚇人。她必須努力克制自己，才不會不小心對著話筒那端的人咆哮。

「艾美莉亞究竟發生了什麼事？」她只有這個問題要問，這才是她唯一關心的事情。

而維果給她的答案，卻印證了她心裡最擔心、最恐懼的事情，這是全天下母親最害怕的答案：

「我不知道。」

克拉拉靜止不動。眼神空洞地望向一旁擺著喀什米爾羊毛精品的櫥窗，要是她擔心的事情真的發生了，店裡再昂貴精緻的羊毛大衣也無法帶給她任何一絲溫暖。

「艾美莉亞約莫八點就上床睡覺了。」維果繼續說著。「我就去了客房躺下休息，大約十點左右，我被屋裡一陣相當大聲的噪音嚇醒。剛開始我以為是艾美莉亞打破了玻璃杯。於是我起床，想去廚房查看是怎麼一回事，卻發現廚房裡站了一位陌生男子，而且還正在講電話。」

「你說誰在廚房裡？」

「我不知道那個人是誰。我想他一定是闖進來的。我剛開始以為是妳先生回來了，或是他的朋友來，但接著我卻聽到那個陌生男子說『在這棟房子裡的人都逃不過死路一條』。我當時心想好險他還沒發現我！」

克拉拉幾乎要失聲尖叫了，身為一個母親，最原始的恐懼、最擔心害怕的事情，就是失去她生命中最寶貴的孩子，一想到這點，她的咽喉就像被緊緊掐住一樣，無法出聲。

「我沒有手機，而妳家裡沒有任何電話，維涅太太。」該死的是，馬丁以前便不停批評這一點，他說這個少年沒有手機，要是遇到緊急事件，少年連打電話求援的機會都沒有。以往，她總想盡各種理由安撫馬丁，要是艾美莉亞真的發生什麼事，少年只需下樓穿過後院，回去他母親家就行了。

「我原本打算跑回母親家找人幫忙。」少年的嗓音不時地開岔。「可是那傢伙在廚房聽見我轉動大門鑰匙的聲響，朝著我走過來，我只好先想辦法躲起來，一個房間躲過一個房間，藏在他還沒搜索到的房間裡。然後，我設法從浴室裡拿了一些安眠藥，想混到那傢伙喝的果汁瓶裡面。我還從廚房裡拿了一把麵包刀，但是好巧不巧，那時艾美莉亞突然開始哭，我看見那傢伙拿著一把手槍往艾美莉亞的房間走去。我的天啊，我真的很希望我可以保護艾美莉亞。可是……」

克拉拉閉上眼睛。她聽得見街上呼嘯而過的物流車，感受得到打在臉上的綿綿細雨，也感覺到斗大水滴從身後店家的屋簷滴到她的脖子上，但她全身卻像癱瘓麻痺了一樣，完全失去知覺。她已無力再往前。

「請相信我，我一點也不願意把艾美莉亞單獨留在那傢伙手裡。特別是今晚，艾美莉亞今晚的健康狀況特別糟糕。可是我沒有其他的辦法了，我躲到客房的床底下，結果還是被那傢伙找到了。接下來我便試著從客房窗戶逃脫。真的很對不起，請妳務必盡速回家！」

這是他第二次呼喊，請她盡快回家，她不需要知道更多的資訊。這就是一個母親唯一所需要聽到的關鍵字。

回家。

克拉拉掛掉電話，努力地在滑溜的冰上微步挪動，往前滑行。往家的方向去，往康德街去。沒記錯的話，剛才在的路上有看到一個計程車招呼站，**應該吧？**

以防萬一，她滑開手機螢幕，翻找她的撥號紀錄。這是最快的方式，因為她昨天晚上才叫過計程車，也是要往麗真湖的方向回去。從撥號紀錄翻找的話，她只需要按下重撥鍵就好了，這絕對比重新在Google上找計程車電話來得快。

啊，找到了，應該就是這個電話號碼！

人行道依舊滑溜不已，找到電話號碼的她繼續滑行前進，這次她抓到了平衡感，沒有跌倒。

柏林計程車行。顯示在撥號紀錄的第二行。在她試了數十次要打給尤樂斯之後……

啊！尤樂斯……

克拉拉頓時意識到自己又面臨一個艱鉅的任務，而這個任務，她恐怕無法自己單獨挑戰完成，她頓時感到如坐針氈般難受。

淚水無法止歇。她心裡想著那位安心返家專線的接線生，現在的她，可比任何時候還更需要這位服務員的陪伴。

這次是真的陪我回家。

陪我走這條路，這條對女人而言最危險的道路。克拉拉終究來到了康德街，開始左右環顧計程車的蹤影，果然望見了不遠處的計程車招呼站，前面停著兩台排班計程車。

她只需要再過個紅綠燈，不到幾公尺的距離就可以到計程車站了，但她卻突然身體一縮，停在街上靜止不動。腦海裡瞬間閃過的念頭，讓她震驚地停下所有動作，彷彿她此刻化身成了觀光景點的街頭藝人，維持同一個姿勢許久，等待遊客把錢幣投到打賞的帽子裡。

撥號紀錄清單，她的腦海裡閃過畫面。

那張清單不太對勁。

不對吧？我昨晚撥給計程車行的電話怎麼會在撥號清單的第二行？計程車行的電話怎麼會是我昨晚撥出的第二個電話號碼？

克拉拉站在十字路口的安全島上。手裡拿著手機，將螢幕再次舉到自己眼前仔細看著。用手指將滴落在螢幕上的雨水拭去，她仔細地看著螢幕。

卻沒看到那通撥話紀錄。

那通她打給「安心返家專線」的撥號紀錄！

意識到這個事實的克拉拉，頓覺一股天崩地裂的撕裂感蔓延全身。

「這真的不是偶然。」她聲音沙啞地自言自語，第一台計程車從招呼站開出來時，她絲毫沒有力氣舉起手攔車。

今晚，這幾個小時以來發生的所有事，沒有一件是偶然。

馬丁的車窗被打破，不是偶然的隨機事件。車窗被打破後，他們麗真湖畔的家鑰匙也不翼而飛。顯然，她今晚和尤樂斯在安心返家專線上通話，也不是電腦系統的隨機分配。

克拉拉按下撥號鍵，她希望是自己在夢遊，她希望一切只是一場夢。要是這個夢境永遠不會成為現實該有多好。

原來這就是上帝為我設置的罪惡煉獄。

我得和「安心返家專線」的服務員無止境地通話，聽他不停向我解釋殘酷的事情，這些我的理智到死都不願正面面對、處理的恐怖事實。

不論尤樂斯如何刻意用溫柔體貼的語氣敘述這些殘酷的事實，仍舊不改這場惡夢的殘酷本質。

63

尤樂斯

尤樂斯坐在木質地板上，廚房裡一片漆黑。克拉拉和馬丁公寓裡所有的燈，都被他關上了，厚重的窗簾也全拉上，才能讓他得以專心思考，也能在呼吸時更耐得住被少年刺客捅出的疼痛。

他知道他的時間所剩無幾，這已經是他換過的第三條乾布了，卻仍無法止住血液不停地從傷口中流出。

是時候了，他能感覺到現在一切都要結束了。

他看著電話，克拉拉密集地打了許多次電話給他。

「你把艾美莉亞怎麼了？」不出所料，在這種情勢之下，身為一個母親，關心的自然只有一件事，尤樂斯連電話都還沒舉起，就聽見克拉拉在話筒裡劈頭問出這個問題。

也曾經身為人父的尤樂斯，自然不會想讓她折磨太久，不過，一想到他們以後應該不再有機會交談，他便決定說出心裡的疑問：「妳是如何發現的呢？」

「我要知道，艾美莉亞……什麼？」

「我馬上就回答關於艾美莉亞的問題。我會回答妳所有的問題，克拉拉。我發誓。但是首先，妳得先告訴我，妳怎麼發現的。」

她站在空曠的十字路口，可以聽見她身邊有車子呼嘯而過。車上的駕駛，每個都親眼見到路邊站著一個驚魂未定的女人，卻沒有哪一個駕駛願意回過頭好心地提供協助。丟臉至極的社會。

假如紐約是一座讓人不願入睡的城市，柏林就是一座讓尤樂斯永遠不想醒來的城市。

「我的手機並沒有誤撥電話。」克拉拉終於鼓起勇氣和尤樂斯對證。

「沒有嗎？」

「沒有。我褲袋裡的手機並沒有在攀爬時自動解鎖。我也沒有誤觸通話鍵撥到『安心返家專線』。」

「而是？」

「是你。是你打電話給我，你這個噁心的混帳。現在輪到我問你了，我要知道你為什麼要這麼做，還有你把艾美莉亞怎麼了。」

尤樂斯認可地點點頭。「太棒了。不過我不得不誠實地說，我原以為妳會更早發現的。」

「你、把、我、女、兒、怎、麼、了！」

克拉拉放聲大吼，而尤樂斯則用最殘忍的方式懲罰了她這個歇斯底里的舉動。

他掛掉了電話。

三秒鐘之後，他的手機又開始震動。

「現在我們能好好說話了嗎？」

「不行，可是，我不是……」

「妳很生氣，這點我可以理解。」

大概連我自己都只是因為體內已流失一公升的血，才能顯得這麼平靜溫和吧。

「妳給我仔細聽著，因為我現在要說的是非常重要的事。妳說的都正確，妳沒有誤撥給我。是我撥打了妳的電話號碼。」

「為什麼？」

「因為我必須跟妳講話。如果沒有立刻讓妳認為自己誤觸了撥號鍵，我還是會說，身為『安心返家專線』服務員，我們有時會隨機撥給特別弱勢、無助、需要追蹤的電信用戶。」

「到頭來你跟那些令人作嘔的沙文豬也沒兩樣，你到底在玩些什麼變態噁心的小把戲？你到底要幹什麼？」

尤樂斯張開嘴，卻必須稍微暫停，先不回答克拉拉的問題，因為腹側傳來的刺痛過於猛烈，讓他痙攣、陣痛了好幾秒，無法呼吸。

「這不是什麼把戲，」他最終還是擠出了幾句話。「這是痛苦的現實生存法則。妳最終見到亞尼克了嗎？」

「亞尼克，是……我……」

突然聽到這個問題，讓仍站在冰上的克拉拉失去平衡，踉蹌地跌坐在馬路中央。

「告訴我實話。還有，拜託妳不要這樣結結巴巴，麻煩振作起來，行嗎？妳究竟有沒有見到亞尼克。」

「有。」

「你們有發生爭執或打鬥嗎？」

「差不多是這樣。」

「他還活著嗎？」

她結巴著不知道該說什麼。「我想我，該怎麼說……不是的，我……」

電話另一頭傳來尤樂斯滿意的獰笑聲。過了這麼多年，過了這麼久，這真是天大的好消息。

「我衷心地恭喜妳。妳終於辦到了。」

克拉拉大聲地吼回去：「這是什麼值得開心大笑的事情嗎？這是我在生命中做過的最糟糕透頂的事情！」

「不，不是最糟糕的事情。是最好的事情。」尤樂斯反駁她。「請妳相信我，克拉拉。我父親絕對死不足惜。」

64

克拉拉

「你的父親？」

她沒聽錯剛剛尤欒斯說的話吧？

「你的意思是，亞尼克是你的……」

克拉拉呆立在康德街十字路口中央，前方的計程車招呼站離她只有幾步之遙，靠站排班的計程車只剩下一台，孤零零地等著客人上門。

克拉拉一看到那台帶著醒目藍條紋的警車在前方不遠處停下，她就知道今晚絕對搭不上計程車了。警車並未開啟藍色警示燈，也沒有鳴笛，車上員警訓練有素，他們一致前往同一個目標。

「沒錯，他是我父親。是一隻噁心透頂、心裡有病的變態沙文豬。他就是我深愛的妻子自殺的原因。」

「我不懂你的意思。」

對街不遠處又駛來兩台警車，並排停在藥局前方。兩名員警打開車門，下了車，掏出配槍並俐落地擺出狙擊姿勢。員警朝她的方向大吼了幾聲，但她沒聽見。

「我再怎麼解釋妳都不會懂的，克拉拉。不過我想，妳總有一天會明白所有的事情。」

「你的意思是，你刻意安排我和他見面？」

並且殺死他？

「把槍放下！立刻把槍放下！」對街員警朝著她大吼。現在，她聽見遠方傳來的警笛聲了。其他警車聽起來還很遠，但過不了多久就能趕到現場支援。是那對在街上嬉鬧的情侶打電話報的警嗎？還是樓梯間那個穿著睡衣的女住戶把她的樣貌形容給警方？

無所謂了。

「也就是說，今晚發生的一切，從頭到尾都是你一手策畫的？」

今晚所發生的每一件事，果然沒有一件是偶然。

尤樂斯乾笑了幾聲。「不，不是的，我只是準備好劇情的走向而已。就像當初我和黛安娜的婚禮企畫跟我們說明如何辦婚禮那樣。只不過，我們的婚禮終究沒有辦成。我記得婚禮企畫是這樣說的：**『你能安排的，是活動的項目與設備，至於實際上活動會如何進行，向來就是由賓客自己主導。』**」

「把、槍、放、下！」

對街員警已離她不到幾公尺了。她能看見員警眼裡的焦躁與怒氣，也能清楚看見舉槍瞄準她眉心的員警手上的婚戒。

克拉拉轉過身，不看那位員警。

「艾美莉亞還活著嗎？」

「當然。她沒事的，她很好。」

謝天謝地。她抬頭往後仰，並哽咽地吞嚥下淚水。

「拜託，請你不要傷害我女兒。」她一邊說道，一邊將手槍放在地上。

「我絕對不會傷害她，請放心。」這是她從尤樂斯那裡聽到的最後一句話了。接下來，她便被員警制伏在地。

65

尤樂斯

十分鐘。或是——如果運氣好的話——十五分鐘。從電話那頭聽來，克拉拉大概被警方逮捕了。否則她大概會使勁全身的力量，用盡各種方式快速趕回家裡。即便已被警方制伏，她還是很有可能想辦法說服這些員警，在帶她去警局前先趕回她家。畢竟，全世界沒有任何力量能夠超越母愛，尤其是這個小孩正身陷危險的時候。

尤樂斯明白，自己能逃離的時間所剩不多，更何況他不想直接失血過多死在犯案現場，他最好繼續移動才不至於昏迷。

死在廚房地板上，並不是什麼好主意。

他先是單膝跪地將身體撐起，接著用力撐著廚房中島，緩緩站起，直到他能全身站直才鬆開。搖搖晃晃的他，步履蹣跚地扶著牆走回兒童房。為了再次確認，他將門打開，往裡頭探視。

一開門，酷寒的冷空氣迎面襲來，他的鼻息瞬間結成白霧。

雖然已拉緊破窗前的窗簾，但戶外的狂風卻不停地透過破窗灌進房內。兒童房室溫下降的速度媲美他因失血過多而驟降的體溫。

「抱歉了，我的小甜心。我想，今晚的事情並沒有照計畫進展，橫生不少枝節。」

他靜靜地將小女孩床邊的小夜燈打開，這是個粉色冰雪奇緣造型的夜燈。害怕的艾美莉亞瑟縮在牆邊，整顆頭埋在被窩下不肯探出來。

大概是冷得發抖吧。當然，也是因為小女孩不願意看見他。這並沒有什麼好奇怪的，尤樂斯一點也不氣她。

尤樂斯走進兒童房，稍微靠近她的床，她顯然更害怕，用力往牆角縮。尤樂斯想試著說幾句話安慰她，讓她不要這麼驚慌。

「我爸爸也很爛。跟妳爸差不多。我媽媽太軟弱了，妳媽媽之前也是。但幸運的是，今晚，妳媽媽證明了她的勇氣和力量。」

他隔著被單，伸手輕輕摸著小女孩的頭，他能感覺小女孩在被單下驚恐地發抖著。

「真的很抱歉。」

他奮力起身，搖搖晃晃地走到兒童房門邊。這次的任務耗盡了他的力氣。和那位陌生少年打鬥，還經歷了和死神的糾纏。

同時，一股陌生的情緒在他心中油然而生。他感到心滿意足。他長期渴望又期待不已任務，經過漫長的等待，終於開花結果、圓滿達成。

正要關上兒童房房門並再次回到走廊時，他突然停下動作，退了一步，往兒童房內望去，突然間，他和艾美莉亞第一次四目相對。她已把被單拉下，不安又有點好奇地望著尤樂斯的背影。或許小女孩只是想確定尤樂斯是否真的離開了吧。

小女孩水汪汪的大眼盡是懵懂無知以及滿滿的無辜，眼裡帶著一股深深的憂傷，這股憂傷神情，她往後的生活都無法徹底擺脫了。

「我真的很抱歉。」他又一次向小女孩道歉。「我知道，妳現在還無法理解今晚發生的事情，但我可以保證，等妳長大之後，妳總有一天會感謝我為妳所做的貢獻。到時妳將會明白，今晚發生的一切都是為了保護妳的未來，保護妳不會掉入和媽媽相同的煉獄。此外，有朝一日，妳媽媽也會跟妳解釋所有事情的原委。」

他停頓了一下，關上門之前，他再次鄭重警告小女孩，「答應我，不論發生任何事情，艾美莉亞，不論發生任何事情，請妳千萬不要踏進浴室。」

語畢，他便關上兒童房門，轉身前往浴室。

到了浴室，他打開門，再次檢查馬丁的脈搏，確定馬丁早已經斷氣，便將手指浸到浴室磁磚地板上那灘血水裡。他用廚房麵包刀狠狠地捅了馬丁兩刀，深度和力道都比那位少年更猛烈，至於為何那位少年會出現在這間公寓、他究竟是誰，尤樂斯也沒有機會知道了。

尤樂斯看了一看手錶。

凌晨兩點三十四分。今天是十一月三十號。

他沾了沾馬丁的血，伸手在浴室牆上寫下這個日期。用那獨特的字跡，為死者留下確切死亡日期。那個數字1，頂端帶有特殊花體字型的樣子，也就是他在第一次犯案時，留在牆上的字，那個數字1，如果發揮一點想像力的話，遠看有點像是一個海馬的形狀。

66

克拉拉
三週以後
臨水

全世界沒有第二間咖啡店的店名能取得比澤溪街上這間還要好了。

克拉拉安詳地看著在兒童遊戲區玩耍的艾美莉亞，女店員今天還特別幫她佈置，桌上有彩繪畫本讓她盡情亂畫，要不然她恐怕早已無聊到在店裡哭鬧了。

真是甜蜜的負荷啊。

現在的克拉拉感到如釋重負，慶幸自己沒有失去親愛的女兒，回想起來，那天確實有好幾個可能會令她永遠見不到艾美莉亞的驚險時刻。比如，她差點成功執行了那個一意孤行的自殺計畫，就差那麼一點，她差點就下定決心要在亞尼克或馬丁下手前，先親手了結自己的性命。

「妳還有在聽我說話嗎？」

「什麼？」

她將視線轉回來，望著坐在對面的男子。

男子坐在輪椅上，臉上蓄著一點落腮鬍，鬍子的確讓他的外表看起來比實際年齡更蒼老，但是凱西的外表和亞尼克一點都不像。

凱西看起來比亞尼克年輕至少二十歲，他的金髮比亞尼克的更長、顏色更亮，除此之外，即便凱西身體有殘疾，但他的體型仍相當健美。想必在他發生車禍之前，一定是個體能絕佳、酷愛運動的人。

「嗯，真抱歉。我女兒這幾天狀況還是很糟，我有點不放心。自從她父親過世後，她幾乎沒有正常進食，也喝不下，夜裡還惡夢連連的。今天她狀況很不錯，能自己安安靜靜地玩遊戲，對我而言還有點不太習慣。」

「我可以理解。」凱西不停地撥弄桌上那杯招牌拿鐵。

他絕對有什麼事藏在心裡，否則，他不會不停求她，堅持一定要約出來見面。過去幾週，克拉拉都不停地忙於和律師會面、錄製證詞口供、搬家，以致於她真的沒有辦法挪出時間和一個素未謀面的男子見面。好不容易，一切都漸漸明朗後，她終於確定自己至少在案件開始審理前，都不必擔心被羈押（根據她的刑事辯護律師羅伯特．史丹所推斷，只要繼續保持正當防衛的供詞，那她便完全不需要擔心任何可能遭到刑事羈押的風險），現在的她，終於放下了一塊大石頭，有時間能思考尤樂斯策畫這整件事的背後動機。於是，她答應了凱西的請求。

「我們說到哪裡了？」她問凱西。

「我剛說完我的猜測。我剛剛說，當時我和黛安娜仍保持相當親近的關係。有一段時間我們差點在一起。不過，妳也知道，她最終選擇了尤樂斯，雖然我一開始真的不太能接受，但這對我來說，完全不會是個問題。隨著時間過去，我們的感情也昇華成友情，我們變成了知己。」

「然後呢？」

「**非常**好的朋友，這是需要有相當程度的信任基礎的。我們幾乎無話不談。就連她和尤樂斯兩人之間的問題也不例外。」

「他們兩人有什麼問題？」

「她很久之前跟我說過她對尤樂斯的懷疑。她非常擔心，她覺得尤樂斯在做一些非法的事。」

他一面說著，食指一面搓著大拇指指尖的脫皮。

「什麼樣非法的事情？」

凱西皺了皺眉。「確切的情況，她當時並不想透露。正是這點讓我也起了疑心。畢竟我們平常幾乎無話不談，彼此沒有祕密。但在這件事情上，她總是吞吞吐吐，不願意說。我當時猜想，這件事一定和尤樂斯的父親有關，或是他父親的女伴們。」

搓揉指尖的動作終於停止了，他的注意力轉移到桌上的餐巾紙，雙手開始將餐巾紙揉成一團。

「我左想右想，實在想不透，到底是什麼原因讓黛安娜不願意告訴我事情的全貌。但是黛安娜偏偏是我胸口的一根軟肋，看她這樣我真的很難受。尤樂斯那段時間簡直變了個人似的。不過他從小就和其他人不太一樣。他是那種安靜又帶點憂鬱氣息的人。消防專線的工作耗盡了他的精力。他放不下曾經手的案件，也常常把工作帶回家。有一次我還開車載他到一個陌生的地方，他完全不認識那個女人，那女人長期被老公揍得鼻青臉腫。而他大老遠跑去，居然只是為了確認這個打了緊急專線的女子事後是否安然無恙，是否下定決心和家暴成性的老公離婚。」

「然後呢？她有嗎？」

「沒有。所以他氣得抓狂。我們從廚房那扇窗看進去，看到一個男人和女人在裡面。就這樣，尤樂斯看到這畫面就氣炸了，當時若非我在場，他差點就要衝去按門鈴，痛打那個男人一頓，還好我盡力阻止他，沒讓他真的做出這麼荒唐的事。」他苦笑了一聲。

「當然，那時候我還沒坐在這個東西上。」

克拉拉喝了一大口溫熱的印度奶茶。

「我希望這樣不會太失禮，但我想問，你究竟為什麼要告訴我這些事？你說的大部分內容我都在媒體報導上看過了。畢竟你在警方那裡也錄了相同的口供。」

他點了點頭，神情顯然有些困窘、不自然地注視著桌上的餐盤。從他凝視的眼神看來，好似桌上那盤他碰也沒有碰的蛋糕上正寫著要唸給克拉拉聽的小抄一樣。

「我今天會來這裡，會想跟妳見面，是因為，我認為我必須親自向妳道歉。」他這句話說得非常小聲。

「為什麼呢？」

「哎，是這樣的，我認為，要是我早一點說出來，或許現在的狀況會完全不一樣，這些事可能就不會發生了。」語畢，他抬起頭來直視著克拉拉。

他剛剛是在哭嗎？

「我一直在想，我真希望我當時能夠即時警告妳，維涅太太。」

克拉拉微微傾頭，將一綹頭髮撥到耳後，她不解地問：「你的意思是，你其實可以早一步告訴我這些危險？」

「這是個很長的故事。」

凱西顯然相當掙扎該從何解釋比較恰當，最後，他決定開始陳述事實。「黛安娜自殺之後，我便著手調查她的死因。就如我先前提到的，我們的友誼建立在相當深厚的互信基礎上。意思就是，我知道她大部分的帳號密碼，換句話說，我可以在自己的筆電上查看她的電子郵件信箱。後來我就發現了她的訣別信，她先用電腦打好草稿，再手寫謄到紙上。而那封草稿還存在電子信箱裡的草稿暫存區。」

「然後呢？」

「而那封信裡，出現了妳的名字。」

我的名字？

這個對話發展到一個相當驚悚又令人匪夷所思的地步，使克拉拉完全忘了時時轉頭確認艾美莉亞是否安好，直到此刻，她才警覺性地回頭望向女兒。

「我想告訴妳所有實情，但只希望妳不要因為我當下所選擇的反應而鄙視我。」她聽見凱西繼續說話，便再次回頭看著他。

「妳知道……尤樂斯，我最好的兄弟。即便他在過去幾年改變了非常多，人也越來越古怪。但是請妳理解，他有個悲慘的童年，小時候經歷了非常淒慘的歲月。他當時還小，卻必須日以繼夜地忍受父親家暴、折磨自己的母親，直到最後，他母親選擇拋棄他們兩兄妹，將這兩個小孩留給那個神經病。」

凱西望著桌上那盤放了許久的蜂蜜奶油杏仁蛋糕，沉默一會之後，總算舉起餐刀攪弄了一下蛋糕，但看起來還是沒有要吃掉蛋糕的意圖。

「他曾經跟我坦承，他懷疑自己有救世主情結，這似乎也是他想在消防專線工作的原因。不過，這有可能也是他這麼憎恨那些女人的原因，那些無法掌控自己的人生卻又不想辦法擺脫的女人。」

「你是指那些被他殺掉的女人！」克拉拉一邊望向艾美莉亞，一邊壓低聲音、咬牙切齒地說道，還好艾美莉亞在距離很遠的地方獨自玩耍，聽不到她這頭的對話。

而且還特別挑選了三月八日、七月一日和十一月三十日。對女性主義最有意義的日子，這是追蹤凶案的媒體研究完所有案件後得出的結論：三月八日國際婦女節，一九九七年七月一日德國刑法更正日（這次的刑法更正後才衍生出德國境內家庭暴力防治法，將家暴納入刑法範圍內），以及一九一八年十一月三十日，女性首次獲得選舉權和被選舉權的日子。

「信裡究竟寫了什麼？」她問。

「妳保證聽了之後不會恨我？」

「你究竟做了什麼，導致我可能有這樣的反應呢？」

凱西嘆了一口氣。「我當時應該報警的。但我那時候沒有認真看待這件事，我以為這只是一個心智混亂的女人寫下的空想情節。畢竟在黛安娜自殺前不久，還曾經因妄想症而在精神療養院治療好長一段時間。妳說當時發現這封信的我，該用多認真嚴肅的態度來處理？」

然而凱西不知道的是，在他敘述這件事的同時，克拉拉腦海中浮現了某個記憶片段。

她也曾經問過她的辯護律師同樣的話，關於她是否會被法庭傳喚，要求到庭前問訊。

「我的意思是說，法官會採信我的供詞嗎？審理案件的人全都知道我曾經在精神療養院待過好一陣子，還參加了療養院的研究計畫。」

凱西仍撥弄著他眼前的蛋糕，並繼續訴說他的懺悔，「我後來有想過要證實信件內容是否可信。於是我跑去問了尤樂斯，問他是否願意幫我代班安心返家專線。」

「你當時就確定他一定會打給我？」

「老實說，我不確定。但是我的確有指給他看，要怎麼從電話系統裡找到來電好幾次的求助者。也清楚地指給他看，這些頻繁來電者的個人資料都儲存在什麼地方，上頭記載著她們的恐懼和擔心事項，這些資料能讓服務人員輕鬆掌握來電者的資訊，也比較容易進行對話並提供協助。」

「你的意思是說，你當時**心底暗自希望**，他會藉機打電話給我？」

我被凱西這傢伙當成誘餌？

「老實說，我希望他不要做出任何傻事。但是，晚上十點左右，我用家裡的軟體搜尋了公司電腦的定位，定位軟體是用來預防公司電腦被偷，這會造成相當大的麻煩。總之，賓果！尤樂斯不在他家。因此我叫了一部身障計程車，請對方按圖索驥地載我到螢幕上顯示的麗真湖區，然後停在顯示我電腦定位的地址前。當我看見門牌上的名字是維涅時，我發誓，我整個人呆住了。我當時就知道，一定出事了，一定有什麼不好的事正在上演。」

停頓。

克拉拉不敢輕舉妄動，心裡油然而生一股莫名的恐懼，她不清楚是不是自己過度的反應驚動了凱西，讓他停頓了一下。

「接著，我搭電梯上樓。我想，我必須跟他談談，必須要問他，到底跑去別人家做什麼。」

「結果？你覺得太恐怖了，突然不敢這樣做？」

「嗯。」他看起來相當羞愧。「可能聽在妳耳裡覺得相當幼稚可笑，但是，當晚我一上樓，樓梯間的燈卻壞了，整棟公寓漆黑一片。我當下感覺非常無助，覺得自己在找死。」

「所以你就轉身下樓了？」

「是。計程車還在樓下等我。我回到家之後才發現我的手機不見了，想了想，我不太確定是不是掉在妳家門口，還是其他地方。我用家裡電話打到自己的手機，等待接通的那幾秒簡直萬分難熬。我暗自祈禱手機是被偷了，而不是被尤樂斯開門撿起來。我還用我的備用手機發了一封簡訊過去，希望可以警告那個小偷，讓他把手機還我。」

「但你就是沒有打電話報警？」

「的確。直到如今，我還是無法原諒自己，我當下居然不敢報警。」他語帶哽咽，有點猶豫地說著。「我知道，我的行徑非常膽小懦弱。我的行為和反應就跟幼稚的小孩一樣，還以為只要把頭埋起來，不要往壞人的方向看，壞人就會消失。」

「你當時不想承認最好的朋友是個殺人犯，而且還正在犯案。」

他點點頭。「這實在太怪異了。我完全無法想像。我想，或許當妳親自讀完這封信後就能稍微理解我的感覺。」凱西稍微往後挪，身子往後仰，在椅背下方撈著自己的皮夾。克拉拉想阻止他，告訴他這次會面應該由她買單，但她還沒說出口，就發現凱西抽出一個信封，放到她的杯子旁。

「拜託，請不要因此恨我。」他再度道歉。

接著，便轉頭驅動輪椅往咖啡廳門口去。

克拉拉看著他的背影。他先是在門口等著，等待一旁的顧客好心幫他把門拉開，再看著他驅動輪椅往澤溪街去，最後消失在她的視線裡。

她瞥了一眼艾美莉亞，確定她還在埋頭畫圖。

盯著這個信封，她的心跳越來越快，手心也緊張得直冒冷汗。她將信封滑過桌子，拿起來，惦了惦信封裡的紙張數。

接著她拿起桌上的水杯，那杯她之前跟印度奶茶一起點的水，一口氣喝下一大口。

終於，她鼓起勇氣打開信封，黛安娜的訣別信，字字句句呈現在她眼前。

67

我親愛的尤樂斯：

我多希望事情最後能有不一樣的結局。我希望我從來沒有發現過你的祕密，要真是這樣該有多好。我希望自己的懷疑不是真的。可是我從電視上認出了你的字跡，你寫數字2的時候總是刻意畫個俏皮的圓弧肚。你寫數字1時，上面的回勾總是那麼花俏，遠看就像隻小海馬。原來你就是那個連續殺人犯。你殺了她們之後，還用她們的血在牆上留下她們的死亡日期。

你還記得學生時代的那個初吻嗎？

還有隨之而來的好幾年的美好時光。

我好愛你當時寫給我的情書，每次收到信都讓我又驚又喜。有時你把信塞在我枕頭下，有時放在廚房櫃子裡，有時藏在我的運動提包，或是我收納手套的抽屜裡。那時候每次讀你的信都覺得很有趣，因為你總愛在信上簽名，還順便留下日期，好像給我的這些信是合約一樣。我想，我心底還是偷偷一廂情願地認為，我們心中確實認定彼此了，即便我和你始終沒有去登記結婚。

雖然你從不打算放棄那間陪伴你成長的公寓。你總告訴我，因為你在那間公寓的童年回憶實在太令人傷心，所以你不想搬回去那裡，只要多待幾小時就會受不了，但是我知道，你還是時不時跑回那裡待著，也從來沒有讓那間公寓空著。我們一起待在我的小公寓裡的這些年，你還是時不時地回去那間舊公寓。我心裡想，你或許需要一點自己的自由吧，也就隨你的意。

現在我終於明白你跑回那間公寓做什麼了。先前我無法理解，想了又想，實在不知道究竟為什麼。

一開始我很擔心，擔心你有別的女人，所以總往你的舊公寓跑。我清楚你的個性，你總是那麼樂於助人，又有好脾氣。我也知道，只要是你接到的女性求救案件，你都會不顧一切地盡力幫忙，一點也不願意放手。

你自己也告訴過我好幾次，有時你下了班仍舊無法放心，最後選擇大老遠開車去找那些進線求助的女性來電者，想親眼確認她們最終是否一切安好。你說這都是因為你無法忍受下了急救專線之後，心中的那股空虛及不確定感，不知道進線求救的人最後是否安然度過危機。

天啊，我多希望你還不如出軌背叛我比較好。讓我吃醋嫉妒也好，怎樣都好過這個你父親向我證實的事情。即便我知道這些暴行和所有的成因，我還是不停地責怪自己，不停地問自己，或許這件事我也有一點錯吧？畢竟我的醋意還是促使我暗中注意你的行蹤。然後發現了那件你偷偷塞進洗衣機，以為我不會看到的血衣，以及那幾滴從你手中沾到洗手台的血跡。這是那一晚你下了所謂的「晚班」之後，帶著沒有徹底沖洗乾淨的手回到家，又靜悄悄地溜回床上之後被我發現的。

後來的幾天，我看著報紙上的照片，看著牆上的血跡，還有殺人魔用手指沾著受害者鮮血寫下的死亡日期，我瞬間認出了你的字跡。我想，我必須承認，待在伯格莊園那幾週，那些精神療養的課程，的確讓我快要忘記我發現的這些事實，可以眼睛一閉不再去想它。你當時也注意到了我的變化。我變得不太對勁，但我編織的謊言騙過了你，讓你以為我真的是因為小孩和我們雙方長期的工作壓力而產生了過勞倦怠症。要說服你讓我去療養院接受精神治療實在太容易了。簡單到我不禁要想，那麼急著送我去療養院，難道是因為你正巧需要時間好好地會會你的奴隸們嗎？在伯格莊園裡，我告訴我的診療師，說我覺得自己有一點妄想症。我想，與其承認自己深愛的人是個謀殺犯，編造一個謊言，然後努力說服自己相信應該會比較容易一些。

總之，當你父親來療養院拜訪我的時候，我還試著自欺欺人，想矇騙自己的舉動直接被他無情地看穿。原本我還希望你父親會帶給我一些證據，證明你的清白，畢竟，是我委託他調查你的行蹤的。若你感到生氣也很正常，畢竟我不應該這麼做，尤樂斯。至於他根本就不需花費力氣進行調查，這點我倒是沒有料到。我還以為他那天帶來給我的照片，那些他從你床上拍的照片，他自己一開始一定也震驚得不可置信。沒想到，我簡直錯得離譜。你們是否曾經在背後嘲笑我的單純無知呢？還是說，當他向我全盤托出實情時，其實沒有先徵得你的同意？我希望是這樣，不然我實在沒辦法忘記他對我說教時，臉上掛著的那副卑鄙笑容，彷彿在告訴我，既然我現在知道了，那就該打起精神面對它。

他說得好像你們是一個團隊，合作無間地籌畫每一起謀殺。

我知道，他很享受看我一副驚慌失措、痛徹心扉的樣子。

直到今日，我都還清楚記得他那天拉著我的手，往病房窗戶走去的感覺，我當時還無法接受這件心痛的事實，整個人像麻痺了一樣，傻傻地讓他牽著我往前走，他想必很清楚，我這樣一個精神狀況不穩的人，就算跑去跟別人舉報你們，或是報警，也沒有人會相信的。或者，他覺得我會理解你們的行為吧。也許看到那麼多婦女最後仍舊自願回到虐待她們的人身邊，你們覺得有必要好好懲罰這些學不乖的女人。你父親洋洋得意地指著窗外一個年輕女人，看樣子，她也是療養院裡的患者，神情悵然若失地坐在咖啡廳的花園裡。他說這年輕女人的名字叫作克拉拉．維涅……

「買花嗎？」

克拉拉嚇了一跳，從椅子上彈起，膝蓋紮實地撞上了咖啡桌的邊角。

「你要做什麼？」過度反應的她，下意識地對著街頭賣花的男士大吼，這位無辜的賣花小販只不過是將一束玫瑰花舉到克拉拉的鼻子前而已，當然沒料到他偏偏在克拉拉讀到自己名字的那一刻打擾她。

「不要！」克拉拉被嚇得無法控制，一時間也顧不及禮貌而慌亂地回答。平常她總對這些街頭賣花的小販有著無比的同情心，無論如何，他們都是辛苦地做著微薄的生意，更何況，這些收益很可能還要繳回去給背後的黑道集團大家長。她的目光緊盯著那位頭戴鴨舌帽、渾身菸草味的大叔，確定他沒有去打擾艾美莉亞，小販在店裡四處兜售未果，便拖著腳上那雙沒綁緊鞋帶的舊運動鞋，步履蹣跚地離開咖啡廳，她這才重新拿起黛安娜在她人生最後幾小時，以混亂又疑惑的心情寫下的訣別信，重新找到她剛才讀到的最後一行，那行揭露她所有夢魘的句子，繼續讀下去。

你父親洋洋得意地指著窗外一個年輕女人，看樣子，她也是療養院裡的患者，神情悵然若失地坐在咖啡廳的花園裡。他說這年輕女人的名字叫作克拉拉·維涅，他已經鎖定了這女人，她就是下一個犧牲者。這女人的老公叫作馬丁，長期對她精神虐待、性虐待，可是這女人還是不願離開。可笑的是，這女人長年活在這種恐懼之中，早就把安心返家專線存在手機通訊錄裡了。他說，你們已經為這女人選定了她的死期，就是十一月三十日。跟葬送在你們手下的第一個亡魂同一天。

自我從療養院回來的那天起，我每天都恍恍惚惚、心神不寧，但是你卻一點也沒察覺。我想，你的心思早已不在我身上了吧，想必是你內心的惡魔耗盡了你的精力。在范倫丁和法比娜面前，你仍舊是全心全意熱愛著他們的父親，但是，面對我，你卻像是一具沒有靈魂的軀體，不過話說回來，成日無精打采、恍恍惚惚的我，又和你有何不同，至少我倆在這點上還算是有默契的吧。

你和你父親給那個叫克拉拉．維涅的女人定了一個死期，而我也幫我自己選了一個日期。那個日期便是今天。

我知道，你一定一點都不想傷害我。正是這一點——當然，還有我即便知道了真相卻仍深愛著你——讓我更加無法忍受自己怎麼還能繼續這樣活下去。如果整件事只是你一個人的計畫，或許我還能苟延殘喘地活下去。或許我還能試試看，慢慢馴服你心中的惡魔，誰知道呢？但是，有你父親長期在一旁指導你轉化成惡魔，那我就無力回天了吧？這場挑戰不只超出了我的能力、超出我的理解，也超出了我最後一絲的求生意志。

我親愛的尤樂斯，再會了。我將割斷自己的腕動脈，結束自己的生命。或許在我失去所有力氣之前，還來得及再撥一次你的電話。能再聽聽你的聲音，你的聲音總是那麼溫暖、堅定、又充滿希望，就像我以前深深著迷的那樣。或許我能把這個聲音記在腦海裡，讓你的聲音伴我走過最後一趟旅程。

我猜，除了你以外，也不會有其他人有機會讀到這封信吧。不然，那個拿到信的人一定會開始質疑我：「世界上怎麼會有這種媽媽，居然把自己的孩子留給殺人犯？」

我知道，我知道，你會說我應該要跟你商量，至少也要讓你知道我居然有這麼多次尋死的念頭，我想你甚至會跟我據理力爭，說我這樣很不公平。但是，你要知道，我無法看著你的眼睛說出這些心裡話，我知道我如果和你說了，我一定會心軟，會意志不堅定，最後就沒辦法堅持這個決定。

但是我很清楚，我必須離開。我們的孩子反正也跟你比較親。自從我的情緒開始崩潰之後，他們受到的責備和刺激反而比以前還要頻繁。日復一日，我每天都永無止盡地處在精神耗弱的狀態，但同時又無比地生氣，氣你。我知道我的死會永遠懲罰你。我也清楚我以自殺結束生命的事實會帶給你永遠的折磨。這是我最後一點小希望，希望我選擇結束自己生命的震撼，能夠把你從那條對我而言永遠是歧路的地方，導回正軌。最後，我知道你永遠都是孩子眼中的好父親，就像你曾經是我眼裡最好的丈夫一樣。

即便發生了這些事，我依然深愛著你。

黛安娜

68

當茶托上的湯匙叮噹作響時，克拉拉的目光已移開信紙，出神地呆望遠處好一陣子。聽到聲響時，克拉拉的思緒仍停留在黛安娜在信中描繪的病態場景裡，過了一會，她才真的回過神，發現引起噪音的是她放在桌上的手機，她的手機正在震動。

「喂？」

「克拉拉，妳好嗎？」

一聽到來電者的聲音，咖啡廳內的溫度瞬間降到冰點，和街上寒冷的天氣一樣。克拉拉直覺性地抓過一旁椅子上的圍巾，同時又本能地往女兒的方向看了一眼，確定她仍然安全。

「尤樂斯？」這個名字曾經是她認為聽起來最美好的名字，美好到甚至令她短暫浮現再生一個小孩的念頭，然而，此時此刻，她卻對他恨之入骨，光是脫口說出這個名字就讓她覺得噁心。

「別擔心，我並不打算打擾太久。我以後也不會再打給妳。這通電話絕對是我們之間最後一次通話了。」

克拉拉圍上圍巾，並披上自己的羽絨外套，快步走出咖啡廳，同時，她不忘盯著自己的女兒，隔著落地窗，艾美莉亞的一舉一動都一覽無遺。

「我警告你，我會立刻叫警察。」冰凍的空氣，隨著她的呼吸凝結成一團團的白色霧氣，好似她正在抽著電子菸一般。現在的氣溫逼近零度，然而接到這通電話的她，心裡的溫度比戶外的氣溫更加冷冽。

「妳也清楚，警察的速度並不是很快，至少不像妳想要的那麼快。」

「哦，對，我差點忘記了，你就是個曾經在警消報案電話工作過的『急救專線殺手』。」

報章媒體在挖出這個連續殺人犯的真實身分後，便給尤樂斯取了個新稱號——急救專線殺手。

「我這是經驗之談，畢竟那天晚上我自己也試圖叫警察。我當時以為妳的女兒正受到性命威脅。我寧願自己去自首，也不願眼睜睜看著一個小孩因我而受到性命威脅。」

克拉拉透過光亮潔淨、如展示櫥窗般明亮的落地窗玻璃，向咖啡廳內揮了揮手，艾美莉亞正抬頭看向四周，尋找自己的媽媽。還好，她看到媽媽只是在咖啡廳外頭講電話而已，便安心地繼續埋頭畫畫。

「哦，還真是英勇呢。可惜的是，那一晚，你就是艾美莉亞身邊最大的威脅！你攻擊的那位少年正是我女兒的保姆！」

「我有看報紙，克拉拉。我知道他是誰。對於我和維果發生的拉扯，我感到很抱歉。我是從妳丈夫的車上拿到妳家鑰匙的，我調查到的是：每月最後一個週六的晚上，他總是在外頭待到三更半夜才回家。」

是在「禪」精品旅館**聚會之夜以後**。**或者是在「馬廄」之後吧**，克拉拉默不作聲，心裡暗自想著，如果去參加心理諮商，不知道要幾百次過後才能鼓起勇氣和其他人說出這段家暴的經歷。

「我當時並不知道有保姆在家。我想，我剛到的時候，他應該已經在客房熟睡了。」

克拉拉不以為然地哼了兩聲。「哦，所以你認為我是那種會讓小孩獨自在家，沒有安排任何人來照顧她的母親。」

「妳想必貴人多忘事了？妳原本打算要永遠離開她、留她獨自一人生活。」尤樂斯毫不留情地針鋒相對。一想起那個失敗連連的自殺計畫，克拉拉突然整個人清醒了。

尤樂斯那晚在電話中對她的說教和咆哮並非全無道理。說到底，她的自殺企圖都只是三心二意的半吊子嘗試而已。一開始企圖從攀岩石柱一躍而下，到後來把自己熏得半死的廢氣自殺都一樣。對街的人行道上站著一個懷孕的女人，手上推著一台嬰兒車，她正打量著一間孕婦服飾店內的商品。**統計資料顯示，將近四分之一的女性曾經歷過家庭暴力。家庭暴力的高峰時期是婦女的懷孕期，因為這段時間內的男性，感覺自己比平常更加無用。**克拉拉的腦海突然想起了這段以前不知在哪裡讀過的文獻。

她會不會也正害怕擔心著而不願回家呢？

克拉拉再度望了望艾美莉亞，小女孩正弓著腿，半蹲半坐在椅子上，眼前唯一的煩惱就是不知道該用哪個顏色來畫熱帶小島上的棕櫚樹才好。

「你到底打來做什麼？」她問尤樂斯。

「我只想更正一些訊息。」

「這一點也沒有必要。我已經讀過黛安娜的訣別信了。」

「也就是說妳見過凱西了，而他複印了一份手上的信件給妳。這正是我擔心的事情。」

此時正好有一群吵鬧的年輕人從電車站走來，一邊叫囂、吆喝、嬉鬧著，克拉拉甩了甩頭，壓低自己的音量。

「你比我想像的還要變態。」她用厭惡的語氣繼續說道：「合作謀殺？和你自己的親生父親一起犯案？」

「這不是事實。我和那個扶養我長大的垃圾半點相似處也沒有。他以折磨人類為樂，而我不是。他所想的一切是如何折磨女人、如何讓女人感到恐懼和恐慌，而我所想的是如何幫助女人。」

「用殺了她們的方式來幫助她們？」

克拉拉身旁傳來一陣亂七八糟的歌聲。嬉鬧的年輕人們發現咖啡廳一旁的空曠遊戲區，隨即決定到那裡大唱足球隊隊歌。佔地不大的遊戲區是個只適合十歲以下小孩遊戲的地方，不過聽那歌聲的音量，寫在那裡的限制規定對那群鬧事的青少年而言根本不痛不癢。

「透過讓她們明白，她們必須積極面對自己的人生。我只不過是指引了這些受害婦女，讓她們看見生命中仍有其他出路。正是這樣，才需要對她們施加適當的壓力。所以我才寫下了最後通牒日期。從另一個角度來看，我倒是感到相當欣慰，我這些行動的初衷終於在大眾面前公開了。若非如此，妳們女人根本不懂我的用心良苦。」

「一個人不應該謀殺任何人，這麼簡單的道理你有什麼不懂的？」

「看看是誰在說話，妳所做的事也跟謀殺沒有兩樣，克拉拉。假如妳今天沒有從家暴環境中掙脫，妳覺得妳女兒長大之後會成為什麼樣子？她很可能就學會了妳的生存模式。她很可能終其一生都認為爸爸打媽媽很正常，爸爸折磨虐待媽媽也很正常，那會是多麼悲哀的結果。她會以為，要掙脫這種無限折磨，唯一的出路只有自殺，就跟她媽媽做的一樣。妳只會給女兒樹立一個不好的模範，讓她再度成為另一個家暴犧牲者而已。」

克拉拉靜默不語，滿臉脹紅的怒氣無處發洩，聽著尤樂斯將她扭曲的世界觀完全聚焦在悲哀的事實上，而她卻無可反駁。因為她從自己母親身上複製過來的，正是這套悲劇犧牲者的生存模式。

要是她母親當時有勇氣，在父親面前起身捍衛自己、保護自己的話，那今日的她是否會有不一樣的生活？

「我想妳應該有聽過我妹妹瑞貝卡吧？」

「她拒絕接受任何採訪。」克拉拉輕輕地回答。

「當然。她要是接受電視媒體的訪問，唯一能說的，就是她童年時期如何痛苦地承受我母親的懦弱無能。我母親從未對我父親的暴行做出任何反抗。不論我父親如何折磨她，她一概照單全收。小貝在不知不覺中也被我母親的行為影響，潛移默化地認定這就是女性被賦予的角色：恭順地、低聲下氣地承受男性所有的強勢行為。若我母親當時沒有消失，我妹妹今天也會落得跟妳一樣的下場，成為另一個家暴犧牲者，克拉拉。」尤樂斯說完後立刻糾正自己：「和『之前』的妳一樣！妳到現在仍然不明白，妳當時面對亞尼克，並將他從自己的人生中移除，是一個多麼不可思議的挑戰。」

「你指的就是你父親！」克拉拉咬牙切齒地怒吼，同時轉頭憐愛地朝店內的艾美莉亞點點頭，小女孩這才又安心地繼續畫畫。「他就是你的謀殺助手！」

「錯，我父親不過是個搭便車的無賴。」

克拉拉一時語塞。「什麼意思？他從來沒有一起謀殺過任何一個人？」

她能聽見尤樂斯在電話另一頭打舌的聲音，聽起來相當鄙視與嫌棄。「殺人他做不來，他畢竟是個膽小懦弱的施暴者。」

「我不明白！如果你從未告訴你父親這件事，他又怎麼會發現你是連續殺人犯的？」

她能聽見電話另一端的尤樂斯深深嘆了一口氣，接著說道：「有一天，我樓下的鄰居打電話告訴管理員，說他們的天花板嚴重漏水。我當時正在上班，沒有辦法即時接電話。樓下鄰居懷疑是我的水床漏水了，驚恐慌張地打電話要找房屋所有人。那傢伙知道我父親也曾經住過那間公寓，而且至今為止，他仍舊是不動產權證明書上的共同所有人。於是，那傢伙打給我父親，而我那個好奇心發作的父親當然願意借機找鎖匠開門，好好地利用這個機會，在公寓裡到處晃一圈，查看我的生活起居狀況。」

「然後他發現了水床？」

還有水床下藏著的驚恐內容物。

「他倒是一句話也沒說溜嘴，當作什麼事都沒發生。但我相當清楚，他絕對藉此機會仔細地翻查了我的公寓，同時也搜出了床底下的資料檔案夾。」

「你居然還為受害者拍照？」克拉拉止不住想嘔吐的衝動。

「只是牆上日期的照片。」

「只是！」她嘲諷地回嘴。

「話說回來，妳應該最能理解吧，克拉拉。我已經手幾百件跟妳類似的案例了。這些女人一次次地打電話求助，可一旦正式派出救援人員協助和安置她們，她們還是選擇回到男人的身邊。任由丈夫對她們拳打腳踢、折磨、性暴力對待，直到最後甚至死在丈夫手上，陳屍在家裡。我不過就是給了一個行動暗號，點醒這些身在家暴中的婦女，讓她們能從犧牲者的角色中解放。何況，以妳的例子來看，我確實成功地讓妳走出了家暴的深淵。」

「你真是個病入膏肓又無藥可救的變態。」

「哎，妳說的可能也有道理，不過我很確定，即便真是如此，我的精神狀態也比我父親還要正常。他一生中最大的快樂，就是看著女人被折磨虐待。他最愛的活動，就是想盡辦法對我母親施行精神上以及肉體上的雙重折磨。我母親因此而害怕、畏懼，這餵養了我父親施虐的癮頭，即便在她死後，他仍舊不時犯癮。能讓他感到興奮異常的，莫過於將一個女人逼到角落，看著她眼中幸福愉快的光芒，一點一滴消失殆盡、化成死灰。只要他發現自己做出的舉動和所說的話語，一點一滴地慢慢摧毀女人的生命意義，他就感到自豪不已。」

就像他對我做的一樣，克拉拉暗自想著。**我第一次和他做完愛後，他也是表情饒富趣味地指給我看，看我究竟是和一個怎樣的怪物上了床。**

「克拉拉，我父親騙妳的唯一目的，就是要讓妳心理受創，接著感到恐懼。就如同他欺騙黛安娜一樣，最後的目的是要看她心理崩潰，最後甚至自殺。這樣一來才能讓他稱心如意。」

克拉拉嘲諷地笑了。「原來啊，你的意思是說，你覺得你妻子當初要是知道事實，心裡就會好過一些，是嗎？她要是知道原來你是獨自一人成功地謀殺了這麼多人，連續殺人犯原來只是個獨行俠，她就還有活下去的動力，是吧？」

「是的。黛安娜也在她的訣別信裡寫出來了。妳要是有認真仔細地讀信的話，相信妳一定也能看出來，她心裡並非認真打算結束自己的性命。就如同妳當時的狀況一樣，克拉拉。」

「你怎麼能如此確定？」

「因為她寫道，她在死前還想再打電話給我，再聽一次我的聲音！那是因為她知道，一旦聽到我的聲音，她便會遲疑，質疑自己求死的念頭。」

克拉拉下意識地點了點頭。尤樂斯那時候在電話上是怎麼形容的？**「我想她猶豫了一會，但最終她的死意並沒有她的母愛強烈。」**

她聽到這個描述的當下其實沒有太大的感觸，但用這幾個字句來形容她那晚的自殺行為，卻是異常地適合。

「信上不停地提到電話、電話。就算我猜錯這點好了，要不是我父親對她撒謊，黛安娜也不會死。」尤樂斯繼續說道。「我父親是這件事唯一的罪人。若他沒跟黛安娜胡扯那篇鬼話，也不會把黛安娜逼到那麼極端的處境。我的妻子也就不至於想自殺。我的兩個孩子也就不會葬身火窟。」

「即便如此，你仍舊是個殺人犯。」

尤樂斯再次深呼吸，卻同意了她。「這倒沒錯。我仍舊是個罪犯。然而，在那一夜，我拯救了妳的人生，克拉拉。」

「請問你是如何拯救我的呢？透過引誘我和你父親見面嗎？」

尤樂斯那晚顯然相當精準地操縱她的行為，如同手裡握著透明的繩索，操縱木頭人偶的一舉一動。居然能讓她以為她去找的人是凱西，還將她引誘到自己的公寓。

該死的，他居然還早在之前就先幫我把大樓和公寓的門都開好了。

「我只不過成功阻止妳結束自己的生命而已，克拉拉。」

「好讓你那精神有病的父親可以親自殺了我嗎？」她怒不可遏地吼了回去，「那王八蛋手上可是拿著武士刀，準備刺死我。」

「我是不太清楚他是否真的膽敢拿刀刺妳。我想再說一次：我父親沒有謀殺過任何一個女人。當然了，我不否認當晚我的確是將他從家裡引誘出來，讓他有一個假戲真做的機會。我自己則稍微扮演一下無知者的角色。假裝我不知道他去我公寓時翻出了檔案，假裝我不知道他是個搭便車的無賴，假裝我不知道他在妳面前謊稱自己是亞尼克。我讓他親自去了一趟『禪』，差不多是讓他自己展開一場對自己犯罪行為的調查。」

「好讓他覺得痛苦難堪嗎？」

他哼了一聲表示同意她的猜測，並補充說明道：「並讓他自己走向一個錯誤的選擇。」

「你是在慫恿他趕快來找我！」

「是的，但說實在的，我並沒有讓妳毫無裝備地與他正面對決。」

克拉拉點點頭。「你是希望我會用牆上那把武士刀反擊！」

「並且希望妳今生終於能有機會站起來為自己奮戰，沒錯。」

那張水床。那把掛在牆上的武士刀。唐貝格身上那件被子彈貫穿的風衣。他的屍體，先是在地上蜷曲在一起，耗盡力氣後，四肢張開躺在地上。

在尤樂斯公寓內最後幾分鐘的場景閃過她眼前，那場景就像投影機把相片打在牆上一樣歷歷在目。她還清楚記得那當下的她，血脈賁張、恐懼像是鉛塊般重重地壓在她胸口。「但是你有想過嗎？假如我沒有殺死他呢？如果我根本不想去找凱西，反而只想再看一眼艾美利亞，所以選擇直接回家……」克拉拉一想到這裡，聲音便越來越小，尤樂斯面不改色地接下她未完的句子：「那妳就會遇上我，而我會殺了妳。」克拉拉發出一聲驚呼。尤樂斯的回答不異證實了從那晚開始便讓她夜夜從睡夢裡驚醒的惡夢。他將出現在克拉拉的公寓裡將她殺害！

「相信我，我壓根不想這麼做。然而這是唯一能夠了結這條悲劇傳播鏈的方法。我絕不允許艾美莉亞長大以後也成為下一個家暴案件裡的受害者。」

克拉拉再次望向咖啡廳，恰好在這一瞬間看到正努力向她揮手打招呼的艾美莉亞，示意她趕快回來店內，看看她畫到一半的圖有多漂亮，克拉拉於是往大門走去，回到室內。

「有一天，妳的女兒會長大，她最終會理解，妳是個相當英勇的母親，是個絕不接受任何男人擺佈與壓迫、掌握自己命運的獨立女人。當然，按照我當時的希望，妳要親手解決的應該還有妳的丈夫。不過這最後的一筆，我替妳解決了。」

克拉拉回到了咖啡廳內，自然地將圍巾與外套脫下，被暖氣烘得太過溫暖的室溫與外頭冰凍的空氣呈現明顯的反差，讓克拉拉的臉色瞬間顯得灼熱、火紅。咖啡廳的女店員看著她，眼神示意是否需要什麼餐點，只見克拉拉微微一笑，表示她很好，目前不需要任何餐飲。餐飲是不需要的，但如果有什麼來電捕手能夠過濾掉這個連續殺人犯的來電就好了。

「就當作是我送妳的禮物吧，」尤樂斯接著說。「我想妳相當清楚，馬丁死有餘辜。」

「沒有人是死有餘辜的，」克拉拉不太情願地反駁。「更何況你也會因此被追究殺死馬丁的刑事責任。」

「這倒是沒錯。但在黛安娜過世之後，生死對我已不再重要，我早已失去了生命的意義。」

克拉拉怒不可遏地對著電話吼道：「你真是喪心病狂，你很清楚，對吧？在你把我當成除去你父親的代刀殺人凶手之後，你居然還要我感激你的幫忙，感激你犯下的變態謀殺行為？」

「錯了。我不過是陪妳到了門口而已。最終是妳自己決定踏進那扇門的。」

「你真的是心理變態的惡魔。」

「拜託。」尤樂斯呵呵地笑出聲。「和妳最近遇到的所有男人相比，我還算是裡面最無害、最正常的一個。」

克拉拉歇斯底裡地笑了，這笑聲和不愉快的語氣立刻吸引了鄰桌的兩個年輕女孩注意，女孩們轉過頭來打量她，顯然因克拉拉的通話聲音與內容感到相當刺耳與困擾。

「無害？」她回答，並且暗自希望自己能衝出咖啡廳，至少在外頭她還能大聲怒吼，讓尤樂斯知道她有多生氣。「你的水床底下浮著多少屍體碎片？那些都是你犯案之後收集的屍體吧！」

「我可不是把它們當成獎盃收集，而是視為警告。我母親的骨骸能夠時時刻刻提醒我今生的使命。」

「你的母親？」克拉拉閉上眼，漂浮在鮮紅色液體中的骨骸再度浮現在她腦海。彷彿她又躺在那張水床上，再次望著她雙腿中間那個驚悚的景象，再次想著她究竟和亞尼克在什麼東西上做愛，止不住的噁心感湧上，現在的她終於知道床下的那堆骨骸是誰了。

「我以為，你的母親……」

不，她恍然大悟。當然了，他母親當時絕不是那麼簡單地消失了而已。她當然就是尤樂斯手下的第一個亡魂。因為他母親對他父親的為所欲為和暴行完全不做任何抵抗。

「這麼多年來，她的屍體一直都被埋在花園裡，直到後來我才替她找到了一個比較好的位子。」尤樂斯淡淡地說道。「現在妳了解，我父親是個怎樣死有餘辜的畜牲了？」

「原來上樑不正下樑歪。」

「錯了，」尤樂斯毫不疲憊地立刻糾正道。「我並不像他那樣說謊成性。我父親終其一生不停地編織謊言，一個女人再騙過一個女人。他最後也是栽在自己一手捏造的謊言裡。那晚我和他通話的同時，他害怕妳在電話中會向我透露任何可疑的線索，令我識破他的詭計。因此他在當晚的通話中，反應怪異，從頭到尾不停試圖說服我切斷與妳的通話。不停要求我掛斷妳的來電。更將妳形容為一個滿口謊言、精神不正常的妄想狂，要我一個字也不要相信妳說的話。」

克拉拉默默地點頭。這藉口相當合理，唐貝格也不難想到。畢竟他很清楚，她之前的確在精神療養院待過一段時間。

「最後的最後，他實在編不出任何謊言，只好牽拖到凱西身上，告訴我凱西和妳互相串通的嫌疑最大。」

「就是不要牽扯到他自己身上。」克拉拉確定地接下去。

「嗯，很可笑。我不知道他究竟是想如何利用這個謊言為自己的罪行開脫，或許他當時也沒有想清楚。總之，那晚他只能臨機應變，到最後，他再也想不出任何理由了，剩下出路只有一個。」

「在我們見面之前，先攔下我。」克拉拉接著說。

「完全正確。」尤樂斯確認了她的猜測。「那也是他為什麼決定立刻驅車前來找我的原因。我在電話中告訴他妳會來家裡和我會面之後，他便立刻回覆要過來幫我。」

克拉拉搖了搖頭。她不得不承認尤樂斯在這件事展現的縝密心思，整場遊戲的參與者居然完全沒有察覺自己越來越深入尤樂斯的圈套，更難以分辨誰是這場生死追殺中的貓，誰才是亡命逃竄的老鼠。即使百般不願意，她仍不得不承認這場計畫背後的主導人，有著詭異又靈敏的天賦。在尤樂斯精心安排的策畫中，真正的贏家只有一個人：尤樂斯自己。就算那晚她無法打贏唐貝格也罷，她最終也會被唐貝格殺害，尤樂斯還是能成功地讓父親自願走進大樓，背上一條人命出來。現在克拉拉領悟了當晚尤樂斯為何耳提面命，要她一定得在抵達公寓之前，先撥電話報案，這舉動才不是為了保證她在佩洛街的安全，或是在不敵亞尼克時能即時被警方救援，這舉動真正的目的，是確保唐貝格會以現行犯的身分被逮捕，成為連續殺人犯的替罪羔羊。

「現在妳明白事情的全貌了，克拉拉。」

好似聽到指示一般，克拉拉睜開雙眼。周遭的一切與先前沒有任何一絲不同。咖啡廳的服務生仍舊親切地站在櫃檯後方，隔壁桌兩個年輕女生依舊談天說笑，她的女兒安靜地坐在角落畫畫。

「再會了，請妳好好地活下去。」電話的另一端，尤樂斯以最平凡不過的方式畫下兩人通話的句點。

克拉拉的身體深處有個聲音不停狂吼著，快掛掉電話啊！快把手上這支被這通電話玷污的手機丟進垃圾桶！同時間又有另一個柔軟的聲音催促她，必須明白地警告尤樂斯：「我希望你清楚一點，我會把這通電話的所有內容告知警方，我會想盡辦法讓他們找到你，將你繩之以法。」

「我當然清楚。妳從那晚學到的教訓，就是必須用盡全力對抗男人以保護自己。」語畢他大笑，笑聲聽來相當地爽朗且驕傲。

「你還會繼續犯案嗎？」克拉拉追問。

「妳那杯印度奶茶好喝嗎？還是已經冷掉了？」

克拉拉瞬間變臉。默默盯著自己桌上的玻璃杯，頂端的奶泡已經明顯凹陷，這才想起她在喝了第一口之後就沒再碰過這杯飲料。

「你躲在哪裡？」她環顧四周並詢問。

眼下，咖啡廳裡除了她鄰座的兩個女孩，以及在角落塗鴉的艾美莉亞之外，只有兩個坐得稍遠一點的客人，坐在靠近洗手間的那張桌子。其中一個是整間咖啡廳裡唯一的男性顧客，身材相當矮小，音調相當高。他正和同桌的朋友聊天，當克拉拉兀自懷疑著的同時，尤樂斯在電話的另一端說道：「妳怎麼不看看自己身旁那張空著的椅子呢？」

克拉拉回頭向右方的椅子看去。椅子上放著一朵玫瑰，她的心臟漏跳了一拍。

「這是我的離別禮物。從現在開始，我將是妳隱形的『安心返家』守護者。」

咖啡廳的門鈴在這個時候響了，一個高大壯碩的男子推開門走進來。「好了，今天的對話就到這裡結束，」尤樂斯在掛掉電話之前，再一次道別。「妳的男朋友回來了。」

69

「哎唷！妳怎麼看起來一臉呆萌的樣子？」男人進門後對克拉拉笑著，並且在她前額上印了一個大吻。每當他和克拉拉在一起，他就會刻意改正自己道地的柏林腔，不過不是每次都很成功。

「漢德克！」艾美莉亞開心地叫著，遠從她在畫畫的角落就開始衝刺飛奔，一把跳進眼前高大男人的臂膀裡，感覺就像是把這男人當成充氣城堡般撲上去。

坐在漢德克臂膀上的小女孩從他厚實的胸膛裡探出頭，七歲的小女孩與高壯的男人形成明顯的對比，艾美莉亞看來就像是個易碎的陶瓷娃娃，**實際上她也確實是個敏感易碎的小東西**，克拉拉一邊想著，一邊勉強自己擠出一絲微笑，偷偷不著痕跡地將椅子上的玫瑰撥到桌子底下。

克拉拉小心地提醒自己那笑得合不攏嘴、亂踢亂動的小女兒，告誡她不可以這麼粗魯，然而漢德克一點也不在意，好似他肚子上的槍傷是好幾十年前得的，要艾美莉亞別擔心。其實槍傷不過發生在幾週前，而他之後也隨即被送進急診室緊急開刀。雖然術後的他復原得相當快速，但克拉拉很清楚，他仍舊需要每天按時服用止痛藥，才能抑制疼痛。

「你給我帶什麼好玩的東西來了嗎？」艾美莉亞甜甜地催促著漢德克，而漢德克也不失所望地抽出一個小玩具，每次只要他來拜訪艾美莉亞，就會給她帶點小禮物。今天帶來的小禮物是一包七彩跳跳糖，想必很快就會被艾美莉亞亂玩著撒遍全身和咖啡廳的地板。小女孩興高采烈地又跳又跑，往咖啡廳櫃檯去，滿心期待地和服務人員要了杯水，又坐回自己的小桌子畫畫。

「她長得真像妳，克拉拉。」漢德克看著小女孩跑跑跳跳的背影，微笑地脫口說出。聽到漢德克呼喚自己的名字，克拉拉心裡感到微微針扎般地難受。在那個改變她命運的夜晚裡，那個她和漢德克初次認識的夜晚，她已然相當困惑，他究竟是從哪裡知道她的名字的？結果呢，想當然是因為馬丁，這混帳居然大剌剌地報上她的真名在「馬廄」裡公開「競標」。

「妳剛剛素跟隨在講電話啊？」漢德克問道，同時間表現出因傷口疼痛而無力地直接整個人滑倒在椅子上。

「你這個人，不要一直這樣好奇啦。」

不知道為何，克拉拉在這個不尋常的男人身旁總是能自在放鬆，不敢相信這男人真的是靠著在陌生女人面前脫光衣服來謀生的。

「不要那麼好奇，我只脫到內褲喔！」他用脫衣舞的語調戲謔地重複克拉拉的話。

「好吧，那是我的律師。」克拉拉決定撒個小謊。她心裡盤算著，稍晚等孩子睡了、但她自己還沒睡意的話，再跟漢德克說她究竟和尤樂斯都說了些什麼吧。沒什麼睡前故事會比一段陰影幢幢的過去更加令人膽戰心驚了。

「好吧，那不然我們來想想，今天剩下的時間，我們三個漂亮的傢伙應該做些什麼才好呢？」按照克拉拉過去幾週和他相處的經驗來看，她應該早了解到，漢德克是那種連一分一秒安靜不說話都無法忍受的人。不過，這就是他啊，要不是他那麼積極地找她聊天說話，她也不會答應和他出來約會。她第一次去醫院探視他時，還躺在病床上的他就開始聒噪地說個不停。克拉拉原本是特別前去醫院探視他，想藉機好好地跟他道歉和道謝，沒想到躺在病床上的漢德克卻精神奕奕地說個不停，話匣子一開就停不下來。儘管如此，那晚手槍在她手中意外擊發、子彈貫穿他身體這件事，對她而言仍是個揮之不去的惡夢，她始終愧疚不已。

「為什麼你要騙我說手槍沒有上膛？」事隔幾日後，當她和他再次見面時，她不禁質問道，他神情靦腆，甚至帶著相當抱歉的表情回答道：**「吃醋嫉妒的男人是很恐怖的。妳也知道，偶的職業是脫衣舞男。偶工作上很常被花瘋吃醋的傢伙，還是男朋友什麼的跟蹤、埋伏，又抓偶抓個正著，每個都逼問偶，想知道他們的新婚老婆有沒有在單身派對上喝茫，做出什麼不規矩還是瘋狂的事情來。遇多了之後，為了保護自己的安全才弄了把手槍來啊。」**

為了保障自己的「人身安全」，他也總是在表演結束後，依舊穿著整套的表演服裝，**「直到偶回到家再脫下來，這樣就不會有任何人看到偶的真面目，也就不會有人尾隨偶到停車場，埋伏偶還是怎樣的，就妳想像得到的那樣。」**

他自己也知道，他的這些擔心是有點被害妄想症過了頭，而且為此買把槍也太過誇張了。漢德克心底其實還是一個相當羞澀內向的男生，健身訓練、擺弄性感姿勢，以及隨身攜帶手槍只不過是他習慣用來掩飾內心真正性格的方式罷了，他心底從來就沒有動過要使用那把手槍的念頭。由於他身上背負緩刑刑責的緣故（這傢伙居然曾經長達三年來「忘記」申報營業所得稅），那把手槍的執照也被吊銷了。正因如此，偷偷保有槍枝的他，又因為違反槍砲彈藥刀械管制條例而必須上法院受訊。克拉拉到醫院探視他時，為了賠罪而在醫院的咖啡廳裡請他喝咖啡，他也一五一十地全部坦承了。

「對啦，當時是偶騙了妳。那把槍確實是真槍。可是妳要知道，那天晚上偶還以為妳是腦子有點秀逗的神經病，大半夜穿過森林來想要偷偶的車啊。妳本來就不應該動腦筋到那把槍上，還拿著

那把槍揮來揮去的，偶就說了，那槍不是拿來用的，是好看的嘛。」

克拉拉傾身向前，伸手撫摸他粗大的手掌，她之前從沒有這樣親密地握過他的手，原因無他，只因為兩人之前的感情看起來還沒有到這個程度而已，她輕聲詢問：「你有找到那個東西嗎？」

漢德克點點頭，從口袋裡抽出一個信封。這是她今天在這間咖啡店裡碰上的第二個從桌上遞信封袋給她的男人，只不過這次這個信封，比上一個厚實許多。

「裡面總共有多少啊？」他好奇地想知道。

「很多，很多。」

她拜託漢德克替她跑了一趟位在麗真湖區的房子，打開家裡的保險箱，取出一疊現金。在她有生之年，再也不想踏進那間房子一步了。

「我想大概是一萬塊歐元吧。」

這筆現金是馬丁會固定放在家裡的一筆「遊戲保證金」。

漢德克輕吹了聲口哨稍稍表示敬意。「哇，妳今天突然需要這筆錢是要幹嘛啊？」

克拉拉看了看窗外，從這個位子依稀能看見通往薩維尼廣場方向的電車拱橋，差不多就在離咖啡廳不遠的地方而已。

「我馬上就回來。」克拉拉說了一聲，便站起身來離開座位。

漢德克一臉茫然地看著她，她只交代他再稍微看著艾美莉亞一會，便往門口方向快步走去。

「妳要去哪裡啊？」他在後方喊著，只見克拉拉回頭朝他微微一笑，便轉身離開咖啡廳。

「儘管是不太可能的事情，不過我要去試試看。」

我要試著讓一切重歸舊好。

「或許會成功也說不定。」

克拉拉站在外頭寒冷的街道上，現在正值一月隆冬節，空氣冰凍。她腦海裡不禁自顧自地想著，什麼叫作「或許」呢？這兩個字大概是全世界最殘酷無情，同時又是最令人充滿希望的字了吧。

她到了電車拱橋下方，小心翼翼地慢慢靠近橋底流浪漢過夜的濕軟床墊旁，她能看到一雙躲在塑膠斗篷下的驚懼眼神盯著她看。只要看過這樣眼神的人，就會立刻明白，一旦將恐懼與痛苦加諸到一個人的身上，這股夢魘就再也沒辦法抹去。

然而有時候人們可以想出一個成功的辦法，讓自己比較能夠承受過去那些不堪的回憶與痛苦。

克拉拉心裡謹記著這個想法，伸手拿出懷裡的信封袋，遞到塑膠斗篷下的老教授面前，一瞬間，她彷彿能感受到老人原本悲哀恐懼的眼神中，透出一絲希望的光芒。

如果她沒有看錯的話。

或許吧。

全文完

後記　柏林，二〇二〇年四月一日

很可惜，今天雖然是四月一日，但這並不是愚人節的玩笑：在我寫下這行字的同時，我正與全世界成千上萬的人同時處在一部恐怖驚悚小說之中，這部小說的名字就叫作「新型冠狀病毒肺炎」。

這幾個月來，所有訊息不分晝夜二十四小時如洪水般湧進我的腦袋，我的生活每天都充斥著爆炸性的資訊量，而這樣的情況已經持續了好幾週。就在前天，我的手機發出一封提醒訊息，警告我在過去一週的平均使用螢幕時間已達每天八小時二十分鐘！（這居然只比更先前幾週的每日使用時間多三分鐘而已！我的天！）

就在我寫下這些字句的同時，電視新聞頻道下方的跑馬燈不停地打出即時新聞快訊：義大利旅遊警戒延長到四月十三日、漢莎航空不得不對共計八萬七千名的員工祭出縮短工時（Kurzarbeit）[11]措施、巴拿馬街頭開始實施男女分流管制措施、美國境內新冠肺炎死亡人數攀升至四千人次。時至今日，德國境內感染人數也飆高到六萬九千三百四十六人次，單單德國境內就有七百七十四個人因新冠肺炎而喪失性命。今天是四月一日。而目前為止，沒有人知道這個天大的愚人節玩笑會持續到什麼時候。

我心中仍舊抱持一絲希望。假如你手裡正捧著書，閱讀著這一行字，那麼我可以很雀躍地說，

11 縮短工時（Die Kurzarbeit）為德國企業勞工保險的一種，由企業替勞工申請縮短工時，員工缺少的時數與薪水則按比例由勞工保險給付。與失業保險不同的是，縮短工時必須由企業雇主替勞工提出申請。此為德國企業遭逢經濟不景氣時避免倒閉、大肆裁員的措施。

我的願望實現了。因為此刻晚上十點三十七分正坐在柏林公寓裡寫稿的我，一點也不曉得我這次這本《返家》究竟能不能準時在秋天付印出版。畢竟依現在的情況，實在有太多的問題和事情有待解決，準時出版一本心理懸疑小說的重要性當然不能和疫情相比。要是你現在手上的版本是一本裝訂成冊的書的話，那就代表，至少我們的印刷廠仍能正常運作、至少我們的物流供應鏈並沒有失常。還有，至少我們的圖書出版業還以某種形式生存著。（如果你讀的是電子書版本，那至少代表我們的網路供應系統仍然持續運作，這也是很重要的事情。）

就在剛剛，我才結束了一場德新社（dpa）的新書採訪，採訪進行當中，主持人問到，當前這種離奇的傳染病社會現象是否有可能成為下一部懸疑小說的素材。我斬釘截鐵地回答：「絕對不會！」

過去有許多評論認為，我的小說情節、場景與現實嚴重脫勾，這些事情在現實生活中根本不會發生。認為我書中描述的部分犯罪行為太不真實、認為這些都只是我天馬行空的想像而已。如今我必須要很鄭重地說道：「幸好這些都是我憑空杜撰的！」

我寫作的目的是提供大眾一個娛樂。請容許我完全無意要將現實世界中各種已然存在的痛苦，鉅細靡遺地在小說場景中再次利用。也恕我全然無法理解，某些書評一股勁地認為貼近真實世界是寫作裡最值得追求的境界，這種評論究竟有什麼意義，試想一個獨居的鰥夫坐在家裡讀著我的小說，難道他會想說：「哦，非常好，費策克先生，你研究得相當仔細。我的妻子的確就是這樣被連續殺人魔處死的，你一點細節也沒寫錯！」

結果呢，在接下來的訪談之中，我的確被主持人問到相同的問題，究竟為什麼人們會想閱讀恐怖驚悚的故事。換句話說，意思便是，在如今社會一團混亂的情況之下，難道做一些比較輕鬆有趣的事情不會比較好嗎？（我是不知道為什麼讀小說不夠輕鬆有趣啦。）

我在訪談裡也不得不否定主持人提出的這種想法，不只如此，我還藉機大肆澄清了這項常見的誤解。一般來說，排斥懸疑小說的群眾經常會說，他們不能理解怎麼會有人在閱讀一個人被殺害的過程時會覺得愉悅，而這正是對懸疑小說常有的誤解。這個見解建立在一個相當大的錯誤之上：絕佳的懸疑小說一定都和主角或是書中人物的生死存活有著絕對的相關性！

即便是在新冠肺炎爆發之前，我的眾多讀者中想必也有許多人已經在人生中經歷過不得不面對的沉痛命運。我深知這些人的感受，也知道這些人是我的閱讀受眾，因為我的讀者信箱 fitzek@sebastianfitzek.de 就常常收到許多的迴響。（請沒有收到我回信的讀者們原諒我，對於沒有辦法一一回覆信件，我真的覺得很抱歉。）

就像是每個從車禍中驚險逃過一劫的人、重病之下奇蹟復原的人，或是因為突發疾病而即將意外離去的親人，病情卻突然出現一絲希望時一樣。這些時刻總能讓我們一再感恩生命的彌足珍貴。懸疑小說的貢獻正與此相同，沉痛命運能帶給我們的教訓和啟示，就是讓大家再想一想我們能夠活在這個世界上是多麼值得慶幸與珍惜的一件事。

想一想所有在新冠肺炎疫情大爆發之前被我視為理所當然的事情：去電影院看電影、和朋友一起逛街、去義大利餐廳大啖美食、飛去希臘過暑假、允許到任何健身俱樂部及網球場運動的權利等等。

這場災難帶給我唯一的正向轉變就是令我重新思考了事情的優先順序。例如，以前的我從不曾想過，即便經營線上社群是個棒呆了的主意，但生活中與人群實際接觸還是比線上交談重要幾百倍。

我認為，一部好的懸疑小說是能夠將想像的危機，真實呈現在我們面前，並讓我們在閱讀的過程中，重新溫習社會中被遺忘的同情心，它應該要能夠讓人在讀完故事之後，引起一點對自己的反省與思考。如果主角正是我們自己，我們在這樣極端的情勢之下，又會有什麼樣不同的行為呢？

暴力，是我在這本懸疑小說中處理的核心議題，在這部作品中佔據相當吃重的角色，它是一股魔幻的力量，能撕去每一個人臉上戴著的假面具。相信我，我們每個人日常生活中或多或少都戴著這個面具。無論是身上精心打扮的服裝或是梳理整齊的髮型，都是我們用來偽裝自己的面具。（我自己就習慣穿大一號的襯衫好掩飾我肥胖的腰圍，我的髮型特別能夠修飾我頭上那日漸退後的髮際線，讓它們至少不要看起來像兩條飛機跑道在我頭上。至少我希望我的努力有達到一些掩飾的效果，如果沒有的話，麻煩各位不要戳破我的幻想，就裝作沒注意到吧。）在這樣重的災情之下，我們或多或少都「裸露」出了一點真實的自己。我們不再有時間說些冠冕堂皇的場面話，也不再嘮嘮叨叨什麼長遠的大計畫。所有人都不約而同地意識到，眼下最重要的莫過於行動——而且是立即的行動。正所謂危機總能將人性中最醜惡與最良善的一面激發出來。我認為更確切的說法應該是：危機讓人現出原形。只有危機降臨時，才能逼迫我們現出自己的真實模樣。也正是這個原因，我總愛讓我筆下的主角們在故事一開頭就吃盡苦頭，我樂見他們在我筆下使盡全力為了生存而掙扎。也之所以如此，要是我筆下虛構的小說與現實太過接近，那我寫作與創作的樂趣就完全消失。而且我認為，這樣的作品也會失去娛樂的趣味。

新冠肺炎的災情發展就誠如所有文學創作者常說的那句話：現實永遠比小說情節更荒誕、更殘酷、更超乎想像幾百倍。大多時候我們這些文學創作者甚至還必須稍微改動事實經過，好讓我們的虛構世界顯得比較有說服力，看起來比較像真的一樣。

說到事實，順帶一提：這本書裡提到的「安心返家專線」是真實存在的！你大可藉機上網看一下他們的網頁：www.heimwegtelefon.net。與此同時，我必須再強調一下，所有在本書中描述的事件以及劇情都是我憑空杜撰出來的（就如同我前面已經解釋了一大長串那樣），就連在寫「安心返家專線」的工作流程以及技術面的實際操作上，身為一名文字創作者，我當然也把真實的情況稍微更動了幾個地方。確切地說，現實生活中，「安心返家專線」的服務對象是「所有人」，而我在小說中將這個服務改寫成只限定給夜歸的女性。

致謝

在我創作這部作品的過程中，多虧了許多人的協助，我的心血才沒有消失在筆電D槽以及宇宙黑洞之中，在此我想要一一對一路以來不停支持我的人表達由衷的感謝。（拜託請一定要印出我的致謝詞！你們大概不會相信，我要是不小心在致謝詞裡遺漏了誰的名字，對方絕對會怒氣沖沖地直接與我絕交。我自己就曾在二〇〇七時被一位好朋友在致謝詞裡遺忘了，直到今日他還是愧疚不已，不管在哪裡，只要見到我，就歉意難擋地直接朝我雙膝下跪行大禮！）

我知道，我知道：我自己也很受不了其他書裡的長篇致謝詞，而我現下寫的這篇和其他人比起來更顯得有過之而無不及地長。身為讀者的大家一定覺得，這一長串的名字讀起來根本沒什麼意義，只是一個又一個陌生的名字罷了。說實話，如果我是讀者，我也會這麼覺得。不過為了要讓大家了解，一本書的形成與製作需要多少人共同運作才得以完成，同時又不讓大家的腦袋覺得被一堆陌生的名字轟炸，我想出了一個折衷（但是還是有點長）辦法。我決定在謝詞裡簡短介紹每個參與這本書製作的人出場，這樣一來，大家都能認識到，究竟藏在這本書身後的製作群都是誰、都做些什麼。廢話不多說。

我衷心要感謝的人物們如下：

卡洛琳・桂爾（Carolin Graehl）以及瑞吉娜・魏斯伯（Regine Weisbrod）

所有攝影師在做人物攝影時都有一套標準行話，差不多是這樣的：「太好了，沒錯，非常棒。就是這樣……讓我們重複一次剛剛所有的姿勢。」我的兩位校稿員卡洛琳以及瑞吉娜對我初稿的評語差不多聽起來就是這樣，只不過她們通常會婉轉一點地寫：「哇，這初稿真是太刺激精彩了。只是我們兩個大概有兩百五十個問題需要跟你商談一下。」感謝兩百五十個問題裡的每一個問題，是它們讓本書一步一步變成更棒的作品。

朵瑞絲・楊申（Doris Jansen）

我的出版社老闆總是默默生悶氣，因為她每次都得等上好幾個月才能再見到我寫出些什麼東西來，沒辦法，因為我得先處理完上面那兩百五十個問題才能交稿到她手上啊。好吧，至少朵瑞絲是這麼說的。我喜歡這麼想，或許她其實很享受給我拖稿的這段寬限期，好讓她能騰出時間來管理 Droemer-Knauer 出版社，讓我們一天比一天更加活潑有朝氣，這對身為作家的我而言無比重要，因為全世界再沒有第二個比這裡更適合我的創作的家了。

約瑟夫・洛可（Josef Röckel）

要是有人以為財金人士一定各個都是滴酒不沾、時時刻刻精神抖擻的人的話，那約瑟夫絕對能跌破你的眼鏡。因為他可以同時是個大口喝酒的好夥伴，但也是個精神抖擻的財務專家。他的專業頭像就是一副嚴謹敬業的模樣，完全就是我心目中崇拜的模範企業家的樣子。每天看資產負債表與各式各樣財務報表，對他而言就是如家常便飯般簡單，做起來就像我們在追網劇一樣地輕鬆自然。

不過只要他工作結束、下班脫下西裝外套之後，整個人就活蹦亂跳得像是染了……（欸，染了什麼東西在這種疫情嚴峻的情況下，我還是不要亂打比方比較好，總之，你們知道我想說的！）

紀畢樂·底剔爾（Sibylle Dietyel）、艾倫·海登蘭希（Ellen Heidenreich）以及丹妮爾菈·麥耶（Daniela Meyer）

說實話，這三位同事們應該早就「頭殼抱咧燒」，抱到手都痠了才是，因為每次只要我寫信給出版社說：「欸，我突然有個很好的主意，我知道這本書的外包裝該改成怎樣比較好。」，這就意味著這可憐的印刷發行業務部又要大加班了。我想到我的童書《屁屁&臭臭（Pupsi & Stinki）》，我當時不知道為什麼希望可以隨書附贈一個整人放屁包，這件事最終導致整個出版社訂購了好幾打的整人放屁包，好讓發行業務部門一一進行嚴格的「品管測試」（結果所有的放屁包都沒能通過檢驗）。我的發行業務部門總是盡可能地滿足我所有的願望，不管是頁數遞減數列編排、夾頁中的標籤更換還是重新包裝出貨包裹，他們總是能讓所有願望成真！

貝提娜·哈斯垂克（Bettina Halstrick）

貝提娜創立了一間專門提供書籍與文字創作者的行銷顧問公司，名叫「長頸鹿商店」（Giraffen-laden），她在被我糾纏多年之後依舊沒辦法擺脫我。沒錯，我的行銷顧問公司真的非常出色，她替我做出了非常棒的專案，不過她寄給我的帳單數字也跟專案出色的程度不相上下就是了。

漢娜．法芬敏爾（Hanna Pfaffenwimmer）

要是可以如她所願，她最希望的就是讓我在德國、奧地利與瑞士的每一間書店裡舉行巡迴講座與朗讀。如果一年可以有五千五百天的話，這位 Droemer 出版社的活動企畫組長絕對會讓我的行程排滿每一天。可是漢娜，除了這些事情之外，我得挪出時間來寫書啊……（真抱歉，漢娜，我這拖延的壞習慣，我真的不知道什麼時候才能挖出時間來跑活動。）

史蒂芬．哈森巴哈（Steffen Haselbach）

這位仁兄名片上的職稱是休閒娛樂文學出版部的部長。但是在我的手機通訊錄裡，我私自把他名字存成「魔術先生」，原因無他，因為他總能天外飛來一筆地想出令人拍案叫絕的好書名。**《病人》**（Insasse）就是出自他之手，當然了，還有這本**《返家》**（Heimweg）。我知道，我知道，所有現在腦袋裡正在想「拜託，這又有什麼難的，更何況這些書名也不是什麼令人耳目一新的名字好嗎」的各位，請試想一下，連續好幾個小時坐在電腦前，絞盡腦汁地苦苦思索就只斟酌一件事，究竟要取什麼書名才不會完全劇透內容，但也不會顯得太古怪荒誕，其中取書名最重要、最重要的前提之一就是，不可以被用過了。（曾經想破腦袋要給自己小孩取名字的父母親們，你們一定懂我在說什麼。）

赫爾姆．亨肯季夫肯（Helmut Henkensiefken）

他所屬的顧問公司叫作「零 ZERO」，但是他的團隊以及他自己本身完全是零的反義詞。他們能做出全德國境內最棒的書封，不單單只是我的書而已。（我是個照片上怎麼拍怎麼難看的人，拍照上相的程度差不多就和深海大巨怪一樣。）自從有一回赫爾姆幫我拍出一張連我自己都非常滿意的行銷照片之後，赫爾姆就成了我心中無可取代的英雄。

卡塔琳娜．伊爾耿（Katharina Ilgen）

這是我第一次遇到有公司的行銷與溝通部門的部長不是面帶微笑的。（我想我應該停止把西裝外套塞進牛仔褲口袋的怪異行為了。）能和這樣專業又親切的專家合作，我深感榮幸且自在。

莫妮卡．若伊黛可（Monika Neudeck）

在書展上，你可以一眼認出莫妮卡，因為她就是那個在人群中清出一條路讓我即時趕赴下一場說書會的人——夾帶著伯格汗（Berghain）電音夜店保鑣的氣勢，以及全身上下運動員般的精實身材，當她的目光看著我，就像是在警告我趕快去用那張買了很久卻都還沒用過半次的健身房十次券。莫妮卡的情緒就像卡塔琳娜一樣，不論公開場合的環境和群眾有多麼喧鬧、鼓譟，若你朝她望去，她總是保持一貫的平靜與親切，一點也不為眾人所怒。

安潔．布爾（Antje Buhl）

這是出版社的另一位火爆人物，她的炸藥威力大約和高濃度核子鈾料的等級不相上下（好的我意識到了，寫成這樣我應該很難再把句子轉回什麼正面的事情上）。我真正要說的是：她年年刷新銷售紀錄的超高績效能力真的讓我目瞪口呆，不敢置信。套句查克．羅禮士（Chuck-Norris）的笑話：只要她打個噴嚏，新冠肺炎也得滾一邊涼快去。

芭芭拉・赫曼（Barbara Herrmann）以及阿辛・貝亨（Achim Behrendt）

我實在相當喜愛德國公務機關的幽默感，我們的財政部國稅局更是幽默中的幽默，國稅局居然選在這個新冠肺炎肆虐的突發狀況之間，來函通知我所屬的經紀公司饒思可娛樂股份有限公司（Raschke Entertainment）要對其進行薪資稅務稽查（這時機說挑得有多好就有多好，恰恰就選在那個青黃不接、沒人會為了不必要的原因進公司，且所有市面上公司行號，特別是那些靠策畫大型活動過活的公司，都在擔心如何繼續營運的時刻）。我真的認為，若不是我使盡三寸不爛之舌說服了芭芭拉不要為了我的稅務進辦公室，她當時一定會義無反顧地放棄自我隔離措施，即便違反法規也要和阿辛一起去公司翻出所有國稅局需要的文件。芭芭拉就是一個這樣有責任感的人。

米歇與艾拉・楊（Micha & Ela Jahn）

我猜，他們兩個憎恨聖誕老人的程度絕對不亞於我認識的一位媽媽好友，說起聖誕老人時，我直接轉述這位媽媽的話，她說她簡直氣死了這個「招搖撞騙的偽君子」。原因無他：她費盡心思地到處收集、買齊孩子們想要的禮物之後，「這個人卻大言不慚地偷偷溜進家裡，頭戴著高尚的桂冠花環贏走所有小孩的歡心，實際上卻什麼事也不需要做。」我衷心希望大家可以注意到米歇與艾拉的辛勞，因為你們每一個人在 fitzekshop.de 購買的禮物，都是由他們兩人親手打包、裝箱、拿去郵局寄送的。

莎賓娜・菈波（Sabrina Rabow）

莎賓娜是極為出色的公關人員，她的公關手腕就如同她的愛犬歐雷（Ole）一樣討喜又可愛。

如果你們可以親眼目睹歐雷的真面目，就會明白這世界上沒有什麼比這個更崇高的讚美之詞了。我衷心向大家推薦，她完美、睿智、敏銳、充滿謀略的公關技巧。（但如果你也是一位驚悚懸疑小說作家，而且也想成名的話。不好意思，請把你的手指從我親愛的莎賓娜身上拿開，我心胸還沒有那麼寬大……）

曼努艾拉・饒思可（Manuela Raschke）

她是我最好的朋友、最棒的切磋夥伴（不是運動上的切磋，她在運動上的好伴侶是她老公卡爾・漢茲〔Karl-Heinz〕，在這部分，我想他大概會背地裡笑我是個「切磋沙包」吧。），同時也是我的經紀人……我和她之間實在存在著太多關係了。她是我最重要的人之一，因為不論我面臨何種的人生處境，她永遠都是我最信賴的人。說到這裡：曼努，我到處打電話都找不到妳，我想問妳一下，為什麼我的銀行帳戶都被鎖了，而且還都被改成妳的名字了呢？還有妳家地址是怎麼回事，妳是什麼時候搬去開曼群島的啊？

莎莉・饒思可（Sally Raschke）以及榮・斯托爾曼（Jörn Stollmann）

不管你們在哪一個社群媒體平台看到我寫的東西，只要是有關我的文稿，都事先被呈送到莎莉的辦公桌上，她過目完畢，才會發佈出去。別擔心，我所有稿子的每一字一句都是我自己寫的，只是有時候我的電腦能力差不多就和魚要學會如何伐木一樣有限。說到這，感謝當今網路上眾多的教學影片，讓我的（IG）技巧在隔離期間也增進不少。即便如此，還是沒有好到像我的線上平台活動經理莎莉一樣，她總能將所有活動，迅速地連同限時動態，充滿邏輯、一氣呵成地寫下來，配合照片一起發佈上線。

除了維護我的官網以及許多的線上媒體之外，莎莉的任務當然不僅止於此，就像我臉書上那些精彩有趣的限時動態影片也不是簡簡單單的幾張有趣照片再配上一些文字而已，莎莉還有許多攸關生死的任務——譬如說每天澆花、把垃圾拿出去倒、拍拍樣書的灰塵諸如此類的。如果有時候她滿到不行的行程允許的話，她就會想出一些有趣的封面主題、遊戲或是童書主意。

法蘭茲．沙佛．利伯（Franz Xaver Riebel）

這傢伙是個道道地地的柏林人。換句話說：他住在普倫茨勞爾山街，但他不是在這裡出生的。而是在巴伐利亞。他將德文這個語言當作一門外語一樣兢兢業業地研究透徹，並使之成為他的一項專業能力，所以他有絕對的能力能將我交上的完稿再次用他雷達般的眼睛掃讀過一次，挑出所有不該犯的錯誤。

安姬．許密特（Angie Schmidt）

沒有安姬，就沒有任何活動。我的意思不是要說，你們可以在柏林的每個大大小小派對看到安姬，不過話說回來，我似乎也不能否認這點。（誰叫我是個習慣坐在書桌邊的阿宅，我的週末很少是在光著上半身的柏林電音夜店中跳舞度過的，我想我應該不夠格來批評其他首都居民的週末慶祝行為。）我這裡所指的是安姬籌畫的大大小小簽書會！

克里斯提昂．麥耶（Christian Meyer）

祕密特務人員，是我對克里斯提昂．麥耶的唯一感覺。我不是說身為一名作家會需要用到什麼高級私人保鑣。我們這種寫書人又不是什麼社群影響人物，動不動就能動員幾千幾萬的青少年去超市擠爆簽書會。（說到這裡，讓我藉機宣傳一下：我代言的乾洗髮粉「洗淨作家煩惱絲 Writer's Delight」現在只要購買時附上折扣優惠碼「Fitzi」就可以得到百分之二十的折扣！）我只是相當習慣，也很享受有他在一旁的日子，畢竟他已經陪伴我到世界各處都好幾百年了。要是沒有他，我一定會在往返各個簽書會之間的長途跋涉中無聊到發慌！

羅曼．候可（Roman Hocke）

最近某一個音樂界人士偷偷告訴我，他的唱片合約不僅包含德國及全球各地的重製權，還包括了全宇宙！他可不是在跟我開玩笑。這一切只是以防萬一，說不定有哪個廣播節目製作人不幸登上火星開播製作。我想就連是全世界（或者說全宇宙吧）最厲害的文學出版顧問公司聽到這種資訊都會不禁淚濕眼眶，然後開始想想該怎麼把委託他們的作家的合約全部拿出來重新談判一次。（但是羅曼，要是你真的這麼做的話，麻煩請不要忘記把我的書從那個特別的「飛馬座五十一b」中拿掉。哪天如果我有五十光年的年假，我想要立刻去那裡度假。）

順帶一提，飛馬座或許也很適合讓你的完美團隊一起來場企業小旅行，在此感謝AVA作家與出版社國際顧問公司（AVA International）相關的所有工作人員：克勞蒂雅．馮．后斯坦（Claudia von Horstein）、蘇山娜．瓦爾（Susanne Wahl）、馬庫思．米歇列克（Markus Michalek）以及寇乃莉亞．彼得森—勞克斯（Cornelia Petersen-Laux）。

莎賓娜以及克雷門斯・費策克（Sabine & Clemens Fitzek）

「費策克、費策克……這名字我好像有聽過？」這是一位在一月份時要給我打上一針綜合維他命D營養液的護士說的話。（我的醫生診斷後認為，我的維他命缺乏情況，跟一個被綁架關在地下室和煤炭桶綁在一起三年的受害者差不多，太令人驚訝了，這病患究竟平常都在做什麼？）

用丟臉指數一到十來比擬，我當時的丟臉情況差不多是兩百，因為我躺在醫院的那天，屁股穿的剛好是一件我全衣櫃裡最破的內褲。過去多年來，我每年進行甲狀腺例行檢查時，從沒有哪一次有遇到這種需要我脫下褲子的情況。今天卻好死不死碰上我的讀者，而我還要在她面前脫褲子？

當我心裡正盤算著怎麼說服眼前的護士，這名字只是湊巧相像而已時，她突然問我：「你是不是那個有名的權威神經科醫師莎賓娜・費策克的親戚啊？」

我放下心中的大石頭，鬆了好幾百口氣地回答：「哦，啊，是的。我是她老公，那個神經學醫師。我跟我弟弟們常常幫我太太的書籍一起找研究資料。」（克雷門斯，抱歉了，現在那個護士心裡記得，你是我們家那個穿著一條超醜又到處虛線破洞的老人內褲的病人。）

琳達・克里斯曼（Linda Christmann）

說到家庭。如果我硬要試著描述，琳達是如何在短短的時間之內豐富了我的生命，我大概必須像喬喬・莫伊絲（Jojo- Moyes）[12]一樣，寫一套愛情三部曲才能交代得完。琳達最讓我感激的莫過於每次我剛完成初稿時，她總會克盡職責、糾纏不休地提出許多犀利的問題，而我常常無法立刻想

12 英國愛情小說暢銷書作家。《我就要你好好的》（Me before you）的作者。

出合理的答案，這時的我會射出一股被激怒的眼神，但她從不以為意。例如她曾經問過：「童年成長時期有什麼特殊的原因，會讓人長大成人之後開始出現家暴行為嗎？」或者是：「有什麼課程是可以讓人進修，學習一個派對上的聖誕老人應該要有哪些標準行為？」或是像這個：「親愛的，為什麼每次你從地下室出來的時候，總是滿手鮮血呢？」

瑞吉娜‧齊歌樂（Regina Ziegler）

所有事情都可能（Geht nicht, gibt´s nicht）。要說誰的生活信仰就是這句經典廣告詞的話，那絕對就是我們全德國數一數二的名製片家瑞吉娜‧齊歌樂了，感謝有她，我的《解剖》以及《第二十三號路人》才能製作成這麼精美的電影。希望下回妳要給我妳讀完初稿後的第一手評鑑時，我們能再相約在那個美味的國王堡街肉丸餐廳見面。

＊＊＊

好了，印刷發行業務部剛剛又來電告訴我，叫我不要再浪費紙張了，在這最後的最後，我還想提幾個對我而言，列出名字就夠了的好朋友們：**vm-people 的馬庫斯‧邁爾（Marcus Meier）以及托馬斯‧周巴哈（Thomas Zorbach）**，我絕對不是在說你們。

我這些好朋友們除了同樣是費策克行銷公司中的一員之外，他們的任務包山包海，不管是大半夜跑去蹲在德鐵某個荒廢的廠區場地，然後還要蹲在某個流動式廁所後方，把兩側用工業廢料和建築廢材堆疊起來，而且這流動式廁所還是剛才不知從哪裡用堆高機熱騰騰運過來，跟著他們四處尋找最恐怖奇怪的位置來擺設的，這些辛苦的工作都是為了要讓費策克驚悚小說的書籍預告場景看來完美得無懈可擊。（好了，我想我寫到這裡真的得收尾了。再繼續寫下去，我自己都開始懷疑這些人究竟怎麼還願意跟我一起合作了。）

最後的最後，我想向全部堅守崗位的出版行業、圖書館，以及表演與企畫活動組織人員，致上最崇高的敬意。在我眼中，我們這行所有職位與職責是那麼地環環相扣，比世界上任何一個行業都更緊密相連，然而眼下的這個時刻，所有人的工作幾乎全都停擺了。比起衛生紙和義大利麵條，大家該大買特買的應該是我們的文化。我衷心希望，我們的精神糧食超市能夠在不遠的日子裡重新開門營業！

祝各位身體健康，萬事如意！

再會

你們的 瑟巴斯提昂・費策克

柏林，二〇二〇四月七日下午一點四十四分

（沒錯，我真的總共花了六天的時間在寫這篇致謝詞。現在你們終於明白，這究竟是多大量的工作了吧。我到現在都還沒有機會把全部的《冰與火之歌》追完……）

國家圖書館出版品預行編目資料

返家 / 瑟巴斯提昂・費策克（Sebastian Fitzek）著；黃淑欣 譯.
-- 初版. -- 臺北市：商周出版，城邦文化事業股份有限公司出版：
英屬蓋曼群島商家庭傳媒股份有限公司城邦分公司發行, 民110.11
面： 公分
譯自：Der Heimweg
ISBN 978-626-318-040-6（平裝）
875.57 110017049

返家

原著書名 / Der Heimweg
作者 / 瑟巴斯提昂・費策克（Sebastian Fitzek）
譯者 / 黃淑欣
企劃選書 / 張詠翔
責任編輯 / 彭馨緣

版權 / 黃淑敏、吳亭儀、林易萱
行銷業務 / 周佑潔、周丹蘋、黃崇華、賴正祐
總編輯 / 楊如玉
總經理 / 彭之琬
事業群總經理 / 黃淑貞
發行人 / 何飛鵬
法律顧問 / 元禾法律事務所 王子文律師
出版 / 商周出版
城邦文化事業股份有限公司
臺北市中山區民生東路二段141號9樓
電話：(02) 2500-7008 傳眞：(02) 2500-7759
E-mail：bwp.service@cite.com.tw
發行 / 英屬蓋曼群島商家庭傳媒股份有限公司城邦分公司
臺北市中山區民生東路二段141號2樓
書虫客服服務專線：(02) 2500-7718・(02) 2500-7719
24小時傳眞服務：(02) 2500-1990・(02) 2500-1991
服務時間：週一至週五09:30-12:00・13:30-17:00
郵撥帳號：19863813 戶名：書虫股份有限公司
E-mail：service@readingclub.com.tw
歡迎光臨城邦讀書花園 網址：www.cite.com.tw
香港發行所 / 城邦（香港）出版集團有限公司
香港灣仔駱克道193號東超商業中心1樓
電話：(852) 2508-6231 傳眞：(852) 2578-9337
E-mail：hkcite@biznetvigator.com
馬新發行所 / 城邦（馬新）出版集團 Cité (M) Sdn. Bhd.
41, Jalan Radin Anum, Bandar Baru Sri Petaling,
57000 Kuala Lumpur, Malaysia
電話：(603) 9057-8822 傳眞：(603) 9057-6622
E-mail：cite@cite.com.my

封面設計 / 萬勝安
排版 / 新鑫電腦排版工作室
印刷 / 韋懋印刷有限公司
經銷商 / 聯合發行股份有限公司
電話：(02) 2917-8022 傳眞：(02) 2911-0053
地址：新北市231新店區寶橋路235巷6弄6號2樓

■2021年（民110）11月初版
定價 499 元

Printed in Taiwan
城邦讀書花園
www.cite.com.tw

Originally published under the title Der Heimweg

The book has been negotiated through AVA international GmbH, Germany (www.avainternational.de.).
The Official Website of Sebastian Fitzek: www.sebastianfitzek.de.

ISBN 978-626-318-040-6

廣　告　回　函
北區郵政管理登記證
台北廣字第000791號
郵資已付，免貼郵票

104台北市民生東路二段141號2樓

英屬蓋曼群島商家庭傳媒股份有限公司　城邦分公司

請沿虛線對摺，謝謝！

書號：BL5091　**書名：**返家　**編碼：**

請於此處用膠水黏貼

讀者回函卡

線上版讀者回函卡

感謝您購買我們出版的書籍！請費心填寫此回函卡，我們將不定期寄上城邦集團最新的出版訊息。

姓名：＿＿＿＿＿＿＿＿＿＿＿＿ 性別：☐男 ☐女

生日：西元＿＿＿＿＿＿年＿＿＿＿＿＿月＿＿＿＿＿＿日

地址：＿＿＿＿＿＿＿＿＿＿＿＿＿＿＿＿＿＿＿＿

聯絡電話：＿＿＿＿＿＿＿＿ 傳真：＿＿＿＿＿＿＿＿

E-mail ：

學歷：☐ 1. 小學 ☐ 2. 國中 ☐ 3. 高中 ☐ 4. 大學 ☐ 5. 研究所以上

職業：☐ 1. 學生 ☐ 2. 軍公教 ☐ 3. 服務 ☐ 4. 金融 ☐ 5. 製造 ☐ 6. 資訊

☐ 7. 傳播 ☐ 8. 自由業 ☐ 9. 農漁牧 ☐ 10. 家管 ☐ 11. 退休

☐ 12. 其他＿＿＿＿＿＿＿＿＿＿＿＿

您從何種方式得知本書消息？

☐ 1. 書店 ☐ 2. 網路 ☐ 3. 報紙 ☐ 4. 雜誌 ☐ 5. 廣播 ☐ 6. 電視

☐ 7. 親友推薦 ☐ 8. 其他＿＿＿＿＿＿＿＿＿＿

您通常以何種方式購書？

☐ 1. 書店 ☐ 2. 網路 ☐ 3. 傳真訂購 ☐ 4. 郵局劃撥 ☐ 5. 其他＿＿＿＿

您喜歡閱讀那些類別的書籍？

☐ 1. 財經商業 ☐ 2. 自然科學 ☐ 3. 歷史 ☐ 4. 法律 ☐ 5. 文學

☐ 6. 休閒旅遊 ☐ 7. 小說 ☐ 8. 人物傳記 ☐ 9. 生活、勵志 ☐ 10. 其他

對我們的建議：＿＿＿＿＿＿＿＿＿＿＿＿＿＿＿＿＿＿＿＿

＿＿＿＿＿＿＿＿＿＿＿＿＿＿＿＿＿＿＿＿

＿＿＿＿＿＿＿＿＿＿＿＿＿＿＿＿＿＿＿＿

【為提供訂購、行銷、客戶管理或其他合於營業登記項目或章程所定業務之目的，城邦出版人集團（即英屬蓋曼群島商家庭傳媒（股）公司城邦分公司、城邦文化事業（股）公司），於本集團之營運期間及地區內，將以電郵、傳真、電話、簡訊、郵寄或其他公告方式利用您提供之資料（資料類別：C001、C002、C003、C011 等）。利用對象除本集團外，亦可能包括相關服務的協力機構。如您有依個資法第三條或其他需服務之處，得致電本公司客服中心電話 02-25007718 請求協助。相關資料如為非必要項目，不提供亦不影響您的權益。】

1.C001 辨識個人者：如消費者之姓名、地址、電話、電子郵件等資訊。
2.C002 辨識財務者：如信用卡或轉帳帳戶資訊。
3.C003 政府資料中之辨識者：如身分證字號或護照號碼（外國人）。
4.C011 個人描述：如性別、國籍、出生年月日。

請於此處用膠水黏貼